HEYNE <

## Zum Buch

Frankreich, zur Zeit der Revolution: In einem Gefängnis nahe der Küste geschehen unheimliche Dinge. Von Zeit zu Zeit erscheint eine Frau, von allen nur »die Schwarze Witwe« genannt, und sucht sich einen Gefangenen aus, den sie mit sich nimmt. Niemand weiß, was mit den jungen Männern geschieht. Eines Tages fällt ihre Wahl auf den stattlichen Reed Harwood. Als dieser entdeckt, dass sich hinter dem schwarzen Schleier eine wunderschöne junge Frau verbirgt, vergisst er jede Furcht und ist sofort bereit, sich auf das Abenteuer einzulassen …

## Zum Autor

Connie Mason hat bisher über 50 historische Liebesromane veröffentlicht – mit großem Erfolg. Regelmäßig erscheint ihr Name auf den Bestsellerlisten der *New York Times* und der *USA Today*. Wenn sie sich einmal nicht ihren Büchern widmet, unternimmt sie leidenschaftlich gern ausgedehnte Reisen. Connie Mason lebt mit ihrer Familie in Florida.

CONNIE MASON

# *Schwur der Liebe*

Roman

*Aus dem Amerikanischen von*
*Nadine Mutz*

WILHELM HEYNE VERLAG
MÜNCHEN

Das Original THE PRICE OF PLEASURE erschien
bei Dorchester Publishing, New York

FSC
Mix
Produktgruppe aus vorbildlich bewirtschafteten Wäldern und anderen kontrollierten Herkünften
Zert.-Nr. SGS-COC-1940
www.fsc.org
© 1996 Forest Stewardship Council

Verlagsgruppe Random House FSC-DEU-0100
Das für dieses Buch verwendete FSC-zertifizierte Papier
*Holmen Book Cream* liefert Holmen Paper, Hallstavik, Schweden.

Vollständige Erstausgabe 04/2009

Printed in Germany 2009
Umschlagillustration: © Pino Daeni via Agentur Schlück GmbH
Umschlaggestaltung: Nele Schütz Design, München
Satz: IBV Satz- und Datentechnik GmbH, Berlin
Druck und Bindung: GGP Media GmbH, Pößneck
ISBN: 978-3-453-77245-8

www.heyne.de

# Erwachendes Verlangen

»Verzeiht mir«, sagte Reed, ehe Fleur ihn zurechtweisen konnte. »Ich weiß nicht, was über mich gekommen ist. Es ist lange her, dass ich Interesse für eine Frau verspürt habe. Und Ihr …« Er schüttelte den Kopf. »… Ihr seid eine Frau, der nur ein toter Mann widerstehen könnte.«

Fleur drohte ihm mit dem Finger. »Ihr seid wahrlich nicht in der Verfassung, solche Gedanken zu hegen.«

Und wieder erschien das unwiderstehliche Grübchen auf Reeds Wange. »Ich bin noch nicht tot, Fleur.«

Fleur betrachtete sein hageres Gesicht und versuchte sich vorzustellen, wie er wohl ausgesehen haben mochte, bevor er derart abgemagert war. Sie nahm an, dass er ungeachtet seiner gefährlichen Arbeit ein rechter Schurke war. Doch konnte sie nicht umhin, ihn für seinen Wagemut zu bewundern, wissend, dass er sich mitnichten in der Lage befand, mit seinen amourösen Avancen Ernst zu machen.

Fleur erwiderte sein verschmitztes Lächeln. »Dafür wird noch jede Menge Zeit sein, wenn Ihr erst einmal nach England zurückgekehrt seid.«

# Erstes Kapitel

*Frankreich, 1798*

Noch nie hatte sich Reed Harwood so sehnlich den Tod gewünscht. Aber er hatte sich auch nie zuvor in seinem eigenen Schmutz gewälzt, geschweige denn im Schmutz anderer. Und das im schrecklichsten und dunkelsten Loch, das man sich nur vorstellen kann. Übel zugerichtet, mit Prellungen und Schürfwunden am ganzen Körper, hatte er Tage und Wochen in der Finsternis einer dreckigen, stickigen Höhle verbracht.

Reed hatte jegliches Zeitgefühl verloren. Er hätte nicht einmal sagen können, wie viel Zeit vergangen war, seit er von Napoleons Truppen aufgegriffen, der Spionage für England bezichtigt und ohne Rechtsverfahren in die Teufelsburg gesperrt worden war, wie das hoch oben auf einer windgepeitschten Klippe gelegene Gefängnis an der französischen Küste inoffiziell genannt wurde. Ein halbes Jahr? Neun Monate? Es schien unmöglich zu ermessen, wie viel Zeit verstrichen war, wo ein Tag dem anderen glich.

Die Schläge hatten zwar vor einer Woche aufgehört – zumindest kam es Reed so vor, als müsste seit seinem Armbruch in etwa eine Woche vergangen sein –, sein Körper aber war eine einzige schmerzende Masse. Die brutalen Wärter scherten sich keinen Deut um die Würde oder das Leid eines Mannes, wenn sie ihre Folterwerkzeuge schwangen. Wie ihm die kaltblütigen Aufseher mehr als einmal zu verstehen gegeben hatten, würden er und seine Mitinsassen in diesem Gefängnis sterben. Warum also nicht sofort?

Eine Begnadigung würde es nicht geben. Reed war verhaftet, der Spionage für England für schuldig befunden und bei lebendigem Leib in diesem Dreckloch begraben worden. Er konnte nicht einmal seine Unschuld beteuern, da er tatsächlich als britischer Geheimagent unterwegs war, von einer geheimen Kommission des britischen Außenministeriums beauftragt, Napoleon auf die Schliche zu kommen. Die Mission war ihm übertragen worden, weil er aufgrund einer französischen Großmutter akzentfrei Französisch sprach. Fast ein Jahr lang hatte er sich in Paris erfolgreich als Franzose ausgegeben und für das Königshaus Spionage betrieben.

Dann hatte ihn jemand verraten.

Ein lautes Stöhnen entfuhr seiner Brust und gesellte sich zu den gellenden Klagelauten der anderen Gefangenen. Zu sechst waren sie in einer feuchtkalten, mit schmutzigem Stroh ausgestreuten Zelle eingeschlossen. In einer Ecke standen drei Eimer für menschliche Abfälle und verpesteten die Luft, die sie atmeten. Reed wusste nicht, wie viele in der Teufelsburg im Kerker lagen, doch er vermutete, dass es zahlreiche dieser Zellen gab.

Reed schaute zu dem einzigen Fenster hoch oben in der Zelle und sog den dünnen Strom salziger Luft tief in seine Lungen. Allein der Geruch nach Meer hatte Reed über all die Zeit Kraft gegeben und ihn bei Verstand gehalten. Er versuchte nicht an zu Hause zu denken, denn es war sicher, dass er in der Teufelsburg sterben würde.

Reed begrüßte den Tod, ja, er sehnte ihn sich geradezu herbei. Warum war er noch am Leben? Er versuchte zu lachen, doch der Schmerz war unerbittlich. Aus irgendeinem Grund weigerte sich sein Lebenswille aufzugeben. Er hob seinen gesunden Arm und erkannte den einst so kräftigen und muskulösen Körperteil kaum wieder. An seiner hochgewachsenen Statur war sämtliches Fleisch verschwunden, er war ein einziges Gerüst aus Haut und Knochen.

Man hatte ihn verraten.

Vielleicht hielt er deshalb so beharrlich an seinem Leben fest – um seinen Verräter zu stellen und zur Strecke zu bringen.

Reed vernahm ein schlurfendes Geräusch und warf der ausgemergelten Gestalt neben sich einen kurzen Blick zu. »Alles gut, Leclair?«, hörte er sich fragen, und seine ursprünglich tiefe, sonore Stimme klang ihm fremd in den Ohren.

»So gut, wie es einem Mann in dieser Dreckshöhle gehen kann«, krächzte Doktor Leclair. »Wie geht es Eurem Arm? Ich habe getan, was ich konnte, mit dem Wenigen, das mir zur Verfügung stand.«

»Das habt Ihr hervorragend gemacht, *mon ami*, ich danke Euch sehr. Glück für uns, dass Lucien Dienst hatte, als Ihr ihn um Holzstücke für die Schiene gebeten habt. Die anderen hätten Euch nur ausgelacht und zugesehen, wie ich an einer Entzündung gestorben wäre.«

Der Doktor seufzte.

»Ich weiß, was Ihr jetzt denkt«, bemerkte Reed mit rauer Stimme. »Wir werden ohnehin sterben.«

»Das ist wahr, *mon ami*. Ich werde vor meinen Schöpfer treten, weil ich adlige Patienten behandelt habe, die der Madame Guillotine entkommen sind, und Ihr werdet sterben, weil Ihr für England Spionage betrieben habt. So Gott will wird man Napoleon eines Tages besiegen. Doch ganz gleich, wie es ausgeht, Frankreich wird nach der Schreckensherrschaft, die unser Land zerrissen hat, nie wieder so sein wie vorher.«

Reed schloss die Augen und wünschte, er könnte seinem Bruder Lebewohl sagen, ehe er sein Leben aushauchte. Reed liebte seinen Bruder Jason Harwood, Earl of Hunthurst, sehr. Jason hatte versucht, Reed den so gefährlichen Auftrag auszureden, aber Reed, leichtsinnig wie eh und je, hatte ihm gar nicht erst zugehört. Napoleon ging auf Konfrontationskurs mit England, und Reed wollte alles in seiner Macht Stehende tun, um den selbsternannten Diktator zurückzuschlagen. Durch seine Französischkenntnisse hatte Reed gegenüber anderen britischen Spionen einen klaren Vorteil gehabt.

Reed fragte sich, ob Jason wohl mittlerweile einen Erben hervorgebracht hatte. Sein Bruder war zeit seines Lebens schwach und kränklich gewesen, schien sich jedoch zu erholen, seit er Lady Helen Dewbury geehelicht hatte. Vielleicht hatte eine Frau zur Verbesserung seines Gesundheitszustands beigetragen. Plötzlich hielt Reed inne. Es spielte nicht die geringste Rolle. Für einen Mann, der sich an der Schwelle des Todes befand, spielte nichts mehr eine Rolle.

An der Tür war ein leichtes Rütteln zu hören. Dann erhellte ein flackerndes Licht den Eingangsbereich. Reed blinzelte vorsichtig, erst einmal, dann noch einmal. Er musste Wahnvorstellungen haben. Er hätte schwören können, der Gefängniswärter Lucien habe soeben eine Frau zu ihnen in die Zelle gebracht. Eine Frau, von Kopf bis Fuß in Schwarz gekleidet, das Gesicht hinter einem schweren Schleier verborgen, trat zögerlich in den Lichtkegel.

Reed konnte hören, wie der Doktor tief Luft holte und scharf ausatmete. »Seht Ihr auch, was ich sehe?«, erkundigte sich Reed.

»*Oui*, ich hatte mich schon gefragt, wann sie wohl wiederkommt. Seit ihrem letzten Besuch sind bereits einige Monate vergangen.«

»Die *schwarze Witwe*«, keuchte Reed. Er hatte gehört, wie andere Gefangene mit gedämpfter Stimme über sie sprachen, sie aber selbst noch nie zu Gesicht bekommen.

»*Oui*. Das ist die Frau, die man *die schwarze Witwe* nennt. Ich bin seit etwa einem Jahr hier, und in der ganzen Zeit habe ich sie nur zweimal gesehen. Ich frage mich, wen sie sich diesmal holt.«

Reed betrachtete die *schwarze Witwe*, die leise mit dem Wärter tuschelte, aus halb geöffneten Augen, die Stirn vor Konzentration in Falten gelegt. »Gerüchte kursieren, wonach sie bei jedem Besuch einen unter den Gefangenen auswählt, den sie zu ihrem Liebesdiener macht und ihn tötet, sobald sie seiner überdrüssig wird.«

»Daher ihr Name *die schwarze Witwe*«, meinte der Doktor trocken. »Wenngleich ich diesen Teil der Geschichte nicht bezeugen kann. Wohl aber weiß ich, dass Geld im Spiel ist und ihre Gefolgsmänner den Mann ihrer Wahl aus der Höhle tragen. Soweit ich in Erfahrung bringen konnte, hat man von keinem dieser armen Teufel je wieder etwas gehört.«

Reed warf einen flüchtigen Blick auf seine Zellengenossen. Allesamt armselige Kreaturen wie er selbst. Die meisten waren halb verhungert und dem Tode nahe. Er konnte sich beim besten Willen nicht vorstellen, dass eine Frau an einem von ihnen Gefallen finden konnte, zumal die meisten kaum in der Lage waren, ihren Kopf oben zu halten, ganz zu schweigen von ihrem Schwanz. War er der Einzige, dem das komisch vorkam?

»Unsere Kameraden scheinen sich vor ihr zu fürchten, sie schrecken vor ihr zurück.«

»Kann ich ihnen nicht verdenken. Die Angst vor dem Unbekannten.«

Das Gemurmel verstummte. Lucien und die Frau hatten ihre Unterhaltung beendet. Die *schwarze Witwe* nahm

Lucien die Laterne ab und kam langsam näher. Sie trat zu einem der Gefangenen und schaute ihm ins Gesicht, dann ging sie zum nächsten weiter. Reed spürte, wie er sich innerlich verkrampfte.

Er musterte ihren wohlgeformten Hintern, als sie sich bückte und den nächsten armen Teufel in Augenschein nahm. Die Frau war klein und gut gebaut, nicht einmal die Trauerkleidung konnte über ihre verlockenden Kurven hinwegtäuschen. Wäre Reed auch nur die Hälfte, nein, ein Viertel des Mannes gewesen, der er einmal gewesen war, hätte sie sein Interesse geweckt. Doch obwohl er sich an das letzte Mal, dass er eine Frau gehabt hatte, kaum mehr erinnern konnte, vermochte sie nicht den kleinsten Funken von Begehren in ihm zu entfachen. Neugierig aber war er. Nicht einmal das Schreckgespenst des Todes, das nicht mehr von seiner Seite wich, konnte sein Interesse an dieser unziemlichen Gestalt gänzlich unterbinden.

»Sie kommt zu uns herüber«, zischte Leclair. »Ich frage mich, ob sie jemanden gefunden hat, der ihr gefällt.«

Reed brachte die Kraft auf zu kichern, auch wenn ihm dabei die gebrochenen Rippen schmerzten. »Nur ein krankhafter Geist würde jemanden wie uns im Bett haben wollen. Wir sind schmutzige, gebrochene Männer mit einem Bein im Grab, das heißt, in meinem Fall ist ein Bein im Grab und das andere bereit, ihm zu folgen.«

Reed verstummte. Das viele Reden hatte ihn erschöpft. An der Schwelle zur Bewusstlosigkeit schloss er die Augen. Eine sanfte Hand auf seiner Schulter holte ihn in die Wirklichkeit zurück. Langsam öffnete er die Augen und blinzelte in das grelle Licht der Laterne. Zunächst war alles, was er erkennen konnte, schwarz, vom Scheitel bis zu den Stiefeln, sogar die Hände steckten in schwarzen Handschuhen.

Sie blickte ihn an. Obwohl der Schleier ihr Gesicht verdeckte, waren doch die jugendlichen Züge darunter nicht zu übersehen. Warum interessierte sich eine junge Frau für gebrochene Männer? Er konnte förmlich spüren, wie sie ihn mit Blicken durchbohrte. Ein Seufzer der Erleichterung entfuhr ihm, als sie schließlich weiterging. Zu seiner Bestürzung kehrte sie jedoch, nachdem sie alle sechs Männer begutachtet hatte, wieder zu ihm zurück.

Lucien, der ungeduldig am Eingang wartete, räusperte sich. »Habt Ihr Eure Wahl getroffen, Madame? Bisher habt Ihr alle Männer in diesem Gefängnis zurückgewiesen. Dies hier ist die letzte Zelle. Es wäre unklug, sich noch länger hier aufzuhalten. Der Vorsteher könnte jeden Augenblick wiederkommen.«

Die *schwarze Witwe* stellte die Laterne vor Reed auf dem Boden ab und bückte sich, um ihm in die Augen zu sehen. »Seid Ihr Reed Harwood?« Ihr Englisch war tadellos und akzentfrei.

»Wer möchte das wissen?«, krächzte Reed verblüfft.

»Beantworte meine Frage!«, befahl sie.

Reed sah keinen Grund, sie anzulügen. Er war ohnehin ein toter Mann. Noch schlimmer konnte es kaum kommen. »Ja, der bin ich. Und welche Rolle spielt das?«

»Für mich eine sehr große, Mylord.«

Die Frau erhob sich und nahm die Laterne. »Den nehme ich, Monsieur Lucien.«

Auch ihr Französisch war perfekt, stellte Reed fest.

»Ihr begeht einen Fehler«, sagte Reed. »Ich bin dem Tode so nahe, wie es ein Mann nur sein kann. An mir werdet Ihr keine Freude haben.«

»Lasst mich das selbst beurteilen.«

Reed kicherte heiser. »Seht Ihr denn nicht? Ich bin gar nicht in der Lage, Euch das Vergnügen zu bereiten, das Ihr mir abfordern werdet.«

Die Frau atmete zischend ein und schüttelte den Kopf, als der Gefängniswärter zu ihr herüberkam.

Lucien schnaubte ungläubig. »Den wollt Ihr? Ich bitte Euch, wählt einen anderen, Madame. Der hier wird nicht mehr lange unter uns sein.«

»Ist das Euer einziger Einwand?«, fragte die schwarze Witwe schroff.

Lucien zuckte auf seine typisch französische Art mit den Schultern. »Mir soll es recht sein. Diese Männer …«, fuhr er fort, und seine ausladende Geste schloss alle sechs Gefangenen mit ein, »sind ohnehin dazu verdammt, in der Teufelsburg zu sterben.«

Die schwarze Witwe zog eine pralle Geldbörse hervor und ließ vor Luciens gierigen Augen die Münzen klimpern. »Diesmal ist es ein wenig mehr. Ihr wollt es Euch doch nicht entgehen lassen?«

Mit einer flinken Handbewegung griff sich Lucien die Geldbörse und wog sie in der Hand. »Ich nehme es. Ein armer Gefängniswärter kann es sich nicht leisten, Bestechungsgelder abzulehnen. Nehmt den Mann und macht mit ihm, was Ihr wollt.« Er schauderte. »Obwohl ich mir nicht vorstellen kann, dass er Euch viel Freude bereiten wird. Jedenfalls wird er bald sterben. Aber mir soll es recht sein. Auf diese Weise erspart Ihr mir die Arbeit, sein Grab zu schaufeln.«

Reed lauschte aufmerksam der Unterhaltung. Hatte er richtig gehört? Er konnte sich partout nicht erklären, was die Witwe mit ihm oder einem der anderen Gefangenen anstellen wollte.

»Lasst meine Diener kommen!«, befahl die Frau.

Als wäre er es gewöhnt, ihren Anordnungen zu gehorchen, ging Lucien zum Eingang der Zelle und machte ein Zeichen. Zwei Männer betraten den Raum. Offenbar handelte es sich um gewöhnliche französische Bauern mit einfachen Kleidern und Holzschuhen.

»Der da«, sagte die schwarze Witwe und zeigte auf Reed. »Seid vorsichtig, er scheint schwere Verletzungen zu haben.«

Die beiden Männer beugten sich über Reed. Reed erstarrte. »Habe ich eine Wahl?«

»Nicht die geringste«, flüsterte sie auf Englisch. »Euretwegen bin ich hergekommen. Liegt Euch an Eurem Leben, dann versucht ja nicht, Euch zu widersetzen.«

Selbst wenn er gewollt hätte, wäre Reed nicht in der Lage gewesen, Widerstand zu leisten. Er keuchte lediglich vor Schmerzen, als ihn die Diener der Witwe vorsichtig auf die Füße stellten.

»Gebt Acht auf seinen Arm«, mahnte Doktor Leclair. »Er ist gebrochen.«

Die Witwe starrte den Doktor einen Augenblick lang an, dann nickte sie.

»Viel Glück, *mon ami*«, rief er Reed nach, der von den Dienern der Witwe halb getragen, halb aus der Zelle geschleift wurde.

Reed musste das Bewusstsein verloren haben, denn als er wieder zu sich kam, lag er auf Stroh gebettet und mit einer warmen Decke zugedeckt auf einem schaukelnden Pferdewagen. Die Dämmerung war bereits hereingebrochen. Reed blickte hinauf zum Sternenhimmel und fragte sich, wo er da nur hineingeraten war.

Fleur Fontaine nahm Hut und Schleier ab und schüttelte ihre glänzenden schwarzen Locken. Jedes Mal, wenn sie sich in diesen Mahlstrom menschlichen Leidens begab, spürte sie, wie etwas in ihr starb. Sie dankte Gott dafür, dass ihr Ehemann eines schnellen Todes gestorben war. Kein Mann hatte es verdient, wie ein Tier behandelt oder geschlagen zu werden, nur weil er ein Aristokrat war. Vor allem aber hatte es kein Mensch verdient, in der Teufelsburg zu sterben. Leider konnte sie nicht alle retten.

Fleur lebte in der ständigen Angst, jemand könnte herausfinden, wer sie war und dass sie für England arbeitete. Während des ganzen letzten Jahres hatte sie das Leben einer anonymen Witwe geführt, die mit ihren Bediensteten in einem kleinen Landhaus auf einer spärlich besiedelten Landzunge an der französischen Küste lebte. Das Bestechungsgeld, mit dem sie die Freigabe der Gefangenen erwirkte, sowie die Namen der Männer, die sie aus der Teufelsburg befreien sollte, kamen von Lord Porter.

Lord Reed Harwood war der dritte politische Häftling, den sie aus dem Gefängnis befreit hatte, und seine Verfassung war mit Abstand die schlechteste. Sie betete inständig, Doktor Defoe möge in der Lage sein, ihn zu retten. Denn wie man ihr zuletzt mitgeteilt hatte, war Harwood ein wichtiger Mann.

»Wie bekommt ihm die Reise, Antoine?«, fragte Fleur den Mann, der hinten bei Reed saß. Der andere lenkte den Wagen über eine holprige Straße entlang der Steilküste.

»Er ist noch am Leben, Countess«, erwiderte Antoine. »Mehr kann ich nicht sagen.«

»Wir sind bald da. Doktor Defoe wird uns bereits erwarten. Ich habe ihn vorsichtshalber schon vor unserer Abreise rufen lassen.«

Fleur seufzte und schwieg, von Mitgefühl überwältigt. Reed Harwood hatte mehr gelitten, als einem Menschen würdig war. Er musste einmal ein gut aussehender Mann gewesen sein, dem die Frauen zu Füßen gelegen haben mussten. Jetzt war er nur noch die Hülle von einem Mann, schmutzig, erschreckend hager und krank. Das

Fleisch hing schlaff an seinem hochgewachsenen Körper, die grauen Augen waren trüb, das schwarze Haar filzig und stumpf.

Der Kutscher bog auf eine schmale unbefestigte Straße ab. Die Nacht war so schwarz, dass Fleur das kleine Landhaus erst sah, als es jäh vor ihnen auftauchte.

»Der Doktor ist hier«, sagte Antoine und zeigte auf das Pferd, das neben der Eingangstür an einen Baum gebunden war.

Die Tür ging auf, und ein schwacher Lichtstrahl sickerte durch den Spalt ins Freie. Fleur sprang vom Wagen. Ein kleiner dünner Mann trat in die Nacht hinaus und kam zu ihnen herüber.

»Ist alles gut gegangen? Habt Ihr den Mann gefunden, den Ihr gesucht habt?«

Fleur vertraute dem Doktor, doch man hatte ihr befohlen, die Identität des Mannes unter keinen Umständen preiszugeben. Sie hatte den Doktor für seine Diskretion bezahlt, und er wusste das zu schätzen.

»Ich habe ihn gefunden, wenn ich auch nicht weiß, ob er noch lange am Leben sein wird.«

»Alles ist vorbereitet. Lasst ihn hereinbringen. Solange ich ihn nicht gesehen habe, kann ich nicht wissen, womit ich es zu tun habe.«

Fleur sah ihren beiden Dienern zu, wie sie Reed vom Wagen hoben und ins Haus trugen. Eine rundliche Frau fortgeschrittenen Alters, der die Erleichterung ins Gesicht geschrieben stand, empfing sie an der Tür.

»Ich bin heil zurück, Lisette. Du kannst jetzt aufhören, dir Sorgen zu machen«, beruhigte Fleur sie.

»Warum musst du das tun, *ma petite*?«, schalt Lisette. »Ich lebe in ständiger Angst vor dem Tag, an dem du nicht zurückkehrst.«

»Du weißt, dass ich für Lord Porter arbeite, um den

Tod meines Ehemanns zu rächen. Wir sprechen später. Jetzt muss ich den Doktor begleiten.«

Fleur eilte dem Doktor und seinem Patienten nach und erreichte die Kammer in dem Augenblick, als sie Harwood auf das Bett legten. Lisette folgte ihr auf dem Fuß.

»Bringt mir heißes Wasser, aber reichlich, und saubere Tücher«, ordnete der Doktor an. »Der Mann stinkt, sein Körper ist völlig verdreckt.«

Lisette eilte davon, um den Anweisungen Folge zu leisten.

»Antoine, geh und hol zwei Schienen für seinen Arm. Du weißt schon, was ich brauche«, sagte Defoe.

»Und was kann ich tun?«, wollte Fleur wissen.

»Im Augenblick nichts.« Defoe schüttelte den Kopf. »Seht ihn Euch an. Der arme Mann ist nur noch Haut und Knochen. Was für eine Verschwendung!«

»Könnt Ihr sein Leben retten? Er wird nahrhafte Mahlzeiten und viel Ruhe brauchen, damit die Brüche gut verheilen.«

Doktor Defoe gab keine Antwort, sondern fuhr schweigend mit seiner Untersuchung fort. »Zwei gebrochene Rippen«, stellte er fest und entlockte Reed ein schwaches Stöhnen. »Die werden wir verbinden müssen. Die Prellungen werden verheilen, doch es könnte bereits zu spät für ihn sein. Die Jugend ist auf seiner Seite, und er hat einen starken Willen.«

Lisette kehrte mit heißem Wasser und einigen Tüchern zurück. Sie schob Fleur zur Seite und begann, Reed die zerrissene Kleidung abzustreifen. »Geh dich umziehen, *ma chère*. Ich werde dem guten Doktor zur Hand gehen, während du dich von diesem entsetzlichen Gestank befreist.«

Lisette hatte Recht, dachte Fleur. Sie hatte den Gestank nach Tod und Verwesung mitgebracht. »Ich bin gleich wieder da«, rief Fleur und eilte aus der Kammer.

Fleur wusch sich gründlich und zog frische Kleider an. Um in ihrer Rolle zu bleiben, schlüpfte sie in ein schlichtes, schmuckloses schwarzes Kleid. Sie würde so lange Schwarz tragen, bis der Auftrag erledigt war.

Fleurs Gedanken wanderten wieder zu Reed Harwood. Seit seiner Ankunft in der Teufelsburg hatte man ihm schwer zugesetzt. Das konnte höchstens acht Monate her sein, denn bei ihrem letzten Besuch, als sie einen seiner Landsmänner freigekauft hatte, war er noch nicht unter den Häftlingen gewesen.

Wusste Lord Harwood, was sich in England ereignet hatte, so dass seine Rettung zwingend erforderlich war? Sie bezweifelte es. Man hatte ihr mitgeteilt, dass er in Paris als Geheimagent gearbeitet hatte, wo er plötzlich verschwunden war. Die Teufelsburg war eines der letzten Verstecke, wo man noch nicht nach ihm gesucht hatte, und dort hatte sie ihn gefunden.

Ehe Fleur ins Krankenzimmer zurückkehrte, schrieb sie eine eilige Nachricht an ihren Verbindungsmann und sandte Antoine diese zu überbringen. Die Nachricht beinhaltete Harwoods Rettung, aber auch den bedenklichen Zustand, in dem er sich befand. Außerdem teilte sie ihm mit, dass er, sollte er überleben, erst in einigen Wochen wieder in der Lage sein würde zu reisen.

Als Fleur in das Krankenzimmer zurückkehrte, hatte Lisette den Patienten bereits gewaschen und eine Decke über seinen nackten Körper gelegt. Nun, da er vom Schmutz befreit war, konnte nicht übersehen werden, dass er einmal ein gut aussehender und gut gebauter Mann gewesen war. Sobald er sich erholt und wieder zu Kräften gekommen wäre, würde er das reinste Prachtexemplar des Männergeschlechts sein. Aber das gehörte nicht zur Sache.

»Wie geht es ihm?«, erkundigte sich Fleur.

»Er ist sehr schwach«, antwortete Doktor Defoe. »Er hätte nicht mehr lange durchgehalten. Wer immer seinen gebrochenen Arm geschient hat, hat beachtliche Arbeit geleistet, zumal wenn man die Hilfsmittel bedenkt, die ihm zur Verfügung standen.«

»Die gebrochenen Rippen und äußeren Verletzungen werden verheilen. Weit größere Sorgen bereitet mir seine Unterernährung.« Defoe schüttelte den Kopf. »Er muss ein unglaublich hartnäckiger Kerl sein, um es so lange auszuhalten.«

»Versorgt seine Wunden, Doktor, das ist alles, worum ich Euch bitte. Ich werde ihn gesundpflegen, und Lisettes Küche wird ihm wieder zu Kräften verhelfen.«

»Gebt ihm zunächst aber nur leichte Kost. Brühe und Haferschleim und viel Flüssigkeit. Er wird es Euch früh genug wissen lassen, wenn er für feste Nahrung bereit ist.«

»Danke, Doktor.« Sie überreichte ihm eine schwere Geldbörse. »Danke, dass Ihr zu so später Stunde gekommen seid. Und für Eure absolute Diskretion.«

»Ich bin kein größerer Anhänger der gegenwärtigen Regierung als Ihr.« Defoe schnaubte. »Ich werde Euch eine Heilsalbe für die Prellungen sowie ein Fläschchen Laudanum hierlassen. Reichlich Schlaf ist für seine Genesung unerlässlich. Gebt ihm Laudanum, wenn es sein muss, aber verwendet es sparsam, es macht sehr schnell abhängig. Ich werde in zwei Tagen wieder vorbeikommen und nach dem Rechten sehen.«

Der Doktor verabschiedete sich und verließ die Kammer. Fleur sah Lisette zu, wie sie geschäftig um den Patienten herumtänzelte.

»Mehr können wir im Moment wohl nicht tun«, meinte Lisette schließlich und entfernte sich vom Krankenbett. »Ich werde bei ihm bleiben, während du eine nahrhafte Rinderbrühe zubereitest. Ich nehme an, er wird ein paar Fragen haben, wenn er aufwacht.«

Fleur zog sich einen Stuhl ans Kopfende des Bettes und setzte sich. Sie wusste über Reed Harwood nichts weiter, als man ihr in geheimen Botschaften mitgeteilt hatte. Harwood war für den britischen Geheimdienst tätig, sprach fließend Französisch und hatte für das Königshaus wertvolle Informationen gesammelt. Sein Vater war ein Earl gewesen, und der Titel war nun an seinen Bruder gefallen. Niemand schien zu wissen, was genau passiert und wie Harwood in der Teufelsburg gelandet war.

Fleur betrachtete seine Gesichtszüge – die schmalen dunklen Augenbrauen, das kräftige schwarze Haar, die vollen Lippen und eingefallenen Wangen – und versuchte sich vorzustellen, wie er wohl ausgesehen haben mochte, bevor man ihn in die Teufelsburg gebracht hatte. Hatte er eine Frau? War er verlobt? Sie schätzte ihn auf Mitte zwanzig bis dreißig. Die meisten Männer in seinem Alter waren entweder verheiratet oder verlobt.

Gerade als sich Fleur von ihrem Stuhl erhob und über den Kranken beugte, schlug er die Augen auf. Sie glänzten im Kerzenlicht wie reines Silber.

Reed kam nur langsam zu sich. Unter großer Anstrengung gelang es ihm schließlich, die Augen einen Spalt weit zu öffnen. Einen Augenblick lang fürchtete er, er sei in einem Traum. Die groben Felswände, das faulige Stroh, auf dem er so viele Tage gelegen hatte, bis er aufgehört hatte, sie zu zählen, das alles war nun verschwunden. Und es war still. Kein Stöhnen, kein Schluchzen, kein Flehen war zu vernehmen. Eine gesegnete Ruhe umgab ihn.

Sogar der unermessliche Gestank nach Tod und Verfall war verschwunden. Viele Wochen und Monate hatte er in diesem Gestank gelebt. Er schnupperte – Blumenduft stieg ihm in die Nase, der liebliche Geruch nach frischer Wäsche, und ... *er lag nackt auf sauberen Laken!*

Reed versuchte zu sprechen, doch kein Laut wollte ihm über die Lippen kommen. Seine Kehle war rau, und die Zunge fühlte sich pelzig an.

»Möchtet Ihr einen Schluck Wasser?«

Reed wandte den Kopf in die Richtung, aus der die wohlklingende Frauenstimme kam, und fragte sich, ob er vielleicht gestorben und in den Himmel gekommen sei. Diesseits des Paradieses konnte es wahrlich nichts geben, das so lieblich klang. Reed nickte und flehte, sein Traum möge niemals zu Ende gehen.

Er sah zu, wie die Frau den Krug nahm, der auf dem Nachttisch stand, und Wasser in ein Glas goss. Dann schob sie einen Arm unter seine Schultern, um ihm den Kopf ein wenig anzuheben, und führte das Glas an seine Lippen. Reed wurde erst klar, dass er sich nicht in einem Traum befand, als er ihre weichen Brüste an seiner Wange spürte. Das Wasser schmeckte süß und rein, nicht wie die dunkle, trübe Flüssigkeit, die sie ihm im Gefängnis angeboten hatten. Und die Frau duftete nach ... Blumen.

»Mehr?«, fragte die Frau, als Reed ausgetrunken hatte.

Reed schüttelte den Kopf. »Ihr ... sprecht ... Englisch.«

»Ich bin in England geboren. Wie fühlt Ihr Euch?«

»Ich ... habe Schmerzen, aber an eine Zeit ohne Schmerzen kann ich mich kaum erinnern. Bin ich in einem Traum?«

»Nein, das ist die Wirklichkeit. Der Doktor hat Euch bereits untersucht und mir zur Pflege anvertraut. Wenn Ihr Schmerzen habt, kann ich Euch etwas Laudanum geben.«

»Später. Wer seid Ihr? Wo bin ich?«

»Was ist Eure letzte Erinnerung?«

»Ich war in einer dunklen Höhle und wünschte mir den Tod.«

»Ist das alles?«

Reed legte die Stirn in Falten und strengte sein Gedächtnis an. Plötzlich fiel es ihm wieder ein. *Die schwarze Witwe*. Er sah sie prüfend an. Sie hatte den Schleier abgenommen, und was er sah, machte ihn sprachlos. Im Flackerschein der Kerze erkannte er, dass die schwarze Witwe jung und bezaubernd war. Tiefschwarze Locken umrahmten ihr blasses Gesicht mit den langen dunklen Wimpern und vollen Lippen. Eine wahre Schönheit.

»Seid Ihr die *schwarze Witwe*?« Sie nickte. »Ich verstehe nicht ganz. Was nützt Euch ein Sterbender? Was wollt Ihr von mir? Wenn Wollust der Preis ist, den Ihr für meine Freiheit fordert, dann fürchte ich, der Preis ist zu hoch. Ich werde weder mir noch Euch große Freude bereiten können.«

»Gut zu wissen, dass die Figur, die ich erfunden habe, glaubhaft ist. Mein Name ist Fleur Fontaine. Ich bin von Geburt Engländerin. Mein verstorbener Ehemann war ein französischer Graf und ist während der Schreckensherrschaft der Guillotine zum Opfer gefallen. Er hat mir zur Flucht verholfen, sich selbst aber konnte er nicht retten.«

»Das tut mir leid«, sagte Reed mit sanfter Stimme. »Warum tut Ihr das? Warum ich? Ich verstehe überhaupt nichts.«

»Das erwarte ich auch nicht von Euch, noch nicht.

Nun aber genug der Fragen für heute. Ihr habt Schmerzen. Lasst mich Euch etwas Laudanum geben. Wenn Ihr aufwacht, werde ich Euch die Brühe einflößen, die Lisette gerade zubereitet. Ihr seid lebensgefährlich unterernährt. Und wenn Ihr nach England zurückkehren wollt, müssen Eure Knochenbrüche gut verheilt sein.«

Reed sah zu, wie sie Laudanum in ein Wasserglas gab und es ihm an die Lippen setzte. Er nahm einen Schluck und verzog das Gesicht, trank aber auf ihr Drängen hin weiter. Wenige Minuten später wurden ihm die Lider schwer. »Fleur«, murmelte er. »Blume. Der Name passt zu Euch. Ihr duftet nach Blumen.«

Fleurs Lächeln war wie die reinste Sonne, die ihn erstrahlen ließ, wenngleich die Dunkelheit bereits über ihm hereinbrach. »Und Ihr, Mylord Earl, müsst Euch jetzt ausruhen.«

Er wollte ihr noch sagen, dass er gar kein Earl war, dass der Titel vielmehr seinem Bruder gehörte, doch konnte er keinen klaren Gedanken mehr fassen.

Fleur beugte sich über den Kranken, um ihm eine Locke aus dem Gesicht zu streichen, dann verließ sie auf Zehenspitzen den Raum. Er hatte gesprochen, was ein gutes Zeichen war. Und er hatte Neugier bewiesen, ein weiteres gutes Zeichen.

Fleur ging zu Lisette in die Küche. Die kräftige Rinderbrühe, die in einem großen Kessel vor sich hin köchelte, roch vorzüglich. Fleur hoffte, nahrhafte Kost und gute Pflege würden Reed Harwood von der Schwelle des Todes zurück ins Leben holen, so dass er bei guter Gesundheit nach England zurückkehren konnte.

Der letzte Häftling, den Fleur befreit hatte, war nur kurz im Gefängnis gewesen und binnen vierzehn Tagen nach England zurückgekehrt. Fleur fürchtete, Harwood würde nicht so viel Glück haben. Ihre Hauptsorge war, entdeckt zu werden. Wie oft würde sie Lucien noch bestechen können, ehe sie von der Obrigkeit verhaftet wurde? Ehe sie selbst wegen Spionage hinter Gitter käme? Fleur seufzte. Darüber konnte sie jetzt nicht nachdenken. Nicht, solange sie jemanden beschützen musste, der wichtiger war als sie.

Lisette wandte sich zu Fleur um, als diese die Küche betrat. »Wie geht es unserem Patienten?«

»Er schläft. Ich habe ihm Laudanum gegeben, das sollte ihn bis morgen früh schlafen lassen.«

»Bis morgen früh ist es nicht mehr lange hin, *ma petite*. Geh ins Bett. Für heute gibt es nichts mehr zu tun. Die Brühe köchelt schön vor sich hin und wird fertig sein, sobald er aufwacht.«

Fleur gähnte. »Ich sollte lieber bei ihm bleiben, für den Fall, dass es ihm plötzlich schlechter geht.«

»Lass Gaston heute Nacht bei ihm sitzen. Er wird besser auf ihn aufpassen können als du. Du musst dich ausruhen. Noch einmal in dieses Gefängnis zu gehen, muss sehr anstrengend gewesen sein.« Sie gab Fleur einen leichten Schubs. »Nun geht schon, ich werde Gaston rufen.«

Fleur gab sich geschlagen. Mit Lisette war nicht zu verhandeln, wenn es um ihre Gesundheit ging. »Na schön. Richte Gaston aus, er soll mich rufen, wenn er mich braucht.«

Bevor sich Fleur endgültig in ihre Kammer zurückzog, ging sie noch einmal in das Krankenzimmer. Obwohl Seine Lordschaft tief und fest schlief, wälzte er sich unruhig von einer Seite auf die andere und stöhnte leise. Sie hörte ihn etwas murmeln und beugte sich weiter vor, um ihn besser zu verstehen. Erschrocken wich sie zurück, als sie die Worte vernahm.

»Verraten. Muss mit Porter sprechen. Sterben … sterben …«

Fleur fasste ihm auf die Stirn in Erwartung fiebriger Hitze, doch seine Haut fühlte sich kalt an. Sie wusste nicht, was er durchgemacht hatte, konnte es sich aber vorstellen. Etwas an diesem Mann rührte eine Saite in ihr, die über bloßes Mitleid hinausging. Etwas an dem frischgebackenen Earl of Hunthurst war anders als bei den anderen Männern, die sie aus dem Gefängnis befreit und zurück nach England geschickt hatte.

In diesem Augenblick betrat Gaston das Krankenzimmer und bat Fleur eindringlich, ihre Kammer aufzusuchen. Fleur wusste nicht, was sie ohne die treuen Hände von Lisette, Antoine und Gaston tun würde oder wie sie ohne ihre Hilfe überhaupt so weit gekommen wäre. Nachdem man ihren Ehemann verhaftet hatte, waren sie mit ihr geflohen und sogar bei ihr geblieben, als sie begonnen hatte, heimlich für Lord Porter zu arbeiten.

»Ich bitte dich, mich unverzüglich zu rufen, sollte sich sein Zustand verändern«, sagte Fleur ernst.

»Natürlich, Countess.«

Fleur überlegte kurz, ob sie ihn berichtigen sollte – man hatte ihr den Titel während der Schreckensherrschaft längst aberkannt –, sah dann aber ein, dass ihre Worte ohnehin nichts bewirken würden. Für ihre treuen Diener würde sie immer die Countess Fleur Fontaine bleiben.

# Zweites Kapitel

In den darauffolgenden Tagen bekam Reed nur sehr wenig von alldem mit, was um ihn herum geschah. Nur an Fleurs Duft erkannte er, wenn sie an seinem Bett auftauchte. Jeglicher Versuch, die Augen zu öffnen, blieb erfolglos. Sein benebelter Geist sagte ihm, dass man ihm Laudanum gegeben hatte. Von Zeit zu Zeit war er wach genug, um etwas Brühe, Haferschleim oder nahrhaften Brei zu sich zu nehmen.

Ebenfalls wusste Reed, wenn der Doktor bei ihm war, denn seine Besuche waren mit Schmerzen verbunden. Doch die Tage vergingen, und seine Brüche begannen zu verheilen, sein Geist wurde klarer, und Brühe und Haferschleim wollten ihm nicht mehr genügen. In seinen lichten Momenten beschloss er, beim nächsten Mal auf das Laudanum zu verzichten. Er verlangte nach mehr Antworten, und die würde er nicht bekommen, solange sein Geist benebelt war.

Als Reed eines Morgens erwachte, saß der Diener bei ihm. Nachdem Gaston ihm beim Waschen und Zähneputzen geholfen hatte, bat Reed um ein kräftigeres Mahl. Er sprach Französisch mit ihm, denn er hatte herausgefunden, dass Gaston kein Englisch sprach.

»Ich werde die Countess rufen«, sagte Gaston und eilte davon.

Wieder alleine im Raum, hievte er sich mit dem gesunden Arm in eine aufrechte Position und setzte sich auf den Bettrand. Als Fleur in die Kammer gestürzt kam, bedeckte er die Lenden hastig mit einem Laken.

Fleur sprach Englisch mit ihm. »Was macht Ihr? Habt Ihr Schmerzen? Wünscht Ihr eine höhere Dosis Laudanum?«

»Kein Laudanum mehr«, krächzte Reed. »Ich habe Hunger. Nun, da ich sicher bin, dass ich leben werde, brauche ich kräftigere Nahrung als den Brei, den Ihr mir bislang eingeflößt habt.«

»Das stand weiß Gott auf Messers Schneide«, räumte Fleur ein. »Doktor Defoe sagte, Ihr wüsstet, wann es Zeit für feste Nahrung sei. Ich habe darauf gewartet, dass Ihr danach verlangt. Doch müssen wir Euren Magen noch eine ganze Weile schonen und schwere Kost vermeiden. Lisette wird wissen, was jetzt das Beste für Euch ist.«

»Lisette«, wiederholte Reed. »Eure Köchin?«

»Meine Köchin, meine Gefährtin, sie ist mein Ein und Alles. Vermutlich wird sie Euch fürs Erste Eier und geröstetes Brot anbieten. Sollte Euch dies gut bekommen, kann es dann weitergehen.«

»Ich muss mich ein wenig bewegen«, sagte Reed. »Wenn ich noch länger im Bett liegen bleibe, werden meine Muskeln oder das, was von ihnen übrig ist, gänzlich verkümmern«, fügte er bitter hinzu. Er streckte den gesunden Arm aus und schüttelte den Kopf. »Ich sehe aus wie ein Skelett. Mein Bruder wird mich nicht wiedererkennen, wenn ich nach Hause zurückkehre.«

Er warf ihr einen durchdringenden Blick zu. »Ich *werde* doch nach England zurückkehren, nicht wahr?«

»Gewiss, Mylord. Aber nicht, ehe Ihr dazu in der Lage seid. Eure Abreise will sehr gut vorbereitet sein. Lord Porter ist darüber informiert, dass Ihr am Leben seid, und er wird es mich wissen lassen, sobald ein Schiff zu erwarten ist, das Euch zurück nach England bringt. Ich habe ihm mitgeteilt, dass Eure Genesung Zeit braucht.«

»Ihr arbeitet für Lord Porter? Für den britischen Geheimdienst?« Er versuchte zu lächeln, und auf seiner rechten Wange erschien ein Grübchen. »Also holt Ihr die Männer gar nicht aus dem Gefängnis, damit sie Euch Lust verschaffen sollen?«

Fleur lachte. »Ich glaube kaum, dass Ihr oder irgendeiner der Männer, die ich gerettet habe, in der Lage wäret, Lust zu verschaffen.«

»Wie nehmt Ihr mit Porter Kontakt auf?«

»Durch meinen Verbindungsmann hier in Frankreich. Über ihn erhalte ich die Befehle. Wie Ihr bereits erraten habt, arbeite ich für den Geheimdienst.«

»Wer ist Ihr Verbindungsmann?«

»Er nennt sich André. Ich habe ihn erst einmal getroffen. Es war dunkel, und ich konnte sein Gesicht kaum erkennen. Mein Diener Antoine ist unser Bote. Sie treffen sich in einer Dorfschenke. André hat mich für die Mission ausgewählt und mir das Bestechungsgeld zur Verfügung gestellt.«

Reed starrte sie an, und zum ersten Mal seit seiner Rettung wurde er sich ihrer außergewöhnlichen Schönheit gänzlich bewusst. Das Sonnenlicht, das durch das Fenster hereinfiel, zauberte einen rötlichen Schimmer auf ihr schwarzes Haar. Die Wimpern unter den elegant geschwungenen Augenbrauen waren so lang und dicht, dass sie beinahe die goldenen Sprenkel in ihren braunen Augen verdeckten. Ihre helle Haut war so zart wie das feinste Porzellan. Als sein Blick schließlich die vollen, rosenroten Lippen erreichte, wurde er plötzlich gewahr, dass sie ihn mit derselben durchdringenden Intensität betrachtete.

Reed räusperte sich. »Ich muss so bald wie möglich mit André sprechen.«

»Er wird Euch kaum mehr sagen können als ich. Die Rettungsaktion erfordert strengste Geheimhaltung. Nachnamen werden nicht genannt. Ich weiß nicht einmal, ob André sein richtiger Name ist. Man hat uns ganz einfach angewiesen, ihn so zu nennen.«

»Ich kenne mich mit Geheimhaltung bestens aus.« Reed schnaubte. »Ich war selbst Geheimagent, bis man mich … entlarvt hat.« Reed hielt es für das Beste, den Verrat, dem er zum Opfer gefallen war, nicht zu erwähnen, bis er mehr über diese Mission wusste. Erst einmal musste er wieder zu Kräften kommen.

»Ich werde Euch das Frühstück bringen«, sagte Fleur. »Was die Bettruhe angeht, so werden wir abwarten, was Doktor Defoe dazu meint. Er kommt heute vorbei, um sich Euren Arm anzusehen. Er meint, die Knochen wachsen gut zusammen.«

»Wie sieht es mit Kleidung aus? Ich kann schlecht in einem Bettlaken eingewickelt herumlaufen.«

»Ihr werdet alles haben, was Ihr braucht, sobald es Euch gut genug geht, um herumzulaufen«, erwiderte Fleur und verließ geschwind den Raum.

Reed sah, wie ihre schlanke Gestalt in der Türöffnung verschwand. Wenn er dieser Tage auch nicht viel mitbekommen hatte, so hatte er Fleur doch stets an ihrer Sanftheit und ihrem Duft erkannt. Nun, da sein Geist nicht länger in Nebel gehüllt war, begriff er, dass sie eine seltene Schönheit war.

Wenn Fleur Engländerin war, was machte sie dann in Frankreich? Warum arbeitete sie für Lord Porter und das Außenministerium? Reed runzelte die Stirn. Er erinnerte sich dunkel, dass Fleur von ihrem französischen Ehemann gesprochen hatte. Ihrem toten Ehemann. So viel hatte er mitbekommen, aber es gab immer noch eine ganze Menge, was er nicht wusste.

Plötzlich merkte Reed, dass er sich dringend erleichtern musste. Da weder Antoine noch Gaston bei ihm waren, beschloss er, seine Beine auf die Probe zu stellen. Er erinnerte sich, dass das Nachtgeschirr hinter einem Wandschirm in der Ecke des Raumes stand, und erhob sich mit wackeligen Beinen. Erstaunlicherweise war er trotz der zittrigen Knie in der Lage zu stehen. Vorsichtig wagte er den ersten Schritt, dann noch einen und noch einen, bis er vor Anstrengung laut keuchte. Doch er hatte den Wandschirm erreicht, und das war an sich schon ein Erfolg.

Ihm gelang es, sein Geschäft ohne fremde Hilfe zu verrichten, doch gerade als er wieder hinter dem Wandschirm hervortrat, sah er Fleur mit einem Tablett die Kammer betreten. Da erst wurde ihm bewusst, dass er splitternackt war.

Sie starrten einander an, als hätte die Erde aufgehört sich zu drehen. Reed wusste, dass seine körperliche Verfassung noch nie so schlecht gewesen war. Er wollte von niemandem angestarrt werden, erst recht nicht von einer attraktiven jungen Frau. Er stürzte in Richtung Bett, um unter die schützenden Laken zu kriechen, doch so weit kam er nicht. Seine Knie gaben, nach und er fiel zu Boden.

Fleur setzte das Tablett auf dem Nachttisch ab und schüttelte den Kopf, als habe sie es mit einem Kind und nicht mit einem erwachsenen Mann zu tun. »Törichter Mann! Warum habt Ihr nicht gewartet, bis Euch jemand hilft?«

Sie ergriff seinen heilen Arm und half ihm auf die Beine.

»Wenn ich mir bei allem helfen lasse, werde ich nie zu Kräften kommen.«

Sein Missgeschick trieb ihm die Schamesröte ins Gesicht. Reed war immer stolz auf seinen Körper gewesen.

Er hatte dafür gesorgt, gut in Form zu sein, seine Muskeln trainiert und den Körper mit Fechten, Boxen und anderen Aktivitäten an der frischen Luft in Form gehalten. In England hatte er den Ruf genossen, ein rechter Schlingel und Schürzenjäger zu sein. Jetzt fragte er sich, ob er jemals wieder in der Lage sein würde, sich vor einer Frau zu entblößen.

Glücklicherweise schien Fleur seine Beschämung nicht zu bemerken. Sie wirkte lediglich besorgt und völlig leidenschaftslos, während sie ihm half, sich auf den Bettrand zu setzen und in das Laken zu hüllen.

»Seid Ihr jetzt bereit, etwas zu essen?«, fragte sie heiter.

»Mehr als das, ich sterbe vor Hunger«, gestand Reed.

Fleur entfernte das Tuch vom Tablett und brachte ein lockeres Omelett, dicke Scheiben frischen Brotes, Butter und eine Kanne Tee zum Vorschein. »Solltet Ihr danach immer noch hungrig sein, wird Lisette Euch ein weiteres Omelett braten.«

Reed lief das Wasser im Mund zusammen und hatte den peinlichen Zwischenfall sogleich vergessen. »Das ist das reinste Festmahl, Countess.«

Fleur blickte verstohlen hinter sich, obgleich sie wusste, dass niemand lauschte. »Es gibt keine Monarchie mehr in Frankreich. Ich bin eine einfache Bürgerin, Mylord. Bitte nennt mich einfach Fleur. Alles andere ist zu gefährlich.«

»Ich bitte um Verzeihung, Fleur. Wenngleich ich die letzten Monate abgeschieden von der Welt gelebt habe, so hätte ich es doch besser wissen müssen. Könnt Ihr Euren Dienern und dem guten Doktor vertrauen?«

»Sie sind die Einzigen, denen ich vertrauen kann. Außerhalb dieses Hauses darf niemand von Eurer Anwesenheit erfahren.«

»Was ist mit Lucien, dem Gefängniswärter in der Teufelsburg? Weiß er Bescheid?«

»Wenn bekannt würde, dass Lucien Bestechungsgelder angenommen hat, um Euch in meine Obhut zu entlassen, wäre er ein toter Mann. Lucien wird nichts sagen. Es wird lediglich ein neues Grab auf dem Friedhof außerhalb der Gefängnistore geben. Man wird Luciens Vorgesetzten mitteilen, dass dies Eure letzte Ruhestatt sei. Ich bin sicher, es wird keine weiteren Fragen geben.«

Reed nahm die Gabel in die Hand und stach in das Omelett. Die köstlichen Gewürze reizten seine Geschmacksknospen, weckten den Appetit, den man ihm in der Teufelsburg schmählich versagt hatte. Er schloss die Augen und schluckte, genoss jeden Bissen. Das Brot war knusprig und leicht, die frisch zubereitete Butter schmeckte himmlisch. In wenigen Minuten hatte er alles verspeist und leckte sich die Butter von den Fingern.

»Ein wahrer Segen«, seufzte Reed. »Ich kann es kaum erwarten, mehr aus Lisettes Küche zu kosten.«

»Wünscht Ihr mehr?«

Reed zögerte. Er hätte vermutlich dreimal so viel essen können, als er gerade zu sich genommen hatte, aber er wusste nicht, ob sein Magen damit umgehen konnte. »Ich sollte vielleicht lieber bis zum Mittagessen warten, um meinen Magen nicht zu überlasten.«

Fleur nickte. »Ruht Euch jetzt aus, ich werde den Doktor hochbringen, sobald er da ist.« Reed lehnte sich in die Kissen zurück. Fleur wollte sich gerade entfernen, da streckte er die Hand nach ihr aus und packte sie am Arm, selbst überrascht, dass er noch Kraft genug hatte, um sie festzuhalten.

»Wartet! Ihr verheimlicht mir etwas, nicht wahr? Warum habt Ihr von Dutzenden verdienstvollen Männern in der Teufelsburg ausgerechnet mich gerettet? Warum habt Ihr mich ausgewählt und andere zurückgelassen?«

»Ihr habt fürs Erste genug Aufregung gehabt. Ich werde es Euch erklären, nachdem der Doktor hier war. In der Zwischenzeit suche ich Euch etwas zum Anziehen.«

Reed ließ ihren Arm los, auch wenn er nur ungern die Berührung mit seiner bezaubernden Retterin unterbrach. Wenige Augenblicke später fielen ihm die Augen zu, und er schlief ein.

Fleur verließ den Raum nicht sofort. Sie blieb noch eine Weile und beobachtete den Schlafenden. Sie stellte fest, dass er besser aussah, sein Gesicht ein wenig mehr Farbe bekommen hatte. Seine unglaublichen silbernen Augen hatten den dumpfen, halbverhungerten Ausdruck verloren, wenngleich sein Gesicht immer noch hager und die Haut straff über die Wangenknochen gespannt war. Da ihm das Omelett offenbar gut bekommen war, würde sie dafür sorgen, dass er zu Mittag eine weitere herzhafte Mahlzeit bekam. Er konnte zweifellos mehr Fleisch auf den Rippen gebrauchen.

Aus irgendeinem Grund konnte sich Fleur nicht von seinem Anblick losreißen. Er faszinierte sie. Etwas in seinem Gesicht wies auf eine dunkle und gefährliche Seite hin. Er konnte gnadenlos sein, wenn die Situation es erforderte, dessen war sie sich sicher, seine Feinde hatten es schwer. Ließ er jedoch sein Grübchen aufblitzen, so konnte sie sich gut vorstellen, welche Wirkung er auf Frauen hatte.

Fleur hatte seit dem Tod ihres Ehemanns keinen anderen so interessant gefunden wie Reed Harwood, und sie fragte sich, warum sie sich derart zu ihm hingezogen fühlte. Ihr war natürlich klar, dass er der Typ Mann war, der

Frauen anzog. Vor seiner Gefangennahme waren sie ihm vermutlich reihenweise verfallen. Sie kannte die Spezies, hatte vor ihrer Hochzeit mit Pierre selbst einige Verehrer aus ihren Reihen gehabt.

Mit einem Seufzer nahm sie das Tablett und verließ die Kammer. Als sie die Küche betrat, blickte Lisette verstohlen auf die leeren Teller und lächelte.

»Wie hat Seiner Lordschaft das Omelett geschmeckt?«, erkundigte sie sich.

Fleur setzte das Tablett auf dem Tisch ab. »Er war begeistert. Ich denke, er ist jetzt bereit für etwas deftigere Kost. Er kann es kaum erwarten, wieder zu Kräften zu kommen. Er hat sogar versucht, auf eigene Faust das Nachtgeschirr zu benutzen, nur zurück zum Bett hat er es noch nicht ganz geschafft. Ich habe noch nie einen Mann derart erröten sehen wie ihn, als er nackt vor mir auf dem Boden lag. Ich glaube, dass er sich für seine erbärmliche körperliche Verfassung schämt.«

»Das würde mich nicht wundern«, erwiderte Lisette. »Unser Gast scheint ein stolzer Mann zu sein. Er hat es bestimmt nicht gern, wenn du oder eine andere Frau ihn in seinem jetzigen Zustand sieht.«

»Er bat mich um Kleidung. Ich werde Antoine suchen und sehen, was wir dahaben.«

Als Fleur Antoine schließlich gefunden und ihm erklärt hatte, was sie brauchte, war Doktor Defoe bereits eingetroffen. Fleur folgte ihm in das Krankenzimmer, wo Reed scheinbar tief und fest schlief.

»Soll ich ihn aufwecken, *madame*?«, fragte Defoe.

Reed schlug die Augen auf. »Ich bin schon wach, Doktor.«

Der Doktor nickte. »Lasst mich einen Blick auf Euren Arm werfen. Tut er noch weh?«

»Nicht so sehr wie am Anfang.«

»Der Bruch verheilt gut«, verkündete Doktor Defoe zufrieden. »Die Schiene kann nächste Woche ab, wenn Ihr mir versprecht, dass Ihr den Arm in einer Schlinge tragt und ruhigstellt, bis er vollständig verheilt ist. Ein Glück, dass es ein einfacher Bruch war.«

»Danke, Doktor. Wann werde ich das Bett verlassen und herumlaufen können?«

»Sobald Ihr Euch kräftig genug fühlt«, antwortete Doktor Defoe.

Reed lächelte, wobei sich die Haut noch straffer um seine Wangenknochen spannte. »Ich bin bereit.«

Defoe tippte sich nachdenklich mit dem Finger ans Kinn und wandte sich dann an Fleur. »Ich glaube, es ist an der Zeit, dass unser Patient wieder feste Nahrung zu sich nimmt, *madame*. Er braucht dringend etwas von dem Gewicht zurück, das er verloren hat.«

»Das war auch mein Gedanke, Doktor«, sagte Fleur. »Lisette hat ihm heute Morgen ein Omelett zubereitet, und es scheint ihm gut bekommen zu sein. Er hat wieder Appetit, was immer ein gutes Zeichen ist.«

»Das ist es in der Tat. Dann gibt es für mich erst mal nichts mehr zu tun, falls sich seine Verfassung nicht schlagartig ändern sollte.« Der Doktor untersuchte Reeds verbundene Rippen. »Die Rippen verheilen ebenfalls vorbildlich, und die Prellungen klingen allmählich ab. Die Verbände können bald abgenommen werden, wenn er sich ohne sie wohler fühlt.«

Reed stieß einen Seufzer der Erleichterung aus. »Je eher ich mich frei bewegen kann, desto eher werde ich wieder zu Kräften kommen.«

»Soll ich in ein paar Tagen wiederkommen und ihm die Armschiene abnehmen?«, wandte sich der Doktor an Fleur.

»Ich komme zurecht, Doktor. Habt Dank für alles, was

Ihr getan habt. Wie gesagt, das Ganze muss streng vertraulich behandelt werden.«

»Ich verstehe, *madame*. Und Ihr habt Recht damit, dass ich besser nicht wiederkomme. Es gibt zu viele neugierige Leute im Dorf, die gewillt sind, ihre Nachbarn für ein paar läppische Münzen zu verraten.« Er schüttelte den Kopf. »Ich weiß wirklich nicht, was aus unserem wunderbaren Land geworden ist.«

Fleur begleitete den Doktor hinaus. Als sich der gute Mann verabschiedet hatte, kehrte sie in das Krankenzimmer zurück. Sie musste Reed erzählen, was sie ihm bislang verschwiegen hatte. Zuvor aber ging sie in die Küche, um ein paar dicke Scheiben Brot, Butter und eine Kanne Milch für ihren Patienten zu holen. Reichlich zu essen war der einzige Weg, wie er wieder zu Kräften kommen konnte.

Reeds Magen hatte bereits wieder angefangen zu knurren, als Fleur mit einer Kanne Milch und zwei dicken Butterbrotscheiben zu ihm hereinkam.

»Woher wusstet Ihr …?«, fragte Reed und griff sich gierig eine Scheibe, von der er sogleich ein großes Stück abbiss.

»Ihr solltet mehrmals täglich kleine Zwischenmahlzeiten zu Euch nehmen«, riet Fleur. »Mit Lisettes Hilfe werden wir Euch in kürzester Zeit herausgefüttert haben.« Sie zog sich einen Stuhl ans Bett heran. »Antoine sucht gerade ein paar Kleider zusammen. Sie werden Euch vielleicht nicht richtig passen, aber es wird besser sein als nichts.«

Reed nickte und aß weiter.

»Mylord, ich habe schlechte Nachrichten für Euch«, begann Fleur.

Der Ton, den sie anschlug, gefiel Reed nicht. Er schluckte

hastig, um Fleur seine volle Aufmerksamkeit schenken zu können. Das schwarze Gewand, das sich an ihren Körper schmiegte und die weiblichen Rundungen durchblicken ließ, schmälerte ihre Schönheit keineswegs. Die dunkle Trauerkleidung war eigentlich dazu gedacht, eine Frau düster und trostlos aussehen zu lassen. Stattdessen brachte das Schwarz ihre samtige Haut zum Glühen und betonte den rötlichen Glanz in ihrem dunklen Haar. Zum ersten Mal seit Monaten verspürte er jenen vertrauten Druck in den Lenden.

Reed bedurfte seiner vollen Konzentration, um den Blick von ihren Brüsten zu lösen, die sich sanft hoben und senkten, und ihr in die Augen zu sehen. »Schlechte Nachrichten, sagt Ihr? Ich wusste, dass Ihr mir etwas verschwiegen habt.«

»Ich dachte, es wäre besser zu warten, bis Ihr in der Lage seid, die Nachricht aufzunehmen. Ihr wisst nicht, wie nahe Ihr dem Tode wart, als Ihr hier angekommen seid.«

Reed nickte ernst. »Ich weiß. Ich habe mir den Tod sogar gewünscht. Aber wie Ihr sehen könnt, bin ich inzwischen gänzlich imstande, jede Nachricht aufzunehmen, die Ihr mir zu überbringen habt, sei sie nun gut oder schlecht. Bitte fahrt fort. Ich hoffe, Ihr werdet mir berichten, warum Ihr ausgerechnet mich aus der Teufelsburg gerettet habt.«

»Ja, und ich bedaure es sehr, dass Ihr es von mir erfahren müsst und nicht von einem Mitglied Eurer Familie.«

»Außer meinem Bruder und meiner Großmutter ist von meiner Familie nicht mehr viel übrig. Von meiner engeren Familie jedenfalls. Fahrt nur fort, Fleur. Ich werde es ertragen können.«

Fleur zögerte, sagte dann aber: »Ihr Bruder ist tot, Mylord. Ihr seid nun der sechste Earl of Hunthurst. Lord

Porters Kommuniqué besagt, dass Ihr dringend zu Hause gebraucht werdet, um die Führung der Grafschaft zu übernehmen.«

Eine erdrückende Last drohte Reeds Brust zu zerschmettern. Jason war nur ein Jahr älter als er. »Jason ist tot?«, fragte er matt. »Ihr müsst Euch irren. Ich … es ging ihm gut, als ich ihn das letzte Mal sah.«

»Seine Krankheit war offenbar sehr ernst und hat ihm einen schnellen Tod beschert.«

»Jason war nie bei guter Gesundheit gewesen, doch mit der Hochzeit schien er plötzlich wieder aufzuleben. Wir hofften alle, er würde bald einen Erben in die Welt setzen. Großmutter muss am Boden zerstört sein.«

»Eure Großmutter ist diejenige, die die Ermittlungen hinsichtlich Eures Verschwindens eingeleitet hat. Soweit ich weiß, hat sie Lord Porter dazu gedrängt, Euch zu finden, und mit schrecklichen Konsequenzen gedroht, wenn es ihm nicht gelänge.«

Ein Lächeln umspielte Reeds Lippen. »Das hört sich tatsächlich nach Großmutter an.«

Reed konnte einfach nicht glauben, dass sein Bruder nicht mehr am Leben war. Er wollte die Grafenwürde nicht, hatte nie eine höhere Stellung angestrebt. Nach dem Tod ihres Vaters hatte er Jason gerne den Vortritt überlassen, um weiterhin das wilde Leben führen zu können, das er liebte.

»Wann ist er gestorben?«, stieß er mit erstickter Stimme hervor.

»Ich weiß es nicht genau. In die näheren Umstände hat man mich nicht eingeweiht. Aber es muss passiert sein, nachdem man Euch gefangen genommen hat. Britische Agenten waren schon seit einigen Monaten dabei, Eurem Verschwinden nachzugehen, wenn ich auch erst kürzlich damit beauftragt wurde, Euch zu suchen. Ich hatte bereits zwei andere Männer aus der Teufelsburg befreit, und Lord Porter dachte, Ihr könntet ebenfalls dort sein, nachdem er Euch nirgendwo anders ausfindig machen konnte. Sie fürchteten bereits, Euch nicht mehr lebend anzutreffen.«

Reed hatte sich von der Nachricht, dass sein Bruder gestorben war, ohne einen Erben in die Welt zu setzen, noch nicht erholt.

Reed hatte an Jasons Frau Helen nie etwas finden können, sein Bruder aber war glücklich mit ihr gewesen. Reed war indessen damit beschäftigt, ihrer Schwester Violet aus dem Weg zu gehen, die offensichtlich hinter ihm her war. Das war auch einer der Gründe gewesen, weshalb er die Einladung, nach Frankreich zu gehen und dort als Spion für Lord Porter zu arbeiten, dankbar angenommen hatte.

»Ist alles in Ordnung, Mylord?«, erkundigte sich Fleur. »Mir ist es ein Gräuel, derart schlechte Nachrichten zu überbringen.«

»Der Tod eines geliebten Menschen ist immer sehr schwer zu akzeptieren«, sagte Reed. »Ich bin sicher, Ihr wisst, wovon ich spreche.«

Fleur starrte hinunter auf ihre geballten Fäuste. Als sie wieder aufblickte, standen ihr Tränen in den Augen. »Pierre war zu jung, um eines so grausamen Todes zu sterben. Seine Hinrichtung ist der Grund, warum ich für Lord Porter arbeite, obwohl ich ihn nie persönlich kennengelernt habe.«

»Werdet Ihr jemals nach England zurückkehren?«

Fleur zuckte mit den Schultern. »Vielleicht eines Tages, wenn meine Arbeit hier beendet ist. Der Großteil meiner Familie ist verstorben. Außer meiner Tante, bei der ich gelebt habe, bevor ich Pierre heiratete und nach Frankreich zog, ist niemand mehr übrig.«

»Eine Liebesheirat?«, erdreiste sich Reed zu fragen.

Fleur wandte den Blick ab, die Lippen fest aufeinandergepresst.

»Tut mir leid. Ich habe kein Recht, derart persönliche Fragen zu stellen.«

»Mich schmerzt es, über Pierre zu sprechen. Er war ein reizender Mann, der den Tod nicht verdient hat.«

»Habt Ihr Kinder?«

Fleur schüttelte den Kopf und stand auf, um die Unterhaltung zu beenden. »Ich lasse Euch mit Eurer Trauer nun allein.«

Reed nickte. Er musste jetzt allein sein. Sein Bruder war ein guter Mann gewesen. Wenngleich er sein Leben lang gesundheitliche Probleme gehabt hatte, war sein früher Tod doch überraschend gekommen. Arme Großmutter, klagte Reed. Sie wollte so gerne miterleben, wie der künftige Erbe von Hunthurst das Licht der Welt erblickt. Wenn es nun seine Aufgabe war, Kinder in die Welt zu setzen, so würde er seine Großmutter enttäuschen müssen. Reed hatte nicht die Absicht, sich eine Frau zu suchen, wenn er nach England zurückkehrte.

Die Monate in Gefangenschaft hatten ihm vor Augen geführt, wie wertvoll das Leben war, und er war fest entschlossen, die verschenkte Zeit nachzuholen. Es gab zu viele willige Frauen dort draußen, um sich für immer an eine zu binden. Der Heiratsmarkt war nichts für ihn. Jason hatte sich gefügt, als es zur Eheschließung kam. Reed aber hatte nicht vor, dem Pastor allzu bald in die Falle zu gehen.

Die folgenden Stunden widmete sich Reed der Trauer um seinen Bruder Jason, indem er sich an ihre gemeinsamen Tage erinnerte. Bis auf Jasons häufige Krankheiten hatten sie eine glückliche Kindheit verlebt. Wäre Fleur nicht zur rechten Zeit aufgetaucht, dann wäre er seinem Bruder wohl in die Ewigkeit gefolgt, und die Grafschaft wäre ohne Erben geblieben, abgesehen von einem entfernten Cousin aus dem französischen Zweig der Familie. Und eigentlich wusste er nicht einmal, ob sein Cousin überhaupt noch am Leben war. Seines Wissens hatte Gallard Duvall England kein einziges Mal besucht. Sollte seine Großmutter mit der Duvall-Familie noch in Kontakt stehen, so wusste Reed jedenfalls nichts davon.

In dem tiefen Gefühl, einsam und verlassen zu sein, schlief Reed ein, von unruhigen Träumen geplagt. Als er erwachte, versank die Sonne bereits am Horizont. Er vernahm das leise Klicken des Türriegels, und wie er aufblickte, sah er Antoine auf Zehenspitzen die Kammer betreten.

»Ist gut, Antoine, ich bin wach.«

»Ich habe ein paar Kleider für Euch gefunden, Monsieur«, sagte Antoine. »Ich werde Euch hineinhelfen, wenn Ihr es wünscht. Die Countess meinte, Ihr könnt im Speisesaal mit uns zu Abend essen, sofern Ihr Euch gut genug fühlt.«

»Es wäre mir ein Vergnügen«, erwiderte Reed. »Und Eure Hilfe nehme ich dankbar an. Mein Arm ist noch nicht ganz verheilt, und ich fühle mich noch immer ein wenig schwach. Doch zuerst möchte ich Euch ein paar Fragen zu André, Eurem Verbindungsmann, stellen.«

Antoine sah Reed aufmerksam an. »Die Countess hat gesagt, Ihr würdet nach André fragen. Leider weiß ich nur sehr wenig über ihn. Ich treffe ihn in der Dorfschenke und überbringe ihm die Nachrichten der Countess und umgekehrt. Wir sprechen kaum.«

»Wie sieht er aus?«

Er zuckte mit den Schultern. »So wie alle anderen. Er bemüht sich, nicht aufzufallen.«

Reed runzelte die Stirn. »Ist das alles, was Ihr mir über ihn berichten könnt?«

»Tut mir leid. Unsere Treffen sind heimlich und sehr kurz.«

Reed seufzte. Er hätte gerne gewusst, welcher Spion sein Leben für ihn riskierte. »Na schön. Dann dürft Ihr mir nun beim Ankleiden helfen.«

Antoine half Reed in ein einfaches Paar Kniehosen und ein braunes Hemd, das Antoine oberhalb des geschienten Arms zuknöpfte. Dann legte er eine Jacke aus dem gleichen groben Material, aus dem die Kniehosen waren, über Reeds Schultern und trat einen Schritt zurück, um sich das Ergebnis anzusehen.

»Das wird ausreichen, Monsieur. Und die Kleider werden Euch besser passen, sobald Ihr wieder etwas Fleisch auf den Rippen habt.«

Reed musste sich mit seinem ganzen Gewicht auf Antoine stützen, als sie den schmalen Flur hinuntergingen, der zu den Räumen jenseits der Schlafgemächer führte. In England hätte man das Haus als rustikal bezeichnet. Es war ohne Zweifel behaglich, aber weder groß noch prätentiös, nichts, was scinen Bewohnern besondere Aufmerksamkeit abverlangt hätte.

Reed stieß einen Seufzer der Erleichterung aus, als sie die geräumige, bäuerlich-robuste Küche erreichten. Mit einer unbeholfenen Verbeugung in Fleurs Richtung ließ er sich erschöpft auf den Stuhl sinken, den Antoine ihm herangerückt hatte.

»Wie fühlt Ihr Euch?«, erkundigte sich Fleur. »Vielleicht hättet Ihr noch etwas länger im Bett bleiben sollen.«

»Mir ging es schon besser«, erwiderte Reed. »Aber ich lebe. Vor wenigen Tagen habe ich mir noch den Tod gewünscht.«

Ein Lächeln erhellte Fleurs Gesicht. »Gott sei Dank blieb Euer Wunsch unerfüllt, Mylord.«

»Das habe ich allein Euch zu verdanken, Fleur. Bitte nennt mich Reed.«

Die Unterhaltung verstummte, als Lisette und Gaston das Mahl servierten, das sie in familiärer Art in der Mitte des Tisches platzierten. Dann setzten sich alle zusammen an Tisch.

»Wie Ihr seht, legen wir hier keinen Wert auf Formalitäten. Wir essen wie Freunde alle zusammen an einem Tisch«, sagte Fleur auf Französisch.

Reed blickte in die Runde, dankbar, dass er am Leben war und ein Mahl mit Fleur und ihren Freunden teilen durfte. »Es ist mir eine Ehre«, erwiderte er in einwandfreiem Französisch.

»Lasst mich Euch behilflich sein«, bat Fleur und griff nach einer Terrine, der ein köstlicher Duft entströmte. Sie schöpfte eine großzügige Portion in Reeds Schale. »Ich hoffe, Ihr mögt Bouillabaisse. Fisch ist billig und in dieser Gegend leicht zu bekommen. Vielleicht ist sie ein wenig zu scharf für Euren Geschmack.«

Reed nahm den Löffel in die gesunde Hand, kostete von der Suppe und verdrehte die Augen. »Köstlich. Es hat mir nie besser geschmeckt«, sagte er und tauchte ein Stück knuspriges Brot in die Brühe. »Kompliment an die Köchin«, wandte er sich an Lisette.

Lisette nickte, und ein zufriedenes Lächeln umspielte ihre Mundwinkel.

»Ihr habt Lisette soeben den Tag versüßt«, bemerkte Fleur. »Sie hat es sich zum Ziel gemacht, Euch ordentlich herauszufüttern.«

»Ich verspreche, alles zu essen, was Lisette auf den Tisch bringt.«

Die Nachspeise stand der Hauptmahlzeit in nichts nach. Reed genoss jeden einzelnen Bissen der mit Obst gefüllten Blätterteigtorte. Nach dem Essen war er dennoch mehr als bereit, ins Bett zurückzukehren. Die Mahlzeit sowie das gesellige Beisammensein hatten ihn erschöpft, und er spürte deutlich, wie die Müdigkeit ihn zu übermannen drohte.

»Antoine wird Euch nach oben begleiten«, sagte Fleur, als sie Reeds Ermattung bemerkte.

Reed nickte, wenn er sich auch noch nicht bereit fühlte, von Fleurs Seite zu weichen. Die Frau faszinierte ihn. Ungeachtet der Gefahr für sich und ihre Freunde, hielt sie eisern an ihrem Kurs fest, um alles für England zu tun, was in ihrer Macht stand. Er aber machte sich Sorgen um sie. Sobald er in London war, würde er mit Lord Porter über die gefährliche Mission sprechen, die man Fleur aufgetragen hatte. Der Gedanke, sie könnte wie er in der Teufelsburg landen, war ihm unerträglich.

»Werdet Ihr später noch zu mir heraufkommen?«, fragte Reed auf Englisch, damit nur Fleur ihn verstehen konnte. »Vielleicht können wir uns unterhalten. Ich fühle mich etwas einsam.«

»Natürlich werde ich zu Euch kommen, vorausgesetzt, Ihr seid nicht zu müde.«

»Für Euch werde ich nicht zu müde sein. Bitte kommt.«

Reed meisterte den langen Weg durch den Flur ohne Antoines Hilfe. »Die Arbeit der Countess ist gefährlich«, sagte Reed. »Sie sollte so bald wie möglich nach England zurückkehren.«

Antoine zuckte in französischer Manier mit den Schultern. »Das wissen wir alle, Monsieur, aber sie lässt sich von uns nichts sagen. Das Einzige, was wir tun können, ist, so gut wie möglich auf sie aufzupassen.«

Sie hatten Reeds Kammer erreicht. Antoine half ihm beim Ablegen der Kleider und unter die Bettdecke. »Ich werde mit ihrem Vorgesetzten sprechen, sobald ich zurück in England bin«, erklärte Reed. »Fleur darf sich nicht länger dieser Gefahr aussetzen. Sollte es mir gelingen, ihre Rückkehr nach England zu veranlassen, werdet Ihr, Gaston und Lisette sie begleiten?«

»Ich kann nicht für Lisette sprechen, aber Gaston und ich würden wahrscheinlich in unser Dorf zurückkehren. Wir sind der Countess zu Treue verpflichtet, solange sie in Frankreich weilt. Frankreich ist unsere Heimat. Sollte die Countess das Land verlassen, werden wir zu unseren Familien zurückkehren.«

»Habt Dank, Antoine. Ohne Eure und Gastons Hilfe wäre ich heute nicht am Leben.«

Antoine zog sich zurück und ließ Reed mit seinen Gedanken allein. Nach seiner aufregenden Zeit als britischer Geheimagent sehnte er sich nicht danach, die Führung der Grafschaft zu übernehmen. Lord Porter war davon überzeugt, Napoleon stehe kurz davor, in England einzufallen, und Reeds Aufgabe hatte darin bestanden, diese Theorie zu beweisen oder zu widerlegen.

Wenn er aber erst einmal in der Heimat war, würde von ihm erwartet werden, dass er sich unter den aktuellen Debütantinnen eine Frau auswählte, um ein paar Kinder in die Welt zu setzen. Ihm schauderte bei dem Gedanken.

Reed liebte seine Freiheit und genoss es, zu schlafen mit wem und wann es ihm gefiel, ohne dass Klatschbasen jeden Handgriff von ihm überwachten. Wie könnte er sein Leben im Licht der Öffentlichkeit weiterführen?

Ein Rascheln lenkte Reeds Aufmerksamkeit auf die andere Seite des Raumes, wo Fleur in der Tür stehen geblieben war.

»Ich dachte, Ihr könntet eingeschlafen sein«, sagte Fleur.

»Nein, ich warte auf Euch. Kommt herein und setzt Euch zu mir. Es gibt etwas, das ich gerne mit Euch besprechen würde.«

Fleur betrat die Kammer und zog sich einen Stuhl ans Bett heran. »Worum geht es?«

»Doktor Leclair. Er war mit mir im Gefängnis. Er hat meinen Arm geschient und alles für mich getan, was in seiner Macht stand. Sein einziges Verbrechen, das er begangen hat, besteht darin, dass er Adelige behandelt und versucht hat, ihre Identität zu vertuschen. Könnt Ihr ihn aus der Teufelsburg retten, ohne Euer eigenes Leben in Gefahr zu bringen?«

Fleur verharrte eine ganze Weile schweigend. »Der Wärter wird Verdacht schöpfen, wenn ich zu bald wiederkomme. Ich muss das Mysterium der schwarzen Witwe aufrechterhalten, um meine Arbeit fortsetzen zu können. Aber ich werde Euch ein Versprechen geben: Sobald ich Euch sicher auf den Weg nach England gebracht habe, werde ich sehen, was ich für Euren Freund tun kann.«

»Mehr kann ich wahrlich nicht von Euch verlangen. Habt vielen Dank.«

»Es ist Zeit für mich zu gehen. Ihr braucht jetzt dringend ein wenig Ruhe.«

Als sie sich erhob und über ihn beugte, um das Laken zurechtzuzupfen, geschah etwas, das Reed nicht für möglich gehalten hätte. Ihr sanfter Duft nach Blumen erweckte in ihm ein Verlangen, das er bereits vergessen hatte, so lange hatte er nichts Vergleichbares verspürt. Der Drang, sie zu küssen, ihre Lippen zu schmecken, überwältigte ihn. Impulsiv umklammerte er mit der Hand ihren Kopf und führte ihren Mund an den seinen.

Zum ersten Mal seit Monaten fühlte er sich wieder lebendig.

# Drittes Kapitel

Reeds Kuss kam so unerwartet, dass Fleur außerstande war, ihn abzuwehren. Sie erstarrte, unfähig, sich aus seinem Griff zu befreien. Doch etwas in ihr sehnte sich nach diesem Kuss. Sie hatte die Nähe, die Intimität ihrer Ehe schmerzlich vermisst, sich seit Pierres Tod aber nicht gestattet, bei einem Mann Trost zu suchen. Reeds Kuss jedoch, die wunderbare Magie seiner Lippen, ließ all die Sehnsüchte, die sie mit Pierre begraben hatte, wieder aufleben.

Willenlos gab sie sich dem Gefühl hin. Sie wusste, dass es falsch war, aber sie konnte nicht anders. Warum Reed?, dachte sie verwirrt. Keiner der anderen Männer, die auf ihrem Weg nach England bei ihr Station gemacht hatten, hatten eine so starke Anziehungskraft auf sie ausgeübt wie Reed. Sie waren für sie nichts weiter als glücklose Männer, die sie zu sich in Pflege nahm, ehe sie Frankreich verließen und für immer aus ihrem Leben verschwanden. Und so würde es auch mit Reed sein.

Dieser letzte Gedanke gab Fleur den Anstoß, das zu tun, was sie sofort hätte tun sollen: den Kuss zu beenden. Sie versuchte sich von ihm zu lösen und bemerkte erst jetzt, dass Reeds unversehrter Arm seinen Weg um ihre Taille gefunden hatte. Nein, das ging auf gar keinen Fall. Entgegen ihrem Wunsch, sich seinen Küssen hinzugeben, riss sie sich los und nahm behutsam seinen Arm von ihrer Hüfte.

»Verzeiht mir«, bat Reed, ehe Fleur ihn zurechtweisen

konnte. »Ich weiß nicht, was über mich gekommen ist. Es ist lange her, dass ich Interesse für eine Frau verspürt habe. Und Ihr …« Er schüttelte den Kopf. »… Ihr seid eine Frau, der nur ein toter Mann widerstehen könnte.«

Fleur drohte ihm mit dem Finger. »Ihr seid wahrlich nicht in der Verfassung, solche Gedanken zu hegen.«

Wieder erschien das unwiderstehliche Grübchen auf Reeds Wange. »Ich bin noch nicht tot, Fleur.«

Fleur musterte sein hageres Gesicht und versuchte sich vorzustellen, wie er wohl ausgesehen haben mochte, bevor er derart abgemagert war. Sie nahm an, dass er ungeachtet seiner gefährlichen Arbeit ein rechter Schurke war. Doch konnte sie nicht umhin, ihn für seinen Wagemut zu bewundern, wissend, dass er sich mitnichten in der Lage befand, mit seinen amourösen Avancen Ernst zu machen.

Fleur erwiderte sein verschmitztes Lächeln. »Dafür wird noch jede Menge Zeit sein, wenn Ihr erst einmal nach England zurückgekehrt seid. Ich vermute, es wird eine ganze Menge junger Frauen geben, deren ehrgeizige Mütter Eure Aufwartung ganz gezielt suchen werden.«

Reed schnitt eine Grimasse. »Das fürchte ich auch.«

Sie deckte ihn ordentlich zu und schlug die Bettdecke unter seinem Kinn ein. »Gute Nacht, Reed. Ich werde Euch Gaston schicken, damit er nach Euren Bedürfnissen sieht, bevor Ihr Euch zur Nachtruhe begebt.«

Fleur nahm den Kerzenhalter, den sie mitgebracht hatte, und verließ die Kammer, wobei sie die Tür leise hinter sich schloss. Draußen lehnte sie sich einen Augenblick lang gegen die Tür und berührte mit den Fingerspitzen ihren Mund. Sie konnte noch die Wärme von Reeds Lippen spüren, und ein lange vergessenes Kribbeln strömte durch ihren Körper. Sie schüttelte den Kopf und begab sich in ihre Kammer. Es war töricht von ihr, sich von den

Lippen eines Mannes ablenken zu lassen. Zumal eines Mannes, den sie nie wiedersehen würde, sobald er Frankreich verlassen hatte.

Reed hegte ähnliche Gedanken. Was hatte ihn nur dazu bewogen, Fleur zu küssen? Ihre vollen runden Lippen mussten schuld daran gewesen sein. Sie zu küssen, hatte ihm zum ersten Mal seit vielen Wochen, nein, Monaten, das Gefühl gegeben, am Leben zu sein. Er musste lächeln. Wenn sich die Gelegenheit bot, würde er keine Sekunde zögern, sie wieder zu küssen.

Reeds Genesung schritt schnell voran. Wie Doktor Defoe angeordnet hatte, wurden ihm die Verbände in der Körpermitte alsbald abgenommen. Ein paar tiefe Atemzüge verrieten, dass seine Rippenbrüche tatsächlich verheilt waren. Wenige Tage später entfernte Fleur die Schiene von seinem Arm und brachte eine Schlinge an, um den Arm zu schonen, bis er vollständig verheilt war.

Die Mengen an Essen, die Reed in den folgenden Tagen verschlang, erstaunten sogar ihn selbst. Einen Monat, nachdem er aus der Teufelsburg befreit worden war, hatte er beinahe wieder sein ursprüngliches Gewicht. Die hohlen Wangen waren fülliger geworden, und die silberfarbenen Augen hatten den trüben, leeren Blick verloren. Wenngleich seine vollständige Genesung noch einige Wochen dauern würde, fühlte er sich allmählich wieder er selbst.

Eines der ersten Anzeichen seiner Gesundung war Reeds Begeisterung für Fleur. Diese Frau war einfach unglaublich. Der Mut, den sie bewiesen hatte, indem sie ihn und andere seiner Landsleute in ihrer Verkleidung als schwarze Witwe aus der Teufelsburg gerettet hatte, war mit Worten kaum zu beschreiben.

Reed wusste, dass Fleur von dem Schwur getrieben wurde, den Tod ihres Ehemanns zu rächen, und er bewunderte sie dafür, dass sie trotz der Gefahr, die das Unternehmen für sie selbst bedeutete, nicht von ihrem Kurs abwich. Und die Gefahr wurde mit jedem Tag, den sie in dem kleinen Landhaus verbrachte, größer. Schon aus diesem Grund gelobte er, seine Genesung so schnell wie möglich voranzutreiben und nach England zurückzukehren, sobald sein schwacher Körper es erlaubte.

Eines Tages nach dem Abendessen fragte Fleur Reed, ob er Lust auf einen kleinen Spaziergang habe. Reed willigte ohne zu zögern ein.

»Bewegung ist jetzt genau das Richtige für mich. Werdet Ihr mich begleiten?«

»Wenn Ihr es wünscht.«

»Ich wünsche es. Und Ihr seid überzeugt, dass es sicher ist?«

»Zu dieser Abendstunde wird niemand mehr auf der Straße sein. Wir wohnen hier sehr abgelegen. Gaston hat einen Stock für Euch gefunden, damit Ihr Euer Gleichgewicht besser halten könnt.«

Reed erhob sich langsam von seinem Stuhl. Fleur ging, um ihren Umhang zu holen. Gaston verließ den Speiseraum und kehrte kurz darauf mit einem Stock und Reeds Jacke zurück. Als Fleur wiederkam, nahm sie seinen Arm.

»Seid Ihr bereit?«

»Wann immer Ihr es seid.«

Gaston öffnete die Tür, und gemeinsam traten sie hinaus in die dunkle Nacht. »Wohin gehen wir?«, erkundigte sich Reed.

»Ein Stück den Weg hinunter. Der schmale Pfad durch die Felder ist zu holprig für Euch, der Schotterweg aber sollte ohne Probleme zu schaffen sein.«

Sie spazierten Arm in Arm im Mondschein, und hoch oben am Nachthimmel funkelten die Sterne. Reed sog die herrliche Luft ein, zutiefst mit Dank erfüllt, dass der Schöpfer seinem Wunsch zu sterben nicht nachgekommen war. Ihm war, als hätte er zeit seines Lebens nur darauf gewartet, an einem lauen Sommerabend wie diesem neben Fleur zu wandeln.

Obwohl er es über die Maßen genoss, draußen zu sein, spürte er doch Müdigkeit in sich aufsteigen. Fleur musste gemerkt haben, dass seine Kräfte allmählich nachließen, denn sie sagte: »Dort am Wegrand liegt ein umgestürzter Baum. Möchtet Ihr eine Pause machen und Euch ausruhen, bevor wir den Rückweg antreten?«

»Ihr müsst mich für einen rechten Schwächling halten, aber … ja, ich würde mich lieber erst ein wenig ausruhen. Außerdem gibt es da etwas, das ich gerne mit Euch besprechen würde, und ich sehe Euch kaum noch allein.«

Sie schlenderten zu dem Baumstamm. Reed ließ sich vorsichtig darauf nieder, und Fleur setzte sich neben ihn. »Worüber wollt Ihr mit mir sprechen?«, fragte sie, als sie es sich so bequem wie möglich gemacht hatten.

»Über Euch. Ich hatte viel Zeit, über Euch nachzudenken. Ich möchte, dass Ihr Frankreich mit mir verlasst. Hier seid Ihr nicht sicher. Ich kann einfach nicht glauben, dass Porter noch nicht auf Eure baldige Rückkehr nach England gedrängt hat.«

Fleur warf Reed einen Blick zu und sah dann weg. »Lord Porter hat mir bereits nahegelegt, zurückzukehren, doch meine Arbeit hier ist noch nicht beendet. Dieses Haus gehört Lisette, einer einfachen Bürgerin, und ich bin nichts weiter als eine trauernde Witwe. Hier interessiert sich niemand für mich. Solange ich meinem Land dienen kann, werde ich hierbleiben.«

»Ihr seid bloß eine Frau, Fleur.«

Fleur zuckte mit den Schultern. »Ich gebe mein Bestes.«

»Wie lange kann die schwarze Witwe noch unerkannt bleiben? Mir gefällt es nicht, Fleur. Euch sicher zurück nach England zu bringen ist das Mindeste, was ich tun kann, um Euch für meine Rettung zu danken.«

Fleur schüttelte den Kopf. »Ihr schuldet mir gar nichts, Reed. Ich mache das nicht für meinen persönlichen Gewinn. Das Leben anderer zu retten ist mein Weg, dafür zu sorgen, dass Pierre nicht umsonst gestorben ist. Kehrt Ihr in die Heimat zurück, wenn die Zeit reif ist, und verschwendet keinen Gedanken mehr an mich. Ich komme schon zurecht.«

Reed schaute sie prüfend an. Wenn ihn nur jemals eine Frau so lieben würde, wie Fleur ihren Ehemann. »Ihr müsst Euren Pierre sehr geliebt haben.«

Sie errötete und wandte den Blick ab. »Pierre hat den Tod nicht verdient. Er war ein guter Mann.«

Sie sah so traurig aus, so entsetzlich einsam, dass er sich nicht beherrschen konnte. Er streckte seinen unverletzten Arm nach ihr aus und streichelte ihr Gesicht, zeichnete mit dem Daumen dic Umrisse ihrer Lippen nach.

»Du spielst mit der Gefahr, solange du in Frankreich bleibst.«

Sie vergrub ihre Wange in seiner Handfläche. »Es ist lange her, dass mich ein Mann so zärtlich berührt hat.« Sie flüsterte, doch ihre Stimme barg eine schmerzliche Ergriffenheit.

»Kehr mit mir nach England zurück, und ich werde dafür sorgen, dass du einen würdigen Mann findest. Du verdienst jemanden, der dich wirklich liebt.«

»Ich hatte jemanden, der mich wirklich geliebt hat.«

Er umfasste ihren Nacken und zog sie näher zu sich heran, so nah, dass er ihren zarten Atem spüren konnte. »Du wirst wieder einen finden.«

Fleur zu widerstehen war unmöglich, sogar für einen

Mann, der noch immer zu schwach für das war, was er eigentlich gerne mit Fleur getan hätte. Sie brauchte dringend einen richtigen Mann, aber dieser Mann war er noch nicht. Hatte sie einen der anderen Männer, die sie gerettet hatte, zu sich ins Bett genommen?

Fleur hielt den Atem an. Sie war wie gefesselt, konnte sich seinem Blick nicht entziehen. Selbst wenn sie es gewollt hätte, sie hätte sich jetzt nicht rühren können. Sie wusste, dass er sie küssen würde, und sie wollte es. Sie verlangte danach. Seit Pierres Tod hatte sie sich immer einsam gefühlt. Doch ihr war gar nicht bewusst gewesen, wie einsam, bis plötzlich Reed aufgetaucht war. Ihre Blicke trafen sich und ließen sich nicht mehr los.

Keiner der anderen Männer, die bei ihr genesen waren, hatte sie so berührt wie Reed. Was hatte er an sich, dass sie sich plötzlich nach mehr als dem einsamen Leben sehnte, das sie nach dem Tod ihres Ehemanns geführt hatte?

Das war ihr letzter Gedanke, ehe Reed seine Lippen herabsenkte und sie küsste. Sein Kuss rief Erinnerungen wach an ein Geben und Nehmen von Lust, daran, in den Armen eines Mannes zu liegen, umsorgt zu werden.

Sein hinreißender Mund ließ von dem ihren ab, suchte ihr Ohr, dann ihren Hals. Seine Küsse riefen köstliche Schauer der Erregung in ihr hervor, die sie so lange nicht mehr gespürt hatte, dass sie sie glatt vergessen hatte. Mit einem leisen Stöhnen, das ihre Kapitulation andeutete, schlang sie ihm die Arme um den Hals, so dass sie ihn näher an sich ziehen konnte, und erwiderte seinen Kuss, obwohl sie wusste, dass sie sich auf gefährliches Terrain begab.

Da kehrte ihr Verstand plötzlich wieder zurück, und sie riss sich los. »Bist du bereit, zum Haus zurückzugehen?«

»Ich würde lieber hierbleiben und dich küssen.«

»Wir dürfen das nicht tun, Reed. Erstens geht es dir noch nicht gut genug für diese Art von Aktivitäten.«

»Wir haben uns doch nur geküsst.«

»Zweitens«, fuhr sie fort, »sollte das nicht passieren. Wenn du erst einmal fort bist, werde ich dich nie wiedersehen. Das dürfen wir nicht vergessen.«

Sie stand auf und half Reed auf die Beine. Schweigend gingen sie zum Haus zurück, Fleur wünschte Reed eine gute Nacht und begab sich in ihr Schlafgemach. Alleine in ihrer Kammer setzte sie sich aufs Bett und schlang die Arme um sich. Reeds Küsse hatten sie in Versuchung gebracht, unüberlegt zu handeln. Sie wusste nicht, was in sie gefahren war. Sie war nicht der Typ Frau, die sich von einem Fremden mal eben den Kopf verdrehen ließ.

Außerdem hatte sie Recht mit dem, was sie Reed gesagt hatte. Er war zu schwach, um die Sorte von Aktivitäten zu betreiben, die er im Sinn hatte. Was aber würde geschehen, wenn es ihm gut genug ging? Es war nicht schwer zu erkennen, dass Reed ein Mann war, der an Frauen Vergnügen fand. Fleur wagte es jedoch nicht, sich fallen zu lassen, denn ihre Arbeit hier war von zu großer Bedeutung. Sich in Reed zu verlieben, würde nur Kummer mit sich bringen. Außerdem konnte kein Mann der Welt Pierres Platz einnehmen.

Reed lag schlaflos im Bett und verfluchte seinen schwachen Körper. Obwohl er allmählich an Kraft gewann und bereits ordentlich an Gewicht zugelegt hatte, seit er in Lisettes Haus angekommen war, hatte sich seine ursprüngliche Ausdauer noch nicht wieder hergestellt. Fleurs Nähe hatte jedoch seine Libido geweckt. Tatsächlich verspürte er wieder ein ganz bestimmtes Verlangen. Er war zwar noch nicht in der Lage, eine volle Erektion aufrechtzuerhalten, doch den vertrauten

Druck in seinen Lenden hatte er bereits wahrgenommen.

Reed hämmerte mit den Fäusten auf sein Kopfkissen, wütend auf sich und seine Schwächlichkeit. Würde er jemals wieder in der Lage sein, wie ein Mann aufzutreten, mit der männlichen Gabe, der Frau seiner Wahl und sich selbst zugleich gerecht zu werden? Dass er Fleur geküsst hatte, war der Beweis dafür, dass er immer noch eine Frau begehren konnte, und das war schon mal ein Anfang.

Schließlich fand er Schlaf, wenn auch keinen ruhigen. Sexuelle Regungen, die er seit Monaten nicht erlebt hatte, quälten ihn im Traum. Er träumte davon, Fleur in den Armen zu halten, sie langsam auszuziehen und leidenschaftlich zu lieben, während er seine Hände über ihre glatte Haut gleiten ließ und jeden Zentimeter ihres Körpers erkundete.

Mitten in der Nacht fuhr Reed aus dem Schlaf auf und spürte ein gewisses Unbehagen. Er hätte beinahe laut losgelacht, als er den Grund für seine Bedrängnis entdeckte. Er hatte eine ausgewachsene Erektion. Obgleich er nichts dagegen tun konnte, drehte er sich auf die andere Seite und schlief mit einem Lächeln auf dem Gesicht ein.

In der Tat – er war am Leben!

Am nächsten Morgen verschlang Reed, sichtbar gut gelaunt, sein Frühstück aus Eiern, Speck, frischem Brot und Butter. Der ganze Hausstand saß beisammen, aß und plauderte angeregt.

»Ich weiß, ich esse so viel wie ein Pferd, Fleur, und ich mache mir Sorgen um die Kosten, die Ihr meinetwegen habt«, sagte Reed. »Woher nehmt Ihr das Geld, um jeden Tag so ein Mahl auf den Tisch zu bringen?«

Fleur legte die Gabel auf dem Teller ab, während sie über eine Antwort nachdachte. »Pierre wusste, dass schlechte Zeiten bevorstanden. Er sammelte alle Goldstücke und Juwelen der Familie, die er je in die Hände bekam, und bestand darauf, dass ich sie in den Saum eines meiner Kleider sowie in das Futter meines Umhangs einnähte, für den Fall, dass ich aus Paris fliehen musste.«

Sie schluckte, als schmerze es sie fortzufahren. »Der Tag kam viel zu bald. Pierre beharrte darauf, dass ich ohne ihn abreiste. Eine Weile blieben Lisette, Gaston und ich bei Antoines Eltern in einem kleinen Dorf außerhalb von Paris und warteten darauf, dass Pierre sich uns anschloss. Kurze Zeit später erfuhr ich, dass Pierre gemeinsam mit anderen Adligen gefasst und auf die Guillotine geschickt worden war.«

»Tut mir leid«, murmelte Reed.

Fleur schien ihn gar nicht zu hören. »Ich blieb bei Antoines Eltern, hatte jedoch vor abzureisen, bevor meine Gegenwart sie in Gefahr brachte. Wir lebten von dem Geld, das Pierre mir gegeben hatte, ohne dass ich meine Juwelen verkaufen musste. Wenig später zogen wir in dieses Haus. Es gehört Lisette. Seit dem Tod ihrer Eltern hatte es leer gestanden. Kurz darauf hat André Kontakt mit mir aufgenommen.«

»Wie hat er Euch ausfindig gemacht?«

»Ich weiß es nicht. Eines Abends ging ich allein in die Dorfkirche, um zu beten. André kniete in der Bank hinter mir und begann mit gedämpfter Stimme zu sprechen. In der Kirche war außer uns niemand. Er sagte, er wisse, wer ich sei, und fragte mich, ob ich willens sei, meinem Vaterland zu helfen.

Erst befürchtete ich, jemand hätte ihn geschickt, um mich in eine Falle zu locken, doch je länger er sprach, desto überzeugter war ich, dass er tatsächlich ein britischer Geheimagent war. Er schien alles zu wissen, sogar, dass das kleine Landhaus Lisette gehörte. An diesem Abend hörte ich auch zum ersten Mal von der Teufelsburg.

An jenem heiligen Ort hat er mir seinen Plan unterbreitet«, fuhr Fleur fort. »Gemeinsam erfanden wir die Gestalt der schwarzen Witwe. André besorgte das Geld, das wir brauchten, um die Wärter zu bestechen und unseren Lebensunterhalt zu bestreiten. Ihr seid der dritte Engländer, den ich aus der Teufelsburg befreit habe.«

»Mit jedem Besuch im Gefängnis wächst die Gefahr«, warnte Reed. »Es wird nicht mehr lange dauern, bis der Gefängnisdirektor von Euch Wind bekommt und Eurem Unternehmen ein Ende setzt. Ihr könntet sterben, Fleur.«

»Ich weiß Eure Sorge zu schätzen, Reed, aber der Tag ist noch lange nicht gekommen. Meine Arbeit hier ist noch nicht beendet.«

Reed widersprach nicht. Er hatte noch reichlich Zeit, um Fleur von ihrer Rückkehr nach England zu überzeugen. »Habt Ihr Verwandtschaft in England?«, wollte er wissen.

»Ich habe seit einiger Zeit nichts von ihr gehört, aber soweit ich weiß, lebt die Tante, bei der ich vor meiner Hochzeit mit Pierre gewohnt habe, noch im Land. Wenn die Zeit für mich reif ist, Frankreich zu verlassen, habe ich einen Ort, an dem ich bleiben kann. Da sie keine anderen Verwandten hat, werde ich ihr Haus erben, aber bis dahin ist es hoffentlich noch lange hin. Sie ist ein herzensguter Mensch.«

Reed empfand eine tiefe Erleichterung. Immerhin hatte Fleur eine Bleibe, wenn sie nach England zurückkehrte. Außerdem war sie eine Countess, was ihre

Chancen, einen würdigen Ehemann zu finden, deutlich erhöhte.

Aber wollte Fleur überhaupt einen anderen Ehemann? Oder hatte sie Pierre so sehr geliebt, dass sie eine weitere Ehe gar nicht in Betracht zog? »Ihr seid zu jung, um allein zu sein, Fleur. Ihr braucht jemanden, der für Euch sorgt.«

Fleur wurde wütend. »Ich kann sehr gut für mich selbst sorgen, vielen Dank. Ihr braucht Euch keine Sorgen um mich zu machen, Reed. Was ich mache, mache ich für meinen eigenen Seelenfrieden. Was mit Frankreich geschieht, ist entsetzlich. Unschuldige Menschen hinzurichten, nur weil sie mit einem Titel geboren wurden, ist unzumutbar. In dem kleinen Umfang, in dem es mir möglich ist, trage ich meinen Teil dazu bei, diese Schreckensherrschaft zu bekämpfen.«

Reed wusste, dass es sinnlos war, mit Fleur zu streiten. Die Frau hatte ihren eigenen Kopf, und niemand würde sie dazu überreden können, Frankreich zu verlassen, bis sie selbst bereit dazu war. Und dann könnte es bereits zu spät sein. Eins aber war Reed verdammt klar: Sobald er wieder in England war, würde er Lord Porter gehörig die Meinung sagen, was ihm einfiel, Fleur derart in Gefahr zu bringen und sie dort zu belassen.

Reeds Genesung schritt auch weiterhin erstaunlich schnell voran. Er hatte die Schlinge abgelegt und feststellen dürfen, dass seine Knochen vollständig verheilt waren. Sein Arm war so gut wie neu. Außerdem nahm er fortwährend an Gewicht zu. Er hatte keine eingefallenen Wangen mehr, und seine Muskeln kräftigten sich wieder.

Er hatte mit einem Übungsprogramm begonnen, um seinen Körper zu stählen. Er lief, machte Kniebeugen und hob zunehmend größere Gewichte in Form von Felsbrocken. Wäre er zu Hause gewesen, dann hätte er sich im Fechten und Boxen geübt, hier musste er sich etwas einfallen lassen. Und es schien Früchte zu tragen.

Fleur wusste, dass es an der Zeit war, Kontakt zu André aufzunehmen, um Reeds Rückkehr nach England in die Wege zu leiten. Der Gesundheitszustand ihres Patienten hatte sich in den Wochen seit seiner Rettung aus der Teufelsburg auffallend gebessert. Mit jedem Tag, der verging, wurde ihr die Anziehungskraft dieses Mannes mehr und mehr bewusst. Er war nicht mehr der schwer Kranke, den sie aus den Fängen des Todes befreit hatte. Unter dem fahlen Gesicht des Gefängnisinsassen lagen markante, ansehnliche Gesichtszüge, die in ihrer Unvollkommenheit vollkommen waren.

Reeds silberfarbene Augen hatten ihren Glanz wiedergewonnen, und sein Lachen war unbeschwert. Fleur erriet, dass ihn seine Untätigkeit allmählich langweilte, dass die Genesung in seinen Augen nicht schnell genug voranschritt, doch der Unterschied zwischen dem Häftling und dem Mann, der jetzt vor ihr stand, war verblüffend.

Reed sprach oft von Doktor Leclair, dem Mann, mit dem er sich im Gefängnis angefreundet hatte, und Reed zuliebe beschloss Fleur, dem Doktor zu helfen, bevor es zu spät war. Also rief sie Antoine und Gaston zu sich, und gemeinsam bereiteten sie die Rettung des Doktors vor, obwohl ihr Gefühl ihr sagte, dass es zu früh war, um in die Teufelsburg zurückzukehren.

Fleur sagte Reed nichts von ihren Plänen und wartete, bis er sich für die Nacht zurückgezogen hatte, ehe sie sich mit ihren beiden Dienern auf den Weg machte. Antoine hatte im Vorfeld herausgefunden, dass Lucien an diesem

Abend Dienst hatte, und sie hatte genug Geld zur Hand, um ihn zu bestechen.

Als Fleur das Gefängnistor erreichte, wurde sie nicht von Lucien, sondern einem anderen Wärter empfangen, den sie nicht kannte.

»Wer seid Ihr und was wollt Ihr?«, stellte sie der Wärter zur Rede.

»Namen sind unwichtig«, murmelte Fleur, und ihr wurde klar, dass sie einen schweren Fehler begangen hatte. »Ich möchte Doktor Leclair besuchen.«

»Jetzt?« Der Wärter versuchte, durch ihren Schleier hindurchzuspähen. »Es ist mitten in der Nacht. Außerdem sind in der Teufelsburg keine Besuchsrechte vorgesehen.«

Fleur schüttelte die volle Geldbörse vor den Augen des Wärters. »Wo ist Lucien? Er kennt mich. Ich bezahle ihn gut, damit er mich einlässt um ... die Gefangenen zu besuchen.«

Fleur fürchtete, der Wärter könnte Verdacht geschöpft haben, und wurde in ihrer Angst bestätigt, als er sagte: »Wartet hier. Ich werde den Gefängnisdirektor rufen.« Dieser Wärter ließ sich ganz offensichtlich nicht bestechen.

Kaum hatte er ihr den Rücken zugewandt, rannte Fleur zurück zum Wagen. »Fahr los!«, zischte sie, als sie in den Wagen kletterte.

»Was ist passiert?«, erkundigte sich Gaston.

»Irgendetwas ist schiefgelaufen. Lucien war nicht da. Ich habe mit einem anderen Wärter gesprochen. Er hat Verdacht geschöpft. Er ist den Direktor holen gegangen. Es war ein Fehler, hierherzukommen. Ich hätte es besser wissen sollen, aber ich wollte Reed überraschen.«

Auf dem Rückweg blickte sich Fleur in einem fort um, um zu sehen, ob ihnen jemand folgte. Weit und breit war niemand zu sehen. Als sie ins Haus traten, wurden sie von Reed und Lisette empfangen, die im Hausflur auf- und abgingen.

»Seid Ihr verrückt geworden?«, schimpfte Reed. »Ich hörte das Knirschen von Rädern auf dem Kies und blickte aus dem Fenster, gerade noch rechtzeitig, um Euch im Pferdewagen davonfahren zu sehen. Ich konnte nicht glauben, dass Ihr so bald nach meiner Befreiung wieder einen Rettungsversuch wagt. Ich habe Lisette aufgesucht, und sie hat zugegeben, dass Ihr tatsächlich zur Teufelsburg aufgebrochen seid. Was habt Ihr Euch nur dabei gedacht?«

Fleur streifte sich Schleier und Handschuhe ab und reichte sie Lisette. »Wie es aussieht, gar nichts«, gestand Fleur. »Warum schlaft Ihr nicht?«

»Das habe ich, aber mein Schlaf ist leicht.« Er sah sie durchdringend an. »Hat André Euch zur Teufelsburg geschickt? Ich werde Porter zur Rede stellen, wenn ich ihn das nächste Mal sehe, das verspreche ich Euch.« Ihr Gesichtsausdruck musste etwas verraten haben, denn er sagte: »Etwas ist vorgefallen, nicht wahr?«

»Geht jetzt schlafen. Ich werde es Euch morgen erzählen.«

»Ich will es jetzt wissen«, beharrte Reed, packte sie am Arm und zerrte sie in den Salon, wo noch eine Lampe brannte. »Was ist geschehen?«

Fleur seufzte und sank auf einen Stuhl. »Eigentlich hätte Lucien Dienst haben sollen. Stattdessen hat mich ein anderer Wärter empfangen. Ich floh, als er den Gefängnisdirektor holen ging.«

Reed fluchte. »Ich werde André den Hals umdrehen. Wen hättest du diesmal retten sollen?«

Fleur starrte auf ihre Hände. Sie wusste, dass Reed wütend sein würde, wenn er erfuhr, wen sie vorgehabt hatte aus der Teufelsburg zu schleusen.

»Wer, Fleur?«

»Doktor Leclair, aber es war nicht Andrés Idee. Ich wollte Leclair für Euch retten. Ich weiß, dass Ihr Euch um ihn Sorgen macht.«

Reed fuhr sich mit den Fingern durch das dunkle Haar, und die Verzweiflung in seinem Ausdruck war nicht zu übersehen. »Es tut mir leid, dass ich Euch gebeten habe, ihm zu helfen. Das war sehr unüberlegt von mir. Was, denkt Ihr, wird jetzt geschehen?«

Fleur wusste es nicht. »Antoine hat bereits Kontakt mit André aufgenommen, um Eure Überfahrt nach England zu bewerkstelligen.«

»Was ist mit Euch?«

»Mir wird nichts passieren. Niemand im Dorf außer Doktor Defoe weiß von meiner Existenz.«

Reed schüttelte den Kopf. »Das ist nicht wahr. Lucien und alle Gefangenen in der Teufelsburg wissen von Euch. Alle rätseln, wer Ihr eigentlich seid. Euer Leben ist in Gefahr.«

Fleur stand auf. »Ich bin müde, Reed. Lasst uns morgen darüber sprechen.«

Als sie an ihm vorbeiging, streckte er die Hände nach ihr aus, bekam sie an den Hüften zu fassen und schloss die Arme um sie. »Ich mache mir große Sorgen um Euch, Fleur. Ich kann Euch nicht einfach den Rücken zukehren und Frankreich verlassen.«

»Ihr werdet mir nicht den Rücken zukehren. Ihr werdet Euren rechtmäßigen Platz in den vornehmen Kreisen der Gesellschaft einnehmen. Binnen vierzehn Tagen sollten wir von André Näheres über die genauen Umstände Eurer Abreise erfahren.«

So sehr sich Reed auch danach sehnte, nach Hause zurückzukehren, er wollte Fleur nicht verlassen. Sie war ihm in den letzten Wochen mehr ans Herz gewachsen als jede andere Frau in seinem Leben. »Ich habe Euch gern, Fleur.«

»Sagt nichts, was Ihr nicht meint, Reed. Ich glaube, Ihr empfindet Dankbarkeit, die Ihr mit anderen Gefühlen verwechselt.«

Seine Arme schlossen sich fester um sie. Er streichelte ihr Haar, ihre Wangen und genoss das Gefühl, das er in ihrer Nähe hatte. Er spürte, wie er hart wurde, und wusste, dass es wegen dieser besonderen Frau war, die er in den Armen hielt. Die Intensität seines Verlangens überraschte ihn. Ein unerklärliches Bedürfnis übermannte ihn, sie mit in sein Bett zu nehmen. Er hatte Dutzende Frauen gehabt, doch bei keiner von ihnen hatte er etwas Vergleichbares empfunden.

War es Dankbarkeit, die seinem Verlangen nach Fleur zugrunde lag? Er glaubte nicht, obgleich er ihr tatsächlich dankbar war. Nein, seine Sehnsucht schloss alle Sinne, jedes Gefühl mit ein. Begierig, sie noch einmal zu schmecken, senkte er den Kopf und küsste sie. Er ließ seine Hand über ihr Mieder gleiten und knöpfte geschickt ein paar Knöpfe auf, bis seine Fingerspitzen ihre warme Haut berührten.

Reed spürte, wie sie den Atem anhielt, als er ihr mit der Hand unter das Korsett fuhr und ihre Brüste umfasste. In diesem Augenblick war Fleur das einzige Reale in seinem Leben. Als er krank und schwach gewesen war, hatte er sich an sie geklammert wie ein weinendes Kind, nun aber, da er wieder bei Kräften war, brauchte er Fleur auf eine Weise, die nichts mit seiner Genesung zu tun hatte.

Fleur riss sich von seinen Lippen los und starrte ihn an. »Ihr macht es mir sehr schwer, Reed.«

»Komm in mein Bett, Fleur. Ich brauche dich.«

Bevor sie ihm widersprechen konnte, küsste er sie wieder, und diesmal stieß er seine Zunge zwischen ihre Lippen, drang tief in sie ein und kostete ihren Geschmack voll aus. Ein Rascheln, gefolgt von einem erstickten Aufschrei, machte sie darauf aufmerksam, dass sie nicht mehr allein im Salon waren. Fleur riss sich von Reed los und knöpfte hastig ihr Mieder zu, bevor sie sich zu Lisette umwandte.

Lisette räusperte sich. »Verzeih mir, Fleur. Du warst nicht in deiner Kammer, als ich helfen wollte, dich bettfertig zu machen, und da habe ich mir Sorgen gemacht.«

»Du störst nicht, Lisette. Ich habe nur kurz mit Reed gesprochen, bevor ich mich für die Nacht zurückziehe. Komm, du kannst mir beim Auskleiden helfen.«

Reed sah hilflos zu, wie Fleur eilig den Raum verließ und Lisette hinter sich herzog. Ihm blieb nichts anderes übrig, als frustriert sein Bett aufzusuchen.

Fleur gelang es, Reed in den folgenden zwei Tagen aus dem Weg zu gehen und sicherzustellen, dass sie nie allein mit ihm in einem Raum war. Reed glaubte, sie zu durchschauen. Sie fühlte sich zu ihm ebenso hingezogen wie er sich zu ihr und kämpfte gegen dieses Verhältnis an.

Reed saß nach dem Mittagessen noch in der Küche und plauderte mit Fleur und Lisette, als Antoine ins Haus gerannt kam.

»Countess«, rief Antoine und kam auf der Schwelle zum Stehen. »Ihr und *Monsieur* müsst euch verstecken. Schnell! Soldaten, sie kommen hierher.«

Reed sprang von seinem Stuhl auf. »Hierher? Woher weißt du das?«

»Ich war heute Morgen im Dorf, um Fleisch vom Metzger zu holen, als ein halbes Dutzend Soldaten in das Dorf eindrang. Sie befragten alle Leute. Sie wollten alles über die Dorfbewohner einschließlich der entlegenen Häuser wissen. Ich hielt mich in der Nähe auf und hörte, wie die Dorfbewohner ihnen den Weg zu mehreren Häusern in der Umgebung beschrieben. Unser Haus war eins davon.«

Gaston war rechtzeitig eingetroffen, um Antoines Warnung mitzubekommen. »Wann werden die Soldaten hier sein, Antoine?«

»Bald. In dieser Gegend gibt es nicht viele Häuser, da die Lage für die Landwirtschaft und Viehzucht ungeeignet ist. Ihr und *Monsieur* müsst Euch sofort verstecken, Countess«, drängte Antoine.

Reed hätte gerne noch viele Fragen gestellt, beschloss aber, sie für später aufzuheben. Er erkannte den Schrecken, wenn er sich ihm darbot. »Sollen wir uns in den Wäldern verstecken?«, wollte er wissen.

»Nein«, sagte Fleur. »Wir haben uns einen besseren Ort ausgedacht. Folgt mir.«

»Wir werden alles verstecken, was auf deine oder die Existenz des *Monsieur* hinweisen könnte«, erklärte Lisette und eilte aus der Küche.

»Hier entlang«, rief Fleur und führte ihn durch den Flur. »Wir haben alles für diesen Tag vorbereitet, wenn wir auch gehofft haben, dass er nie kommen wird.«

»Eure Entscheidung, so bald nach meiner Befreiung wieder zur Teufelsburg zu fahren, war sehr unvernünftig«, tadelte er.

Am Ende des Flurs gelangten sie zu einem unscheinbaren Kleiderschrank, dem Reed bislang keine Beachtung geschenkt hatte. Als Fleur die Schranktür öffnete, sträubte sich Reed.

»Das ist lächerlich. Wir können uns hier nicht verstecken. Sie werden das Haus gründlich durchsuchen, und in diesem Schrank werden sie uns sofort finden. Es wäre besser, wir würden uns im Wald verstecken.«

»Wie ich bereits sagte, haben wir für diesen Tag alles bestens vorbereitet.«

Zu Reeds Erstaunen stieß Fleur ein paar Kleider zur Seite und stemmte eine Falltür hoch, die in den Schrankboden eingelassen war, und legte ein tiefes schwarzes Loch frei.

»Kommt schnell«, drängte Fleur und ließ sich in den dunklen Hohlraum hinuntergleiten. »Seid vorsichtig! Es gibt vier Stufen, die in eine kleine Höhle unter dem Haus führen, wo wir uns verstecken können. Ihr werdet Euch bücken müssen – Ihr seid zu groß, um aufrecht stehen zu können –, und gebt Acht, dass Ihr sowohl den Schrank als auch die Falltür gut hinter Euch verschließt.«

Reed blieb nichts anderes übrig, als zu gehorchen. Er schloss die Schranktür und tastete sich hinunter in den schmalen Schacht. Dann zog er die Falltür zu und hüllte sie in tiefe Finsternis.

»Dort unten ist genügend Platz für zwei«, sagte Fleur.

Reed spürte ihre Hand auf seinem Arm. Ihm stockte der Atem, und er begann zu zittern. Diese enge feuchte Höhle erinnerte ihn zu sehr an die endlosen Tage, die er in einsamer Gefangenschaft in der Teufelsburg verbracht hatte, in einem schwarzen unterirdischen Loch wie diesem. Auf diese Weise hatte man ihn für seine Verweigerung bestraft, die Namen seiner Spionagekameraden in Frankreich zu nennen.

»Was ist los?«, fragte Fleur.

Reed bekam kaum Luft. Er hatte das Gefühl, als drückte eine schwere Last auf seinen Brustkorb. Panische Angst erfasste ihn und ließ ihn nicht mehr los. Kalter Schweiß rann ihm von der Stirn.

»Reed, was habt Ihr? Ist Euch nicht gut?«

»Ich … ertrage es nicht, in engen, geschlossenen Räumen zu sein. Die Erinnerung … Es tut mir leid, ich kann hier nicht bleiben.« Er begann wieder nach oben zu steigen.

Fleur packte ihn am Arm. Ihre Hand kroch hinauf zu seiner Schulter und über seinen Hals, bis sie seine Wange fand. Mit beiden Händen umschloss sie sein Gesicht. Wie gebannt spürte Reed, dass seine Angst nachließ, als sie ihre Lippen auf seine legte und ihn küsste.

# Viertes Kapitel

Für einige Augenblicke ungestümer Freude vergaß Reed, wo er war. Die Dunkelheit schwand, und er befand sich nicht mehr in einer schwarzen Höhle, die er mit Schmerz und Leiden verband. Fleurs Kuss war sein Rettungsanker zur Realität, der ihn ins Licht zerrte, wo sein eigener Instinkt die Führung übernahm.

Er zog sie an sich und vertiefte den Kuss, erkundete ihren süßen Mund, als wäre er die einzige Verbindung zu seinem Verstand. Er umfasste mit den Händen ihre Brüste und nahm flüchtig wahr, dass sie diesmal kein Korsett trug, das sein Vordringen behinderte. Sie fing sein Stöhnen in ihrem Mund auf und zwickte ihn in den Arm, wie um ihn daran zu erinnern, dass bereits der geringste Laut großes Unheil über sie bringen konnte.

Reed beherzigte ihre Warnung, wenn es ihm auch schwerfiel. Er wollte Dinge mit Fleur tun, die in dem begrenzten Raum der engen Höhle nicht möglich waren. Das hinderte ihn jedoch nicht daran, sie zu küssen, zu streicheln, ihre süßen weiblichen Rundungen zu berühren. Solange er die Dunkelheit von sich fernhielt, konnte er auch die schrecklichen Erinnerungen verdrängen.

Und schon bald, gelobte Reed, würde er Fleur nackt neben sich haben und ihnen die Lust bereiten, die sie sich beide so lange versagt hatten. Sein bis vor kurzem untätiges Geschlecht zuckte und wurde hart. Reed triumphierte angesichts der Erkenntnis, dass er noch in der Lage war, eine Frau zu beglücken.

Dann spürte er, wie Fleur plötzlich erstarrte. »Hör doch!«, flüsterte sie an seinen Lippen.

Reed hielt inne und lauschte, wie Fleur ihm befohlen hatte. Gedämpfte Stimmen, begleitet von Stiefelschritten und dem leisen Schlurfen von Lederpantoffeln, warnten sie vor der drohenden Gefahr.

Die Stiefel machten vor dem Kleiderschrank halt. Reed hörte die Stimmen jetzt klar und deutlich.

»Was ist das?«, fragte eine Männerstimme in gebieterischem Ton.

»Ein Kleiderschrank, Monsieur«, hörte er Lisette antworten.

»Warum steht er hier draußen?«

»Meine Brüder haben in hierhergestellt. Im Schlafzimmer war nicht genug Platz.«

Reed hielt Fleur eng umklammert, als er vernahm, wie die Schranktür geöffnet wurde und jemand unmittelbar über ihnen den Kleiderschrank durchwühlte. Er wagte kaum zu atmen. Jeder noch so vorsichtige Atemzug klang wie Donner in seinen Ohren. Ihr beider Herzschlag war so laut, dass er fürchtete, er könnte sie verraten.

Nun, da Fleurs Küsse ihn nicht mehr ablenkten, drang die Wirklichkeit zu ihm durch, die ihn einmal mehr spüren ließ, wo sie sich befanden. Die kalten Wände des schwarzen Lochs, in dem sie sich versteckt hielten, begannen auf ihn einzudringen. Sein Puls ging schneller, und Schweiß brach ihm aus. Wenn er nicht bald hier herauskam, fürchtete er, würde er verrückt werden. Er hätte sein Glück lieber im Wald versuchen sollen. Jetzt würde Fleur erfahren, was für ein Angsthase er war, wie sehr ihn ein dunkler Ort in Panik versetzen konnte.

»Hat das Haus einen Keller?«, hörte Reed den Soldaten fragen.

»Nein, Monsieur«, antwortete Lisette. »Meine Eltern

haben dieses Haus mit ihren eigenen Händen gebaut. Mein Vater hat keinen Keller gegraben.«

Der Soldat grunzte lediglich.

Das Geräusch sich entfernender Schritte trug nur wenig zu Reeds Beruhigung bei. Er musste hier raus … und zwar sofort.

»Ich halte das nicht aus, Fleur«, raunte er ihr ins Ohr. »Die Soldaten sind weg. Ich muss hier raus.«

Fleur packte ihn am Arm und hinderte ihn daran, die Falltür anzuheben. »Noch nicht. Jemand wird uns holen, wenn es draußen sicher ist. Bitte, Reed, du musst hier bei mir bleiben.«

Reed begann zu zittern. »Du weißt nichts. Du kannst dir nicht einmal vorstellen, wie es für mich ist. Ich habe Tage, Wochen in einer Höhle verbracht, die kaum groß genug war, um sich umzudrehen oder die Ratten abzuschütteln, ohne Licht und Gesellschaft.«

»Aber du bist jetzt nicht allein«, versuchte Fleur ihn zu beschwichtigen. »Küss mich, Reed.«

Reed hörte ihre Worte kaum. Panische Angst ließ seinen Puls rasch schneller schlagen. Er erinnerte sich lebhaft daran, wie man ihn aus der engen Höhle gezerrt, ihn geschlagen und wieder in seine Einzelzelle gesperrt hatte, einsam und verlassen, mit Knochenbrüchen und Wunden am ganzen Körper. Er konnte sich zwar nicht erinnern, wie lange er in diesem Loch gesteckt hatte, wohl aber, dass er sich den Tod gewünscht hatte. Nach einer Zeit, die ihm wie eine Ewigkeit vorgekommen war, hatten sie ihn wieder herausgeholt. Sie hatten ihn noch einmal verprügelt und dann in eine andere Art von Hölle mit anderen Gefangenen gesperrt.

Fleur wusste, dass sie nicht zu ihm durchdrang. Sie konnte seine Angst förmlich riechen. Er keuchte, und sie spürte, wie der Schweiß durch seine Kleidung drang.

Wenn sie ihn nicht augenblicklich von seinen Dämonen befreien konnte, war nicht abzusehen, was er tun würde. Sie konnte die Soldaten immer noch hören und fürchtete, entdeckt zu werden. Sie tastete nach seiner Hand, ergriff sie und legte sie auf ihre Brust.

»Reed, komm zu mir zurück. Küss mich.«

Ein Schauer der Erleichterung durchfuhr sie, als sie spürte, wie sich Reeds Hand um ihre Brust schloss. Seine Atmung, wenngleich immer noch hektisch und unkontrolliert, wurde ein wenig ruhiger. Sie lächelte, als seine Finger ihre Brustwarzen suchten und die empfindliche Knospe zwischen Daumen und Zeigefinger hin- und herdrehte. Als er mit der anderen Hand ihre Wange fand und ihr Gesicht zu sich drehte, um sie zu küssen, wusste sie, dass sie ihn an diesem dunklen Ort erreicht hatte und die Dämonen von ihm abließen.

Reed gab sich ihrem Kuss hin wie ein Ertrinkender auf der Suche nach Sauerstoff. Sie schmiegte sich an ihn, zog ihn tiefer und tiefer in den Kuss hinein. Sie öffnete den Mund, um seine Zunge zu empfangen, selbst erstaunt über ihren Zustand sexueller Erregung. Sie war so in ihrer Leidenschaft versunken, dass sie beinahe die Schritte überhört hätte, die sich erneut dem Kleiderschrank näherten.

»Reed! Sie kommen zurück«, flüsterte sie an seinen Lippen.

Reed hielt inne. Fleur strengte sich an, das Gemurmel zu verstehen.

»Seid Ihr zufrieden, Monsieur?«, hörte sie Lisette fragen. »Wenn Ihr mir sagt, wen oder was Ihr sucht, kann ich Euch vielleicht behilflich sein.«

»Da wir nicht gefunden haben, was wir suchen, ist es nicht nötig, dass Sie es erfahren«, erwiderte eine Männerstimme knurrend. Dann herrschte einen Augenblick lang

Schweigen, bevor der Soldat fragte: »Wie lange werden Ihre Brüder bei Ihnen bleiben?«

Fleur war klar, dass sich die Frage auf Antoine und Gaston bezog. Der Plan war, sie als Lisettes Brüder auszugeben, sollte jemand nachfragen.

»Wir werden bald zu unseren Frauen und Familien zurückkehren«, antwortete Gaston. »Wir sind gekommen, um nach unserer Schwester zu sehen. Sie ist kürzlich Witwe geworden und in das Haus unserer Eltern gezogen.«

Der Soldat murmelte etwas, das Fleur nicht verstand. Dann hörte sie, wie sich die Schritte wieder entfernten.

»Sind sie weg?«, flüsterte Reed.

»Das können wir nur hoffen.«

Wenige Minuten später wurde die Falltür aufgezogen. Fleur blinzelte hinauf in die ungewohnte Helligkeit, als Gastons Gesicht auftauchte.

»Ist mit Euch beiden alles in Ordnung, Countess?«

»Uns geht es gut«, antwortete Fleur. »Ist es draußen sicher?«

»Die Männer sind weg. Ich glaube nicht, dass sie in nächster Zukunft wiederkommen werden.«

»Dank sei Gott«, sagte Fleur, vor Erleichterung der Ohnmacht nahe. Sie war sich nicht sicher, ob Reed noch länger durchgehalten hätte. Sie war sich der Dunkelheit in seinem Innern gar nicht bewusst gewesen. Noch hatte sie geahnt, dass er gegen Dämonen ankämpfte, die ihn seit seiner Zeit in der Teufelsburg verfolgten.

Gaston reichte ihr die Hand und half ihr, aus dem Loch zu klettern. Als sie aus dem Kleiderschrank geschlüpft war, bot der Diener Reed seine Hand an.

Bis zu diesem Tag hatte Fleur nichts von Reeds Ängsten in engen dunklen Räumen gewusst. Dass er gefoltert worden war und Hunger gelitten hatte, war augenscheinlich gewesen, eine dunkle Höhle hatte er bislang jedoch nicht erwähnt. Von den anderen Gefangenen hatte niemand über die Art von Folter gesprochen, die Reed widerfahren war. Vielleicht hatten sie es lieber verdrängt, um es schneller zu vergessen. Wären sie nicht gezwungen gewesen, sich zu verstecken, hätte sie nie von den unmenschlichen Foltermethoden erfahren, die die Gefängniswärter anwandten, um Informationen zu erpressen.

»Ist alles in Ordnung, Reed?«, erkundigte sich Fleur, als Reed aus der Dunkelheit auftauchte.

»Ich habe mich schon besser gefühlt«, stieß er zwischen zusammengebissenen Zähnen hervor. »Ihr und Eure Freunde seid sehr schlau. Das war ein ausgezeichnetes Versteck. Wenn es draußen sicher ist, würde ich einen Augenblick hinausgehen und mich in der Sonne aufwärmen.«

Gaston warf ihm einen neugierigen Blick zu. »Die Gefahr ist vorerst vorüber, Monsieur.«

Reed nickte und begab sich in Richtung Haustür. Fleur eilte hinterher. Er ging nicht weit. Unter einem Baum ließ er sich nieder und wandte sein Gesicht der Sonne zu. Fleur setzte sich neben ihn.

»Danke, dass du meinen Verstand gerettet hast«, sagte Reed, ohne sie anzusehen. »Ich hätte nie für möglich gehalten, dass es mich so sehr mitnimmt, in einem dunklen, engen Raum eingeschlossen zu sein. Jetzt fühle ich mich leer und erschöpft. Ich hoffe, die Soldaten lassen sich hier nie wieder blicken, denn ich glaube nicht, dass ich diesem Versteck ein weiteres Mal gewachsen bin.«

»Tut mir leid, aber das habe ich nicht gewusst. Es muss entsetzlich für dich gewesen sein.«

»Ich möchte lieber nicht darüber sprechen.« Er lächelte verlegen. »Die Art und Weise, wie du versucht hast, mich abzulenken, hat mir gefallen. Du bist eine kluge Frau,

Fleur. Ich habe an diesem schwarzen furchterregenden Ort, an dem ich mich allzu oft in meinen Träumen wiederfinde, beinahe meine Seele verloren.«

Sie saßen schweigend beisammen. Nach einer Weile sagte Reed: »Der Besuch der Soldaten sollte eine Warnung sein. Es ist höchste Zeit, dass du Frankreich verlässt, Fleur. Du kannst nicht so weitermachen – es ist zu gefährlich. Ich kann den Gedanken nicht ertragen, dass man dich in die Teufelsburg oder irgendein anderes Gefängnis sperrt. Ich werde selbst ins Dorf gehen und André treffen. Er muss erfahren, was hier vor sich geht.«

»Nein«, widersprach Fleur mit Nachdruck. »Ich weiß, wann es Zeit ist, Frankreich zu verlassen, und dieser Tag ist noch nicht gekommen. Mach dir keine Sorgen, Reed. Ich kann auf mich selbst aufpassen.«

Gaston rief sie zum Mittagessen herein. Reed stand auf und half Fleur auf die Beine. Gemeinsam gingen sie zum Haus zurück.

»Übrigens«, flüsterte ihr Reed ins Ohr. »Deine Küsse waren wunderbar. Ich will dich, Fleur, daran habe ich nie gezweifelt. Komm heute Nacht zu mir.«

Fleur war versucht nachzugeben. Mehr als versucht. Reed zu küssen hatte ihr ein Gefühl der Leichtigkeit gegeben, das sie zuletzt als kleines Mädchen verspürt hatte. Ihr Körper bebte noch immer. Sie wollte mehr, viel mehr als nur Küsse. Aber würde sie es wagen? Wenn sie Reed gestattete, mit ihr zu schlafen, würde sie vielleicht nie mehr dieselbe sein. Einen Mann zu begehren, der unerreichbar für sie war, könnte ihre Aufmerksamkeit zerstreuen und alle in Gefahr bringen. Und Reed war ohne jeden Zweifel unerreichbar, denn noch war sie keinesfalls bereit, Frankreich zu verlassen.

Sie öffnete den Mund, um Reeds Gesuch abzulehnen, schloss ihn aber wieder, als Lisette sie an der Tür empfing. »Da seid ihr ja. Das Mittagessen ist fertig, und ich weiß, dass der Monsieur bestimmt sehr hungrig ist.«

Fleur warf Reed einen entschuldigenden Blick zu und folgte Lisette in die Küche.

Als sich Reed an jenem Abend bettfertig machte, dachte er über das dunkle Loch nach und wie Fleur es geschafft hatte, ihn abzulenken. Wäre Fleur nicht gewesen, dann hätte er womöglich den Verstand verloren und ihr Versteck verraten. Er hatte nicht geahnt, dass er so reagieren würde, bis ihn plötzlich diese vollkommene Finsternis eingeschlossen und ihm um ein Haar den Verstand geraubt hatte.

Rastlos ging er in seiner Kammer auf und ab. Warum wollte Fleur nicht auf ihn hören? Warum nahm sie seinen Rat nicht an? Er hatte lange Zeit als Geheimagent gearbeitet, Schlachtpläne, Waffenlager, Truppeneinsätze in Erfahrung gebracht. Die Erfahrung sagte ihm, dass es für Fleur an der Zeit war, das Land zu verlassen.

Reed fand keinen Schlaf. Er starrte lange Zeit auf die Tür und wartete, dass Fleur zu ihm kam. Als sie nicht kam, wurde er unruhig und gereizt. Er wusste, dass er bald abreisen musste und konnte sich nicht vorstellen, sie einfach zurückzulassen. Er war sich nicht sicher, was er genau vorhatte, bis er fast automatisch sein Schlafgemach verließ und sich vor Fleurs Kammer wiederfand. Er klopfte nicht an. Der Knauf drehte sich unter seiner Hand, und er trat ein. Trotz des Mondlichts, das durch das einzige Fenster hereinfiel, war die Kammer dunkel. Das Fenster stand offen und ließ die kühle Nachtluft herein.

Reed näherte sich lautlos dem Bett. Fleur schlief zur Seite gewandt, den Kopf auf die angewinkelten Arme gebettet, und ihr schwarzes Haar stand in starkem Kontrast zu dem weißen Kopfkissen. Sie sah jung aus, viel zu jung, um in eine so gefährliche Tätigkeit verwickelt zu sein. So gerne er sie auch geweckt hätte, beschloss er, wieder in seine Kammer zurückzukehren. Er wandte sich bereits zum Gehen.

»Reed?«

Er fuhr herum. Sie starrte ihn mit weit geöffneten Augen an.

»Was machst du hier?«, fragte sie mit schläfriger Stimme.

Reed zuckte mit den Schultern. »Ehrlich gesagt, ich weiß es nicht. Ich habe in meiner Kammer auf dich gewartet, und als du nicht kamst, fand ich mich plötzlich vor deiner Tür wieder.«

Fleur setzte sich im Bett auf und streckte die Hand nach ihm aus. »Bist du krank? Musstest du wieder an die Teufelsburg denken?«

Reed starrte auf ihre Hand auf seinem Arm und sank neben ihrem Bett nieder. »Nicht an die dunkle Zelle habe ich gedacht, sondern an dich. Ich habe auf dich gewartet. Ich kann nicht aufhören, mir Sorgen um dich zu machen. Heute haben wir eine Warnung erhalten. Du solltest dich in Acht nehmen. Sag mir, wie ich André erreichen kann. Wenn ich dich nicht überzeugen kann, dass du hier weg musst, dann vielleicht er.«

»André ist fort. Er wird nicht wiederkehren, bis er uns die Nachricht überbringt, dass dein Schiff eingetroffen ist.«

Reed fluchte. »Vielleicht werde ich nicht fahren.«

Fleur setzte sich nun kerzengerade auf und ließ das Laken bis auf die Hüften hinuntergleiten. »Du musst nach England zurückkehren. Deine Großmutter braucht dich. Du hast eine Verpflichtung gegenüber deiner Grafschaft.«

»Ich habe eine Verpflichtung gegenüber meinem Land. Ich war Geheimagent, bevor ich Graf wurde. Ich kann bleiben und dir helfen.«

Entgegen seiner Worte wusste Reed, dass Fleur Recht hatte. Er hatte eine neue Verpflichtung, seiner Familie und seinen Pächtern gegenüber. Ein Grafentitel bedeutete eine große Verantwortung. Er hatte ihn nie gewollt, und doch gehörte er jetzt ihm, und er konnte seine Großmutter nicht im Stich lassen und seine Pflicht missachten.

»Fleur«, sagte er mit belegter Stimme.

Fleur hob einen Finger an die Lippen. »Deine Zuständigkeit ist fraglich, Reed. Brauchst du Laudanum, um einzuschlafen?«

»Nein, ich brauche ... dich. Nur dich, Fleur.« Er streckte die Hand nach ihr aus. »Heute Morgen die Dunkelheit unter der Erde auszuhalten, war die reinste Hölle, aber du hast mich hindurchgeführt. Ich will mit dir schlafen, mehr als ich je etwas in meinem Leben gewollt habe. Wenn ich ohne dich abreisen muss, lass mich diese Erinnerung an dich mitnehmen.«

Fleur öffnete den Mund, um ihn abzuweisen, überlegte es sich dann aber anders. Wem schadete es, wenn sie mit Reed ins Bett ging? Sie waren beide erwachsen, und Reed war der erste Mann seit Pierres Tod, der sie körperlich und emotional anzog. In Fleur gab es nur eine Antwort auf Reeds Bedürfnis, und sie konnte sie ihm geben, ohne ein Wort zu sagen.

Sie schlang ihm die Arme um den Hals und zog seinen Kopf zu sich herab, was als unausgesprochene Einladung galt. Reed stöhnte auf, als sich ihre Münder vereinten und er Fleur langsam auf die Matratze sinken ließ, ehe er sich über sie legte. Er küsste sie so lange und innig, bis sie vor Erregung bebte. Das Wissen um das, was als Nächstes kommen würde, ließ Fleur bis in die Fußspitzen erschaudern. Ihr erschien es wie eine Ewigkeit, seit sie das letzte Mal den Körper eines Mannes auf dem ihren, in ihrem gespürt hatte.

»Für mich ist es lange her«, flüsterte Reed an ihren Lippen, ein Echo ihrer eigenen Gedanken.

»Für mich auch.«

Sie sah, wie die Leidenschaft sein Gesicht straffte und seine silberfarbenen Augen dunkler wurden. Ihre Brüste durchlief ein heißer Schauer. Ein kehliger Laut entfuhr ihm, als er sich begierig auf ihren Mund stürzte, mit der einen Hand ihre Hüften an seine presste und mit der anderen die Rundungen ihres bebenden Körpers streichelte.

Reed stützte sich auf den Ellbogen ab und blickte auf sie herab. Seine Züge wirkten geheimnisvoll, konzentriert. »Du willst mich so sehr, so unbedingt wie ich dich.«

»O ja«, erwiderte Fleur ergeben. Ihr blieb nichts anderes übrig, als den Weisungen ihres Körpers zu gehorchen.

Ein triumphierender Seufzer entfloh seiner Kehle, und er hielt sie noch fester, umfing sie mit der Wärme und dem Duft seines erregten Körpers, während er seine Lippen erneut auf ihre senkte und sie bis zur Besinnungslosigkeit küsste.

Fleur hatte zwar gerne mit Pierre geschlafen, doch mit Reed war es anders, kraftvoller, intensiver, erregender. Pierre war die ruhige See im Sturm gewesen, während Reed der Sturm selbst war, brodelnd unter den Wogen ihrer Begierde. Mit einem Aufschrei gab sie sich der Versuchung hin und stürzte kopfüber in die rasenden Fluten. In diesem Augenblick hielt Reed inne, unterbrach den Kuss und setzte sich auf. Ein leiser Protestschrei kam ihr über die Lippen.

»Heb deine Arme, Liebling. Ich will dich nackt sehen.«

Folgsam hob Fleur die Arme, während Reed das hinderliche Kleidungsstück hochschob und sie davon befreite. Es segelte anmutig neben dem Bett zu Boden. Wenige Sekunden später gesellte sich auch Reeds Kleidung dazu.

Fleur starrte auf seinen nackten Körper, der im Mondlicht deutlich zu sehen war. Ihr fiel es schwer zu glauben, dass dies derselbe geschundene, ausgemergelte Körper war, den sie nach seiner Befreiung aus der Teufelsburg gesehen hatte. Obwohl er immer noch ziemlich dünn war, hatte er durch die Leibesübungen sowie die regelmäßigen nahrhaften Mahlzeiten allmählich wieder an Muskelmasse gewonnen. Gegen die Narben war nichts zu machen, aber die würden sein Leben nicht beeinträchtigen.

»Was siehst du mich so an?«, wollte Reed wissen.

Fleur hob den Blick und sah ihm in die Augen. »Du hast in den vergangenen Wochen sehr große Fortschritte gemacht. Du bist nicht mehr der schwache, kranke Mann, den wir zur Pflege aufgenommen haben.«

»Das habe ich alles dir und deinen Freunden zu verdanken, Fleur. Ich schulde dir mehr, als ich dir jemals zurückgeben kann. Aber nun sei still und lass mich dich lieben. Ich habe auf diesen Tag gewartet, seit ich dich das erste Mal sah.«

Vorsichtig senkte er seinen Körper auf den ihren, so dass sie miteinander verschmolzen, ihre heiße Haut an seiner heißen Haut. Sie seufzte, als seine Lippen über ihren Mund, ihre Wangen und hinunter zu ihrer Kehle streiften. Seine Zunge schnellte hervor, um ihren Puls am Halsansatz zu prüfen, bevor sie weiter hinabglitt zwischen ihre Brüste, wo sie eine feuchte Spur hinterließ.

Fleur stöhnte und umklammerte seinen Kopf, hielt

ihn noch fester, als sein heißer Mund eine Brustknospe fand und sanft daran saugte. Sie genoss ihre Nacktheit, die Hitze und sein Gewicht auf ihr. Sie spürte, wie ihre Knospen hart wurden, und erschauderte vor Entzückung. Als er mit der Hand über ihre Hüften und Oberschenkel strich, spürte sie, wie sich ihr Puls beschleunigte und das Blut in ihren Adern zu pulsieren begann. Als er zwischen ihre Schenkel glitt, hätte sie vor Freude am liebsten laut aufgeschrien. Sie war bereit … mehr als bereit. Sie öffnete die Beine und bewegte sich unruhig unter ihm. Ihr Körper sehnte sich nach der Wonne, die sie sich seit Pierres Tod versagt hatte. Und sie wollte sie von diesem Mann. Nur von ihm.

Er spreizte die Finger, um ihren Hügel zu umfangen, und drang dann forschend in ihre feuchte Hitze vor. Fleur atmete scharf ein, ihr Körper verkrampfte sich.

»Entspann dich, Liebling«, flüsterte er.

Sein rauer Flüsterton besänftigte sie, überredete ihren rastlosen, bedürftigen Körper, still zu liegen, obgleich sie nicht mehr warten wollte. Sie brannte regelrecht unter seinen Berührungen, ihre Brustwarzen waren schmerzende Flammen. Flehend drängte sie ihm ihre Hüften entgegen, als er die seidigen Falten ihres pochenden Fleisches mit den Fingern auseinanderschob.

Fleur wimmerte leise, als seine Finger kühner wurden, zärtlich ihr feuchtes Geschlecht massierten und forsch in sie eindrangen. Seine Finger wurden von ihrem Nektar benetzt, und er hielt sie hoch, um es ihr zu zeigen.

Fleurs Lippen zitterten vor Scham. Nie hatte sie mit Pierre etwas Vergleichbares erlebt. Das war verdorben, unanständig, erregend. »Schneller, Reed!«

Reed schenkte ihr keine Beachtung und ließ das Grübchen aufblitzen. Sein Lächeln war ein berauschendes Elixier. Es strömte durch ihre Adern wie Honig. Instinktiv wusste sie, dass Reed ein erfahrener Liebhaber war, ein Schuft, der lebte, um Frauen zu lieben und zu beglücken.

»Wir sind noch lange nicht so weit, Fleur. Es ist ewig her, dass ich eine Frau gehabt habe, und ich will das Erlebnis auskosten. Eine Weile glaubte ich, das Verlangen für immer verloren zu haben, aber dann hast du mich eines Besseren belehrt.«

Kaum hatten die Worte seine Lippen verlassen, tauchte er hinab und bedeckte ihren Bauchnabel mit Küssen. Seine Zunge grub sich in den dunklen Haarbusch zwischen ihren Schenkeln, auf der Suche nach der winzigen Knospe, die dort verborgen lag. Sie spürte, wie seine raue Zungenspitze vorschnellte und den feuchten Spalt zwischen ihren Schenkeln liebkoste. Sie wölbte sich ihm entgegen und schrie seinen Namen.

»Reed, halt! Das ist zu intim. Ich kann es nicht ertragen.«

Reed hob den Kopf. »Hat Pierre dich nicht auf diese Weise geliebt?«

Sie schüttelte den Kopf. »Ich habe es ihm nicht gestattet.«

Reed blinzelte. »Warum nicht?«

»Es war … zu intim.«

»Nicht, wenn du ihn geliebt hast.«

Reeds Worte hingen in der Luft, als er seine Aufmerksamkeit wieder der empfindlichen Stelle zwischen Fleurs Schenkeln zuwandte. Fleurs Stöhnen wurde immer lauter, während Reed seinen Mund und seine Zunge benutzte, um sie zu verwöhnen und in bislang unerreichte Höhen zu versetzen. Sie spürte, wie ihr zartes Fleisch anschwoll und unter dem unablässigen Lecken seiner Zunge zu glühen begann.

Plötzlich begann sie sich vor Verlangen zu winden und

raste einer wilden, unaufhaltsamen Explosion entgegen. Sie schluchzte, klammerte sich besinnungslos an ihm fest, während die Welt um sie herum in tausend Stücke zerbrach. Hemmungslos schrie sie auf und suchte begierig seinen Mund.

Reed richtete sich auf und schloss ihren bebenden Körper in seine Arme, als die Glückseligkeit sie überkam.

Mit einem Mal verspürte er das dringende Bedürfnis, diese erregte, diese zügellose Frau, die er in seinen Armen hielt, zu besitzen. Er konnte es kaum mehr erwarten, in ihr weiches Fleisch einzudringen und sie zu besitzen. Er betrachtete ihr Gesicht, während sie von den Höhen der Lust herabstieg. Er verlangte so sehr danach, ihre Hände auf ihm zu spüren.

»Fass mich an, Fleur. Sieh doch, wie hart ich für dich bin.«

Er nahm ihre Hand, führte sie über seinen flachen Bauch und drückte ihre Finger gegen sein pulsierendes Geschlecht. Ihre Hand schloss sich um ihn. Er zuckte unter der Berührung, dann stieß er seine harte Rute in ihre Hand. Er konnte sein Verlangen kaum noch ertragen. Er musste sie besitzen.

*Jetzt!*

Er spreizte ihre Schenkel, drang geschmeidig in ihre feuchte Mitte ein und stieß zu, versenkte seine Lanze tief in ihrer Höhle. Er spürte, wie sich ihre Muskeln um ihn schlossen, und fand sein Paradies. Dann zog er sich beinahe ganz zurück, in der Absicht, erneut in sie einzudringen, doch Fleur musste ihn missverstanden haben.

Sie packte seine Hüften und rief: »Nein, geh nicht!«

»Gewiss nicht«, kam es ihm heiser über die Lippen.

Noch im selben Augenblick hoben sich ihre Hüften und machten ihm das Eindringen leichter. Stöhnend stieß er zu, tiefer und heftiger und jedes Mal schneller.

Fleur verkrampfte sich, hielt den Atem an. Dann senkte er die Lippen auf ihre, und sie schmeckte sich selbst an seinem Mund, ein Geschmack, der sie zugleich schockierte und erregte. Ihre Arme umklammerten die breiten Schultern des Mannes, der über ihr keuchte, und ihre Lenden hoben sich den seinen entgegen. Sie spürte, wie sich ihr Körper krümmte, bevor sie in Flammen aufging. Die Welt flog hinauf zu den Sternen und sie mit ihr.

Seine raue Stimme, die sie weiter antrieb, drang nur noch leise an ihr Ohr. Fast von Sinnen hing sie an seinen starken Schultern und wiegte rhythmisch ihre Hüften, als ihre Lustschreie den Raum um sie erfüllten.

Wenige Augenblicke später wurde sie von zuckenden Blitzen erfasst, die sie höher aufsteigen ließen, als sie je zuvor gekommen war, an Orte, die sie in ihrem Leben noch nie gesehen hatte. Was sie von dort oben sah, erschütterte sie zutiefst. Als sie merkte, dass Reed sich verkrampfte und innehielt, als sie seinen heiseren Schrei vernahm, ergriff sie seine Hand, um ihn im Paradies willkommen zu heißen.

Reed schloss die Augen. Seine Erregung war so groß, dass sie schmerzte, während Fleur unter ihm zuckte und bebte. Als sie nun seine Hand nahm und festhielt, konnte er sich nicht länger beherrschen. In leidenschaftlichem Rhythmus stieß er zu und spürte, wie der Höhepunkt durch seinen Körper raste. Ein wilder Schrei der Erlösung hing in der Luft, als sich die angestaute Spannung entlud und sein zuckender, bebender Körper dem aufgezwungenen Zölibat ein für alle Mal ein Ende setzte.

Fleur hatte nie zuvor etwas Vergleichbares erlebt. Sie schloss die Augen, um das Nachbeben besser auszukosten, und genoss das Gewicht von Reeds Körper auf dem ihren.

Von dieser Erinnerung wollte sie noch lange zehren.

Sie wollte sie aufbewahren und wieder hervorholen, wenn Reed nicht mehr bei ihr war. Erschöpft, überwältigt, spürte Fleur, wie Reed in ihr weich wurde und er sein Gewicht von ihr nahm. Noch immer schwer atmend, rollte er sich neben sie auf die Matratze. In dieser ruhigen, friedlichen Minute erinnerte sich Fleur an den Anlass seines nächtlichen Besuchs.

»Es wird dir nicht gelingen«, sagte Fleur.

Er drehte sich auf die Seite, um sie ansehen. »Was wird mir nicht gelingen?«

»Mich damit zur Abreise zu überreden.«

»Du verkennst mich. Es war nicht meine Absicht, mit dir zu schlafen, als ich in deine Kammer kam.«

»Du musst dich nicht erklären, Reed. Du hast lange keine Frau gehabt, und ich war leicht erreichbar. Ich mache dich nicht dafür verantwortlich, was zwischen uns geschehen ist. Ich verstehe deine Bedürfnisse. Meine hingegen verstehe ich nicht.«

»Hast du nicht gerne mit deinem Ehemann geschlafcn?«

»Doch, ich habe diesen Aspekt der Ehe durchaus zu schätzen gewusst.« Sie schaute ihn an, wandte den Blick dann aber rasch wieder ab. »Obwohl ich zugeben muss, dass das, was wir beide getan haben, in nichts mit dem zu vergleichen ist, was ich in meiner Ehe erlebt habe.«

»Sollte ich jetzt gekränkt sein?«

Es folgte eine lange Pause. »Nein, Reed, es gibt nichts, wofür du dich schämen müsstest. Ich hätte nie für möglich gehalten, dass ich imstande bin, mich so zu verlieren, wie ich es bei dir getan habe. Meine Empfindung war … sehr tief.«

»Du warst wunderbar. Sobald wir wieder zurück in England sind, können wir uns so oft sehen, wie wir wollen. Wir sind erwachsen und müssen niemandem gegenüber Rechenschaft ablegen, was wir tun oder nicht tun. Verstehst du jetzt, warum ich dich nicht einfach hier zurücklassen kann, Fleur?«

Fleur verstand eine ganze Menge. »Ich bin nicht auf der Suche nach einer Affäre, Reed. Ich bin überhaupt nicht auf der Suche nach einem Mann. Und wie ich dir bereits gesagt habe, werde ich Frankreich erst verlassen, wenn es unbedingt sein muss.«

»Fleur …«

»Sag nichts mehr, Reed. Deine Großmutter hat Himmel und Erde in Bewegung gesetzt, um dich nach Hause zu holen. Die Grafschaft braucht einen Erben, und du hast die Pflicht, gut zu heiraten und einen Erben in die Welt zu setzen. Selbst wenn ich mit dir nach England zurückkehrte, würden sich unsere Wege trennen. Und ich weigere mich entschieden, deine Mätresse zu werden.«

»Das habe ich nie verlangt und würde es auch in Zukunft nicht.«

»Willst du damit sagen, dass du gedenkst, mich zu heiraten?«

Fleur lächelte, als es Reed sichtbar die Sprache verschlug.

»Ich würde es nicht ausschließen«, sagte Reed nach langem, bedeutungsvollem Schweigen. »Du bist aus ebenso gutem Hause wie ich und gewiss eine angemessene Partie.«

»Nein, das bin ich nicht«, gestand Fleur. »Wir kennen uns kaum, und ich kann dir keine Kinder schenken.«

»Was? Woher willst du das wissen?«

»Ich habe während meiner Ehe mit Pierre keine Kinder zur Welt gebracht.«

Wieder folgte langes Schweigen, bevor Reed mit einem Anflug von Resignation in der Stimme sagte: »Kann ich dir denn durch nichts die Gefahr begreiflich machen, in der du dich befindest, solltest du in Frankreich bleiben?«

»Ich weiß, dass meine Arbeit gefährlich ist. Ich bin nicht dumm. Aber genau das will ich tun, muss ich tun. Kehr in die Heimat zurück und mach dir keine Gedanken um mich, Reed. Vielleicht werden wir uns eines Tages, wenn meine Arbeit hier beendet ist, wiedersehen und über diese kleine … Episode in unserem Leben lachen.«

»Lachen? Wohl kaum.«

Zugegeben, Reed hatte keine Eile zu heiraten. Nach den schweren Monaten im Gefängnis und nachdem er zuvor lange Zeit im Untergrund gearbeitet hatte, wollte er nun einmal der leidenschaftlichen Seite seiner Natur nachgeben. Bevor er England verlassen hatte, hatte er sich einen Ruf als guter Liebhaber gemacht. Doch damals hatte es für ihn auch noch keinen Grund gegeben, sich häuslich niederzulassen. Er war nicht der Erbe und hatte gehofft, sein Bruder möge ein paar Kinder in die Welt setzen. Also hatte sich Reed den kühnsten Abenteuern hingegeben, die er alle in vollen Zügen ausgekostet hatte.

Seine leichtsinnige Sehnsucht nach Abenteuern war es schließlich auch gewesen, die ihn in seine gegenwärtige Lage gebracht hatte: als britischer Geheimagent im revolutionären Frankreich. Reed wusste zwar, dass seine Großmutter auf eine baldige Heirat und die Geburt eines Erben bestehen würde, doch hatte er sich ein wenig Unbeschwertheit verdient, bevor er sich dem Eheglück hingeben würde.

»Du solltest jetzt gehen«, bat Fleur und riss ihn aus seinen Gedanken. »Danke, dass du mir das Gefühl zurückgegeben hast, am Leben zu sein. Ich habe diese Nacht nicht weniger nötig gehabt als du.«

»Wir sind noch nicht fertig, Liebes. Die Nacht ist noch

jung. Wir haben noch viele Stunden, in denen wir all die Monate der Entbehrung wieder aufholen können.«

Ehe Fleur seine Absichten durchschaut hatte, zog er sie auf sich und presste seinen Mund auf ihre Lippen.

Die Stunden vergingen allzu schnell, während Fleur und Reed gegenseitig ihre Körper erkundeten, wohl wissend, dass ihre gemeinsame Zeit zu Ende ging. Sie liebten sich langsam, wobei Fleur auf ihm saß und jede Bewegung bis zum Ende selbst kontrollierte. Dann übernahm Reed die Führung, und seine Wildheit brachte sie beide fast um den Verstand. Nichts war tabu, alles war erlaubt. Später schliefen sie Arm in Arm ein, nur um vor dem Morgengrauen wieder aufzuwachen und sich ein weiteres Mal zu lieben.

# Fünftes Kapitel

Fleur wurde Reeds Geliebte, zumindest für die Zeit, die ihm noch an der französischen Küste blieb. Beide wussten, dass es nur eine Frage von Tagen war, bis Reed Frankreich verlassen und Fleur ihr gefährliches Spiel weitertreiben würde.

Als Reed merkte, wie sie sich jedes Mal verschloss, wenn er ihr nahelegte, nach England zurückzukehren, gab er es auf. Stattdessen dachte er über die Möglichkeit nach, in Frankreich zu bleiben und seine Geheimdiensttätigkeit für das Königshaus fortzusetzen. Die Grafschaft würde auf ihn warten können, bis man Napoleon auf seinem Vormarsch, die Welt zu erobern, gestoppt hatte.

Ihm kamen lediglich Bedenken, wenn er an seine Großmutter dachte, die sehnsüchtig seine Rückkehr erwartete. Seiner Großmutter war nichts wichtiger als der Erhalt der Grafschaft für die zukünftigen Generationen, und das hieß, dass er heiraten musste. Sich eine Frau zu suchen war jedoch der letzte Punkt auf Reeds Prioritätenliste. Bevor es dazu kommen würde, konnte er noch eine ganze Menge für sein Land tun.

Vierzehn Tage, nachdem Fleur André benachrichtigt hatte, dass Reeds Gesundheitszustand eine längere Reise zuließ, erhielten sie Antwort durch Antoine. Reed und Fleur saßen gerade im Salon, als Antoine Andrés Nachricht überbrachte. Eine englische Slup würde in der übernächsten Nacht anlegen und Reed abholen. André würde am gewohnten Treffpunkt am Strand auf Reed warten, um seine Abreise zu überwachen. Reed nahm die Nachricht schlecht gelaunt zur Kenntnis.

»Warum machst du so ein verdrießliches Gesicht, Reed?«, fragte Fleur, nachdem Antoine gegangen war. »Bald wirst du zu Hause sein und deinen rechtmäßigen Platz in der Gesellschaft einnehmen.«

»Ich habe mir nie etwas aus der Gesellschaft gemacht. Jason war der Erbe. Seine Pflicht war es, den Hunthurst-Adel zu erhalten, zu heiraten und Erben in die Welt zu setzen. Ich habe den Titel nie gewollt. Ich war rundum zufrieden damit, mich treiben zu lassen und die Gefahr und das Abenteuer zu suchen. Als Geheimagent zu arbeiten, war genau das Richtige für mich.« Ihm brach die Stimme. »Ich werde es Jason nie verzeihen, dass er gestorben ist.«

Fleur wusste, dass Reed in Trauer sprach. Er würde es vielleicht nicht zugeben, doch er liebte seinen Bruder und beklagte seinen Tod sehr. Reed musste in die Heimat zurückkehren und den Familienvorsitz übernehmen. Und sie musste in Frankreich bleiben, wo sie ihrem Land dienen und Männern wie Reed das Leben retten konnte.

»Ich will mit André sprechen«, sagte Reed. »Jetzt. Kann Antoine das arrangieren?«

»Das bezweifle ich«, erwiderte Fleur. »André taucht nur an vereinbarten Tagen zu vereinbarten Zeiten auf. Er wird sich erst wieder am Abend deiner Abreise blicken lassen.«

»Und wo, bitte schön, soll das sein?«

»Es gibt eine kleine Bucht etwa zwei Meilen von hier die Küste hinauf. Das Schiff wird in der Bucht vor Anker gehen und ein kleines Boot an Land schicken, das dich abholt. Ein alternativer Treffpunkt liegt weiter oben, für den Fall, dass uns der erste nicht zur Verfügung steht. Bei Sturm wird das Schiff draußen vor der Bucht warten, bis es aufklart, und dann das Boot an Land schicken. Das haben wir bisher zweimal gemacht und kennen den Ablauf bereits.«

Bevor Reed etwas antworten konnte, betrat Lisette das kleine Wohnzimmer. »Antoine sagt, dass wir unseren Gast bald verabschieden müssen.«

»Das ist wahr, Lisette«, antwortete Fleur. »Ist unser Gast erst einmal in England, so kann sein Hausarzt die weitere Behandlung übernehmen.«

»Ich bezweifle, dass man mich an irgendeinem Ort besser behandeln wird als hier bei euch, Lisette«, entgegnete Reed. »Wäre ich in der Teufelsburg geblieben, hätte ich diese Welt längst verlassen. Eure einfachen, aber köstlichen Mahlzeiten haben entscheidend zu meiner Genesung beigetragen.«

Lisette errötete angesichts des Kompliments. »Ihr zollt mir allzu viel Beifall, Monsieur. Fleur, hast du Gaston gesehen? Ich dachte, er könnte mir für unser heutiges Abendessen vielleicht noch etwas Gemüse aus dem Garten holen.«

»Wenn ich aushelfen kann …«, bot sich Reed an.

»Wir müssen noch ein paar Dinge besprechen, Reed«, wandte Fleur ein. »Gaston kann sich um die Angelegenheit kümmern. Ich glaube, Lisette, er ist hinterm Haus und schichtet Holz.«

Lisette verließ den Raum.

»Wirst du mit in diese Bucht kommen?«, wollte Reed wissen.

Fleur warf ihm einen kurzen Blick zu und sah dann schnell wieder weg. »Ich denke nicht. Für gewöhnlich lenkt Antoine den Wagen, und Gaston kommt auch mit, für den Fall, dass es Ärger gibt. Das ist der Plan.«

Reed nickte. »Wahrscheinlich ist es so am besten. Deine Sicherheit ist meine größte Sorge. Kann ich heute

Abend zu dir kommen? Es könnte unsere letzte Nacht sein.«

Sie schaute auf und traf seinen Blick. »Komm zu mir, sobald sich die Bediensteten für die Nacht zurückgezogen haben.«

Dann trennten sie sich. Fleur ging zu Lisette in die Küche, und Reed begab sich hinaus in den Garten, um Gaston bei der Arbeit zu helfen. Lisette begrüßte Fleur mit einem finsteren Blick.

»Meinst du, es ist klug, dich mit unserem Gast einzulassen, *chèrie*? Das Herz ist zerbrechlich. Ich möchte nicht sehen, wie du dich nach einem Mann verzehrst, der weit weg und für dich unerreichbar ist. Es könnte deine Arbeit beeinträchtigen, und, *bon Dieu*, du musst deine fünf Sinne beisammenhalten.«

»Ich komme schon zurecht, Lisette, ehrlich«, versicherte Fleur. »Mein Herz ist nicht betroffen.«

Fleur biss sich angesichts dieser Unwahrheit beinahe auf die Zunge. Wenn sie auch nicht mit Sicherheit sagen konnte, dass sie Reed liebte, so hatte sie ihn doch auf eine Weise gern, die sie verwirrte. Sie hatte ihren Ehemann von Herzen gern gehabt, aber es war keine leidenschaftliche, stürmische Liebe gewesen. Pierre hatte ihr Frieden, Geborgenheit und Wärme gegeben, die ein Leben lang angedauert hätten, wäre er am Leben geblieben. Was sie mit Reed erlebt hatte, war zu tief, zu aufwühlend gewesen, um Frieden in ihr Leben zu bringen. Und Fleur sehnte sich nach Ruhe und Frieden, wenn ihre Arbeit in Frankreich einmal beendet war.

Außerdem würde Reed einen Erben brauchen, und sie konnte ihm keinen schenken. Sollte er also tatsächlich noch an ihr interessiert sein, wenn sie nach England zurückkehrte, was zu bezweifeln war, würde ihre Beziehung keine Früchte tragen. London war voll von begehrenswerten jungen Frauen, die auf der Suche nach einem adligen Ehemann waren. Wie lange würde Reed sich ihnen verwehren können? Nicht lange, wenn seine Großmutter ein Wörtchen mitzureden hatte.

»Du kannst mich nicht täuschen, *ma petite*«, sagte Lisette, während sie zwei Tassen Tee einschenkte und eine Fleur reichte. »Ich weiß, dass du unseren Gast als Liebhaber genommen hast. Er ist der erste seit dem Tod deines Ehemanns.«

Fleur trank gemächlich ihren Tee. »Ich war einsam. Schimpf nicht mit mir, Lisette. Ich weiß sehr wohl, wie es um mich steht. Reed verlässt uns morgen Abend … Ich dachte du könntest für morgen Mittag vielleicht etwas Besonderes zu essen machen. Sein Appetit ist schier unersättlich in letzter Zeit.«

»Monsieur scheint in vieler Hinsicht unersättlich zu sein«, murmelte Lisette in sich hinein.

»Was hast du gesagt, Lisette?«

»Hör nicht auf mich. Ich bete nur, dass du weißt, was du tust.«

Reed fand Gaston im Garten bei der Gemüseernte. Er stand eine Weile daneben und sah zu, ehe er ihm seine Hilfe anbot. Gaston lehnte dankend ab und erklärte, dass er bereits alles beisammenhatte, was Lisette für das Abendessen benötigte. Reed schlenderte weiter den Weg entlang. Es gab eine ganze Menge, worüber er nachdenken musste.

Vor allem beschäftigte ihn die Verantwortung, die er als neuer Earl of Hunthurst übernehmen musste. War er ihr gewachsen? War er bereit, sich häuslich niederzulassen und eine Frau zu nehmen? Diese Frage war leicht zu beantworten. Nein, er war es nicht. Wie konnte sich ein Mann, der es gewohnt war, in ständiger Gefahr zu leben, mit einer sanftmütigen Jungfer der vornehmen Gesellschaft zufriedengeben, deren gewagtestes Abenteuer ein Spaziergang mit einem Gentleman im Park in Begleitung ihrer Mutter oder einer Hofdame war?

Großmutter würde enttäuscht sein, wenn sie von ihm erwartete, dass er in der nächsten Zeit sesshaft werden und Kinder in die Welt setzen würde. Fleur hingegen war anders als diese feinen Londoner Mädchen. Reed hielt den Atem an. Wie kam er nur auf diesen Gedanken? Über eine vorübergehende Liebschaft hinaus war Fleur nicht für ihn bestimmt. Trotz ihres beiderseitigen Engagements für das Königshaus ging ihr Leben unterschiedliche Wege.

Nach einem ausführlichen Spaziergang kehrte Reed für ein Mittagsschläfchen in seine Kammer zurück. Wollte er seine letzte Nacht in Fleurs Bett verbringen, dann musste er gut ausgeschlafen sein.

Reed erwachte erfrischt und ging in die Küche hinunter, um einmal mehr Lisettes vorzügliche Mahlzeiten zu kosten. Diesmal wurde zum Ragout, dem frischen Brot und einer köstlichen Nachspeise überdies ein ausgezeichneter Bordeaux eingeschenkt. Reed leerte seinen Teller bis zum letzten Rest und verlangte nach einer zweiten Portion von dem herrlichen Dessert.

Im Mittelpunkt der Unterhaltung standen die Pläne für Reeds Abreise. Reed hörte aufmerksam zu, dann stellte er selbst ein paar Fragen.

»Werde ich nun endlich André treffen?«, fragte er.

»*Oui*, er wird am Strand auf Euch warten«, antwortete Antoine.

Nach dem Essen entschuldigte sich Reed und begab sich umgehend in seine Kammer, wo er die Minuten zählte, bis es im Haus endlich still geworden war und er zu Fleur gehen konnte. Er verließ das Zimmer und ging den kurzen Weg zu Fleurs Schlafgemach. Er öffnete die Tür, ohne anzuklopfen, trat ein und schloss sie leise hinter sich. Fleur hatte auf ihn gewartet. Als sie ihn eintreten hörte, wandte sie sich vom Fenster ab und sah ihn an, ihre dunklen Augen leuchteten im goldenen Schein der einzigen Kerze wie geschmolzene Schokolade.

Sie hatte sich bis auf das Unterkleid ausgezogen, ein weißer durchscheinender Stoff, der mehr offenbarte als er verdeckte. Reed blieb auf halbem Weg stehen, und seine silberfarbenen Augen verdunkelten sich, als er ihre atemberaubende Schönheit bewunderte. Dann öffnete sie die Arme, und Reed nahm die Begrüßung an.

»Fleur, ich …«

»Sag nichts, Reed. Was gibt es zu sagen, das noch nicht gesagt wäre? Lass uns den Augenblick genießen. So etwas gibt es nicht oft für Leute wie uns.«

»Alles, was du tun musst, ist, mit mir auf dieses Schiff zu kommen, damit es mit uns weitergehen kann«, erinnerte er sie.

»Das meinst du nicht wirklich, Reed. Denk einmal nach. Du und ich, wir sind nur ein flüchtiger Augenblick im Geschehen der Zeit.«

Obwohl Reed wusste, dass Fleur Recht hatte, war er noch nicht bereit, ihre Liaison zu beenden. »Hat dir schon einmal jemand gesagt, dass du zu viel redest? Wenn wir nur diesen einen Augenblick haben, lass ihn uns auskosten.«

Sie starrte ihn an, und ihre braunen Augen wurden weich vor Verlangen und blitzten zugleich vor freudiger Erwartung. Er war verzaubert von ihrer Fähigkeit, mehr als eine Regung gleichzeitig zu empfinden und auch zu zeigen. Doch das war nicht das Einzige, was er an Fleur bewunderte. Er war in seinem Leben noch nie einer solchen Frau begegnet.

»Küss mich, Reed. Ich habe gar nicht gemerkt, wie einsam ich war, bis du zu uns gekommen bist, und wenn du uns morgen verlässt, werde ich wieder einsam sein.«

Reed zögerte nicht lange. Er sehnte sich ebenso sehr danach, Fleur zu küssen, wie sie sich nach einem Kuss von ihm verzehrte. Er hatte den ganzen Tag an nichts anderes denken können. An das und daran, wie oft er sie lieben würde, bis der Morgen graute.

»Du bist so wunderschön«, murmelte er und legte seine Lippen an ihren duftenden Hals, auf ihre Schulter und schließlich auf ihren Mund. Er stieß die Zunge durch ihre geöffneten Lippen und liebkoste zärtlich jeden Winkel als Vorgeschmack auf die bevorstehenden Freuden. Sie schlang die Arme um seinen Hals, als sie mit ihm verschmolz und sich seinem Kuss voller Leidenschaft hingab.

Ein tiefes Stöhnen entfuhr ihm, als er den Kuss beendete und seinen Körper für kurze Zeit von dem ihren löste. Er ließ sie nicht aus den Augen, während er langsam einen Finger erst unter den einen dann unter den anderen Träger ihres Unterkleides führte und von den Schultern streifte, bis es zu Boden glitt.

Fleur sah ihn lächelnd an, als sie nach den Aufschlägen seiner Jacke griff und sie über seine Schultern zog. Er schüttelte das Kleidungsstück ab, während sie sich an seinen Hemdknöpfen zu schaffen machte. Als das Hemd zu Boden fiel, zog er die Kniehosen über seine Hüften und stieg heraus. Schuhe und Strümpfe kamen als Letzte an die Reihe.

»Wenn man dich jetzt sieht«, sagte Fleur, »würde man nie vermuten, dass du derselbe Mann bist, den ich aus der Teufelsburg hierhergebracht habe.«

Reed lächelte gequält. »Unglücklicherweise erzählen die Narben auf meinem Körper ihre eigene Geschichte. Und falls du es nicht bemerkt haben solltest, gibt es in meinem Inneren Dämonen, die in ungünstigen Momenten meinen Verstand bedrohen. Aber das ist jetzt nicht der Fall«, sagte er, packte sie und trug sie zum Bett. Er ließ sich mit ihr darauf sinken und stützte sich auf den Ellbogen auf, um ihr in die Augen sehen zu können.

Sie berührte sein Gesicht. »Ich glaube fest daran, dass du diese Dämonen besiegen wirst, Reed. Die Zeit wird alle Wunden heilen. Lass mich dir eine freudige Erinnerung schenken, die du mit nach England nehmen kannst.«

Sie schob ihn zur Seite und setzte sich mit gespreizten Beinen auf ihn, bedeckte seine Brust und Schultern mit zarten Küssen. Ihr Mund fand seine Brustwarzen und knabberte sanft daran. Er krümmte sich und versuchte sie abzuwerfen, doch sie ließ sich nicht umstimmen.

»Nein, lass mich dich lieben«, flüsterte sie. »Ich will das.«

Seine Erektion schmiegte sich an ihren Po, als sie seinen Oberkörper von oben nach unten mit Küssen und kleinen Bissen liebkoste.

Ein Stöhnen entfuhr seiner Kehle, als sich Fleurs Lippen weiter nach unten bewegten, gefährlich weit. Sie zögerte und sah zu ihm auf, und ihre Augen glühten, als sie zurückrutschte und seine lange harte Rute streichelte.

»Du musst das nicht …«

Doch sie tat es. Sein ganzer Körper bebte vor Entzückung, als sie ihren Kopf herabsenkte und seine Spitze mit der Zunge verwöhnte. Dann nahm sie ihn in den Mund, saugte und leckte und trieb ihn bis an den Rand des Wahnsinns.

Als sie mit der Zunge den Schaft seines steifen Glieds hinauffuhr, erschauderte er heftig. Und als sie mit der Hand zwischen seine Schenkel griff, warf Reed den Kopf in den Nacken und keuchte zwischen zusammengebissenen Zähnen ihren Namen. Pure Lust strömte durch seinen Körper. Er war nahe daran, so nahe daran, aber er wollte in ihr sein, wenn er kam.

Fleur wurde immer kühner, liebkoste seine Männlichkeit wieder und wieder. Reed erstarrte. Sie musste aufhören, bevor er …

»Genug, Liebes. Ich kann nicht mehr.«

Er packte ihre schmale Taille, hob sie von sich herunter und legte sie neben sich aufs Bett. Heftig keuchend bäumte er sich auf und kam über sie. Sein Ausdruck war leer, die silberfarbenen Augen funkelten voller Begierde. »Jetzt ist es an mir, dich zu lieben.«

Im Mondlicht sah ihre Haut beinahe golden aus. Sie war die vollendete Schönheit – diese Frau, die sein Leben gerettet hatte. Er verschloss ihren Mund mit seinen Lippen und stieß langsam seine Zunge hinein, schmeckte sich selbst auf ihren Lippen. Nach stürmischen Küssen ließ er ihren Mund atemlos zurück und widmete sich ihren Brustspitzen, saugte so fest daran, dass sie sich unter ihm krümmte und laut aufschrie. Ihre Finger krallten sich in sein Gesäß, gruben sich fest in den Muskel, während ihr Atem immer schneller ging.

Reed entglitt ihrem Griff und arbeitete sich tiefer vor, weidete sich am lieblichen Duft ihres Fleisches. Er teilte die weichen Löckchen und forschte gierig mit der Zunge nach ihrer verborgenen kleinen Knospe. Ein leises Glucksen der Wonne kam ihr über die Lippen, als er ihre Lustknospe wieder und wieder umkreiste.

»Du bist hier so vollkommen wie überall«, schnurrte er wenige Sekunden, ehe er ihr Geschlecht mit dem Mund verschloss. Er streichelte sie sanft mit der Zunge, drang in sie ein, während er ihre schwellende Knospe weiter mit dem Daumenballen massierte.

»Reed! Ich bin … Ich kann nicht …«

Zuckende Blitze fuhren ihr durch den Körper, sie schrie auf und wand und krümmte sich unter ihm, es kam ihr wie eine Ewigkeit vor. Sie war noch inmitten ihrer Ekstase, als Reed in sie drang. Sie wölbte sich ihm entgegen, um mit ihm zu verschmelzen. Mit geballter Manneskraft und zusammengebissenen Zähnen ritt er sie mit gnadenloser Wildheit bis zu seinem eigenen gewaltigen Höhepunkt, blind gegenüber allem außer der Befriedigung seiner Lust.

Wenige Sekunden später lagen sie sich in den Armen, erschöpft und zufrieden.

»Diesen Augenblick werde ich niemals vergessen«, gelobte Reed. »Niemals, ganz gleich, was uns das Leben bringen wird. Und selbst wenn sich unsere Wege nie wieder kreuzen sollten, so werde ich diese Nacht in Erinnerung behalten.«

Ehe der graue Morgennebel die Nacht vertrieb, hatte Reed zwei weitere kostbare Erinnerungen gesammelt, die er aufbewahren und nach Belieben wieder hervorholen konnte. Er verließ Fleurs Kammer, noch bevor sich im Haus etwas regte, und schlief bis Mittag.

Fleur wurde ein paar Stunden früher von Lisette geweckt, die ins Zimmer gestürmt kam, vorsichtig schnüffelte und das Fenster öffnete.

»Hier riecht es nach Lust, *ma petite*. Ich nehme an, du hast dich gut amüsiert.«

Fleur schlug die Augen auf, blinzelte schläfrig und setzte sich mit einem zufriedenen Schnurren auf. »Ich habe mich ausgezeichnet amüsiert, Lisette. Missgönne mir nicht diese wenigen glücklichen Augenblicke. Aller

Wahrscheinlichkeit nach werde ich Reed nie mehr wiedersehen.«

Lisettes Ausdruck wurde weich. »Ich missgönne dir nichts, *chèrie*, ich fürchte nur, diese Geschichte wird dir das Herz brechen.«

»Mein Herz ist gut geschützt, Lisette«, erwiderte Fleur und wünschte sich nichts mehr, als ihren eigenen Worten zu trauen.

Fleur hatte die eheliche Liebe mit Pierre jede Sekunde genossen, doch was sie im Bett getan hatten, war weit entfernt von dem, was sie mit Reed erlebte. Wenn Reed abgereist war, würde sie noch ausreichend Zeit haben, sich über ihre Gefühle klarzuwerden. Doch zu welchem Schluss sie auch käme, sie würden nie mehr als nur flüchtige Liebende sein, wie Schiffe, die sich nachts auf dem Meer begegnen.

Für den Rest des Tages hatte Fleur genug zu tun, um sich abzulenken, doch ihre Stimmung war so trostlos und düster wie das Wetter. Den ganzen Tag über fiel leichter Regen, und der Nebel, der vom Meer hereinkam, hatte die Sichtweite auf wenige Meter beschränkt. Es war Reeds letzter Tag in Lisettes Haus, und das Wetter war für seine geheime Überfahrt optimal.

Noch in dieser Nacht würde Reed seine Rückkehr nach England antreten, und Fleur würde in Frankreich weitermachen, als wäre sie ihm nie begegnet. Es gab so viel für Reeds Abreise zu erledigen, dass Fleur keine Minute fand, um unter vier Augen mit ihm zu sprechen. Schließlich trafen sie sich alle im Speisezimmer, um das Roastbeef und einige andere Gerichte, die Lisette zubereitet hatte, zu sich zu nehmen.

»Für heute Nacht ist alles vorbereitet«, erklärte Fleur. »Das Treffen mit André ist um Mitternacht. Antoine wird den Wagen um punkt elf Uhr vorfahren. Wir hätten uns kein besseres Wetter wünschen können. Der Nebel wird dem Boot perfekte Deckung geben.«

»Und was, wenn das Schiff nicht kommt?«, fragte Reed hoffnungsvoll.

»Dann werden wir zurückkehren und auf ein Treffen morgen Nacht hoffen. Aber das ist noch nie passiert. Das Schiff war jedes Mal da und wartete auf uns. Ebenso wenig waren wir bisher gezwungen, den alternativen Treffpunkt in Anspruch zu nehmen.«

Als alles besprochen und das Abendessen beendet war, verließen Antoine und Gaston das Haus, um den Pferdewagen abfahrbereit zu machen, während sich Lisette anderweitig im Haus beschäftigte. Endlich waren Reed und Fleur allein, und beide fürchteten den endgültigen Abschied. Reed nahm Fleur bei der Hand und führte sie in den Salon.

»Das ist kein Abschied, Fleur. Wir werden uns eines Tages wiedersehen.«

Fleur hegte keine große Hoffnung, Reed in ihrem Leben noch einmal zu begegnen. Und sie war klug genug, um zu erkennen, dass es zwecklos war, in einen Mann vernarrt zu sein, den sie nie wiedersehen würde. Also zwang sie sich, nicht mehr an Reed zu denken, sondern sich darauf zu konzentrieren, weshalb sie in Frankreich blieb.

Obwohl sie es niemandem gegenüber zugab, hatte sie das deutliche Gefühl, dass ihr die Obrigkeit dicht auf den Fersen war. Wenn ihre Zeit ohnehin begrenzt war, dann wollte sie noch so viele Engländer retten wie möglich. Reed zuliebe beschloss sie jedoch, gute Miene zum bösen Spiel zu machen.

»Eines Tages werde ich nach England zurückkehren, und dann werden wir uns vielleicht wiedersehen, wenn es auch nicht sehr wahrscheinlich ist. Vielleicht wirst du inzwischen verheiratet sein, und ein Erbe ist bereits unterwegs. Das Einzige, was ich von dir verlange, ist, dass du mich in guter Erinnerung behältst.«

»In guter Erinnerung? Du hast mir das Leben gerettet, Fleur. Ohne dich wäre ich jetzt tot. Woran ich mich immer erinnern werde, sind dein Mut, deine Güte und vor allem anderen deine Leidenschaft. Du hast mir den Glauben an meine Männlichkeit zurückgegeben. Dafür danke ich dir, und für alles andere.«

Reed zog sie in seine Arme und wünschte, er könnte etwas sagen, irgendetwas, das sie davon überzeugen würde, mit ihm zu gehen. Aber er wusste, dass dies Zeitverschwendung war. Fleur empfand gegenüber ihrem Land das gleiche Pflichtgefühl wie er. Also tat er nur, was sein Herz und sein Körper ihm vorgaben. Er schloss sie in die Arme und küsste sie ein allerletztes Mal, nahm ihren Geschmack und ihr Wesen begierig in sich auf, um es niemals wieder zu vergessen.

Als der Kuss beendet war, winkte sie ihm kurz zu, schenkte ihm ein unsicheres Lächeln und eilte aus dem Zimmer. Er lief ihr nicht nach. Und er bekam sie auch nicht wieder zu Gesicht, bevor er in den Wagen stieg und das kleine Landhaus für immer verließ.

Die Fahrt war ungemütlich. Und die Nacht war so nebelig, dass Reed fürchtete, der Wagen könnte eine Biegung übersehen und die Klippe hinunterstürzen. Doch Antoine kannte den Weg und lenkte das Pferd geschickt über den schmalen Pfad. Die Reise verlief ohne Zwischenfälle, und sie kamen pünktlich zur vereinbarten Zeit am Treffpunkt an.

Reed kletterte aus dem Wagen. »Ich kann nichts sehen. Wenn da ein Schiff draußen ist, dann ist es vom Nebel verdeckt.« Er ging bis zum Rand eines Steilhangs und starrte in die nebelverhangene Dunkelheit. Er fragte sich, wo André war und ob er vielleicht den Hang zum Strand hinuntersteigen sollte.

»Willkommen zurück im Leben, Hunthurst.«

Reed fuhr herum. Er kannte die Stimme. »Wer ist da?«

»Für deine Freunde bin ich André, aber du kennst mich unter einem anderen Namen.«

Das Licht einer Laterne flackerte auf. Dann tauchte Andrés Gesicht aus der Dunkelheit auf, und Reed erkannte in ihm einen Spion, den er bereits einige Male zuvor getroffen hatte. Er trug die gleiche grobe Kleidung wie Reed und konnte ohne weiteres als französischer Bauer durchgehen. »Peter Weldon. Als Letztes habe ich dich in Paris gesehen. Was machst du immer noch in Frankreich?«

»Ich habe die letzten Monate damit verbracht, nach dir zu suchen«, erklärte Weldon. »Ich hatte schon befürchtet, du seiest tot, bis ich auf die Teufelsburg gestoßen bin. Dann kostete es mich eine ganze Weile herauszufinden, ob du tatsächlich unter den Gefängnisinsassen warst. Porter hat mir von Fleur Fontaine erzählt. Er kennt ihre Tante. Von ihr hat er erfahren, dass die Countess in einem kleinen Landhaus in der Nähe der Teufelsburg wohne. Ich habe Kontakt zu ihr aufgenommen, und gemeinsam haben wir einen Plan ausgeheckt, wie wir sie in das Gefängnis einschleusen.

Bevor sie dich fand, konnte sie Grimes und Leasenby befreien. Sie waren erst kurz dort und in weit weniger schlechtem Zustand als du. Fleur und ihre Helfer haben wahre Wunder gewirkt, obgleich du noch immer ein wenig dünn und blass aussiehst. Jetzt ist es an der Zeit, dass du nach England zurückkehrst und deinen rechtmäßigen Platz in der Gesellschaft einnimmst.«

»Zur Hölle mit der Gesellschaft!«, fluchte Reed. »Wie konntest du Fleur in eine derart gefährliche Lage bringen? Du hast sie in die Teufelsburg geschickt, ohne auch nur einen Gedanken an ihre Sicherheit zu verschwenden.«

»Es war ihre eigene Entscheidung, Hunthurst. Sie hatte das Bedürfnis, ihrem Land zu dienen und die Ermordung ihres Ehemanns zu rächen. Ich habe lediglich die Mittel zur Verfügung gestellt.«

»Ich habe versucht, sie zu überreden, mit mir nach England zurückzukehren, aber sie hat abgelehnt.«

»Fleur Fontaine ist eine mutige Frau. Lord Porter ist ihr zutiefst dankbar für den Dienst, den sie dem Königshaus erwiesen hat. Sie kann Frankreich jederzeit verlassen. Alles, was sie tun muss, ist, mit mir Kontakt aufzunehmen, und ich werde ein Schiff für sie kommen lassen.«

»Heißt das, dass du in Frankreich bleiben wirst?«

»Ich werde so lange hierbleiben, wie man mich braucht. Irgendjemand muss schließlich auf Fleur aufpassen. Keine Sorge, Hunthurst, ich werde nicht zulassen, dass ihr etwas passiert. Porter hat mich beauftragt, sie zu beschützen.«

Reed blickte hinaus auf die Brandung, wo ein schwaches Licht zu sehen war. »Vielleicht sollte ich auch hierbleiben. Porter braucht jeden Spion, den er kriegen kann.«

Weldon musste das Licht auch gesehen haben, denn er hob seine Laterne und schwenkte sie hin und her.

»Du fährst zurück«, sagte er. »Deine Großmutter und die Grafschaft brauchen dich.« Er packte Reed an der Schulter. »Mein Beileid. Ich weiß, wie sehr du deinen Bruder geliebt hast.«

»Danke. Ich wollte den Titel nie, weißt du.«

»Ich weiß, aber das Schicksal nimmt oft keine Rücksicht auf unsere Vorlieben und Wünsche. Sollen wir zum

Strand hinuntergehen? Das Ruderboot müsste bald da sein.«

Da Reed keinen Ausweg sah, drückte er Antoine und Gaston seine Dankbarkeit aus und winkte ihnen nach. Er hörte noch das Geräusch der Wagenräder, als er den rutschigen Abhang hinunterstieg. Weldon leuchtete ihm den Weg mit der Laterne. Das Ruderboot war noch nicht in Sicht, als sie den schmalen Strandstreifen erreicht hatten.

»Wie werden sie uns in diesem Nebel finden?«, fragte Reed.

»Sieh dort«, meinte Weldon und zeigte aufs Wasser.

Reed sah ein flackerndes Licht, das im Nebel hin und her tanzte. Weldon hielt die Laterne hoch und wies dem Ruderboot die Richtung.

»Der Nebel ist von Gott gesandt«, sagte Weldon. »An den Küsten wimmelt es nur so von französischen Patrouillenbooten. In einer Nacht wie dieser ist es leichter, ungesehen durchzukommen.«

Mit wachsendem Grauen sah Reed das Boot näher kommen. Dass er Fleur zurücklassen musste, gefiel ihm gar nicht. Ein unbestimmtes Gefühl warnte ihn, dass sich über der schwarzen Witwe Unheil zusammenbraute. Obwohl er wusste, dass Fleur ihren eigenen Weg gewählt hatte, wäre er am liebsten umgekehrt und hätte sie mitgenommen, und wenn er sie unter großem Protest aus dem Haus hätte zerren müssen.

Ein rasselndes Geräusch holte Reed aus seinen Überlegungen. Das Ruderboot hatte den Strand erreicht und schabte im seichten Wasser mit der Unterseite über den Sand.

»Steig ein!«, forderte Weldon ihn auf.

»Warte!« Reed zögerte. »Da ist etwas, das du wissen musst. Ich wurde verraten. Mein Gefühl sagt mir, dass es in der Organisation einen Verräter gibt. Ich werde Porter davon berichten, damit er die notwendigen Schritte einleiten kann.«

Er streckte Weldon die Hand hin. »Pass auf dich auf, Weldon. Zu diesem Zeitpunkt wissen wir nicht, wer Freund und wer Feind ist.«

Weldon ergriff Reeds Hand. »Ich bin überrascht, aber nicht schockiert. Danke für die Warnung. Grüß Porter von mir und sag ihm, ich melde mich auf dem üblichen Weg bei ihm, sobald ich ihm etwas Wichtiges mitzuteilen habe.«

Reed ließ Weldons Hand los und watete zum Boot. Jemand streckte ihm die Hand entgegen und half ihm ins Boot. Er hatte kaum Zeit, Weldon zum Abschied noch einmal zuzuwinken, so rasch hatten die beiden Männer das Boot wieder in Fahrt gebracht.

»Mach dir keine Sorgen um Lady Fontaine«, rief Weldon durch die Dunkelheit. »Ihr wird nichts …«

Das war alles, was er über das laute Schlagen der Ruder im kabbeligen Wasser verstehen konnte. Dichter Nebel hüllte sie ein. Reed sah kein Schiff, nur eine einzige graue Wand, die sie umgab. Er fragte sich, wie sie das Schiff finden sollten, als einer der beiden Männer aufstand und begann, eine Laterne hin und her zu schwenken.

Reed hielt den Atem an, während sie auf eine Antwort warteten. Und tatsächlich war in einiger Entfernung ein schwaches Licht auszumachen, das ihnen die Richtung wies. Das Ruderboot korrigierte geringfügig den Kurs und hielt weiter auf das blinkende Licht zu. Wenig später tauchten unmittelbar vor ihnen die Umrisse einer schnittigen Slup auf. Als sie das Schiff erreichten, wurde eine Leiter heruntergelassen, und Reed kletterte hinauf. Jemand streckte ihm eine Hand entgegen und half ihm über die Reling. Minuten später wurde das Ruderboot über eine Winsch an Bord genommen.

»Schön, Euch wiederzusehen, Harwood. Verzeiht, ich sollte wohl besser Lord Hunthurst zu Euch sagen. Willkommen an Bord der *Mary Ann*.«

»Captain Skilling, was für eine Überraschung!«, erwiderte Reed. »Ich hätte wissen müssen, dass Sie wieder zur Stelle sind, um mich nach England zurückzubringen. Immerhin haben Sie mich auch hergebracht.«

»Wie mir zu Ohren gekommen ist, seid Ihr noch auf dem Wege der Genesung. Der Nebel wird sich bald in Regen auflösen. Vielleicht solltet Ihr lieber unter Deck gehen und Euch ein wenig ausruhen, bis wir uns an den französischen Kanonenbooten, die hier überall die Küste überwachen, vorbeigeschleust haben.«

Noch immer blass nach den vielen Monaten der Gefangenschaft, wurde Reed nun noch blässer, wenn das überhaupt möglich war. Er konnte den Gedanken nicht ertragen, in dem kleinen, luftarmen Raum dort unten eingeschlossen zu sein, der als Kajüte diente. Allein die bloße Vorstellung ließ ihn erschaudern.

»Ich bleibe lieber hier oben, wenn es Ihnen nichts ausmacht, Skilling«, sagte Reed. »Die Zeit im Gefängnis ist nicht spurlos an mir vorübergegangen, und es gibt Seiten an mir, die ich selbst nicht ganz verstehe. Es scheint so, als hätte ich eine Aversion gegen abgeschlossene Räume entwickelt.«

»Wie Ihr wollt, Hunthurst«, erwiderte Skilling. »Ein paar Wochen zu Hause und Ihr werdet wieder ganz der Alte sein, da bin ich sicher.«

Reed fragte sich, ob er jemals wieder der Alte sein würde. Seine größte Angst war, sich in einen Volltrottel zu verwandeln, wenn er den Dämonen erlaubte, die Kontrolle zu übernehmen.

»Diesmal werden wir nicht den ganzen Weg bis nach London fahren. Wir setzen Euch in Portsmouth ab und müssen gleich weiter zum nächsten Einsatz«, erklärte Skilling.

Reed fand einen Sitzplatz auf ein paar aufgerollten Tauen und sah dem Wasser zu, wie es an der Bordwand vorbeirauschte, als die Segel gesetzt waren und das Schiff Fahrt aufnahm. Er befand sich auf dem Weg nach Hause. Schwer zu glauben, dass er sich noch vor nicht allzu langer Zeit den Tod gewünscht hatte und diesem so nahe gewesen war, wie es ein Lebender nur sein konnte.

Dann war plötzlich Fleur aufgetaucht, die ihn kurzerhand mitgenommen und gesundgepflegt hatte. Doch so sehr sie sich auch bemüht hatte, ihn zu heilen – die Dunkelheit, die in seinem tiefsten Inneren wohnte, hatte sie nicht vertreiben können.

Der Morgen dämmerte, und mit der Nacht verschwand auch der Nebel. Bei Tagesanbruch gab es keinen Zweifel mehr, dass die *Mary Ann* den französischen Patrouillenbooten erfolgreich ausgewichen und sicher auf ihrem Weg nach Portsmouth war. Reed lehnte sich gegen den Mast, wandte das Gesicht der aufgehenden Sonne zu und schlief augenblicklich ein.

Zwei Tage später erreichten sie den Hafen von Portsmouth. Captain Skilling drückte Reed eine prallgefüllte Geldbörse mit Goldmünzen in die Hand, mit den besten Grüßen von Lord Porter. Dann wünschte er ihm eine gute und sichere Heimreise und ließ ihn in einem Ruderboot an Land bringen.

Reed Harwood, der neue Earl of Hunthurst, war wieder zu Hause.

# Sechstes Kapitel

Reed kam in die Stadt, wohlwissend, dass seine Aufmachung unangemessen war. Die grobe Kleidung passte eher zu einem Bauern als zu einem Grafen. Da er Portsmouth gut kannte, ging er auf direktem Weg zu einem Schneider, mit dem er schon einmal Geschäfte gemacht hatte. Er wollte auf keinen Fall aussehen wie die verarmte Verwandtschaft, wenn er in Hunthurst Park auftauchte.

»Lord Harwood, angenehm!«, begrüßte ihn der Schneider Mr. Sidley. »Es ist eine ganze Weile her, dass ich die Ehre hatte. Was kann ich für Euch tun, Sir?«

Reed streckte die Arme zur Seite aus und drehte sich einmal um sich selbst. »Sehen Sie mich an, Sidley. Meinen Sie nicht auch, dass ich eine neue Garderobe gebrauchen könnte?«

Sidley rückte seine Brille zurecht. »Ihr seht … meine Güte! Was ist mit Euch geschehen? Ihr seid dünner, als ich Euch in Erinnerung habe, und blasser. Und Ihr tragt die Kleidung eines Bauers. Wart Ihr krank?«

»Das könnte man so sagen«, erwiderte Reed ausweichend. »Wie lange werdet Ihr brauchen, um ein paar ordentliche Kleider für mich zu machen? Ich kann nicht lange in der Stadt bleiben. Mein Bruder ist verstorben, und ich bin der neue Earl of Hunthurst. Ich würde gerne etwas halbwegs Anständiges tragen, wenn ich nach Hause zurückkehre.«

Sidley starrte Reed an und zog offenbar seine eigenen Schlüsse über Reeds zwielichtige Erscheinung, seine blasse Gesichtsfarbe und den Gewichtsverlust. Wenn man dazu sein unerwartetes Auftauchen in einer Hafenstadt addierte, musste man kein sonderlich kluger Kopf sein, um sich auszurechnen, wo Reed gewesen war und warum.

»Mylord, verzeiht, dass ich Euren neuen Status verkannt habe. Bitte lasst mich Euch mein aufrichtiges Beileid ausdrücken für den Verlust Eures Bruders. Eine vollständige Garnitur dürfte ich übermorgen fertiggestellt haben. Habt Ihr einen besonderen Wunsch?«

»Ein anständiges Reitkostüm, würde ich sagen. Ich habe die Absicht, mir ein Pferd zu kaufen und zu meinem Landgut in Kent zu reiten. Ich hätte gerne eine blaue Jacke, ein weißes Hemd und eine Reithose aus Wildleder. Außerdem werde ich natürlich Reithandschuhe und Reitstiefel brauchen, aber die lassen sich in einer großen Stadt wie dieser hoffentlich ohne weiteres auftreiben.«

Sidley nickte. »Ich habe genügend Material zur Hand, um Euch eine schöne Auswahl anzubieten. Sollen wir gleich Maß nehmen?«

Reed brauchte nur wenige Minuten, um ein paar Stoffe auszuwählen, dann stand er ungeduldig da, während Sidley Maß nahm. Er würde eine vollständige neue Garderobe in Auftrag geben, sobald er einmal in London war. Außerdem gab es auch noch Kleidung in Hunthurst Park, die ausreichen würde, bis die maßgeschneiderte Garderobe geliefert wurde. Reed bat den Schneider, die Rechnung auf seinen Namen auszustellen und ihm die Kleider ins Red Fox Inn zu liefern, dann verließ er den Laden.

Anschließend ging er in ein Warenhaus für Männerbekleidung und erwarb Handschuhe, einen Schal und Unterwäsche. Einen Hut kaufte er nicht, denn er mochte Hüte nicht besonders. Beim Schuhmacher fand er ein Paar Stiefel, die ihm einigermaßen passten. Sie waren für einen Kunden gefertigt worden, der nicht bezahlen konnte, und der Schuhmacher bemühte sich eifrig um einen Käufer. Reed bezahlte den Mann und ging.

Eine Mahlzeit und ein Zimmer für die Nacht standen als Nächstes auf der Tagesordnung. Er ging zum Red Fox Inn, wo er schon einmal genächtigt hatte, und zahlte für ein Zimmer, eine Mahlzeit und ein Bad. Er aß ein vorzügliches Mahl, bestehend aus einem guten Stück englischem Rindfleisch, gerösteten Kartoffeln und Apple Cobbler mit Schlagsahne, während sein Zimmer gerichtet wurde.

Reed war begeistert, in seinem Zimmer ein frisch bereitetes Bad vorzufinden, zusammen mit den Sachen, die er im Warenhaus gekauft hatte und die ihm auf sein Zimmer geliefert worden waren, während er gespeist hatte. Reed legte seine Kleider ab, stieg in die Wanne und griff nach der Seife, die zusammen mit einem Handtuch auf einer kleinen Bank in Reichweite lag.

Reed blieb in der Wanne, bis das Badewasser kalt wurde, dann rieb er sich mit dem Handtuch trocken und streckte sich nackt auf dem Bett aus.

Sein Gesicht verzog sich schmerzhaft, als seine Gedanken zu Fleur wanderten. Er würde mit Porter über ihre gefährliche Mission sprechen, sobald er in London war. Porter war der Einzige, der ihre Rückkehr nach England befehlen konnte, und Reed hatte vor, ihn dazu zu animieren.

Mit angenehm gefülltem Bauch und einem sauberen Körper schlief Reed auf der Stelle ein. Er wachte erst spät am nächsten Morgen auf. Nach einem nahrhaften Frühstück verließ er das Gasthaus, um sich ein Pferd zu kaufen. Auch dabei hatte er Glück. In einem Mietstall fand er einen lebhaften schwarzen Wallach mit edlen Zügen und kräftigen Zähnen. Der Preis war angemessen, also schloss Reed das Geschäft sofort ab. Der Besitzer war so erfreut, dass er ihm einen durchaus brauchbaren Sattel und Zaumzeug dazugab. Reed gab dem Wallach den Namen Ebony und ritt zum Gasthof zurück.

Den Rest des Tages verbrachte Reed mit Müßiggang, er dachte an Fleur und fragte sich, ob sie sich wohl jemals wiedersehen würden. Es verging keine Stunde, in der er nicht wenigstens einmal an sie dachte.

Reeds neue Kleider trafen wie versprochen früh am nächsten Morgen ein. Er legte sie an, freute sich, dass sie gut saßen, und ritt auf Ebony nach einem sättigenden Frühstück los. Reed lächelte in sich hinein. Wenn er weiterhin so viel aß, würde ihm das neue Reitkostüm nicht mehr lange passen.

Drei Tage später traf Reed in Hunthurst Park in Kent ein. Er ritt zu den Stallungen hinter dem Haus und übergab Ebony einem Stallknecht, den er nicht kannte.

»Wo ist Dobson?«, erkundigte sich Reed.

»Er wurde nach dem Tod des Grafen entlassen, Sir«, antwortete der Mann. »Aus irgendeinem Grund konnten Lady Helen und der neue Graf ihn nicht leiden.«

Lady Helen, Jasons Frau. Aber wer zum Teufel gab sich als der neue Graf aus? Irgendetwas ging hier vor, doch Reed behielt seine Fragen für sich. »Wer bist du?«

»Potter, Sir«, sagte der Mann und verbeugte sich. »Seid Ihr ein Gast?«

»Ich bin Reed Harwood, der neue Earl of Hunthurst, der Bruder des verstorbenen Grafen.«

Potter erbleichte. »Mylord, Ihr seid tot!«

»Wie du sehen kannst, bin ich ziemlich lebendig, Potter. Ist Lady Helen hier ansässig?«

»Jawohl, Mylord. Mylady und ihre Schwester, Lady Dewbury, leben hier, wenn sie nicht in London sind. Der neue Graf wohnt auch hier.«

»Ich bin der neue Graf«, stieß Reed zwischen zusammengebissenen Zähnen hervor.

»Aber … man hat uns erzählt, Ihr seid tot.«

»Ich erlaube mir, anderer Meinung zu sein. Ich bin kein Gespenst.«

Reed machte auf dem Absatz kehrt und schritt davon. Wer war dieser Hochstapler, der sich als neuer Graf ausgab? Der einzige männliche Verwandte, der den Grafentitel für sich beanspruchen könnte, wenn er, Reed Harwood, tot wäre, war sein entfernter französischer Cousin, und soweit er wusste, befand sich Gallard Duvall in Frankreich.

Reed ging um das Haus herum zur Eingangstür und bediente den Türklopfer aus Messing, um seine Ankunft anzukündigen. Obwohl es nun sein Haus war, wollte er nicht einfach so hereinplatzen. Ein Diener, den er ebenfalls nicht kannte, öffnete ihm die Tür. Reed ging an ihm vorbei in die elegante Eingangshalle.

»Wie kann ich Euch behilflich sein, Sir?«, fragte der Diener.

»Wer bist du?«

Sichtlich verblüfft über Reeds unhöflichen Ton, versteifte er sich und antwortete: »Lawson, Sir. Darf ich fragen, mit wem ich die Ehre habe?«

Auf der Marmortreppe waren Schritte zu hören. Reed blickte auf und sah Helen die Stufen herunterkommen. Als sie den untersten Absatz erreicht hatte, schritt sie auf die Eingangstür zu.

»Haben wir Besuch, Lawson?«

»Ja, Mylady, aber er hat mir seinen Namen noch nicht verraten.«

»Sei so freundlich, Helen, und sag Lawson, wer ich bin.«

Helen fasste sich an den Hals, als sie Reed erkannte. Sie wurde kreidebleich und fiel prompt in Ohnmacht. Reed bekam sie zu fassen, bevor sie auf dem Marmorboden aufschlug, dann trug er sie in den Salon. Vorsichtig legte er sie auf ein Sofa und befahl dem bestürzten Lawson, ihre Kammerzofe zu rufen. Der Diener rannte aus dem Zimmer, als wäre der Teufel hinter ihm her.

Wenige Augenblicke später kam ein Dienstmädchen mit einem Fläschchen Riechsalz hereingestürzt. Reed riss es ihr aus der Hand und fuchtelte damit vor Helens Nase herum. Helen schnappte nach Luft und verlor beinahe ein zweites Mal das Bewusstsein, als sie Reed vor sich stehen sah. Er hielt ihr die Flasche noch einmal unter die Nase. Helen würgte und stieß die Flasche weg.

»Du *lebst*«, sagte sie und versuchte sich aufzusetzen. Sie starrte ihn mit weit aufgerissenen Augen an. »Du bist blass und viel zu dünn. Was ist mit dir passiert?«

»Sagen wir so, man hat mich an einem Ort festgehalten, wo die Mahlzeiten abscheulich und die Sonne nicht vorhanden war. Sag mal, wer zum Teufel gibt sich hier als Earl of Hunthurst aus?«

»Dein Cousin Gallard Duvall. Er kam, kurz nachdem du vermisst gemeldet wurdest, nach England. Jason war zu der Zeit noch am Leben. Jason, Großmutter und ich wussten, dass du in irgendeine Art von geheimer Regierungsarbeit verwickelt bist, und als du plötzlich verschwunden warst, befürchteten wir das Schlimmste. Genau um diese Zeit kam unser teurer Gallard nach Hunthurst Park und suchte Zuflucht vor den Unruhen in Frankreich.«

»Duvall ist ein entfernter Cousin«, sann Reed nach. »Wie ist Jason gestorben? Ich weiß, dass es mit seiner

Gesundheit nicht zum Besten stand – er war noch nie sonderlich stark gewesen –, doch erscheint mir sein Tod allzu überraschend.«

Helen seufzte. »Der Doktor sagt, sein Herz hat ihn im Stich gelassen. Er schien Tag für Tag schwächer zu werden, und eines Morgens erwachte er praktisch an der Schwelle des Todes. Er versuchte mir etwas zu sagen, bevor er sein Leben aushauchte, doch es wollte keinen rechten Sinn ergeben.«

Reed erstarrte. »Und was hat er gesagt?«

»Er hat nur ein paar unzusammenhängende Wörter herausbekommen, bevor er … starb. Er sagte: ›Sag Reed, er soll nach …‹«- ihr versagte die Stimme- »›nach der Wahrheit forschen.‹ Und dann sagte er …« Sie wischte sich eine Träne von der Wange. »›Nichts ist, wie es zu sein scheint.‹«

»Ist das alles?«

Helen nickte. »Was, glaubst du, hat das zu bedeuten?«

»Ich wünschte, ich wüsste es. Aber wenn es gilt, eine Wahrheit herauszufinden, dann kannst du dir sicher sein, dass ich sie herausfinden werde. Was hat Großmutter zu Duvalls plötzlichem Auftauchen gesagt?«

»Sie hielt es für einen glücklichen Zufall. Denn woher hätte er wissen können, dass Jason im Sterben lag oder dass man dich als vermisst gemeldet hat? Am Ende stellte er sich als eine große Hilfe heraus. Du warst so lange weg, dass wir annahmen, du kämest nie wieder zurück. Gallard übernahm die Führung der Grafschaft, obwohl er noch nicht offiziell als gesetzlicher Erbe anerkannt war. Das Königshaus sucht immer noch nach dir …« Sie ließ den Satz unvollendet, fuhr dann aber fort: »Nichtsdestoweniger hat Gallard befunden, dass das Personal nachlässig ist und die meisten von ihnen entlassen. Ich hätte das nicht übers Herz gebracht.«

»Ihr hattet mich also aufgegeben.«

»Was hätten wir denn denken sollen? Du warst bereits ein Jahr weg. Jason war tot, und Gallard war hier, um einzuspringen, als ich ihn brauchte. Wir haben alle angenommen, dass er Jasons Titel übernehmen würde.«

»Großmutter auch?«

»Also … nein, Großmutter nicht. Sie hat immer daran geglaubt, dass du zurückkommen würdest. Sie hat all ihr verfügbaren Kanäle genutzt, um herauszufinden, was mit dir geschehen war. Ich fürchte, sie war ziemlich unermüdlich, was ihre Suche nach der Wahrheit betrifft.«

»Großmutter sei Dank. Allein ihrer Hartnäckigkeit ist es zuzuschreiben, dass ich heute hier bin.«

»Wir sind natürlich alle dankbar«, murmelte Helen.

Der Hohn in Reeds Worten war nicht zu überhören. »Wo also kann ich diesen Musterknaben finden, der als Graf eingesprungen ist, als er gebraucht wurde?«

»Er macht gerade einen Ausritt mit Violet. Sie lebt mit mir hier, seit Jason nicht mehr da ist. Sie müssten bald zurück sein.«

»Ich gehe hinauf in meine Kammer. Lass mich rufen, sobald Duvall zurück ist, und sag ihm, er soll im Arbeitszimmer auf mich warten.«

Helen verzog gequält das Gesicht. »Nun … also … deine Kammer …«

Reed hob die Hand, um sie zum Schweigen zu bringen. »Sag bloß, Duvall ist in meine Kammer eingezogen.«

»Na ja, er hätte ja schlecht die Master-Suite mit der Verbindungstür nehmen können. Und deine Kammer war die zweitbeste.«

»Sieh zu, dass seine Sachen in ein anderes Zimmer gebracht werden«, befahl Reed. »Du kannst die Master-

Suite behalten, ich bin mit meinem alten Zimmer ganz zufrieden. Außerdem werde ich ohnehin bald nach London aufbrechen. Die Einzelheiten der Erbübernahme müssen noch abschließend geregelt werden, und ich muss Jasons Anwalt und den Banken einen Besuch abstatten.«

Reed zog sich zurück. Es gab noch so viel, worüber er nachdenken musste, bevor er sich auf den Weg nach London machte: Jasons Tod und seine letzten Worte, das unerwartete Auftauchen eines entfernten Cousins, der den Titel für sich beansprucht hatte, und seinen Verräter. Irgendwie würde er es schaffen, das Puzzle zusammenzusetzen.

Reed ging durch den Flur in die Küche, in der Erwartung dort Mrs. Walters zu treffen, die liebenswerte, rundliche Frau, die er aus Jugendtagen in Erinnerung hatte. Stattdessen begegnete er einem dünnen, streng dreinblickenden Mann, der mit einem Holzlöffel in der Luft herumwedelte und ein Trio verängstigter junger Küchenmädchen lautstark herumkommandierte.

»Wer sind Sie, und was machen Sie in meiner Küche?«, fragte der Mann mit französischem Akzent.

»Viel wichtiger scheint mir die Frage, wer du bist?«, gab Reed unbeeindruckt zurück. Allmählich durchschaute er den Plan. Duvall hatte alle seine treuen Bediensteten entlassen.

Der Koch bedachte Reed mit einem verächtlichen Blick, als er sagte: »Ich bin Jules, aber was geht Sie das überhaupt an?«

»Das geht mich sehr wohl etwas an. Ich bin der Earl of Hunthurst. Das Gut und alles, was sich darin befindet, unterliegt meiner Zuständigkeit.«

»Sie irren sich, Monsieur. Der Earl of Hunthurst ist ein Franzose.« Jules spuckte die Worte nur so heraus.

»Ach, ist er das?«, erwiderte Reed lakonisch. »Was ist mit Mrs. Walters passiert?«

Jules zuckte mit den Schultern. »Ich weiß es nicht.«

Reed wandte sich an die eingeschüchterten Küchenmädchen. »Weiß eine von euch, was mit Mrs. Walters geschehen ist?«

Es folgte Schweigen.

»Ihr braucht keine Angst zu haben. Jules hat in dieser Küche nichts mehr zu sagen. Er ist hiermit entlassen.«

»Dazu haben Sie ... kein Recht!«, stammelte Jules. »Nur der Graf ... persönlich kann mich ... entlassen.«

»Ich bin Reed Harwood, der neue Graf. Ich kann in meinem Haus tun und lassen, was ich will. Pack deine Sachen und verschwinde von hier.«

»Aber ... aber ... Ihr seid tot. Lord Hunthurst ...«

»Mr. Duvall.«

»Mr. D-D-Duvall«, wiederholte Jules stotternd, »hat mir versichert, dass Ihr tot seid.«

»Wie du siehst, bin ich ziemlich lebendig.«

Jules wich zurück und stürzte zur Tür hinaus. Reed wandte sich wieder an die Küchenmädchen. »Also, wer von euch kann mir sagen, wo ich Mrs. Walters finde?«

»Mrs. Walters lebt mit ihrer Tochter im Dorf«, erklärte eines der Mädchen, das kaum älter als vierzehn oder fünfzehn war.

»Wie heißt du?«

»Polly, Mylord. Seid Ihr wirklich der Graf?«

»Allerdings.«

Polly lächelte. »Ich bin ja so froh.«

Reed lächelte zurück. »Kannst du Mrs. Walters für mich holen, Polly? Sag ihr, Lord Reed möchte, dass sie auf dem Gutshof ihre alte Arbeit wiederaufnimmt.«

Das Mädchen lief durch die Hintertür hinaus. Reed wandte sich an die anderen beiden. »Ihr zwei macht einfach mit dem weiter, womit ihr gerade beschäftigt wart, bis Mrs. Walters da ist.«

Reed war so überzeugt davon, dass Mrs. Walters wiederkommen würde, dass er die Küche verließ und sich auf den Weg ins Arbeitszimmer machte. Als er die Eingangshalle passierte, vernahm er Stimmen. Im Näherkommen erkannte er zwei Männer und eine Frau, die sich in der Halle unterhielten. Es handelte sich um Helens Schwester Violet und Jules, und er nahm an, dass der Dritte im Bunde Gallard Duvall war, der Parvenü, der in die Rolle des Grafen eingesprungen war.

Reed blieb in der Tür stehen, um die Unterhaltung mitzuhören, die auf Französisch geführt wurde.

»Wer war dieser Mann, der in meine Küche kam und mich entlassen hat?«, beschwerte sich Jules lautstark. »Ihr seid doch der Graf, oder etwa nicht?«

»Die Grafschaft gehört mir, dessen können Sie versichert sein«, versuchte Duvall den aufgebrachten Koch zu beschwichtigen. »Wer wagt es, etwas Gegenteiliges zu behaupten? Wer hat Sie ohne meine Erlaubnis entlassen?«

Reed musterte Duvall neugierig. Er war modisch gekleidet, durchschnittlich gut gebaut und trug einen gepflegten Schnauzer. Mit seiner hochgewachsenen, schmalen Statur glich er in nichts den anderen Männern der Hunthurst-Familie, obwohl er entfernt mit ihm verwandt war.

Dann ging Reed in die Eingangshalle. »Ich habe Jules entlassen. Der Mann macht mich rasend. Ich werde Mrs. Walters wieder einstellen.«

Violet erkannte Reed sofort. Anders als Helen, die auf der Stelle in Ohnmacht gefallen war, fiel Violet ihm kreischend um den Hals.

»Reed, du lebst! Gott sei Dank! Deine Großmutter wird hocherfreut sein.«

Duvall, der kreidebleich geworden war, starrte Reed mit offenem Mund an. Er taumelte ein paar Schritte rückwärts, dann räusperte er sich mehrmals, als wäre ihm etwas Lästiges in der Kehle stecken geblieben. Reed sah den selbsternannten Grafen mit funkelnden Augen an.

»Ihr müsst Gallard Duvall sein.«

Duvall druckste herum, bevor er mit der Sprache herausrückte: »Ich dachte ... das heißt, ich nahm an ... ich meine ... Ihr seid ein überaus glücklicher Mann.« Er streckte ihm die Hand hin. »Willkommen zu Hause, Mylord. Ich habe lediglich getan, was ich für nötig hielt, um die Grafschaft in Eurer Abwesenheit zu führen.«

Reed betrachtete Duvalls ausgestreckte Hand drei lange Augenblicke, bevor er einschlug. Warum hielt Duvall ihn für einen glücklichen Mann?

»Ich werde meine Sachen umgehend aus Eurer Kammer entfernen.«

»Keine Sorge. Das wird in diesen Minuten bereits erledigt.«

»Werdet Ihr uns erzählen, was Euch widerfahren ist?«, bat Violet und sah ihn mit ihren blauen Augen an.

»Ganz sicher nicht, Lady Violet. Meine Abenteuer sind nichts für empfindliche Ohren. Wenn Ihr mich jetzt entschuldigen würdet, ich bin auf dem Weg in mein Arbeitszimmer, wo ich ein paar der ausgezeichneten Brandys kosten werde, während ich auf Mrs. Walters warte.«

Jules plapperte in aufgeregtem Französisch los. Duvall brachte ihn zum Schweigen und zog ihn mit sich ins hintere Treppenhaus.

»Endlich sind wir allein«, säuselte Violet und klammerte sich hartnäckig an Reeds Arm. »Ich glaube, nach diesem Schrecken könnte ich auch gut einen Brandy gebrauchen. Macht es Euch etwas aus, wenn ich Euch Gesellschaft leiste?«

Violet Dewbury war, zumindest für Reeds Begriffe, eine *femme fatale*, und er zog es in jedem Fall vor, seinen Brandy allein zu genießen, um über die sonderbare Wendung nachzudenken, die die Ereignisse genommen hatten. »Ich bin eben erst zurückgekehrt, Violet, und benötige etwas Zeit für mich. Wir sehen uns beim Abendessen – vorausgesetzt natürlich, Mrs. Walters nimmt ihre alte Stelle als Köchin wieder an.«

»Wie Ihr wünscht«, sagte Violet und zog einen Schmollmund. »Aber Ihr wisst, dass ich mich unglaublich freue, Euch gesund und munter hier zu sehen, nicht wahr?« Und bei diesen Worten stellte sie sich auf die Zehenspitzen und küsste ihn auf die Wange. »Willkommen zu Hause, Mylord. Ich für meinen Teil bin froh, dass Ihr zurück seid, auch wenn Gallard es nicht ist.«

Die Art, wie Violet ihre Brüste an ihn drückte, war höchst unerfreulich. Reed war nicht an Violet interessiert und würde es auch niemals sein. Sie war ganz und gar nicht sein Typ. Sie war nicht annähernd so wie Fleur.

»Ihr glaubt, Duvall war nicht froh, mich zu sehen?«

Violets klimperte mit ihren langen Wimpern. »Selbst der größte Dummkopf hätte sehen können, dass er nicht mit Eurer Rückkehr gerechnet hat.« Sie zwickte ihn in den Arm. »Doch da steht Ihr leibhaftig vor mir, dünner und blasser als ich Euch in Erinnerung habe, aber ansehnlich wie immer.«

Reed nahm das Kompliment mit einem Schulterzucken hin. »Ich möchte jetzt wirklich alleine sein, Violet. Macht es Euch etwas aus?«

»Ein bisschen schon«, wandte Violet ein, »aber ich verstehe Euch. Wir sehen uns beim Abendessen.«

Nachdem Violet davongetänzelt war, fand Reed schließlich den Weg ins Arbeitszimmer und nahm hinter dem Schreibtisch Platz. Er erinnerte sich, wie sein Vater hier gesessen hatte und später Jason. Und jetzt gehörte das alles ihm. Irgendwie kam ihm das nicht richtig vor. Aber besser er als Duvall.

Wie passte Duvall in die ganze Geschichte? Er war fest entschlossen, das herauszubekommen. Während er noch über die Rätsel seines Lebens und Fleurs Auftauchen darin nachsann, war Mrs. Walters im Gutshof eingetroffen. Reed bat sie herein.

»Lord Reed!«, rief die füllige Frau mit den freundlichen Pausbacken und leicht angegrautem Haar. Sie hatte in Hunthurst gearbeitet, seit sie ein junges Mädchen war, und davor ihre Mutter. »Willkommen zu Hause. Wir fürchteten das Schlimmste, als Ihr plötzlich verschwunden wart. Dann starb Lord Jason, und es schien nicht richtig, dass ein Franzose Anspruch auf den Titel erhebt.« Sie warf sich die Schürze über den Kopf. »Wir wurden alle entlassen und durch neue Leute ersetzt.«

»Genau das wollte ich mit Ihnen besprechen, Mrs. Walters. Ich habe den französischen Koch fortgeschickt und würde mir wünschen, dass Sie Ihre alte Stelle einnehmen. Sind Sie verfügbar?«

»Verfügbar? Oh, selbstverständlich, Mylord. Meine Tochter hat fünf Kleine zu Hause und kaum Platz, sie alle unterzubringen, geschweige denn mich. Liebend gerne würde ich nach Hunthurst zurückkehren. Es ist das einzige Zuhause, das ich je hatte.«

»Was ist mit Rogers? Wissen Sie, wo unser Butler steckt?«

»Er ist nach London gegangen, um eine andere Stelle anzunehmen.«

»Aha. Na, wenigstens sind *Sie* hier und bereit zurückzukehren. Können Sie sofort anfangen? Die Küchenmädchen bedürfen dringend Ihrer Anweisung. Sie bereiten in diesen Minuten das Abendessen vor.«

Mrs. Walters erhob sich, sichtlich beflissen, ihren alten Platz in der Küche wieder einzunehmen. »Ich weiß zwar nicht, was der Franzose für das Abendessen vorgesehen hat, aber wir werden uns schon irgendwie behelfen.«

Mrs. Walters verließ das Zimmer. Reed ging zum Schrank, genehmigte sich einen großzügigen Schluck Brandy und ließ die geschmeidige Flüssigkeit die Kehle hinunterfließen. Morgen würde er mit dem Gutsverwalter die Bücher durchgehen und in den darauffolgenden Tagen den Pächtern einen Besuch abstatten, bevor er nach London aufbrach.

Reed konnte es kaum erwarten, mit Lord Porter über seinen Verräter zu sprechen, und er musste die Einzelheiten der Erbübernahme klären. Noch in Gedanken versunken, stieg er die Treppe zu seinem Schlafzimmer hinauf, um seinen alten Kleiderschrank nach einer passenden Garderobe zu durchsuchen, mit der er zum Abendessen erscheinen konnte.

Als Reed die Kammer betrat, kam ihm das Zimmermädchen mit einem Haufen schmutziger Bettwäsche auf dem Arm entgegen. Sie knickste höflich und huschte dann eilig zur Tür hinaus. Reed öffnete den Schrank und war erfreut, seine Garderobe unberührt vorzufinden. Die meisten Kleider hatte er seit seiner Studienzeit nicht mehr getragen, zumal sie seiner reiferen Statur, bevor er nach Frankreich gegangen war, auch gar nicht gepasst hätten. In seinem jetzigen Zustand, dachte er, würden sie ihm wieder recht gut stehen. Er fragte sich, warum Jason sie aufgehoben hatte.

Wenngleich Reed hoffte, dass sein treuer Kammerdiener in seinem Londoner Junggesellenquartier auf ihn wartete, fürchtete er, dass das vielleicht zu viel erwartet war. Er war so lange weg gewesen, dass er es Updike nicht verübeln könnte, wenn er sich einen anderen Arbeitgeber gesucht hätte.

Reed fand, dass ihm seine alten Kleider recht gut standen, als er sich am Abend auf den Weg ins Speisezimmer machte. Er hatte sich für einen schwarzen Mantel und Kniehosen aus Büffelleder entschieden, die übliche Garderobe für ein Abendessen auf dem Land. In einer hinteren Schrankecke hatte er seine ehemaligen Lieblingsstiefel gefunden. Sie fühlten sich an wie alte Freunde.

Die anderen saßen bereits am Tisch, als Reed eintraf. Trotz des vorzüglichen Abendessens, das Mrs. Walter für sie zubereitet hatte, stellte Reed fest, dass Duvall äußert unzufrieden aussah. Er hatte die Stirn in Falten gelegt und die Mundwinkel nach unten gezogen. Die Unterhaltung verlief schleppend, und als der Nachtisch serviert wurde, räusperte sich Duvall und sagte: »Ich werde morgen früh abreisen.«

»Ihr verlasst uns?«, rief Helen. »Wo wollt Ihr denn hin?«

Er zuckte mit den Schultern. »Nach London wahrscheinlich. Es ist Zeit, dass ich ein paar meiner Landsleute treffe. Ich habe gehört, dass es in London eine recht große Emigrantengemeinde gibt.«

»Ich werde Euch voraussichtlich in ein paar Tagen nach London folgen, sobald ich sichergestellt habe, dass in Hunthurst alles in bester Ordnung ist. Ist Mr. Dunbar noch unser Gutsverwalter?«, wandte er sich an Duvall. »Oder habt Ihr auch diesen treuen Angestellten entlassen?«

Duvall rutschte unruhig auf seinem Stuhl hin und her. »Ich sah keinen Grund, Dunbar zu entlassen. Er macht seine Arbeit gut.«

»Freut mich zu hören, dass es wenigstens eine Person

auf dem Gut gibt, deren Arbeit Ihr zu schätzen wisst«, erwiderte Reed mit gedehnter Stimme.

Plötzlich hellte sich Helens Gesicht auf. »Warum ziehen wir nicht alle nach London? Ich könnte weiß Gott etwas Abwechslung vertragen, und ich bin sicher, Violet wird mir Recht geben. Die Londoner Villa bietet ausreichend Platz für uns alle.«

Reed unterdrückte ein Stöhnen. Es stimmte, die Villa konnte mühelos ein Dutzend Leute beherbergen, doch der Gedanke, mit Helen und Violet unter einem Dach zu wohnen, stieß ihm unangenehm auf.

»Ich weiß, dass ich offiziell Trauer trage, aber ich kann immer noch Besuche machen und eine Art gesellschaftliches Leben führen. Und du könntest mich und Violet zu allen Abendveranstaltungen begleiten.«

»O ja!«, rief Violet und klatschte in die Hände. »London ist genau das Richtige! Es wird uns keinen Tag kosten, alles zusammenzupacken, dann kann die Saison losgehen. Es gibt niemanden, den ich lieber als Begleiter hätte als Euch, Reed.«

Reed brachte es nicht übers Herz, ihnen die Nutzung der Villa zu verweigern, zumal er selbst gar nicht vorhatte, dort zu wohnen. Er zog sein Junggesellenquartier vor, wo er sein Privatleben privat halten konnte. Er hatte sich das Stadthaus gekauft, als Jason seine Verlobung mit Helen bekanntgegeben hatte. Das Geld stammte aus dem Nachlass seiner Mutter und war ausdrücklich ihm vermacht worden.

»Ihr könnt die Londoner Villa nutzen, wann immer ihr wollt und so lange es euch gefällt«, erklärte Reed. »Ich werde in meinem Stadthaus wohnen. Was eure Begleitung betrifft, so werde ich dir und Violet bei der ein oder anderen Gelegenheit zur Verfügung stehen, aber nicht so oft, wie ihr es euch vielleicht wünscht. Macht euch am besten sofort an die Umzugsvorbereitungen, denn ich gedenke abzureisen, sobald ich hier alles geregelt habe.«

Reed entschuldigte sich und zog sich in sein Arbeitszimmer zurück. Er hatte keine Geduld für Violets Schmeicheleien, Helens Torheit und Duvalls finstere Blicke. Er setzte sich an den Schreibtisch und schrieb eine Nachricht an Mr. Dunbar, in der er ihn bat, am folgenden Morgen um neun Uhr im Büro zu erscheinen. Dann schickte er einen Diener, die Nachricht zu überbringen.

Als das erledigt war, lehnte sich Reed in seinen Schreibsessel zurück und dachte an Fleur. Ging es ihr gut? Hielt sie sich nach dem letzten Fiasko von der Teufelsburg fern? Ein Klopfen an der Tür riss ihn aus seinen Gedanken.

»Herein.«

Helen betrat den Raum. »Kann ich kurz mit dir sprechen, Reed?«

»Natürlich, bitte setz dich. Wie kann ich dir behilflich sein?«

»Es geht um Violet.«

Reed runzelte die Stirn. »Was ist denn mit Violet?«

»Seit sie mit mir auf dem Land lebt, ist ihr gesellschaftliches Leben wie auf Eis gelegt. Sie ist eine attraktive Frau, falls du es noch nicht bemerkt hast. Zudem bringt sie eine beachtliche Aussteuer mit. Etwas Besseres kann dir gar nicht passieren.«

Reed hob eine Augenbraue. »Ich bin nicht auf der Suche nach einer Frau, Helen.«

»Deine Großmutter wird da anderer Meinung sein. Jason und ich hatten nicht das Glück, einen Erben in die Welt zu setzen. Jetzt ist es an dir.«

»Ich bin gerade erst nach Hause zurückgekehrt, also dräng mich nicht. Ich nehme an, dass ich eines Tages heiraten werde, aber gewiss nicht in nächster Zeit. So alt bin ich noch nicht. Und was Violet betrifft: Wenn sie wirklich so ein guter Fang ist, wie du sagst, dann wird sie einen Mann finden, bevor die Saison zu Ende ist. Ist sonst noch etwas?«, fragte er herablassend.

Helen stand auf und verabschiedete sich, das Gesicht vor Unbehagen gerötet. Als Reed wieder allein war, schrieb er einen Brief an seine Großmutter, den er ihr gleich am nächsten Morgen schicken wollte. Die alte Dame konnte es vermutlich kaum mehr erwarten, ihn zu sehen. Porter hatte ihr mit Sicherheit bereits mitgeteilt, dass ihr Enkelsohn am Leben war. Reed konnte sich seine Großmutter schon lebhaft vorstellen, wie sie die Debütantinnen und Erbinnen dieser Saison vor ihm aufreihte, damit er sie sich ansehen konnte.

Am nächsten Morgen erfuhr Reed, dass Gallard Duvall den Gutshof bereits unmittelbar nach Morgengrauen verlassen hatte. Das war Reed nur recht. Er nahm sein Frühstück ein und erschien Punkt neun Uhr im Büro, um Mr. Dunbar zu treffen. Sie verbrachten den ganzen Tag und noch den nächsten damit, die Bücher durchzusehen, die sich in ausgezeichneter Ordnung befanden. Am übernächsten Tag ritten sie den gesamten Grundbesitz ab und unterhielten sich mit den Pächtern.

Die hübschen kleinen Häuschen erschienen in gutem Zustand, und die Gärten und Obstgärten waren reich an Früchten fleißiger Arbeit. Reed war zufrieden. Jason war ein vorbildlicher Gutsherr gewesen, und er hoffte, dem hohen Standard, den sein Bruder gesetzt hatte, gerecht zu werden.

Es bedurfte zweier weiterer Tage, um in Hunthurst und auf den abgelegenen Höfen alles zu Reeds Zufriedenheit zu erledigen. Als Reed seine Abreise nach London ankündigte, erklärten sich auch die Damen für aufbruchbereit. Reed packte nur ein paar Kleidungsstücke ein. Alles andere würde er bei einem Londoner Schneider in Auftrag geben.

Am Morgen ihrer Abreise wurde die Hunthurstsche Kutsche vorgefahren und Koffer und Hutschachteln der Damen im unteren und oberen Gepäckfach verstaut. Die Damen selbst verließen das Haus in ihren besten schwarzen Reisekostümen und passenden Federhüten und stiegen in die Kutsche. Als Reed sein Pferd aus dem Stall holte, erkundigte sich Violet: »Reist Ihr nicht mit uns in der Kutsche?«

*Gott bewahre!* »Ich werde auf Ebony in die Stadt reiten. Die Strecke ist nicht allzu weit. Ich werde vorausreiten und sicherstellen, dass in der Stadtvilla alles am rechten Platz ist, wenn ihr eintrefft.« Er salutierte mit seiner Reitgerte. »Ich wünsche euch eine gute Reise, meine Damen.«

Bevor die Damen die Hunthurst-Villa in London erreichten, hatte sich Reed bereits vergewissert, dass alles so war, wie es sein sollte. Sämtliche Diener hatten ihre Stellung behalten, was ihn über die Maßen freute. Offensichtlich hatte Gallard Duvall nicht versucht, seine Autorität in London auszuüben.

Reed wartete die Ankunft der Damen nicht ab, sondern machte sich sofort, nachdem er die Dienerschaft begrüßt hatte, auf den Weg in sein Stadthaus, das sich nicht weit entfernt von der Familienvilla befand. Er band sein Pferd an einem Pfosten fest, stieg die Stufen zur Eingangstür hinauf und hielt inne. Er hatte keinen Schlüssel. Sämtliche Habseligkeiten waren bei seiner Festnahme eingezogen worden. Obwohl Reed eigentlich damit rechnete, dass das Haus leer stand und es nichts nützen würde anzuklopfen, tat er es dennoch.

Ein hochgewachsener Mann mit langen weißen Koteletten und schütterem Kopfhaar öffnete ihm die Tür. Er strahlte über das ganze Gesicht, als er Reed erblickte.

»Willkommen zu Hause, Mylord.«

# Siebtes Kapitel

Überrascht, seinen Bediensteten und Freund wiederzusehen, schüttelte Reed ihm überschwänglich die Hand und klopfte ihm auf die Schulter. »Updike, guter Gott, du bist ja noch hier!«

Updike schnaubte gekränkt. »Wo sollte ich denn sonst sein, Mylord?«

Updike machte die Tür weiter auf, und Reed trat ein. Alles war genau so, wie er es verlassen hatte. Wie gut, wieder zu Hause zu sein!

»Um ehrlich zu sein, Updike, hatte ich nicht damit gerechnet, dass du noch hier bist. Ich war über ein Jahr weg. Offenbar haben alle geglaubt, ich sei tot.«

»Ich nicht, Mylord. Ich habe großes Vertrauen in Eure Fähigkeit, selbst das Allerschlimmste zu überleben.«

»Was ist mit dem Personal? Sind sie in einem anderen Haushalt untergekommen?«

»Mrs. Peabody ist noch hier, und mir ist es gelungen, ein Hausmädchen zu halten, die ihr hilft.«

»Wie nur war es dir möglich, sie und dich selbst zu bezahlen?«

»Ihr habt Geld in der Kasse zurückgelassen, wenn Ihr Euch erinnert. Wir haben es uns ganz gut eingeteilt.«

»Ich erinnere mich«, stimmte Reed zu. »Aber ein Jahr ist eine lange Zeit.«

»Ihr habt mich über die Jahre gut bezahlt. Ich habe Euer Geld mit meinen Ersparnissen aufgebessert, um den Haushalt in Eurer Abwesenheit ordnungsgemäß zu führen.«

Reed schüttelte den Kopf. Wie konnte er so viel Loyalität belohnen? »Ich werde mich für deine Treue erkenntlich zeigen, Updike.«

»Eure Kammer ist für Euch bereitet. Lord Porter hat uns vor einigen Tagen die Nachricht überbracht, dass Ihr wieder in England seid und bald nach London zurückkehren würdet. Mrs. Peabody und ich waren uns nicht sicher, ob Ihr gedenkt hier oder in der Hunthurstschen Villa zu bleiben, aber wir haben angepackt und das Stadthaus in jedem Fall für Eure Heimkehr vorbereitet.«

»Komm in mein Arbeitszimmer, Updike. Ich möchte gerne auf ein Gläschen mit dir anstoßen. Du ahnst ja nicht, wie knapp ich dem Tod entgangen bin.«

Reed ging voran in sein Arbeitszimmer und hielt auf der Schwelle inne, um den Geruch nach Leder, Tabak und Möbelpolitur einzuatmen. Der mit Ledersesseln und Mahagonimöbeln eingerichtete Raum war mit seinem offenen Kamin und Wänden voller Bücherregalen der gemütlichste im ganzen Haus.

»Ich bringe Euch einen Brandy«, sagte Updike und begab sich zum Schrank.

Reed ging zum Fenster und starrte in den Nebel, der von der Themse heraufzog. Das Feuer im Kamin war jetzt genau das Richtige. »Wie bist du auf die Idee gekommen, Feuer zu machen?«, fragte Reed. »Nicht einmal ich wusste, wann ich in London eintreffen würde.«

»Seit mir Lord Porter Eure Rückkehr angekündigt hat, habe ich jeden Tag Feuer gemacht.«

Er reichte Reed ein Glas Brandy und hob sein eigenes, um ihm zuzuprosten. »Auf Eure sichere Heimkehr und weiterhin gute Gesundheit, Mylord. Lang lebe der neue Earl of Hunthurst!«

Reed ließ sich in einen Sessel fallen und nippte genüsslich an der bernsteinfarbenen Flüssigkeit. »Setz dich doch, Updike.«

»Ihr seid jetzt ein Graf, Mylord. Das wäre nicht angemessen.«

»Es ist angemessen, wenn ich es sage.«

Updike hockte sich auf die Kante eines Sessels. »Darf ich fragen, was Euch während dieser langen Abwesenheit widerfahren ist?«

Reed betrachtete die restliche Flüssigkeit in seinem Glas. »Ich werde nur dieses eine Mal darüber sprechen, Updike, danach nie wieder. Der Grund, warum ich es dir erzählen will, ist folgender: Es wird Momente geben, in denen ich nicht ich selbst scheine und für die Außenwelt so gut wie unerreichbar bin. Kannst du dir vorstellen, dass ich mir noch vor ein paar Wochen den Tod gewünscht habe?«

»Ihr, Mylord? Ausgeschlossen!«

»Und doch ist es so, Updike. Was mich am Leben gehalten hat, war einzig und allein der Schmerz. Als mein Kammerdiener wirst du mich unbekleidet sehen und bemerken, dass ich Demütigungen erfahren habe, die kein Mann jemals erleiden sollte. Es gab Tage, an denen ich den Tod begrüßt hätte.«

Updike erbleichte. »Mylord, wie grauenvoll. Wart Ihr in einem Gefängnis? Wie seid Ihr entkommen?«

»Das Gefängnis nennt sich *die Teufelsburg*. Dass ich mit dem Leben davongekommen bin, grenzt an ein Wunder. Ich kann dir die Einzelheiten nicht erzählen, obgleich ich dir blind vertraue.«

Reed erinnerte sich an das erste Mal, als er Fleur in ihrer Verkleidung als schwarze Witwe gesehen hatte. Schon damals hatte er gewusst, dass sie eine besondere Frau war. Wie besonders hatte er erst erfahren, als sie ihn aus der Teufelsburg befreit und gesundgepflegt hatte.

»Denkt nicht mehr an jene schreckliche Zeit, Mylord«, sagte Updike und erhob sich. »Bitte, lasst mich Euch mein aufrichtiges Beileid für den Tod Eures Bruders aussprechen. Und darf ich hinzufügen, dass Ihr einen großartigen Grafen abgeben werdet. Ich werde Mrs. Peabody mitteilen, dass Ihr angekommen seid. Sie wird sich wahnsinnig freuen. Solltet Ihr hungrig sein, kann sie Euch auf der Stelle etwas Kaltes anrichten.«

Reed lächelte, er war froh über den Themenwechsel. Seine Verfassung war im Augenblick recht stabil, und er wollte, dass es auch so blieb. »Eine leichte Mahlzeit könnte ich vertragen. Ich werde in meiner Kammer essen. Da keine weiteren Diener verfügbar sind, werde ich mich mit einem Krug heißen Wasser begnügen und auf ein Bad verzichten. Morgen kannst du die Stellenvermittlung aufsuchen und eine vollständige Dienerschaft einstellen.«

Reed verließ sein Arbeitszimmer kurz nachdem Updike gegangen war und stieg die Treppen zu seinem Schlafgemach hinauf. Nichts hatte sich verändert, dachte er, als sein Blick auf die jagdgrünen Gardinen und Bettvorhänge fiel. Alles war auf Hochglanz poliert, und das Feuer tanzte fröhlich im Kamin. Noch nie hatte es sich so gut angefühlt, zu Hause zu sein.

Dann klopfte es an der Tür. »Herein«, rief Reed. Mrs. Peabody betrat die Kammer, gefolgt von einem Hausmädchen, das ein Tablett auf dem Arm trug.

»Willkommen zu Hause, Mylord«, begrüßte Mrs. Peabody ihn mit strahlendem Gesicht und vollführte einen unbeholfenen Knicks. Reed hielt sie fest und brachte sie wieder ins Gleichgewicht. »Wir haben Euch nicht eine Sekunde aufgegeben, Lord Reed«, erklärte sie. »Updike, Mary« – dabei zeigte sie auf das errötende Mädchen – »und ich haben die Hoffnung nie verloren. Werdet Ihr jetzt in London bleiben?«

»Meine Pflichten als Graf werden mich in England halten, auch wenn ich die Aufregung meiner früheren Arbeit vermissen werde.«

»Ich bin ja so dankbar, dass Ihr gesund zurück seid.« Sie betrachtete ihn mit einem sorgenvollen Blick. »Lasst es Euch schmecken, Mylord. Ihr seht aus, als könntet Ihr einige gute Mahlzeiten vertragen. Ihr seid allzu dünn und blass. Das Angebot heute Abend ist nicht besonders, aber ab morgen, das verspreche ich Euch, wird es anders.« Sie gab dem Hausmädchen ein Zeichen. »Komm mit, Mary, wir haben noch eine Menge zu tun, um die Ankunft der neuen Dienerschaft vorzubereiten.«

Reed verzehrte Schinken, Braten und Käse, dazu knuspriges Brot und als Nachtisch einen Apfel. Reed aß sich satt und hatte gerade das Kerngehäuse auf den Teller gelegt, als Updike mit dem heißen Wasser kam.

Der Kammerdiener warf einen verstohlenen Blick auf Reeds Kleidung. »Kann ich Euch beim Auskleiden behilflich sein, Mylord?«

»Ich werde es heute alleine schaffen, Updike. Befinden sich die Kleider, die ich zurückgelassen habe, noch in meinem Schrank?«

»Natürlich, Mylord. Und darf ich anmerken, dass sie feiner sind als Eure augenblicklichen?«

»Ich hatte keine große Wahl, Updike. Ihr hättet mir den Zutritt zum Haus verweigert, wenn ich die Kleider getragen hätte, die man mir für meine Rückkehr nach England gegeben hat. Ich habe beschlossen, eine neue Garderobe in Auftrag zu geben, eine, die meiner schmaleren Statur angemessen ist.«

»Eine vernünftige Entscheidung, Mylord. Also gute Nacht.«

Reed wusch sich und machte sich bettfertig, erschöpft von seinem langen Ritt nach London und der Aufregung, wieder zu Hause zu sein. Er wusste, dass er eines Tages in die Londoner Villa ziehen musste, doch jetzt war er dazu noch nicht bereit. Er schlief sofort ein, wohl wissend, dass er am folgenden Tag einiges zu erledigen hatte. Die Besuche bei seiner Großmutter und Lord Porter standen auf seiner Liste dabei ganz oben.

Auf der anderen Seite des Kanals in Frankreich stand Fleur am Fenster und starrte in die dunkle Nacht hinaus. Sie vermisste Reed ebenso sehr wie Pierre, wenn nicht noch mehr. In der kurzen Zeit, die sie sich kannten, war er ihr erstaunlich wichtig geworden. So wichtig, dass sie ihn sogar in ihr Bett gelassen hatte. Als sie begonnen hatte, als schwarze Witwe für Lord Porter zu arbeiten, hatte sie sich geschworen, ihr Leben frei von romantischen Verstrickungen zu führen. Und das bedeutete, dass sie sich von den Männern, die sie rettete, fernhielt.

Doch mit Reed war es anders gewesen. Etwas an ihm hatte sie vom ersten Augenblick an in seinen Bann gezogen. Sie hatte ihn für seine Entschlossenheit bewundert, den Willen, trotz seiner verwundeten Seele, den inneren und äußeren Verletzungen und seines abgezehrten Körpers wieder gesund zu werden. Er hatte sie dazu beflügelt, ihn zu umsorgen, so sehr, dass sie den Schwur, ihre Gefühle unter Kontrolle zu halten, völlig vergessen hatte.

Würde sie Reed jemals wiedersehen?, fragte sie sich. Sie bezweifelte es. Seit dem Tag, an dem man das Haus durchsucht hatte, spürte sie die ständige Gefahr wie ein Damoklesschwert über sich. Fleur ahnte, dass sie ihre Arbeit als schwarze Witwe nicht mehr allzu lange weiterführen konnte, und beschloss, André diese Nachricht schon bald zu überbringen. Vielleicht könnte sie an einen anderen Ort ziehen, in die Nähe eines anderen Gefängnisses, wo sie ihre Arbeit fortsetzen konnte.

»Worüber denkst du nach, *ma petite*?«, erkundigte sich Lisette, als sie sich zu Fleur gesellte.

»Über alles Mögliche, Lisette.«

»Ah, lass mich raten. Ist Monsieur Reed auch darunter?«

»Vielleicht. Er hat mich gebeten, mit ihm nach England zurückzukehren.«

»Warum hast du abgelehnt? Hat er von Heirat gesprochen?«

»Wir wissen beide, dass ich ihn nicht heiraten kann. Er braucht einen Erben, und ich kann ihm keinen geben. Hier kann ich mehr für England tun.«

»Es ist Zeit, dass du Frankreich verlässt, Fleur. Du weißt es, und ich weiß es. Du spürst es hier …« – sie fasste sich ans Herz – »genauso wie ich. Du riskierst zu viel, wenn du noch länger hierbleibst.«

Fleur wandte sich vom Fenster ab. »Komm, setz dich zu mir, Lisette.« Die beiden Frauen setzten sich einander gegenüber vors Feuer. »Eine Sache muss ich noch erledigen, bevor ich von hier fortgehe.«

»Worum handelt es sich, *ma petite*?«

»Ich muss Doktor Leclair aus der Teufelsburg befreien. Der Mann bedeutet Reed sehr viel, und ich möchte ihm diesen Gefallen tun. Erst dann werde ich darüber nachdenken, diesen Ort zu verlassen.«

»Es ist zu früh!«, rief Lisette aufgebracht. »Die Behörden haben Verdacht geschöpft. Noch einen Mann aus der Teufelsburg zu retten, könnte dein Ende bedeuten.«

»Ich muss es versuchen, Lisette. Du hast meine Erlaubnis, mich zu verlassen, wenn du willst. Ich möchte dich nicht in Gefahr bringen. Antoine und Gaston werde ich für die Rettungsaktion brauchen, doch auch sie können jederzeit zu ihren Familien zurückkehren, sobald Leclair auf freiem Fuß ist.«

»Dich verlassen?«, sagte Lisette sichtlich erschüttert. »Niemals!«

»Also dann. Ich werde einen weiteren Besuch in der Teufelsburg vorbereiten. Und ich verspreche dir, Lisette, es wird das letzte Mal sein, dass jemand in der Teufelsburg die schwarze Witwe zu Gesicht bekommt.«

Reed erwachte früh am nächsten Morgen und rief Updike zu sich. Der treue Kammerdiener half ihm beim Ankleiden. Auch wenn die Kleider recht locker an seinem dünnen Körper hingen, so standen sie wenigstens im Einklang mit der aktuellen Mode. Mrs. Peabody servierte ihm ein herzhaftes Frühstück mit Eiern, Schinken, Bohnen, Tomaten, geröstetem Brot, Marmelade und starkem Tee, genau so, wie er es gerne mochte. Dann zog er sich in sein Arbeitszimmer zurück und arbeitete bis zehn. Updike war bereits auf dem Weg zur Stellenvermittlung, als Reed das Haus verließ, um seine Großmutter zu besuchen.

Lady Martines ehrwürdiger Butler ließ ihn ins Haus ein. Reed reichte ihm seinen Hut, ein Gegenstand, der in der Stadt unerlässlich war, obwohl Reed lieber keinen getragen hätte. Er wartete im Gesellschaftszimmer, während der Butler seine Herrin über Reeds Ankunft unterrichtete.

»Mylady wird Euch in ihrem Wohnzimmer empfangen«, verkündete der Butler, als er wiederkam. »Wenn Ihr mir bitte folgen würdet.«

Die Gräfinwitwe von Hunthurst lag auf ihrer Chaiselongue, als Reed eintrat. Abgesehen von ein paar Falten mehr, hatte sie sich in einem Jahr nicht viel verändert. Er ging zu der alten Dame, beugte sich zu ihr herunter und küsste ihr die runzlige Wange.

»Mein Junge«, sagte sie und wischte sich eine Träne

aus den Augen. »Ich hatte schon befürchtet, dich nie wiederzusehen. Unsere Familie war in einem solchen Durcheinander nach Jasons Tod. Ich habe alles getan, was ich konnte, um dich hierher zurückzuholen.«

»Du hast mir das Leben gerettet, Großmutter«, sagte Reed. »Wärst du nicht gewesen, dann hätte ich an einem dunklen, gottlosen Ort den Tod gefunden, ein Ort so grauenvoll, dass ich nicht mehr daran denken will, geschweige denn darüber sprechen. Ich kann dir jedoch sagen, dass ich verraten worden bin.«

»Verraten!« Die Großmutter musterte ihn prüfend. »Ich kann das Leid, das dir widerfahren ist, in deinen Augen sehen. Du brauchst mir nichts darüber erzählen, mein Junge.« Sie machte ihm auf dem Sofa Platz. »Komm, setz dich zu mir. Erzähl mir, wie du aus diesem scheußlichen Ort entkommen bist.«

Reed wandte den Blick ab. Schweigen breitete sich aus. Dann sagte er: »Ein Engel ist zu mir gekommen. Sie hat mich fortgebracht, als ich mir den Tod wünschte.«

Die zarten weißen Brauen der alten Dame schnellten in die Höhe. »Hat dieser Engel auch einen Namen? Ich würde sie gerne belohnen oder ihr zumindest danken.«

»Richte deinen Dank an Lord Peter. Seine Leute haben mich gefunden.«

»Ich kann sehen, dass es dich schmerzt, darüber zu sprechen, mein Junge. Ich bin nur so glücklich, dich wieder hier zu haben. Jasons unerwarteter Tod war ein Schock, und er kam so bald nach deinem Verschwinden. Ich wusste nicht, wie es mit der Familie weitergehen würde. Du bist unsere letzte Hoffnung auf einen Erben.« Sie sah in streng an. »Mit deinen gefährlichen Missionen in der ganzen Welt ist es jetzt vorbei, hörst du? Wenn du mir nicht vor deiner Abreise von Lord Porter und deiner Arbeit für die Regierung erzählt hättest, hätte ich gar nicht gewusst, wen ich kontaktieren muss, um deine sichere Rückkehr zu verlangen. Ich habe Lord Porter gedroht, ihm die Geschlechtsteile abzuhacken und sie an die Hunde zu verfüttern, wenn er dich nicht findet. Ich war sogar bereit, mich an den König persönlich zu wenden, wenn es hätte sein müssen.«

»Du hast dich auf jeden Fall ganz schön aufgeplustert.« Reed musste kichern. »Und danke, dass du weder meinen Gewichtsverlust noch meine Blässe erwähnt hast. Mir ist durchaus bewusst, wie ich aussehe.«

»Das lässt sich mit ein paar Wochen guter englischer Küche wieder auskurieren. Wie sehen deine Pläne aus?«

»Ich muss gleich zu Lord Porter. Er sollte wissen, dass mich jemand aus der Organisation verraten hat. Und wenn die Zeit es erlaubt, gedenke ich meinen Schneider aufzusuchen.«

»Genau das wollte ich dir gerade vorschlagen. Nun, da du zu Hause bist, musst du dich darauf konzentrieren, eine Frau zu finden und Kinder in die Welt zu setzen. Dieses Jahr bietet eine ganz vorzügliche Auswahl an Debütantinnen. Am besten suchst du dir gleich eine aus.«

Reed erhob sich. »Darüber können wir später noch sprechen, Großmutter. Ich muss mich erst wieder vollständig erholen, ein paar alte Freunde besuchen und die Freuden genießen, die London zu bieten hat, bevor ich über eine Heirat nachdenke. Ich muss jetzt los zu Porter. Übrigens, Helen und ihre Schwester Violet wohnen seit gestern in der Londoner Villa. Wenn du mich brauchst, kannst du mich in meinem Stadthaus erreichen.«

»Du wohnst gar nicht in der Villa? Sie gehört jetzt dir, das weißt du.«

»Ja, ich weiß, aber ich zog es vor, mein eigenes Quartier zu beziehen, solange die Damen in der Villa residieren.«

»Hm. Soweit ich mich erinnere, ist Violet Dewbury eine attraktive Frau. Ihre Aussteuer ist beachtlich, und auch sonst ist sie bestens für dich geeignet. Etwas Besseres kann dir gar nicht passieren, Reed.«

»Bitte, Großmutter, dräng mich nicht. Ich werde mir meine Braut selbst aussuchen, wenn die Zeit gekommen ist, und das wird nicht Violet sein.« Er machte eine Pause. »Beim nächsten Mal würde ich mit dir gerne über Gallard Duvall sprechen.«

Reed küsste sie noch einmal auf die Wange und verabschiedete sich. Whitehall stand als Nächstes auf seinem Tagesplan. Er suchte Lord Porters Büro auf und wurde von Porter Sekretär Mr. Wainwright empfangen. Porter leitete eine Gruppe von Geheimagenten, die für das Außenministerium arbeiteten.

»Lord Porter erwartet Euch bereits«, sagte Wainwright. »Henry Dempsey ist gerade bei ihm, aber ich nehme an, er wird Euch gleichzeitig empfangen, da Ihr ja beide vom Königshaus angestellt seid.«

Wainwright schaute in Porters Büro und kündigte Reed an. »Komm herein, Hunthurst«, bat Porter. Wainwright hielt die Tür auf und ließ Reed eintreten.

Reed betrat mit großen Schritten den Raum und nickte Dempsey zu, während er Porters ausgestreckte Hand schüttelte. Er wusste zwar, dass Dempsey der Organisation angehörte, kannte ihn aber nicht näher. Porter hatte ihm einmal erzählt, dass Dempsey fließend Französisch sprach, genauso wie er, und in Frankreich arbeitete. Offenbar hatten sich ihre Wege nicht gekreuzt, denn Reed hatte ihn in all den Monaten auf dem Kontinent nie gesehen.

»Seid Ihr erst kürzlich aus Frankreich zurückgekehrt?«, erkundigte sich Dempsey.

Dempsey schien verwirrt, wenn nicht gar erschüttert. Reed wusste nicht, wie er mit dieser Reaktion umgehen sollte. »Ich bin noch keine vierzehn Tage in England.«

Dempsey stotterte, als er fragte: »S-s-seid Ihr krank gewesen? Ich habe Euch etwas kräftiger in Erinnerung.«

»Das ist eine lange Geschichte«, meinte Reed, nicht gewillt, vor Dempsey mehr zu offenbaren. Solange er nicht herausgefunden hatte, wer sein Verräter war, galten alle als verdächtig.

Porter musste Reeds Zurückhaltung bemerkt haben, denn er sagte: »Ich glaube, wir haben fürs Erste alles geklärt, Dempsey. Was deinen nächsten Auftrag betrifft, gebe ich dir alsbald Bescheid. Ich habe mich noch nicht entschieden, wo wir deine Dienste jetzt am dringendsten brauchen.«

Kurzerhand entlassen, wünschte Dempsey den beiden Männern einen guten Tag und verabschiedete sich. Bevor er die Tür erreichte, warf er noch einen letzten Blick zurück, als hätte ihn Reeds Auftauchen völlig durcheinandergebracht.

»Deinem Zögern habe ich entnommen, dass du lieber unter vier Augen mit mir sprechen willst«, mutmaßte Porter, als die Tür hinter Dempsey ins Schloss gefallen war. »Setz dich doch. Das verspricht eine lange und interessante Unterhaltung zu werden. Warum beginnst du nicht mit deiner Festnahme und Inhaftierung?«

»Allem voran möchte ich dir dafür danken, dass du nichts unversucht gelassen hast, mich zu finden. Wenige wissen von der Teufelsburg. Ich hatte fest damit gerechnet, in diesem Höllenloch zu krepieren.«

»Wir haben überall nach dir gesucht und fürchteten schon, du seiest tot. Wäre deine Großmutter nicht gewesen, dann hätten wir aufgegeben.« Er kicherte. »Sie hat mir gedroht, weißt du.«

»Ich weiß, sie hat es mir erzählt.«

Porter wurde wieder ernst. »Berichte mir von deiner Festnahme. Du bist zu klug, um gefährliche Fehler zu begehen.«

Reed ballte die Fäuste. »Ich wurde verraten, von jemandem aus der Organisation. Ich habe es in Gedanken wieder und wieder durchgespielt, und es ist die einzige Erklärung. Wenn Peter Weldon nicht so gründlich nach mir gesucht hätte, wäre ich heute nicht mehr am Leben.«

»Verraten? Bist du dir sicher? Ganz sicher?«

»Es gibt keine andere Erklärung. Ich wohnte in einer kleinen Wohnung in Paris mitten unter Einheimischen und holte Informationen über die Truppenbewegungen und so weiter ein. Niemandem ist etwas Verdächtiges aufgefallen. Als ich verhaftet wurde, haben mich die Soldaten während des gesamten Verhörs bei meinem richtigen Namen genannt. Woher hätten sie meinen Namen wissen sollen, wenn nicht von einem geheimen Informanten? Es liegt auf der Hand, dass in unserer Organisation ein Doppelspion sein Unwesen treibt.«

»Ein Doppelspion, sagst du? Das kann ich mir nicht vorstellen, aber sei versichert, dass deine Behauptung gründlich überprüft wird.«

»Wie bist du auf den Gedanken gekommen, Lady Fontaine anzuheuern?«

»Ich kannte ihre Tante und erinnerte mich, dass ihre Nichte mit einem Franzosen verheiratet war. Als ich erfuhr, dass Lady Fontaine ihren Mann verloren hatte und in Frankreich geblieben war, bat ich Weldon, sie ausfindig zu machen und für unseren Fall anzuwerben. Wir schulden dieser mutigen Dame unseren tiefsten Dank, dass sie dich und zwei weitere Spione aus der Teufelsburg gerettet hat.«

»Wir schulden ihr mehr, als wir ihr jemals zurückzahlen können«, erwiderte Reed. »Sie ist der Grund dafür, warum ich heute hier stehe. Ich war mehr tot als lebendig, als sie mich gefunden hat.«

»Weldons Nachricht war zu entnehmen, dass du in ziemlich schlechtem Zustand warst, aber ich wusste nicht, wie sehr du gelitten hast. Hast du etwas Brauchbares herausfinden können, nachdem man dich eingekerkert hat?«

»Nein. In der Teufelsburg sind kaum Informationen zu holen. Das Gefängnis ist als Endstation bekannt. Ohne einen habgierigen Wärter und Fleur Fontaine wäre eine Flucht unmöglich gewesen. Vor dem Gefängnis gibt es jetzt drei anonyme Gräber, die angeblich unsere Leichen beherbergen.«

Porter sah Reed durchdringend an. »Hat man dich unter Folter gezwungen, irgendwelche geheimen Informationen preiszugeben?«

»Ihr kränkt mich, Porter«, entgegnete Reed schroff. »Ich habe nichts verraten, nicht einmal meinen Namen, wenngleich sie ihn bereits wussten.« Er verstummte, kämpfte gegen die Dämonen an, die die Erinnerung an seine Qualen heraufbeschwor. »Könnten wir das Thema wechseln? Ich würde es lieber vermeiden, an die Teufelsburg zu denken. Ich bin zurück – das ist das Einzige, was zählt – und bereit für neue Aufträge.«

Porter schaute Reed prüfend in die Augen, bevor er ihn von oben bis unten musterte. »Du bist für unsere Zwecke unbrauchbar geworden, Hunthurst. Ich wünschte, es wäre anders, denn du bist einer meiner besten Männer und hast deinem Land mit großem Mut gedient. Leider ist deine Tarnung aber nicht mehr intakt. Ich schlage vor, dass du dich nun deiner Grafschaft widmest. Du kannst jedoch versichert sein, dass ich auf dich zurückgreifen werde, sollten uns deine Dienste in Zukunft wieder hilfreich sein.«

»Es ist also vorbei«, sagte Reed mit einem Anflug von Trauer in der Stimme.

»Ich fürchte ja.«

»Was ist mit dem Verräter? Er muss ergriffen werden, bevor ein weiterer unserer Männer durch diese Hölle gehen muss.«

»Abgemacht! Ich werde alles tun, was in meiner Macht steht, um deinem Verräter auf die Spur zu kommen.«

»Eine Sache würde ich noch gerne mit dir besprechen«, sagte Reed. »Ich mache mir Sorgen um Fleur Fontaines Sicherheit. Die Gefahr, erwischt zu werden, wird mit jedem Tag, den sie in Frankreich bleibt, größer. Sie ist bereits dreimal unter dem Deckmantel der schwarzen Witwe in der Teufelsburg gewesen. So kann es nicht weitergehen. Du musst sie auf der Stelle zurück nach England bringen.«

»Du weißt, dass es Lady Fontaines Entscheidung war, den Auftrag anzunehmen.«

»Ich weiß, warum sie zugestimmt hat, mit Weldon zu kollaborieren, aber das entschuldigt nicht, dass du sie in einer derart gefährlichen Situation belässt. Die Bewohner des kleinen Landhauses stehen bereits unter Verdacht. Fleur und ich mussten uns verstecken, während französische Soldaten das Haus durchsuchten. Du hättest darauf bestehen sollen, dass sie das Land verlässt.«

»Genaugenommen habe ich das sogar. Nachdem ich erfahren hatte, dass du sicher auf englischem Boden gelandet bist, habe ich Weldon über ihre Rückkehr nach England benachrichtigt. In seiner letzten Nachricht hat er mir mitgeteilt, Lady Fontaine habe noch eine weitere Mission zu erfüllen, bevor sie Frankreich verlassen will.«

»Und das hast du erlaubt? Hast ihren Leichtsinn einfach so hingenommen?« Reed war außer sich und sprang auf. »Wer ist der Mann, den sie diesmal retten soll? Ich dachte, die Agenten in Frankreich wären jetzt alle ermittelt.«

»Das sind sie auch. Wie ich den spärlichen Informationen entnehme, die mir Weldon gegeben hat, handelt es sich um eine private Mission.«

»Jetzt reicht's!«, rief Reed. »Ich werde nach Frankreich zurückgehen.«

»Wirst du nicht! Und das ist ein Befehl. Ich will deine Großmutter nicht noch einmal im Nacken sitzen haben. Sie ist ein wahrer Drachen, wenn es darum geht. Außerdem ist Weldon da, um auf die Countess aufzupassen. Sollte irgendetwas schiefgehen, wird er sie beschützen.«

»Porter, ich …«

Porter hob die Hand. »Sag nichts mehr. Pass jetzt auf dich selbst auf. Du hast dich von deiner Gefangenschaft noch nicht vollständig erholt. Geh nach Hause und achte auf deine Gesundheit, Hunthurst.«

Wütend verließ Reed Porters Büro. Eine weitere Aktion könnte Fleurs Tod bedeuten. Was hatte sie bloß vor? Wollte sie Selbstmord begehen?

Immer noch außer sich vor Zorn, beschloss er, die letzte Besorgung des Tages zu erledigen und seinen Schneider in der Bond Street aufzusuchen. Der Schneider begrüßte ihn herzlich, und gemeinsam wählten sie die Stoffe für seine neue Garderobe aus. Als alle Maße an seiner schmaleren Statur abgenommen waren, war es Nachmittag, und er hatte seit dem Frühstück nichts gegessen. Er überlegte, ob er nach Hause gehen sollte, entschied sich dann aber für eine kleine Zwischenmahlzeit im White's. Er brauchte dringend ein bisschen Gesellschaft und Ablenkung von seinen Sorgen um Fleur, die ihn in den Wahnsinn trieben. Wenn es einen Weg gab, wie er sie beschützen konnte, würde er Himmel und Erde in Bewegung setzen, aber ihm fiel absolut nichts ein, was er hätte tun können.

»Reed Harwood, wo warst du denn so lange?«, begrüßte ihn einer, kurz nachdem er das Lokal betreten hatte. »Verzeih mir, alter Junge, ich hätte wohl Hunthurst sagen sollen. Der Tod deines Bruders war ein Schock für alle, die ihn kannten.«

Reed wollte nicht über seinen Bruder sprechen. Sein Tod war immer noch eine offene Wunde. »Ich habe das letzte Jahr auf dem Land verbracht«, log Reed. »Was hast du so getrieben, Tolland?«

»Hauptsächlich war ich damit beschäftigt, den Kuppelmüttern, die mich ködern wollten, immer einen Schritt voraus zu sein.« Viscount George Tolland kicherte. »Dein Titel und dein Familienstand werden dich in dieselbe Lage bringen wie den Rest von uns. Noch wollen wir uns nicht in die Falle des Pfaffen locken lassen. Bist du auf Brautsuche in der Stadt?«

»Ich bin noch nicht bereit zu heiraten«, bekannte Reed, »auch wenn meine Großmutter eine ganze Schar von Debütantinnen zur Sichtung für mich aufgereiht hat. Ich gehe rüber in den Speisesaal. Kommst du mit?«

Tolland strich sich über das glatte Kinn. »Du siehst wirklich ganz schön abgemagert aus, alter Junge. Du warst doch nicht krank, oder?«

»Mir geht's gut, danke. Also, kommst du mit oder nicht?«, fragte Reed in der Hoffnung auf ein bisschen Gesellschaft, die ihn ablenken würde.

»Ein andermal. Ich muss meiner Mutter einen Besuch abstatten. Sie will mir einen Vortrag über meine Pflicht halten, einen Erben in die Welt zu setzen. Ich komme später bei dir vorbei. Vielleicht machen wir dann eine kleine Tour durch unsere alten Kneipen.«

Als Reed keine weiteren Bekannten ausmachte, bestellte er eine leichte Mahlzeit, um den größten Hunger zu stillen. Auf dem Heimweg machte er einen kurzen Höflichkeitsbesuch in der Hunthurstschen Villa und war erleichtert zu hören, dass Helen und Violet außer Haus waren. Je weniger er Violet sah, desto besser.

Als Reed nach Hause kam, wurde ihm die neue Dienerschaft vorgestellt: Williams, sein neuer Butler; die Diener Holmes und Gordon; die Hausmädchen Lil und Peg, sowie Mrs. Wickham, die neue Köchin. Dann erfreute er sich eines langen Bades in der großen Messingwanne und nahm ein vorzügliches Abendessen ein: gebratenes Lammfleisch mit Kartoffeln und verschiedenem Gemüse, und zum Nachtisch Fruit Cobbler mit einer Kruste, die so flockig leicht war, dass sie ihm auf der Zunge zerging.

»Werdet Ihr heute Abend ausgehen, Mylord?«, erkundigte sich Updike.

»Ich denke ja. Ich habe vor, ein paar meiner alten Stammlokale zu besuchen. Es ist lange her.«

In schlecht sitzender Abendkleidung verließ Reed das Stadthaus und ritt auf Ebony zu einem der Spielclubs, die er in der Vergangenheit häufig besucht hatte. Er fand einen Platz an einem Spieltisch und begrüßte die anderen Männer, erfreut, ein paar vertraute Gesichter aus seinen alten Tagen zu sehen. Doch im Verlauf des Spiels wurde ihm klar, dass er nicht mehr der unbekümmerte Draufgänger war, der für das Spiel und die Frauen lebte. Der Nervenkitzel war einfach nicht mehr da.

Als Reed gerade beschlossen hatte, nach Hause zu gehen, tauchte Gallard Duvall auf. Er entdeckte Reed am Spieltisch und kam zu ihm, um ihn zu begrüßen.

»So sieht man sich wieder, Mylord. Wie geht es Lady Helen und Lady Violet? Haben sie Euch wie geplant nach London begleitet?«

»Hallo, Duvall. Die Damen sind tatsächlich mit nach London gekommen, ja.«

»Dann werde ich ihnen bald einmal meine Aufwartung machen. Wohnt Ihr alle zusammen in der Eurer Villa?«

»Nur die Damen. Ich bin im Augenblick ganz zufrieden mit meinem Junggesellenquartier. Gefällt es Euch in London?«

»*Oui,* sehr sogar. Ich habe eine Gruppe von Landsleuten kennengelernt und nehme an Salons und derlei Vergnügungen teil.«

»Freut mich, dass es für Euch so gut läuft.«

Nach einer Weile zog Duvall wieder davon. Reeds Miene verfinsterte sich, als er ihm nachsah. So sehr er sich auch anstrengte, er konnte einfach kein Vertrauen zu diesem Mann fassen. Sein unerwartetes Auftauchen in Hunthurst Park war mehr als verdächtig. Es würde jedenfalls nicht schaden, ihn im Auge zu behalten.

Kurz nach Mitternacht verabschiedete er sich und ging. Er würde lieber eine einzige Nacht mit Fleur verbringen als tausend Nächte am Spieltisch oder mit den namenlosen, anonymen Frauen, die er in der Vergangenheit gehabt hatte.

Wer war dieser Mann, den Fleur diesmal retten wollte?, fragte sich Reed. Porter hatte gesagt, es sei privat. Der Mann musste Fleur unglaublich viel bedeuten. Eine Welle der Eifersucht überkam ihn. Er hatte in seinem Leben niemals Eifersucht empfunden, jetzt aber tobte dieses Gefühl durch seinen Körper wie ein Orkan.

Nach einer langen, erholsamen Nacht verbrachte Reed den nächsten Tag damit, die Einzelheiten seiner Erbübernahme zu regeln. Als er die Bank verließ und mit Jasons Anwälten alles Nötige besprochen hatte, war er rechtmäßig und unwiderruflich der neue Earl of Hunthurst. Als er nach Hause kam, wartete eine Nachricht von Helen auf ihn. Sie ließ fragen, ob er sie und Violet am übernächsten Tag auf den Washburn-Ball begleiten wolle. Während er den Rest seiner Post durchsah, fand er eine Einladung zu diesem Ball sowie zu einigen anderen Abendgesellschaften der nächsten Wochen.

Als Earl of Hunthurst war es seine Pflicht, wenigstens zu einigen Veranstaltungen zu erscheinen, die von der feinen Gesellschaft gegeben wurden. Und den Washburn-Ball hielt er für einen guten Anfang.

Die ersten neuen Kleidungsstücke, die Reed in Auftrag gegeben hatte, trafen am Tag darauf ein. Als er Helen und Violet also am Abend des Balls in seiner kürzlich erstandenen Kutsche mit einem frisch angestellten Fahrer auf dem Kutschbock abholte, war er in die neueste Londoner Mode gekleidet: eng anliegende schwarze Kniehosen, eine blaue Weste sowie ein Untergewand aus Silberbrokat mit einer üppigen Spitze an Ärmeln und Halsausschnitt. Er verzichtete auf eine Perücke und trug sein dunkles Haar mit einem schwarzen Band nach hinten gebunden.

Helen trug selbstverständlich Schwarz, an Hals und Ärmeln mit Spitze verziert. Violet hatte ein eng anliegendes, blassgelbes Kleid gewählt, das unter ihren üppigen Brüsten zusammengeschnürt und beinahe durchscheinend wirkte. Obwohl andere Damen ähnlich gekleidet waren, wirkten die beiden sogar auf Reeds abgestumpften Geschmack unanständig entblößt.

Als die Namen der Anwesenden verkündet wurden, konzentrierte sich die allgemeine Aufmerksamkeit auf Reed. Sein frisch erworbener Titel und gesellschaftlicher

Status machte ihn für alle jungen Mädchen, die auf der Suche nach einem adligen Ehemann waren, zu einer guten Partie. Reed führte zunächst Violet auf die Tanzfläche. Nach zwei weiteren Tänzen mit kichernden jungen Frauen, die offenbar nicht in der Lage waren, zwei Sätze aneinanderzufügen, zog er sich ins Spielzimmer zurück.

Als es Zeit war, den Heimweg anzutreten, fuhr Helen mit Freunden nach Hause und überließ Violet und Reed die Hunthurstsche Kutsche.

»Wir müssen nicht in die Villa zurückkehren, Reed«, säuselte Violet. »Ich würde zu gern einmal Euer Stadthaus sehen. Helen macht es nichts aus. Im Gegenteil, sie würde eine Verbindung zwischen uns nur gutheißen, weißt du. Es stört niemanden, wenn wir es vor der Hochzeit tun.«

Noch bevor Reed ahnte, was sie vorhatte, schlang sie ihm die Arme um den Hals, zog seinen Kopf zu sich herunter und küsste ihn. Reed entwand sich schnellstmöglich ihrem Griff und stellte sie in angemessener Entfernung vor sich hin.

»Benehmt Euch, Violet. Ich habe nicht vor, in nächster Zeit zu heiraten. Mit mir verschwendet Ihr nur Eure Zeit. Sucht Euch einen anderen, der Eure Bemühungen zu schätzen weiß.«

Violet schmiegte sich wieder an ihn. »Geh mit mir ins Bett, Reed. Ich weiß, wie man einen Mann zufriedenstellt. Lass mich dir beweisen, wie gut wir zusammen sein können.«

Reed wollte Violet nicht, nicht einmal für eine kurze Affäre. Innerlich schüttelte er den Kopf. In der Vergangenheit hatte er es nur auf kurze Affären abgesehen. Hatte ihm die Gefangenschaft in der Teufelsburg den Geist benebelt? Er war Porters Organisation aus reinem Übermut beigetreten, weil er dem Londoner Trubel, dem Spiel und den Damen, die keine richtigen Damen waren, müde geworden war. Jetzt konnte er den Gedanken, die Reihe von Mädchen, die nach ihm Schlange standen, in sein Bett zu nehmen, kaum ertragen. Was war mit ihm passiert? Die Antwort durchfuhr ihn wie ein Blitz. Fleur! Fleur war ihm passiert. Was zum Teufel hatte sie bloß mit ihm gemacht?

# Achtes Kapitel

In den folgenden Wochen versuchte Reed, seinen neuen Platz in der Gesellschaft zu finden. Er erklärte sich sogar bereit, Helen und Violet zu einigen Geselligkeiten zu begleiten, die ihn zu Tode langweilten. Es war schwer, seine neue gesellschaftliche Position mit dem aufregenden Leben in Einklang zu bringen, das er als Spion geführt hatte.

Reed war schon so weit gegangen, Porter um einen neuen Auftrag zu bitten, doch der hatte ihn abermals abgewiesen. Laut Porter war Reed für die Agentur nicht länger von Nutzen. Reed glaubte allerdings, dass Porter lediglich Angst hatte, mit seiner Großmutter aneinanderzugeraten, falls ihrem Enkelsohn etwas zustoßen sollte.

Violets Strategien, Reed dazu zu bringen, ihr einen Heiratsantrag zu machen, wurden immer offensichtlicher. Um ihr aus dem Weg zu gehen, besuchte er wieder häufiger Spielhöllen. Als diese an Reiz verloren, versuchte er es mit einigen der besseren Freudenhäuser, wo er ausnahmslos die Schönheiten mit schwarzem Haar begutachtete, um sich am Ende für keine von ihnen zu entscheiden. Einige erinnerten ihn an Fleur, aber sie waren nicht Fleur, und so ging er wieder nach Hause, unbefriedigt und voller Sehnsucht.

Seine Freunde aus alten Zeiten waren ihm fremd geworden. Keiner von ihnen hatte auch nur annähernd etwas so Schreckliches durchlebt wie er. Keiner von ihnen wusste, wie es sich anfühlte, durch die Hölle zu gehen, und keiner von ihnen hatte sich jemals so sehnsüchtig den Tod gewünscht. Die meiste Zeit über fühlte er sich einsam und isoliert. Niemand konnte verstehen, was er durchgemacht hatte. Niemand wusste von den Dämonen, die ihn heimsuchten, und den Erinnerungen, die ihn bedrückten. Nur Fleur hatte ihn verstanden.

Reed hatte Porter seit seiner Rückkehr zu verschiedenen Gelegenheiten besucht und seinen ehemaligen Auftraggeber immer wieder daran erinnert, Fleur aus Frankreich nach Hause zu holen, sowie den Mann zu finden, der ihn verraten hatte. Er bekam jedes Mal zu hören, man habe zu Fleur Kontakt aufgenommen, sei aber gebeten worden, ihr Zeit zu geben, um einen letzten Auftrag auszuführen. Was den Verräter betraf, so teilte Porter ihm mit, er und seine Kollegen arbeiteten bereits daran. Unzufrieden mit der Antwort, beschloss Reed, seinen Verräter selbst zu entlarven.

Wenige Tage nach seinem letzten Besuch in Whitehall, erhielt Reed eine Vorladung von Porter. Reeds Hoffnung keimte wieder auf. Sein erster Gedanke war, dass Porter seine Meinung geändert hatte und wieder Gebrauch von Reeds Sachverstand als Spion machen wollte. Der zweite war, dass sie seinen Verräter geschnappt hatten. Beschwingten Schrittes betrat er kurze Zeit später Lord Porters Büro.

»Danke, dass du so schnell gekommen bist«, begrüßte ihn Porter.

»Darf ich die Hoffnung wagen, dass du einen neuen Auftrag für mich hast? Ich langweile mich zu Tode.«

Porter erhob sich und ging zum Fenster. Dann wirbelte er herum und erklärte: »Ich habe dich wegen deines offensichtlichen Interesses an Fleur Fontaine für diese Mission ausgewählt.«

»Ist Fleur etwas zugestoßen?«

»Noch nicht, aber ich habe eine verzweifelte Nachricht von Peter Weldon erhalten. Er sagt, es sei höchste Zeit Fleur abzuziehen. Jede Minute kann es zu spät sein.«

»Wann geht mein Schiff?«, wollte Reed wissen und biss die Zähne zusammen, um seine Enttäuschung zu verbergen. Er hatte Fleur schon vor Wochen nach England zurückholen wollen.

»Ich denke, wir sollten keine Zeit verlieren. Kannst du heute Abend an Bord gehen? Captain Skillings Schiff erwartet dich in London Pool.«

»Ich bin bereit, sobald ich diesen schicken Aufzug gegen etwas angemessenere Kleidung eingetauscht habe. Gibt es weitere Anweisungen?«

»Captain Skilling hat alle nötigen Informationen. Weldons Nachricht war knapp, aber die Dringlichkeit der Angelegenheit unmissverständlich. Wenn Fleur Fontaines Untergrundarbeit für uns aufgeflogen ist, muss sie so schnell wie möglich aus Frankreich verschwinden.«

Reed nickte hastig. »Ich bringe sie nach Hause – darauf kannst du dich verlassen.«

Nach der Unterredung mit Porter begab sich Reed auf direktem Weg in sein Stadthaus. Updike empfing ihn an der Tür. »Ich werde ein paar Tage unterwegs sein, Updike. Ich reise auf der Stelle ab.«

Updike nickte und folgte Reed in seine Kammer. »Ich werde Eure Tasche packen.«

»Ich brauche nur das Allernötigste.«

Updikes Augenbrauen schnellten in die Höhe. »Wie Ihr meint. Wollt Ihr, dass ich Euch begleite?«

»Nein, es … Ich darf mit niemandem darüber sprechen, weder mit dir noch mit jemand anderem.«

Updike runzelte die Stirn. »Nicht noch eine Mission, Mylord. Ich dachte, diese Arbeit sei für Euch endgültig erledigt.«

Reed machte sich daran, ein Kleidungsstück nach dem anderen aus dem Schrank zu ziehen. »Es ist nicht so, wie du denkst.«

»Darf ich fragen, wonach Ihr sucht?«

»Ich suche etwas Unauffälliges, das ich auf einem Schiff tragen kann. Und Stiefel, Updike. Die alten dort hinten müssen reichen.«

Während Updike nach der Kleidung kramte, die Reed anziehen wollte, öffnete Reed die Truhe am Fußende seines Bettes und holte eine Reihe Waffen hervor, darunter ein Paar Duellpistolen, ein heimtückisch anmutender Dolch sowie ein Schwert.

»Du meine Güte!«, stieß Updike hervor und schnappte nach Luft. »Ich hoffe, Ihr habt nicht vor, diese Waffen zu gebrauchen.«

»Nur, wenn es nötig ist, Updike, nur, wenn es nötig ist. Hast du etwas zum Anziehen für mich gefunden?«

Updike reichte ihm ein Paar schwarze Kniehosen, ein weißes Leinenhemd und eine schwarze Jacke. Als er eine schneeweiße Krawatte hervorzog, winkte Reed ab. »Ich gehe nicht auf einen Maskenball.«

Reed zwängte seine Füße in die Stiefel, schnallte sich das Schwert um und steckte die restlichen Waffen in den Gürtel. Dann warf er sich noch einen schwarzen Umhang über die Schultern.

Updike erschauderte. »Ihr seht aus wie ein richtiger Pirat, Mylord. Ich darf doch hoffen, dass Ihr vorsichtig seid?«

»Zu diesem Zeitpunkt rechne ich nicht mit Gefahr, aber ich möchte gut vorbereitet sein, falls sie auftaucht. Halte hier so lange die Stellung, Updike.«

»Ihr könnt Euch auf mich verlassen, Sir. Seid vorsichtig«, rief er, als Reed zur Tür hinausschritt.

Captain Skilling erwartete Reed an Bord seines

Schiffes. Er begrüßte ihn herzlich und führte ihn in seine Kajüte, um das weitere Vorgehen zu besprechen, während sie auf den Gezeitenwechsel warteten.

»Brandy?«, fragte Skilling, als er die Tür hinter ihnen schloss.

»Ein Brandy wäre mir sehr recht«, antwortete Reed.

»Nehmt Platz. Ich besorge uns einen. Ich könnte selbst ein bisschen Stärkung gebrauchen.«

Reed ließ sich auf einen Stuhl sinken. Er musste ununterbrochen an Fleur denken und fragte sich, in welche Lage sie sich wohl gebracht hatte. Skilling reichte Reed einen Kelch, der zur Hälfte mit Brandy gefüllt war, zog sich einen Stuhl heran und setzte sich an den mit Karten übersäten Tisch. Reed nippte gedankenverloren an seinem Getränk, während er darauf wartete, dass Skilling etwas sagte.

»Was hat Porter Euch erzählt?«, wollte Skilling wissen.

»Lediglich die Eckdaten«, erwiderte Reed. »Er meinte, alles Weitere würde ich von Ihnen erfahren.«

Skilling nickte. »Es gibt nicht viel zu sagen. Wir setzen Euch auf einem schmalen Küstenstreifen in der Nähe des Landhauses ab und stechen wieder in See. In der darauffolgenden Nacht segeln wir wieder in die kleine Bucht, in der wir Euch schon einmal aufgesammelt haben und warten vor der Küste auf Euer Zeichen. Wenn Ihr nicht auftaucht, werden wir den alternativen Treffpunkt ansteuern. Sollten wir in zwei aufeinanderfolgenden Nächten kein Zeichen von Euch erhalten, haben wir den Auftrag, nach England zurückzukehren. Die Küste ist an der Stelle, an der wir Euch absetzen, sehr steil. Traut Ihr Euch das zu? Ich bezweifle, dass es dort einen Pfad gibt. Wenn ich Euch in der Bucht absetze, wo die Straße zugänglicher ist, müsstet Ihr einen recht langen Marsch zurücklegen.«

»Keine Sorge, ich werde einen Weg finden. Und ich

werde Fleur zu dem Treffpunkt bringen, und wenn es sein muss, mit Gewalt.«

Skilling grinste. »Ich hege keinen Zweifel daran.«

Reed nahm einen kräftigen Schluck von seinem Brandy. »Was auch immer passiert, ich werde Frankreich nicht ohne Fleur verlassen.«

Bevor Skilling etwas antworten konnte, klopfte es an der Tür. »Herein«, rief Skilling.

Der erste Offizier trat ein. »Gezeitenwechsel, Captain.«

»Mach alles klar zum Ablegen«, wies Skilling ihn an. »Ich werde selbst ans Steuer gehen.«

Der erste Offizier verschwand wieder. »Wir sprechen später«, meinte Skilling. »Ich werde oben gebraucht.«

»Ich komme mit«, erklärte Reed und erhob sich. Die geräumige Kapitänskajüte war zwar in keiner Weise mit den winzigen fensterlosen Kajüten im Unterdeck zu vergleichen, doch zog er es vor, unter freiem Himmel zu sein.

Am Horizont stieg bereits die Dunkelheit herauf, als das Schiff ablegte und die Themse hinuntersegelte. Als der Schoner den Kanal erreicht hatte, lief er mit scharfer Geschwindigkeit vor dem Wind. Reed fand einen Platz auf einem umgestürzten Fass und döste immer wieder ein, während Skilling das Schiff durch den Kanal schleuste.

Als der Morgen die Nacht vertrieb, stand Reed auf und streckte sich. Skilling übergab das Steuer seinem ersten Offizier und lud Reed ein, mit ihm zu frühstücken. Reed folgte Skilling in dessen Kajüte. Kurz darauf kam der Kajütenjunge mit dem Frühstück, bestehend aus Eiern, Schinken, Brot und Ale. Wie es schien, war der Schoner für die kurze Reise gut gerüstet.

Nach dem Frühstück kehrte Reed auf Deck zurück und blieb trotz des Nebels und leichten Sprühregens dort. Wenngleich er seine Mahlzeiten mit dem Captain einnahm, entschied er sich, bei den Matrosen an Deck zu schlafen. Der Wind war ihnen gnädig. Sie verließen den Kanal, segelten südwärts entlang der französischen Küste und erreichten ihren Zielort, ohne dass sie auf französische Schiffe stießen, nach Einbruch der Dunkelheit am dritten Tag. Das Wetter hatte aufgeklart, wenn auch der Mond von dünnen Wolkenfetzen verdeckt war.

Captain Skilling befahl, die Segel einzuholen und den Anker zu werfen. Reed bereitete sich auf den Landgang vor und wartete ungeduldig, bis man das Ruderboot zu Wasser gelassen hatte.

»Wir warten morgen Abend auf Euer Zeichen«, teilte Skilling ihm mit. »Ihr braucht nur die Laterne hin- und herzuschwenken, dann setzen wir das Boot aus und holen Euch ab. Der Herr möge Euch beschützen, Hunthurst.«

Reed klopfte Skilling auf die Schulter, dann kletterte er über die Leiter in das schwankende Ruderboot. Die beiden Matrosen, die ihn begleiteten, stießen das Boot von der Bordwand ab und ruderten auf den dunklen Strandstreifen zu.

Als das Boot auf dem Sand auflief, sprang Reed in die Brandung und watete an Land. Das Boot kehrte ins tiefe Wasser zurück und verschwand alsbald in der Dunkelheit.

Reed betrachtete prüfend das Kliff, das hoch über ihm aufragte, und suchte nach dem einfachsten Weg, es zu erklimmen. Nach einer sorgfältigen Prüfung kam er zu dem Schluss, dass es keinen einfachen Weg gab. Er griff nach der nächsten Baumwurzel und begann langsam hinaufzuklettern, vorsichtig, Zentimeter für Zentimeter. Ein-, zweimal verlor er auf dem losen Sand den Halt, doch nach mehreren Atempausen schaffte er es schließlich über die Kuppe.

Reed nahm sich ein paar Minuten, um Atem zu schöpfen und sich zu orientieren, bevor er sich auf den Weg machte. Er wusste genau, wo er war. Bis zur Straße, die zum Landhaus führte, war es nur ein kurzer Fußweg. Beinahe hätte er sie in der pechschwarzen Nacht verfehlt, doch dann erkannte er die Hecke, die die Straße zu beiden Seiten säumte, und schlug die Richtung zum Haus ein. Er hatte das Grundstück fast erreicht, als er plötzlich ein Geräusch vernahm und seine Pistole zog. Ein Mann trat aus der Hecke.

»Wer geht da?«

Reed erkannte die Stimme. »Antoine, bist du das? Ich komme, um die Countess in Sicherheit zu bringen.«

Antoine ging auf Reed zu und starrte ihm ins Gesicht. »André hat uns gar nicht erzählt, dass Ihr der Mann seid, der die Countess abholen kommt. Wie gut, dass Ihr da seid, *Monsieur*.«

»Was machst du hier draußen?«

»Ich habe soeben Gaston abgelöst, der schläft jetzt im Stall. Seit dem letzten Besuch der Countess in der Teufelsburg wechseln wir uns mit der Wache ab. Wenn Soldaten kommen, hören wir die Pferde schon aus einiger Entfernung. Ein paar Minuten genügen, um die Countess in dem Erdloch zu verstecken.«

Reed kochte innerlich, aber er schluckte seinen Zorn hinunter und fragte so ruhig, wie es ihm möglich war: »Warum in Gottes Namen ist Fleur in die Teufelsburg zurückgekehrt, wenn sie die Konsequenzen bereits kannte? Ich habe sie gewarnt, bevor ich Frankreich verlassen habe.«

»Euretwegen, *Monsieur*. Sie ist Euch zuliebe noch einmal in die Teufelsburg zurückgekehrt.«

»Meinetwegen?, stieß Reed ungläubig hervor.

»*Oui, Monsieur*. Sie wusste, wie unglücklich Ihr darüber wart, Doktor Leclair zurückzulassen, und wollte ihn für Euch befreien.«

»Sie hat Leclair aus dem Gefängnis geholt?«

»*Oui, Monsieur*. Er ist noch hier. In Eurer alten Kammer.«

»Geht es ihm gut?«

»Er war in einem besseren Zustand als Ihr.«

Reed warf einen kurzen Blick auf das dunkle kleine Haus. »Wie es scheint, schlafen alle tief und fest. Am besten mache ich mich erst morgen bemerkbar. Ist die Haustür offen? Ich kann die restliche Nacht auf dem Sofa im Salon schlafen. In der Zwischenzeit bereite alles für einen schnellen Aufbruch vor. Das Schiff erwartet uns morgen Abend nach Einbruch der Dunkelheit.«

»Wir werden bereit sein, *Monsieur*. Die Haustür haben wir offen gelassen, für den Fall, dass Antoine oder ich schnell hineinmüssen. Ich werde weiter das Haus bewachen, während Ihr und die anderen schlafen.«

Reed steuerte auf das Haus zu. Alles war still, kein Lüftchen regte sich. Eine gespenstische Stille umgab das Haus und ließ sein Herz schneller schlagen. Er blickte kurz zu Antoine zurück. Alles schien in Ordnung zu sein, also stieg er die Stufen zum Eingang hinauf und drehte den Türknauf. Die Tür öffnete sich mit einem leisen Knarren.

Reed konnte weder etwas hören noch sehen, als er sich in den Salon vorwärtstastete. Er kannte jeden Winkel des Hauses auswendig, so dass er alles auf Anhieb fand. Er fröstelte. Das Feuer im Kamin war erloschen, und im Raum war es kühl. Er nahm einen Flint aus dem Beutel in seiner Tasche, tastete nach einer Kerze und zündete sie an.

Seufzend ließ er sich auf das Sofa fallen und starrte in den kalten Kamin. Der Gedanke, dass Fleur am Ende des Flurs schlief, erwärmte ihn. All die Wochen, die seit seiner Abreise nach England vergangen waren, hatte er ununterbrochen an sie gedacht. Alles an dieser Frau bedurfte seiner Bewunderung: Leidenschaft und Mut, Versuchung und Verlangen, Schönheit und Entschlossenheit. Reed musste sich zusammennehmen, um nicht in ihre Kammer zu schleichen, in ihr Bett zu steigen und sie leidenschaftlich zu lieben.

Angst umklammerte seine Brust. Trotz Antoines Zuversicht konnte er nicht umhin, sich über Fleurs Sicherheit Sorgen zu machen. Zwischen jetzt und morgen Nacht konnte noch alles Mögliche geschehen. Reed nahm seine Waffen ab, legte sie neben sich, wo sie schnell greifbar waren, und blies die Kerze aus. Er lehnte sich zurück und schloss die Augen in der Hoffnung auf ein paar Stunden Schlaf, den er dringend nötig hatte. Er war gerade eingenickt, als er vor seinen geschlossen Lidern ein flackerndes Licht wahrnahm. Er riss die Augen auf und starrte in das Rohr einer Pistole.

*Fleur.*

Er senkte den Blick, um ihr in die Augen zu sehen. Wie gebannt starrte Fleur ihn an. Reed stieß die Pistole zur Seite. Mit einem Lächeln in der Stimme sagte er: »Sei vorsichtig, sie könnte losgehen.«

Fleur schnappte nach Luft und lockerte den Griff um ihre Waffe. »Reed! Was machst du hier?«

Reed erhob sich, nahm ihr Pistole und Kerze ab und legte beides auf ein Tischchen. »Glaubst du, ich würde es einem anderen gestatten, dich hier rauszuholen?«

Ein Schauder überlief sie. »Woher wusstest du …?«

»Porter hat mir gesagt, dass du in Gefahr bist und es höchste Zeit für dich ist, Frankreich zu verlassen.«

Fleur starrte Reed an, als wäre er eine Erscheinung. »Ich hätte nie gedacht, dich jemals wiederzusehen.«

»Bedauerst du es?«

»Bedauern? Nein, wie könnte ich?«

»Es war töricht und leichtsinnig von dir, in die Teufelsburg zurückzukehren«, schalt Reed. »Du hast das Schicksal einmal zu viel herausgefordert.«

»Ich wollte Frankreich erst verlassen, sobald ich Doktor Leclair gerettet habe. Ich wusste, wie sehr er dir geholfen hat, und wollte ihn für dich befreien. Und ich habe es geschafft.«

»So sehr ich es schätze, was du für den guten Doktor getan hast – es war töricht, dich in eine solche Gefahr zu begeben.«

Wie im Widerspruch zu seinen Worten schloss Reed die Arme um sie und zog sie an sich. Seine Lippen senkten sich auf die ihren. Fleur hatte das Gefühl, als gleite sie in ein flammendes Inferno, ein Gefühl, das sie nie mehr geglaubt hatte empfinden zu dürfen. Seine Hitze umfing ihren leicht bekleideten Körper, Leidenschaft erfüllte sie beide. So war es mit Reed immer gewesen, voller Spannung und explosiv.

Reeds Hände glitten durch ihr Haar, lösten ihren Zopf und breiteten ihre glänzenden schwarzen Locken über ihren Schultern aus. Er fuhr mit den Fingern durch die seidigen Strähnen und hielt ihren Kopf fest, während er ihren Mund erkundete. Fleur schlang ihm die Arme um den Hals, schmiegte sich an ihn und erwiderte seinen Kuss mit aller Inbrunst und Leidenschaft, die sie besaß.

Dann brach sie den Kuss ab. »Nicht hier.« Sie ergriff seine Hand und führte ihn durch den Flur in ihre Kammer. Kaum hatten sie die Tür hinter sich geschlossen, zerrten sie gierig an ihren Kleidern, drehten und wanden sich in einem Tanz ungehemmter Begierde.

Er betrachtete sie, während sie seine Jacke aufknöpfte. Reed streifte ihr den Morgenmantel ab und zog an dem Band, das ihr Nachthemd verschloss. Der dünne Stoff glitt ihr über die Schultern und Hüften und fiel dann zu Boden.

Fleur wartete ungeduldig, bis Reed seine Kleider abgelegt hatte. Im Licht der letzten glimmenden Scheite musterte sie seinen nackten Körper.

»Du bist kräftiger geworden«, stellte sie fest und blickte ihn prüfend an.

»Ich bin fast wieder da, wo ich vor meiner Gefangennahme war.«

Sie streckte die Hand aus und ließ sie über seinen muskulösen Oberkörper und die weichen Brusthaare gleiten. »Ich habe mir immer ausgemalt, wie du wohl aussiehst, wenn du wieder ganz gesund bist, und jetzt weiß ich es. Du bist wunderbar.«

Er sah ihr tief in die Augen, und Fleur konnte die Begierde in seinem Blick aufblitzen sehen, die heißer glühte als das Feuer. Sie erschauderte, unfähig, sich seinem Blick zu entziehen.

»Seit ich Frankreich verlassen habe, habe ich jede Nacht wach gelegen und davon geträumt, dich zu lieben. Ich habe dich so vermisst, Fleur.«

Fleur hielt den Atem an, dann entfuhr ihr ein tiefer Seufzer. »Ich habe dich auch vermisst.«

Langsam ließ er seine Hände über ihre Arme nach unten gleiten, und sein Blick streichelte zärtlich ihre Brüste. Dann folgte er mit den Fingern seinem Blick und strich behutsam über ihre sinnlichen Kurven. »Du bist noch schöner, als ich dich in Erinnerung hatte.«

Ihre Brustspitzen versteiften sich, wurden mit jeder Berührung, jeder geschickten Bewegung seiner Finger härter. Es schien eine Ewigkeit her zu sein, seit sie Reeds

Hände auf ihrem Körper gespürt hatte. Als er ihre Brüste umfasste und mit den Daumen über ihre harten Knospen fuhr, pulsierte das Blut in ihren Adern vor Verlangen.

Reed beugte sich herunter und küsste ihre zarten Rundungen, dann fand sein Mund eine Knospe und saugte, bis ihr vor Erregung die Knie zu zittern begannen. Als sein Mund von einer Brustwarze zur anderen wanderte, wünschte sie sich, er möge niemals mehr aufhören, doch noch dringender war ihr Wunsch, ihn in sich zu spüren. Sie wollte ihn ganz, wollte alles von ihm auf einmal haben, um den Schmerz zu lindern, den seine Abreise in ihr hinterlassen hatte.

Als hätte er ihr Bedürfnis gespürt, schob er eine Hand zwischen ihre Schenkel und begann sie zu streicheln. Sie stöhnte, drängte sich an ihn. »Komm ins Bett«, keuchte sie in sein Ohr.

Da nahm er sie auf die Arme und trug sie in ihr Bett. Er ließ sie auf die Matratze niedersinken und legte sich auf sie. Als sie seinen Körper auf dem ihren spürte, wölbte sie sich ihm entgegen und presste ihre Hüften an seine. Sie spürte sein hartes, pochendes Geschlecht an ihrem Bauch und spreizte einladend die Beine.

»Noch nicht«, flüsterte Reed, als er hinunterglitt und den Kopf zwischen ihre feuchten Schenkel schob. Dann senkte er seine Lippen auf sie herab.

Ein tiefer Seufzer erschütterte ihren Körper und verwandelte ihr Innerstes in geschmolzenes Feuer. Tief in ihr wuchs ein Verlangen nach diesem Mann, dann schoss es wie ein Blitz durch ihren Körper. Sie vergrub ihre Finger in seinem Haar, drückte ihn an sich, während sie sich unter den Liebkosungen seiner Zunge wand und krümmte. Sie ergab sich seinem feurigen Angriff, unterwarf sich bereitwillig der Kraft und Gewalt seines Körpers und ihrer eigenen Begierde.

»Reed!« Sein Name entfloh ihrer Kehle, als er seine Zunge in sie stieß. Als sein Daumenballen die geschwollene Knospe über ihrer feuchten Spalte fand, war es um sie geschehen. Er kehrte zu ihrem Mund zurück und bedeckte ihn mit dem seinen, um ihre Schreie aufzufangen und zu dämpfen.

Fleur schmeckte sich selbst auf seiner Zunge, vermischt mit seinem eigenen Geschmack und Geruch. Sie kam noch einmal, und noch einmal, bis sie nichts mehr zu geben hatte. Oder zumindest glaubte sie das, bis Reed ihre Knie anhob, sie spreizte und seine harte Rute in ihre feuchte Hitze stieß. Ihre Muskeln umschlossen ihn fest.

Reed war so hart, dass es schmerzte. Als er schließlich tiefer in sie drang, war die Erleichterung so groß, dass er sich beinahe auf der Stelle in ihr verlor. Doch er schaffte es, Fleur einen weiteren Höhepunkt zu bescheren, bevor er sich selbst auf den Gipfel der Lust trieb, wonach er sich so gesehnt hatte. Seit Fleur hatte er keine Frau mehr gehabt, und er hatte auch keine gewollt. Aber jetzt war sie bei ihm, und er wünschte sich, ihre Lust könnte immer und immer so weitergehen.

Doch wie alles im Leben hatte auch dieser Moment ein Ende. Er hielt so lange durch, bis er spürte, wie sich ihre Fingernägel in seinen Nacken gruben, und sie seinen Namen rief, während sie den wunderbaren Ort erreichte, an dem nur die Liebenden einander begegnen. Dann gab er auf und schwang sich zu ihr in den Himmel, als er sich heiß in sie ergoss.

Großer Gott, wie hatte er nur so lange leben können, ohne zu begreifen, wie tief ihn die Bande gegenseitigen Verlangens berührten? Oder war es mehr, was er für Fleur empfand? Er schob die Antwort beiseite, als er keuchend neben sie aufs Bett sank.

»Mein Gott, habe ich dich vermisst«, sagte er, als er wieder normal atmen konnte.

Fleur wandte sich zu ihm und legte ihm die Hand auf die Wange. »Mir fällt es schwer, das zu glauben. In London muss es doch Frauen en masse geben, die erpicht darauf sind, einen Grafen zu heiraten.«

»So ist es in der Tat, doch sie langweilen mich alle zu Tode. Ich habe alle mir bekannten Tricks angewendet, um den kuppelwütigen Müttern aus dem Wege zu gehen. Obwohl ich zugeben muss, dass meine Großmutter nicht zufrieden mit mir ist. Sie will, dass ich der Grafschaft so schnell wie möglich einen Erben schenke.«

Fleur wandte sich ab, wohl wissend, dass sie Reed niemals den Erben geben könnte, den er brauchte. Das Geschenk, Kinder austragen zu können, war ihr nicht vergönnt.

Reed fluchte, als er begriff, weshalb Fleur plötzlich so schweigsam geworden war. »Tut mir leid. Ich wollte dich nicht verletzen.« Er drehte ihren Kopf in seine Richtung.

»Du brauchst dich nicht zu entschuldigen. Ich bin nur so überwältigt, dich hier zu sehen.«

Reed wusste, dass sie nicht die Wahrheit sagte, doch er beließ es dabei. »Draußen wird es bereits hell. Lisette wird bald auf den Beinen sein, und sie sollte mich nicht gerade in deinem Bett finden.«

»Sie weiß über uns Bescheid. Lisette entgeht nichts. Geh noch nicht.« Sie streckte die Hand nach ihm aus. »Wir haben noch Zeit.«

Reed hätte nicht gehen können, auch wenn er gewollt hätte. Der Geruch ihrer Körper erfüllte den Raum und erregte ihn aufs Neue. Er wollte sie noch einmal. Jetzt, bevor sich im Haus etwas regte und die Pflicht sie trennte. Er zog sie an sich. Sie schmiegte sich bereitwillig in seine

Arme. Doch als er sich erhob, um sich über sie zu legen, schubste sie ihn zur Seite und setzte sich auf ihn. Dann machte sie sich daran, ihn mit Mund und Händen in bisher ungekannte Höhen sinnlicher Lust zu befördern.

Reed war beinahe wahnsinnig vor Verlangen, als sie sich schließlich auf seine große, emporgereckte Männlichkeit herabsenkte. Sie brachte ihre Lippen an seine und empfing sein Stöhnen, wie er es bei ihr getan hatte, dann begann sie, sich auf ihm zu bewegen. Reed, der plötzlich wieder voller Energie war, packte ihre Hüften und stieß sein pochendes Glied tief in sie hinein. Sie kamen gemeinsam im rasenden Sturm ihrer Liebe, der sich erst wieder legte, als sie über ihm zusammenbrach und ruhig auf ihm liegen blieb, ihre Wange an sein Herz gedrückt.

Dann schliefen sie ein, ihre Körper zu einem verschmolzen, im Herzen miteinander verbunden.

Als Reed erwachte, sickerte bereits Tageslicht durch das schmale Fenster. Verdammt, er hatte verschlafen! So sanft er konnte, hob er die schlafende Fleur von sich herunter, legte sie neben sich und deckte ihren nackten Körper zu. Dann stand er auf und kleidete sich an. Wenige Augenblicke später trat er auf den Flur hinaus, schloss leise die Tür hinter sich und wäre beinahe mit Lisette zusammengestoßen. Obwohl er ihre Augen nicht sehen konnte, glaubte er zu wissen, was sie dachte.

»Ich habe mich bereits gefragt, wann Ihr endlich aufwacht. Kommt in die Küche. Euer Frühstück steht bereit.«

»Du wusstest, dass ich hier bin?«

»*Oui*, Antoine hat es mir erzählt, aber das stattliche Aufgebot an Waffen auf dem Wohnzimmerboden hätte Euch in jedem Fall verraten.« Sie blickte zur Tür. »Schläft Fleur noch?«

Reed nickte.

»*Bien*, lasst sie schlafen. Sie ist kaum zur Ruhe gekommen, als Ihr fort wart.«

Mit diesen Worten wandte sich Lisette um und ging voran. Reed folgte ihr in die Küche. Antoine saß bereits am Tisch, als er eintrat. Er nahm Platz, und Lisette setzte ihm ein Omelett und eine Scheibe frisches Brot vor. Reed warf Antoine einen Blick zu, bevor er sich über die Mahlzeit hermachte.

»Weiß Gaston, dass ich hier bin?«, fragte er mit vollem Mund.

»*Oui*«, antwortete Antoine. »Er ist jetzt draußen und hält Wache.«

»Ihr schätzt die Gefahr als so groß ein, dass ihr vierundzwanzig Stunden vor dem Haus die Stellung haltet?«

Antoine steckte sich den letzten Bissen Brot in den Mund. »Wir sind nicht glücklich mit der Situation, seit die Countess noch einmal in der Teufelsburg war, um Doktor Leclair zu befreien.«

Reed war ganz seiner Meinung. »Vielleicht solltest du dich ein paar Stunden ausruhen. Die heutige Nacht könnte lang werden.«

Antoine nickte zustimmend und verließ die Küche. Lisette schenkte sich eine Tasse Tee ein und setzte sich Reed gegenüber.

»Du ärgerst dich über mich«, sagte Reed.

»Nein, *Monsieur*. Ich mache mir nur Sorgen um *ma chère petite*. Welche Absichten hegt Ihr?«

Ihre Blicke trafen sich. »Ich will deiner Herrin nichts Böses. Fleur ist eine erwachsene Frau. Wir erfreuen uns aneinander. Ich werde sie nicht im Stich lassen.«

»Werdet Ihr sie heiraten?«, platzte Lisette heraus.

Reed war verblüfft und stammelte: »I-Ich … Die Sache ist kompliziert. Ich brauche einen … Erben.«

»Und Fleur hat Euch erzählt, dass sie Euch keinen schenken kann.«

»Zumindest glaubt sie, dass es so ist. Weißt du etwas, was sie nicht weiß?«

»*Non*, ich bin keine Seherin. Ich glaube allerdings, dass es nicht immer an der Frau liegen muss, wenn keine Kinder kommen. Macht daraus, was Ihr wollt.«

»Worüber unterhaltet ihr euch?«, fragte Fleur, die im Türrahmen stand.

Reed sah sie an und lächelte. Ungeachtet der Schatten unter ihren Augen und der schwarzen Kleidung, die sie noch immer trug, sah sie bezaubernd aus. »Nichts Wichtiges. Setz dich und iss etwas. Du musst dich stärken, damit du den restlichen Tag und die Nacht durchhalten kannst. Hast du alles gepackt?«

Fleur lächelte Lisette dankbar zu, als sie ihr den gefüllten Teller vorsetzte. »In seiner letzten Nachricht hat André uns mitgeteilt, dass wir bei den Behörden unter Verdacht stehen und jederzeit zum Aufbruch bereit sein sollten. Ich werde nicht viel mitnehmen. Außer einem kleinen Schmuckkästchen habe ich nur sehr wenig. André sagte, jemand würde kommen, um uns abzuholen, aber wir wussten nicht, dass du unser Retter sein würdest.«

Er berührte ihre Hand und spürte es unter seinen Fingern zucken. Er lächelte. Er war nicht der Einzige, der die besondere Verbundenheit zwischen ihnen spürte.

»Ich bin mit dem Haus und der Umgebung vertraut. Die Entscheidung, herzukommen, lag also nahe. Wir werden nach Einbruch der Dunkelheit hier aufbrechen. Reisen wir alle, einschließlich Doktor Leclair, nach England?«

»Diese Frage kann ich gleich selbst beantworten«, sagte Doktor Leclair, der in der Tür stand.

Reed erhob sich und begrüßte den Doktor herzlich.

»Ich dachte, ich würde Euch nie mehr wiedersehen, *mon ami.*«

»Ihr seht gut aus«, erwiderte Leclair und unterzog Reed einem prüfenden Blick.

Als Reed Leclair das letzte Mal gesehen hatte, war der Doktor blass und ausgemergelt gewesen, aber er war nicht wie Reed geschlagen und gefoltert worden.

Leclair begrüßte die Frauen und setzte sich neben Reed. »Um auf Eure Frage zurückzukommen, *mon ami,* ich habe vor, in Frankreich zu bleiben. Da ich offiziell auf dem Friedhof vor den Gefängnismauern begraben liege, wird man mich nicht suchen. Ich hoffe, bei meiner Tochter und ihrer Familie in der Provence, in Südfrankreich, unterzukommen. Antoine und Gaston haben sich bereiterklärt, mich bis zu ihrem Dorf südlich von Paris mitzunehmen, und von dort werde ich alleine weitersehen. Die Zeiten sind schwierig. Ich werde im Dorf meiner Tochter eine kleine Praxis eröffnen und die Familie unterstützen. Mein Schwiegersohn ist zur Arbeit auf dem Feld gezwungen, und ich möchte aushelfen, wenn ich kann.«

»Habe ich also richtig verstanden, dass weder Antoine noch Gaston mit uns nach England reisen werden?«

»Sie möchten beide in Frankreich bleiben«, antwortete Fleur. »Sie werden uns mit dem Fuhrwerk zur Bucht bringen und gleich in ihr Dorf weiterfahren.«

»Was ist mit dir, Lisette?«, wollte Reed wissen, als sie Leclair das Frühstück brachte.

»Ich bleibe bei Fleur, wo immer sie auch hingeht«, erklärte sie entschlossen.

»Wenn das dein Plan ist, werde ich mich nicht einmischen.«

Mit gedämpfter Stimme gab Reed die Einzelheiten ihrer Abreise bekannt. Als Reed sichergehen konnte, dass alle den geplanten Ablauf verstanden hatten, löste sich die kleine Versammlung auf. Reed erhob sich und folgte Fleur in ihre Kammer.

# Neuntes Kapitel

»Wie sehen deine Pläne aus, wenn du zurück in England bist?«, fragte Reed, als er die Tür hinter sich schloss. »Kennst du jemanden, bei dem du bleiben kannst?«

»Meine Tante lebt noch auf dem Land, in Kent. Ich kann bei ihr bleiben, bis ich mich entschieden habe, was ich mit meinem Leben anfangen will. Lisette und ich leben sorgenfrei, sobald ich meine Juwelen verkauft habe.« Sie zögerte. »Vielleicht kann mich Lord Porter in seiner Organisation an anderer Stelle gebrauchen.«

Reed war nicht begeistert, das zu hören. »Wenn du mich lässt, würde ich dir gerne eine Bleibe besorgen – ein kleines Stadthaus vielleicht, wo ich dich ab und an besuchen kann.«

»Du willst mich zu deiner Mätresse machen?«, fuhr Fleur ihn an.

Reed streckte die Arme nach ihr aus und zog sie an sich, das Kinn auf ihren Kopf gestützt. Er mochte ihren Duft, aber noch lieber mochte er ihren Geschmack. Er zügelte seine eigenwilligen Gedanken und sagte: »Ich will dich nicht verlieren, Fleur. Ich habe dich so … unglaublich vermisst.«

»Ich habe dich auch vermisst, aber deine Mätresse zu werden, kommt für mich nicht infrage.«

Er schob sie ein wenig von sich, um ihr in die Augen sehen zu können. »Warum nicht, wenn es das ist, was wir beide wollen?«

»Das ist nicht, was ich will, Reed. Ich könnte mit dem

Gedanken nicht leben, mich von einem Mann aushalten zu lassen, nicht einmal von dir.«

»Ich würde dich heiraten, wenn …«

Fleur legte ihm einen Finger auf die Lippen. »Sag nichts. Du weißt, warum dies unmöglich ist. Ich kann dir keinen Erben schenken.« Sie senkte den Blick. »Außerdem liebst du mich nicht. Ich habe dir das Leben gerettet. Was du fühlst, ist Dankbarkeit, und ich erwarte mir mehr als das in einer Beziehung.«

»Wir sind gut im Bett«, erinnerte Reed sie.

»Wie vielen Frauen hast du das schon gesagt?«

Reed besaß den Anstand zu erröten. Ob er sie ernst gemeint hatte oder nicht, er hatte ebendiese Worte schon mehr als einer Frau gesagt. Doch irgendwie hatten sie eine tiefere Bedeutung, wenn er sie zu Fleur sagte.

»Das ist nicht gerecht. Mit dir ist es anders.«

»Ich lehne es prinzipiell ab, für einen Mann die Mätresse zu spielen. Aber wenn ich es täte, dann für dich. Nimm das als Kompliment.«

»Na schön, ich werde dich zu nichts drängen. Doch das Angebot steht. Ich habe dich sehr gern, und ich kann nicht umhin, mir um deine Zukunft Sorgen zu machen.«

»Ich bin nicht mittellos, Reed. Ich habe meine Juwelen.«

»Ich weiß, dass du nicht mittellos bist. Und ich nehme an, Porter wird dich mit einer nicht unerheblichen Prämie für die herausragende Arbeit entschädigen, die du im Interesse des Landes geleistet hast. Anderenfalls ist mein eigenes Vermögen stattlich genug, um dich großzügig für meine Rettung zu belohnen.«

»Ich will keine Belohnung von dir, Reed. Zu sehen, dass du am Leben bist und gesund, ist Belohnung genug. Was ich getan habe, habe ich aus Liebe zu meinem Land getan.«

Reed küsste sie heftig, dann ließ er sie los. »Du bist eine erstaunliche Frau, Fleur Fontaine. Mein Bauchgefühl sagt mir, dass wir uns jetzt nicht zum letzten Mal sehen. Was auch immer die Zukunft für mich bereithält, ich wünsche mir von Herzen, dass du darin vorkommst.«

Fleur starrte noch lange, nachdem Reed gegangen war, auf die geschlossene Tür. Mehr als alles andere wollte sie bei ihm sein. Nicht als seine Mätresse, sondern als seine Frau. Sie ballte die Fäuste. Warum nur hatte der liebe Gott sie unfruchtbar gemacht? Wäre sie in der Lage, Kinder zu gebären, dann hätte sie gute Aussichten, Reeds Frau zu werden. Sie waren tatsächlich gut im Bett, aber das war noch nicht alles. Ihre Anziehungskraft beruhte auf Gegenseitigkeit. Etwas weit Stärkeres als einfache Lust hatte sie zueinandergebracht.

Bei Fleur waren von Anfang an Gefühle mit im Spiel gewesen. Sie hatte Reed vermisst, nachdem er nach England zurückgekehrt war, und sie erlebte unerwartete Anfälle von Eifersucht, wenn sie ihn sich mit anderen Frauen vorstellte, und dass er mit anderen Frauen zusammen war, stand für sie außer Frage. Er war ein potenter Mann mit gesundem Appetit. Und er war zudem noch gut aussehend. Sie wusste, dass er sich vor Verehrerinnen kaum retten konnte. Wie konnte er sie unter diesen Umständen so sehr vermissen wie sie ihn? Wie konnte er sie nur annähernd so gern haben wie sie es tat?

Seufzend lenkte sie ihre Aufmerksamkeit auf praktischere, weniger aussichtslose Gedanken. Sie verstaute den restlichen Schmuck in der kleinen Schatulle und machte sich auf die Suche nach Lisette.

Reed verbrachte die meiste Zeit des Tages mit Doktor Leclair. Sie sprachen über weniger angenehme Tage, darüber, was sie in der Teufelsburg hatten durchmachen müssen, und über Leclairs Pläne für die Zukunft.

»Ich weiß, dass meine Tochter und ihr Ehemann mich willkommen heißen werden«, sagte Leclair. »Und ich freue mich darauf, bei meinen Enkelkindern zu sein. Vielleicht werden ihnen meine Dienste in ihrem kleinen Dorf nützlich sein.«

»Ich kann mir nicht vorstellen, dass jemand Eure Dienste nicht wertschätzt«, erwiderte Reed. »Ihr habt mir das Leben gerettet. Ich wünschte, Ihr würdet mit uns nach England kommen, solange in Eurem Land solche Unruhe herrscht.«

»Im Süden werde ich sicher sein. Ich liege vor der Teufelsburg begraben, in einer Reihe mit Euch, wenn Ihr Euch erinnert. Niemand wird nach mir suchen. Aber ich danke Euch für das Angebot, *mon ami*. Ohne Eure Freundschaft hätte ich nicht überlebt.«

Reed klopfte Leclair auf die Schulter. »Und ohne Eure Fachkenntnisse wäre ich heute nicht am Leben.«

Reed zog einen Beutel voller Goldmünzen aus seiner Tasche und reichte ihn Leclair. »Nehmt das.« Als Leclair ablehnen wollte, beharrte Reed: »Für Eure Tochter und Enkelkinder.«

Mit tränenverschleiertem Blick nahm Leclair den Beutel entgegen. »Ich danke Euch im Namen meiner Tochter.«

»Nicht der Rede wert. Wann immer Ihr meine Hilfe braucht, so gebt mir Nachricht, und ich werde mein Möglichstes tun, Euch zu helfen.«

Die Dunkelheit brach herein, begleitet von einer dichten Nebeldecke, und nachdem sie sich alle an Lisettes vorzüglichem Mahl erfreut hatten, kehrten Antoine und Gaston auf ihre Posten zurück. Da es nichts mehr zu tun gab, ging Fleur in den Salon. Lisette folgte ihr. Die Fensterläden waren bereits geschlossen, und der Schein einer Kerze war die einzige Lichtquelle. Wenige Minuten später gesellten sich auch Reed und Leclair zu ihnen.

»Wir sollten noch ein Weilchen warten«, meinte Reed. »Wir sollten nicht allzu früh am Treffpunkt ankommen.«

Lisette seufzte wehmütig. »Ich werde dieses Haus vermissen, nicht aber die Gefahr und die Unruhen, die wir zurücklassen.«

Fleur tätschelte ihr die Hand. »Wir werden in England ein gutes Leben führen, das verspreche ich dir.«

Die Worte waren kaum ausgesprochen, da kam Gaston in den Salon gestürzt. »Wir müssen los. Jetzt! Soldaten sind auf dem Weg hierher. Doktor Defoe hat einen Burschen aus dem Dorf geschickt, um uns zu warnen.«

Reed reagierte sofort. »Los! Alle Mann in den Wagen!«

Das Schmuckkästchen an die Brust gedrückt, griff Fleur nach ihrem Tuch und wartete, bis Lisette das ihre gefunden hatte, dann liefen die beiden Frauen zur Tür hinaus. Reed und Leclair folgten ihnen. Gaston setzte sich zu Antoine auf die Kutscherbank, während Reed und Leclair mit den Damen auf die Ladefläche kletterten. Wenig später schlingerte der Wagen den Schotterweg hinunter.

Als Antoine das Fuhrwerk auf die Hauptstraße lenkte, spähte Fleur in die tiefschwarze Nacht hinter ihnen. »Kannst du etwas sehen?«

»Nein, noch nicht«, antwortete Reed. »Wenn wir Glück haben, durchsuchen sie erst das Haus. Das sollte uns einen kleinen Vorsprung verschaffen. Hoffen wir, dass Captain Skilling bereits auf uns wartet.«

*Wenn die Soldaten erst das Haus durchsuchten, könnte alles gutgehen,* dachte Fleur. Aber was, wenn das Schiff noch nicht da war? Ihre Sicherheit hing von zu vielen Unwägbarkeiten ab.

Als hätte Reed ihre Ängste gespürt, legte er den Arm um sie und drückte ihre Schulter. Seine Zuversicht machte ihr Mut. Beruhigt lehnte sie ihren Kopf an seine Schulter, dankbar für die tröstende Wärme, die von ihm ausging.

»Wir sind da!«, rief Antoine über die Schulter hinweg, als er die Pferde zügelte.

»Ich muss die Laterne anzünden. Es ist zu dunkel, um den Weg zum Strand zu finden«, stellte Reed fest.

Während Reed den Docht entzündete, half Leclair den Damen aus dem Wagen. Sobald er Licht hatte, sprang Reed herunter. Dann verabschiedeten sie sich herzlich voneinander. Reed schüttelte erst Leclair, dann Antoine und Gaston die Hand.

Plötzlich unterbrach das Geräusch nahender Hufschläge die nächtliche Stille.

»Los!«, rief Reed leise. »Gute Rcise und viel Glück!«

Leclair hatte kaum Zeit, wieder in den Wagen zu klettern, bevor dieser anruckte und in einer dunklen Wolke aus Staub und Nebel verschwand.

»Mir nach«, flüsterte er den Frauen zu.

Reed hielt die Laterne hoch und führte die Damen den schmalen, gewundenen Weg zum Strand hinunter. Fleur hielt das Kästchen mit den Juwelen fest an ihre Brust gepresst.

Der ausgetretene Pfad war recht gut begehbar, obwohl er steil und mit Felsbrocken übersät war. Reed erreichte den Strand als Erster und half den Frauen über das letzte Stück. Wissend, dass ihnen die Soldaten dicht auf den Fersen waren, wandte er sich zum Meer, hob die Laterne und schwenkte sie hin und her.

»Beten wir, dass das Schiff da ist«, murmelte Reed. Seine größte Angst war, dass sie früher als erwartet am Treffpunkt angekommen waren und das Schiff noch gar nicht in der Bucht lag. Ein Schauer der Erleichterung durchfuhr ihn, als er in der Dunkelheit das Antwortsignal aufflackern sah.

»Das Schiff ist da!«, sagte Fleur und deutete in die Richtung, aus der das Licht kam. »Wie lange wird das Ruderboot bis ans Ufer brauchen?«

»Nicht lange, hoffe ich.«

»Seht mal da!«, rief Lisette und zeigte hinauf zum oberen Ende des Kliffs, wo ein Dutzend Lichter aufblinkten.

Reed löschte sofort die Laterne. »Soldaten«, flüsterte er und zog beide Frauen in den Schatten des Kliffs. »Wir können nur hoffen, dass sie den Weg nicht sofort finden.«

Sie hielten den Atem an und warteten, während die blinkenden Lichter auf dem Kliff auseinanderströmten. Ein triumphierender Schrei alarmierte sie, dass die Soldaten den Pfad entdeckt hatten.

»Was sollen wir nun tun?«, flüsterte Fleur verzweifelt.

Reed ließ die Laterne fallen und griff nach seiner Pistole. Nachdem er sichergestellt hatte, dass die Waffe geladen und gespannt war, forderte er Fleur und Lisette auf: »Geht hinunter zum Strand und wartet auf das Boot. Ich werde sie so lange aufhalten, wie ich kann.«

Fleur zögerte.

»Geh, verdammt!«, zischte Reed und gab ihr einen leichten Schubs.

Die Soldaten hatten den schmalen Strandstreifen fast erreicht, als Reed ein schabendes Geräusch vernahm. Jemand rief leise in die Dunkelheit: »Lord Hunthurst, wo seid Ihr?«

Reed reagierte sofort. Er steckte die Pistole in den Gürtel zurück, packte die beiden Frauen bei der Hand und zog sie in die Richtung, aus der die Stimme kam.

»Ich kann das Boot nicht sehen«, schrie Fleur.

»Hier entlang«, erwiderte Reed und führte sie zielsicher an den Rand des Wassers. Eine Kugel prasselte in den Sand zu ihren Füßen, dann noch eine und noch eine. »Schnell!«

Reed zerrte die Frauen zu dem Boot, das in der Brandung schaukelte. Er konnte es jetzt klar und deutlich ausmachen und korrigierte seinen Kurs leicht nach links, während die Soldaten näher kamen und mit ihren Schüssen den Sand und das Wasser um sie herum aufwühlten.

Als er durch die Wellen watete, sprang ein Matrose ins Wasser, um ihnen zu helfen. Reed schob Lisette dem Matrosen zu, nahm Fleur auf seine Arme, trug sie zum Boot und hievte sie hinein. Der Matrose verfrachtete Lisette auf die gleiche Weise ins Boot. »Duckt euch«, warnte Reed die beiden Frauen. Dann sprangen die Männer hinterher.

Die Soldaten platschten hinter ihnen ins Wasser, doch sie kamen zu spät. Die Matrosen hatten sich in die Riemen gelegt, und das Boot hüpfte über die Wellen und außer Schussweite.

Sie hatten es geschafft!

»Wie seid ihr so schnell ans Ufer gekommen?«, fragte Reed einen der beiden Matrosen.

»Captain Skilling hatte eine Ahnung, dass Ihr früher kommen könntet und ließ das Ruderboot bereits bei Einsetzen der Dunkelheit zu Wasser.«

Gott sei Dank ist Skilling so vorausschauend, dachte Reed.

»Jetzt sind wir sicher«, erklärte Reed und half den Frauen auf den Sitz.

Fleur zitterte. »Das war knapp. Hätte Doktor Defoe uns nicht gewarnt, dann hätten wir keine Chance gehabt. Ich habe zwar immer gewusst, dass er uns nicht verraten würde, aber ich habe nicht gewagt zu hoffen, dass er uns helfen würde, wenn es die Situation erforderte.«

Reed legte ihr den Arm um die Schultern. »Dieser Abschnitt deines Lebens ist jetzt vorbei, Liebes. Du bist in Sicherheit.«

Er schauderte bei dem Gedanken, was Fleur hätte passieren können, hätte Porter nicht so schnell gehandelt, und eine kalte Angst nistete sich in seiner Magengrube ein.

Dann stieß das Ruderboot gegen den dunklen Schiffsrumpf. Eine Hängeleiter wurde heruntergelassen. Die Matrosen bekamen sie zu fassen und versuchten, das Boot möglichst stabil zu halten.

»Du zuerst, Lisette«, sagte Reed. »Kannst du das schaffen?«

»*Oui, Monsieur*. Ich bin ziemlich gelenkig für mein Alter.« Sie setzte einen Fuß auf die erste Sprosse und kletterte langsam nach oben.

»Jetzt du, Fleur«, drängte Reed. »Ich halte so lange dein Kästchen.«

Als Lisette oben angekommen war, wurde sie von mehreren Armen aufgefangen und mit einem Ruck über die Reling gezogen. Fleur stieg die Leiter etwas schneller und gewandter hinauf als Lisette. Auch sie wurde von starken Männerhänden an Bord gehievt. Mit dem kleinen Kästchen unter dem Arm, zog sich Reed einhändig die Leiter hinauf. Er sprang geradezu über die Reling und landete auf dem Deck gleich neben Fleur.

»Willkommen an Bord«, begrüßte Captain Skilling sie.

»Gott sei Dank sind Sie so früh gekommen«, erwiderte Reed.

»Mein Gefühl sagte mir, dass Ihr in Schwierigkeiten sein könntet.«

»Ihr Gefühl hat Sie nicht getrogen. Wir haben eine Warnung erhalten, Soldaten seien unterwegs zum Haus, und sind sofort aufgebrochen.« Er wandte sich an die Frauen. »Captain Skilling, darf ich Ihnen Countess Fleur Fontaine und ihre Gefährtin Lisette vorstellen?«

Captain Skilling küsste Fleur die Hand und verbeugte sich vor Lisette. »Meine Damen, ich grüße Euch. Ihr seid mutige Frauen. Ich habe unten eine Kajüte für Euch gerichtet. Vielleicht wollt Ihr Euch nach diesem schrecklichen Erlebnis erst einmal etwas ausruhen.«

Fleur blickte kurz zu Reed. Er nickte und reichte ihr das Schmuckkästchen. »Danke, Captain, das wäre sehr freundlich.«

Skilling gab einem Matrosen, der in der Nähe stand, ein Zeichen. »Wilford, führe die Damen in ihre Kajüte. Später wird Euch jemand Tee bringen.«

Die Damen folgten Wilford und verschwanden alsbald unter Deck. Dann wandte sich Reed an den Captain: »Das war in der Tat knapp. Wenn wir Glück haben, bleibt ihnen keine Zeit, uns ein französisches Kriegsschiff auf den Hals zu hetzen.«

»Wir legen gleich ab«, versicherte Skilling und deutete auf die Männer, die an Deck hin- und herflitzten und die Segel setzten. Der erste Offizier stand am Steuer. Wenige Augenblicke später blähten sich die Segel, und das Schiff jagte vor dem Wind die französische Küste entlang nach Norden.

Reed konnte sich zum ersten Mal, seit er London verlassen hatte, etwas entspannen. Fleur war in Sicherheit. Er hatte erreicht, was er sich vorgenommen hatte, und zwar keine Minute zu früh. Jetzt konnte er sich darauf konzentrieren, den Mann zu finden, der ihn verraten hatte.

Während der Tage auf See verbrachte Reed viel Zeit mit Fleur an Deck. Lisette war sofort, nachdem sie an Bord gegangen war, seekrank geworden und hatte die Kajüte nicht ein einziges Mal verlassen. Reed hätte sich einen privaten Raum gewünscht, um Fleur zu lieben, doch den gab es nicht. Also begnügte er sich mit ihrer Gesellschaft und raubte ihr hie und da einen Kuss, wenn sie einmal allein waren.

Der Wind stand günstig, und sie erreichten London Pool drei Tage später mitten in der Nacht. Lisette erschien blass und zittrig an Deck. Fleur umklammerte ihren Arm, um sie zu stützen.

»In London Pool ist im Moment kein Liegeplatz frei«, teilte Skilling ihnen mit. »Vielleicht solltet Ihr bis morgen früh an Bord bleiben. Um diese Nachtzeit ist es nahezu unmöglich, ein verlässliches Transportmittel zu finden.«

»Ich würde lieber an Land mein Glück versuchen«, entgegnete Fleur. »Ich möchte für Lisette so schnell wie möglich medizinische Hilfe finden.«

»Wie Ihr wünscht, Countess«, willigte Skilling ein. »Ich werde hier vor Anker gehen und Euch an Land bringen lassen.« Er wandte sich an Lisette. »Werdet Ihr die Leiter schaffen, *Madame*?«

»Wenn es darum geht, wieder festen Boden unter den Füßen zu haben, werde ich es wohl schaffen«, erwiderte Lisette mit zittriger Stimme.

»Ich gehe voran und helfe den Damen«, erklärte Reed. Im Nu war er über der Reling und wartete auf halber Höhe auf Lisette.

Zwei Matrosen hoben Lisette über die Reling und hielten sie so lange fest, bis sie Halt gefunden hatte. Dann stieg sie langsam die Leiter hinunter, bis Reed sie auf halber Höhe auffing und sie die restlichen Sprossen bis zum Boot praktisch auf dem Arm hinuntertrug. Als er sich wieder der Leiter zuwandte, um Fleur zu helfen, hatte sie bereits die letzte Sprosse erreicht, das Kästchen fest unter den Arm geklemmt. Reed packte sie an der Taille, schwang sie herum und setzte sie vorsichtig auf dem Sitz neben Lisette ab. Als der Matrose die Ruder aufnahm, setzte er sich zu ihnen.

Am Kai angekommen, hielten die Matrosen das Boot im Gleichgewicht, während Reed die Stufen hinaufsprang. Als er den Damen auf den Kai half, fiel Lisette ihm beinahe ohnmächtig entgegen.

»Grüßt euren Captain von mir und vielen Dank«, rief Reed den Matrosen nach, als sie wieder ablegten.

»Wir müssen einen Gasthof finden«, sagte Fleur mit besorgter Stimme. »Lisette ist krank.«

»Ich werde uns ein Transportmittel besorgen«, erwiderte Reed, nahm Lisette auf seine Arme und trug sie den Kai entlang in eine menschenleere Straße. Er verschwieg, dass es um diese Uhrzeit so gut wie unmöglich war, eine Droschke zu finden.

Lichter blinkten aus den Fenstern der Hafenkneipen, die in dieser Gegend die Straßen säumten. Reed überlegte, ob sie gleich hier ein Zimmer nehmen sollten, verwarf die Idee aber noch im selben Augenblick. Der Hafen war kein Ort für Damen, nicht einmal unter seinem Schutz.

Reed lief eiligen Schrittes durch die schwach beleuchtete Straße. »Hier können wir nicht bleiben. Die Gegend ist nicht sicher. Vielleicht finden wir an der Kreuzung eine Droschke. Kannst du laufen, Fleur?«

»Mir geht's gut, aber ich mache mir einige Sorgen um Lisette.«

»Mach dir keine Sorgen um mich, *ma petite*«, raunte Lisette matt. »Mir wird es gleich besser gehen, sobald meine Beine merken, dass sie wieder auf festem Boden stehen.«

Reed lief weiter, stets auf der Hut vor möglichen Straßenräubern. Für alle Fälle hatte er in seinem Stiefel eine Pistole, ein Schwert und einen Dolch. An der ersten Kreuzung blieb Reed stehen und blickte in beide Richtungen, gewahrte aber nichts als leere Straßen. Er ging weiter. Fleur folgte ihm auf den Fersen.

Das Glück war auf ihrer Seite. An der nächsten Straßenkreuzung entdeckte er eine Droschke, die an der Bordsteinkante wartete. Der Fahrer schlief tief und fest auf dem Kutschbock. »He! Du da!«, rief Reed. »Bist du frei?«

Der Fahrer schreckte aus dem Schlaf hoch. »Eh, Meister, eine Fahrt gefällig?«

»In der Tat. Dich zu finden ist eine willkommene Überraschung. Ich dachte schon, ich müsste den ganzen Weg bis nach Mayfair laufen.«

»Hätte nicht gedacht, dass ich um diese Uhrzeit noch einen Fahrgast finde«, meinte der Fahrer und kletterte von seinem Kutschbock herunter. Er klappte das Trittbrett herunter und hielt die Tür auf. Reed hob erst Lisette hinein, dann Fleur.

»Wo soll's hingehen, Meister?«, wollte der Fahrer wissen.

Reed nannte die Adresse und kletterte auf den Sitz.

»In welches Hotel bringst du uns?«, fragte Fleur, als die Droschke anruckte.

»Ich bringe euch in mein Stadthaus, meine Liebe. Dort seid ihr sicher, bis ihr euch entschieden habt, wo ihr wohnen wollt. Ich habe eine Haushälterin und eine Dienerschaft, die sich um Lisette kümmern kann, bis sie wieder auf den Beinen ist. Und ich weiß, dass Porter dich sehen will, sobald du ausgeschlafen hast.«

»Ein Hotel wird …«

»Nein, Fleur, ein Hotel wird nicht reichen. Ich bringe dich in mein Stadthaus.«

Fleur wollte ablehnen, konnte sich aber nicht dazu bringen, einer weiteren Nacht mit Reed zu widerstehen. Auf dem Schiff hatten sie herzlich wenig Privatsphäre gehabt, und diese Nacht könnte die letzte sein, die sie zusammen als Liebende verbrachten.

Sie warf ihm einen vielsagenden Blick zu. »Also gut, aber das ist nur eine vorübergehende Lösung.«

Die Straßen waren wie leergefegt, so dass sie im Handumdrehen in Mayfair waren. Der Fahrer klappte die Trittstufe herunter. Reed stieg als Erster aus und half den Damen aus dem Wagen. Lisette taumelte leicht, fing sich aber sofort wieder, als Reed sie am Ellbogen festhielt. Reed bezahlte den Fahrer und holte die Damen ein, die auf dem Bürgersteig auf ihn warteten.

Er führte sie zum Eingang und klopfte energisch. Einige Minuten vergingen, bis die Tür aufflog und ein Mann im Nachtanzug vor ihnen stand, eine Laterne auf Kopfhöhe haltend. Ein breites Grinsen erschien auf seinem Gesicht, als er Reed erkannte.

Er hielt die Tür weit auf. »Willkommen zu Hause, Mylord.«

Reed geleitete die Damen hinein. »Danke, Updike. Wie du siehst, habe ich Gäste mitgebracht. Countess Fontaine und Madame Lisette werden die Nacht bei uns verbringen. Bitte wecke die Diener, damit sie die Zimmer für unsere Gäste richten. Und könntest du die Haushälterin holen? Madame Lisette ist krank. Vielleicht kann Mrs. Peabody einen Kräutertee kochen, der ihr beim Einschlafen hilft. Wir warten im Salon, bis die Gästezimmer fertig sind.«

Updike eilte davon, um Reeds Anweisungen Folge zu leisten. Reed führte die Damen in den Salon und hieß Lisette in einem bequemen Sessel und Fleur auf einem Sofa Platz nehmen. Dann schürte er das niedergebrannte Feuer und ließ sich neben Fleur auf dem Sofa nieder. Fleur genoss die Wärme des Feuers und entspannte sich zum ersten Mal seit Tagen. Viele Jahre war es her, dass sie ihren Fuß auf englischen Boden gesetzt hatte, und ihre Heimkehr hatte sich als emotional erschöpfend herausgestellt.

»Fühlst du dich schon besser, Lisette?«, fragte Reed besorgt.

»*Oui, Monsieur*«, antwortete Lisette mit schwacher Stimme. »Ich bin froh, dass wir die Nacht nicht auf dem Schiff verbracht haben, wie Captain Skilling vorgeschlagen hat. Ich brauchte dringend festen Boden unter den Füßen. Ich schwöre, dass ich in meinem ganzen Leben keinen Fuß mehr auf ein Schiff setzen werde.«

Reed kicherte. »Du bist nicht der einzige Mensch, der an *mal de mer* leidet. Das passiert den Besten unter uns. Dein Zuhause ist jetzt England, also brauchst du auch nie wieder an Bord eines Schiffes zu gehen.«

Kurz darauf erschien Mrs. Peabody in einem Flanellmorgenrock und schob einen Teewagen herein. »Ich dachte, die Damen könnten eine gute Tasse Tee gebrauchen, bevor sie sich zurückziehen, Mylord.«

»Danke, Mrs. Peabody. Ich bin sicher, die Countess und Madame Lisette wissen Ihre Bemühungen ihretwegen zu schätzen.«

»Sehr sogar«, sagte Fleur und schenkte der Haushälterin ein Lächeln. »Eine Tasse Tee ist jetzt genau das Richtige.«

»Ich habe ein paar belegte Brote bereitet und einige Scheiben Zitronenkuchen dazugelegt, den ich heute Morgen frisch gebacken habe«, verkündete Mrs. Peabody. »Für welche der beiden Damen ist der Kräutertee?«

»Madame Lisette leidet an *mal de mer*«, erklärte Reed.

»Sie könnte etwas Beruhigendes für ihren Magen gebrauchen.«

»Ich werde einen Kräutertee zubereiten und ihn ihr aufs Zimmer bringen. In der Zwischenzeit genießt Ihr Euren Tee.«

»Schenkst du ein?«, fragte Reed Fleur, nachdem Mrs. Peabody gegangen war.

Fleur schenkte drei Tassen Tee ein, fügte Sahne und Zucker hinzu und reichte eine Reed und eine Lisette. Reed und Fleur kosteten von den belegten Broten. Lisette wandte den Blick vom Essen ab, während die beiden anderen den Broten und dem Kuchen zusprachen.

Updike betrat den Salon und räusperte sich. »Die Gästezimmer sind gerichtet, Mylord. Und darf ich den beiden Damen meine höchste Anerkennung aussprechen, dass sie Euer Leben gerettet haben? Ich bin unendlich dankbar, dass Seine Lordschaft nicht in diesem schrecklichen Gefängnis sterben musste.«

»Danke«, erwiderte Fleur zögerlich. »Ich bin froh, dass ich meinem Land dienen konnte.«

Reed bot jeder Dame einen Arm an und führte sie in ihre jeweiligen Kammern. Er öffnete die Tür zum ersten Zimmer im obersten Stockwerk und geleitete Lisette hinein. Eine Kammerzofe wartete bereits auf sie, um ihr beim Auskleiden zu helfen. Als Fleur Lisette in die Kammer folgen wollte, hielt Reed sie am Arm fest. »Lisette ist in guten Händen. Alles, was sie jetzt braucht, ist Ruhe.«

Fleur warf einen kurzen Blick auf Reed und konnte keinen klaren Gedanken mehr fassen. Seine Gesichtszüge waren angespannt und drückten ein Begehren aus, das Fleur sofort erkannte. Sie wusste, was er wollte, denn das wollte sie auch. Eine letzte Nacht in seinen Armen, ein letztes Lebewohl, bevor die Umstände sie für immer trennten.

Sie nickte in stillem Einvernehmen. Mehr Ermunterung bedurfte es offenbar nicht. Mit einer schwungvollen Bewegung nahm er sie hoch und trug sie den Flur entlang und in ein Zimmer, das Fleur als zu maskulin empfand, als dass es ein Gästezimmer hätte sein können. Ein Kerzenleuchter, der auf einer großen Truhe stand, offenbarte ein massives Bett, schwere Möbel, samtene Vorhänge, die im schwachen Licht waldgrün wirkten, sowie einem dicken Teppich.

Reed stellte sie auf die Füße. »Wenn du zu müde bist …« Er verstummte.

Fleur stellte sich auf die Zehenspitzen und küsste ihn auf den Mund. »Ich bin nicht zu müde für dich. Liebe mich, Reed.«

Die Einladung wurde eifrig angenommen, indem Reed ihren Kopf zwischen beide Hände nahm, seine Lippen fest auf die ihren legte und sie begierig und voller Leidenschaft küsste. Mit einem Seufzer schlang sie ihm die Arme um den Hals und gab sich seinem Kuss hin. Das war es, was sie wollte, darauf hatte sie gewartet.

»Lass uns diese lästigen Kleider ablegen«, flüsterte Reed an ihren Lippen.

Mit ziemlicher Hast zog er sie bis auf Unterkleid und Strümpfe aus und befreite sie dann auch noch davon. Unterdessen machte sich Fleur gewissenhaft an den Knöpfen seines Mantels zu schaffen, bis sie ihm das Kleidungsstück schließlich abnehmen konnte. Reed half ihr dabei, sein Hemd und seine Stiefel auszuziehen, dann befreite er sich mühsam von Hosen und Unterwäsche. Endlich nackt, umschlangen sie sich mit hemmungsloser Leidenschaft, das Verlangen nach dem jeweils anderen war zu groß, um sich noch länger zurückzuhalten.

Sie stolperten zum Bett und ließen sich auf die Tagesdecke fallen. Er schob sich auf Fleur. Sie spürte, wie sich sein steifes Geschlecht heiß und schwer zwischen ihre Schenkel drückte. Sie spreizte die Beine, um ihn in ihrer feuchten heißen Mitte willkommen zu heißen. Wenngleich sie ihn mit ihren samtig braunen Augen anflehte, in sie einzudringen, beschloss Reed, sich an ihren empfindlichen Brustspitzen zu ergötzen. Eine Brustwarze zwischen den Lippen, umkreiste er sie mit der Zunge, leckte und saugte, bis Fleur glaubte, sie müsse vor Lust vergehen. Als er seine Aufmerksamkeit der anderen Brustwarze zuwandte, stöhnte sie ungeduldig auf.

Sie hörte Reed kichern, als er sich küssend über ihren Bauch nach unten vorarbeitete. Ihre Finger gruben sich in seine Schultern, und sie drängte sich ihm entgegen, als sich sein heißer Mund auf ihre Weiblichkeit senkte. Sie unterdrückte einen Schrei, als er die winzige Knospe mit seiner Zunge umkreiste. Schließlich drang er in ihre heiße Höhle, erst langsam, dann mit schnellen, harten Stößen, während seine Hände ihre Brüste streichelten.

Reed musste sich zügeln. Seine pulsierende Rute war kurz davor sich zu ergießen, doch er wollte Fleur auf die gleiche Stufe der Erregung bringen, die er erlebte, bevor er sie beide ins Paradies beförderte. Er spürte, wie sie bebte, wie sie sich zum Gipfel der Lust kämpfte.

Er musste sie jetzt besitzen, bevor er sich blamierte.

Also tauchte er zwischen ihren Beinen auf, stützte sich neben ihrem Kopf mit den Händen auf der Matratze ab und war mit einem einzigen harten Stoß in ihr. Er bebte vor Anstrengung, sich zurückzuhalten, stellte aber fest, dass es gar nicht nötig war. Fleur war feucht, heiß und bereit. Sie hatte den Kopf in den Nacken geworfen und die Augen geschlossen, ihre Fingernägel gruben sich in seinen Rücken, sie war auf dem Weg zur Ekstase.

»Jetzt«, raunte Reed an ihren Lippen. »Komm jetzt, Liebling.«

Wildheit ergriff von ihnen Besitz, als er immer heftiger und heftiger in sie stieß. Dann, endlich, entrang sich ihrer Kehle ein Schrei der Erlösung. Er betrachtete sie einen ungezügelten Augenblick lang, bevor sein eigener angespannter Körper nach Linderung verlangte. Mit einem Jubelschrei ergoss er sich in sie, und der Geruch ihrer Körper hüllte ihn ein wie eine warme, feuchte Umarmung.

Er fürchtete, sein großer Körper könnte zu schwer für ihren zarten Körper sein, und wollte sich zurückziehen. Mit einem leisen Protestschrei schlang Fleur Arme und Beine um ihn und hielt ihn fest.

»Nein. Noch nicht, Reed.«

»Ich bin zu schwer für dich.«

Sie schüttelte den Kopf. »Nein, du bist genau richtig. Immerhin könnte es das letzte Mal sein, dass wir auf diese Weise zusammen sind.«

*Nicht, wenn ich noch ein Wörtchen mitzureden habe,* schwor sich Reed insgeheim.

# Zehntes Kapitel

Fleur erwachte allein in einem fremden Bett in einer fremden Kammer. Der Raum war kleiner als Reeds, und die Möbel waren weniger schwer und maskulin.

Ein Klopfen an der Tür riss sie aus ihren Gedanken. »Herein«, rief sie. Ein Dienstmädchen schlüpfte zur Tür herein.

»Guten Morgen, Mylady. Ich heiße Peg. Ich werde Euch ein Bad bereiten, wenn Ihr so weit seid.«

»Das klingt wunderbar. Danke, Peg. Ist Madame Lisette schon wach?«

»Sie schläft noch. Mrs. Peabody hat angeordnet, sie nicht zu wecken.«

»Mrs. Peabody weiß es wohl am besten. Ich bin sicher, ihr Kräutertee hat wahre Wunder bewirkt.«

»Lord Hunthurst sagt, Ihr sollt Euch ruhig Zeit lassen. Er erwartet Euch im Frühstückszimmer.«

»Dann werde ich mein Bad sofort nehmen«, erwiderte Fleur. Sie hatte ein paar Entscheidungen zu treffen, und je eher, desto besser.

Fleurs Bad war in Kürze bereitet. Die Messingwanne wurde ins Zimmer gerollt und vor dem Ofen aufgestellt. Als die Wanne mit Wasser gefüllt war, das von zwei kräftigen Dienern heraufgetragen wurde, ließ Fleur sich hineingleiten und stützte den Kopf auf den Wannenrand. Doch so gerne sie einfach mit geschlossenen Augen in der Wanne gelegen hätte, verweilte sie nicht lange. Sie musste erst nach Lisette sehen, bevor sie zu Reed ging.

Fleur stieg aus der Wanne und ließ sich von Peg in dasselbe schwarze Kleid helfen, das sie bei ihrer Ankunft getragen hatte. Sie konnte es kaum erwarten, ihre Trauerkleidung abzulegen. Das Schwarz ließ sie an eine unglückliche Zeit, an Gefahr und Tod denken. All das lag nun hinter ihr, und sie wollte nicht an vergangenes Leid erinnert werden.

Nachdem sie kurz nach Lisette gesehen hatte, über deren friedlichen Schlaf ein Dienstmädchen wachte, begab sie sich ins Frühstückszimmer. Reed, der am Tischende saß, begrüßte sie mit einem Lächeln, erhob sich und führte sie an den Platz zu seiner Rechten. Ein Diener trat neben sie und schenkte ihr Tee ein.

»Soll ich Euch einen Teller holen?«, fragte Reed und deutete auf das Büfett, das man auf der Anrichte aufgebaut hatte. »Die Köchin kennt meinen Geschmack und schickt mir gewöhnlich einen Teller aus der Küche. Für meine Gäste aber hatte sie etwas Besonderes vorgesehen.«

»Das sieht alles sehr köstlich aus, und ich habe Hunger. Ich hätte gerne Eier, Schinken, ein Hefebrötchen und etwas von dem Räucherfisch, danke.«

Reed füllte ihren Teller und brachte ihn ihr an den Platz. Dann tat er sich selbst etwas auf und setzte sich zu ihr. »Ich verzichte heute auf das Personal«, sagte Reed, als er den Diener entließ. »Ich möchte lieber mit Euch allein sein.«

Eine Weile aßen sie schweigend, dann sagte Fleur: »Es schmeckt alles ganz vorzüglich. Richtet der Köchin meinen Dank aus.«

Reed lächelte. »Es freut mich sehr, dass es mir gelingt, Euch zu beglücken.« Er hielt inne. »Auf vielerlei Weise.«

Die Doppeldeutigkeit entging Fleur nicht. Sie gab sich alle Mühe, nicht zu erröten. »Ihr seid ein Schelm, Lord Hunthurst.«

»Ich gebe mein Bestes.« Reed schob den Teller von sich. »Ich habe Lord Porter heute Morgen von Eurer Ankunft unterrichtet. Ein Treffen mit ihm eilt nicht. Ihr habt Schreckliches erlebt, und Lisette wird Zeit brauchen, um sich zu erholen.«

Fleur legte die Gabel hin, nahm die Tasse und sah Reed über den Rand hinweg an. »Lisette und ich brauchen eine Unterkunft und neue Kleidung, denn wir haben alles zurückgelassen. Ich muss so bald wie möglich meinen Schmuck verkaufen.«

»Kein Grund zur Eile. Ihr könnt mit Lisette so lange hierbleiben, wie es Euch gefällt.«

»Das ist keine Lösung. Dies ist Euer Junggesellenquartier. Hier können wir nicht bleiben. Ich könnte jedoch Eure Hilfe gebrauchen, eine tüchtige Modistin zu finden und einen redlichen Juwelier, der mir einen angemessenen Preis für meinen Schmuck bietet.«

»Ich werde Euch zu der Modistin begleiten, zu der auch Helen und Violet gehen. Sie ist bekannt dafür, dass sie für Notfälle immer ein paar fertige Kleider hat.«

»Wer sind Helen und Violet?«

»Meine Schwägerin und ihre Schwester. Sie bewohnen derzeit die Hunthurst-Villa in der Park Avenue. Ich zog es vor, in meinem Junggesellenquartier zu bleiben, solange sie sich in London aufhalten. Sobald Ihr fertig seid, werde ich Euch zu der Modistin bringen.«

»Was ist mit meinem Schmuck?«

»Keine Sorge. Ich werde mich darum kümmern. Ihr könnt mir Vertrauen.«

Fleur hob das Kinn, schob energisch ihren Stuhl zurück und stand auf. »Ich bin nicht Eure Mätresse, Reed. Ich kann selbst für Lisette und mich sorgen. Ich war lange genug allein.«

»Das weiß ich doch, meine Liebe«, meinte Reed beschwichtigend. »Keine Frau ist so unabhängig wie Ihr. Bis Euer Leben wieder in geregelten Bahnen verläuft, lasst mich für Euch sorgen, so wie Ihr für mich gesorgt habt. Wann seid Ihr zum Aufbruch bereit?«

Fleur seufzte ergeben. Mit Reed war nicht zu verhandeln. »Ich hole mein Tuch.«

Wenig später saß Fleur neben Reed in seinem schicken Phaeton, der sie zur Bond Street brachte. Vor einem Laden mit dem Schild »Madame Henrietta – Mode für die anspruchsvolle Frau« hielt er an.

Reed stellte die Bremse fest, sprang vom Wagen und ging auf die andere Seite, um Fleur seine Hand anzubieten. Dann führte er sie in das vornehme Geschäft. Madame Henrietta selbst empfing sie an der Tür.

»Herzlich willkommen, Lord Hunthurst. Wen bringt Ihr mir denn heute?«, erkundigte sie sich in gebrochenem Englisch.

Fleur warf Reed einen überraschten Blick zu. »Ihr wart schon einmal hier?«

Reed zuckte mit den Schultern. »Ich habe Helen und Violet ein paar Mal begleitet. Von Zeit zu Zeit muss ich ihren Aufpasser spielen.«

»Madame Henrietta, darf ich Euch Countess Fleur Fontaine vorstellen.«

Henriettas Augen glänzten. »Ah, eine Emigrantin, sehr erfreut!«

»Nein, eigentlich nicht«, erklärte Fleur. »Ich bin Engländerin und war mit einem Franzosen verheiratet. Jetzt bin ich Witwe und soeben nach England zurückgekehrt.«

»Ah, darum das schwarze Kleid. Und nun ist die Trauerzeit vorüber und Ihr möchtet etwas weniger Tristes tragen. Etwas in Mauve oder Grau vielleicht?«

»Nein«, schaltete sich Reed ein. »Die Countess braucht

eine vollständige Garderobe in verschiedenen Farben. Eine Garderobe, die ihrer Stellung angemessen ist.«

Madame Henrietta hob eine wohlgeformte Augenbraue, als bezweifelte sie, dass Fleur in der Lage sei, eine so kostspielige neue Garderobe zu bezahlen.

»Die Gefährtin der Countess muss ebenfalls neu eingekleidet werden. Ich werde sie herbringen, sobald sie sich von ihrer Seekrankheit erholt hat. Setzt alles auf eine Rechnung und schickt sie an meinen Bevollmächtigten.«

»Reed … Lord Hunthurst, Eure Großzügigkeit kann ich nicht annehmen«, wandte Fleur ein.

»Wir sprechen später darüber, Fleur«, sagte Reed so leise, dass nur sie es hören konnte.

Henrietta klatschte in die Hände, und eine Gehilfin kam hinter einem Vorhang hervor. »Bringt Countess Fontaine in die Ankleide und nehmt Maß. Ich komme sofort.«

Fleur warf Reed einen vielsagenden Blick zu, ehe sie der Gehilfin hinter den Vorhang folgte.

»Scheut keine Kosten«, teilte Reed der Ladenbesitzerin mit. »Ich möchte Fleur mit Ausgehkleidern, Ballkleidern, Tageskleidern, Morgenröcken, Reitanzügen und passender Unterwäsche ausgestattet wissen. Habt Ihr ein oder zwei fertige Kleider da? Die Countess braucht sofort etwas Anständiges zum Anziehen.«

Henriettas Augen blitzten. »Das habe ich in der Tat. Zwei fertige Kleider, die der Countess ausgezeichnet stehen werden. Blaugold gestreiftes Satin und Baumwollmusselin.«

»Gut. Wenn sie passen oder schnell geändert werden können, nehmen wir sie. Was das Muster angeht, so halte ich Fleurs Geschmack für tadellos. Sie wird wissen, welche Muster und Stoffe ihr am besten stehen. Ich bin sicher, dass sie sich sträuben wird, mehr als zwei Kleider in Auftrag zu geben, aber hört nicht auf sie. Finden Sie heraus, was ihr gefällt und was nicht. Ich werde Eure Aufmerksamkeit großzügig belohnen.«

»Ich verstehe, Mylord.«

Kurz darauf kam Fleur zurück. Henrietta ließ sie an einem Tisch Platz nehmen, auf dem ein Stapel Musterbücher und Ankleidepuppen lagen, während sie selbst Stoffproben zusammensuchte. Reed fing Henriettas Blick auf und nickte. Henrietta wiederum machte sich Notizen. So schritt der Morgen voran. Nachdem sich Fleur für zwei Tageskleider und etwas Feineres für abendliche Ausflüge entschieden hatte, erklärte sie, dass sie fertig sei.

Über Fleurs Kopf hinweg tauschte Reed einen vielsagenden Blick mit Henrietta. »Madame Henrietta hat bereits zwei fertige Kleider da, die Euch passen könnten. Probiert sie an, Fleur. Alles ist besser als das, was Ihr jetzt tragt. Wenn Euch das Schwarz auch ganz wunderbar steht, so weiß ich doch, dass Ihr Euch nach etwas Farbe sehnt.«

»Die Kleider, die ich soeben in Auftrag gegeben habe, reichen für meine Bedürfnisse völlig aus«, entgegnete Fleur.

»Ihr macht wohl Scherze«, sagte Reed. »Gewiss wollt Ihr Lord Porter nicht in Eurer Trauerkleidung besuchen, habe ich Recht?«

Widerstrebend willigte Fleur ein und begleitete Henrietta hinter den Vorhang. Beide Kleider passten perfekt. Besonders gut gefiel ihr das blaugolden gestreifte Ausgehkleid.

»Das Kleid steht Euch sehr gut«, lobte Henrietta.

Das fand Fleur auch. »Es ist hinreißend. Ich habe kein so schönes Kleid mehr getragen seit …« Sie verstummte. Sie wollte nicht an Pierre und die unruhigen

Zeiten denken, die sie nach seinem Tod durchlebt hatte.

»Wollt Ihr es haben? Ich bin mir sicher, Lord Hunthurst wird es gefallen.«

»Es ist viel zu teuer«, sagte Fleur und berührte den feinen Stoff des Rockes. »Allerdings«, fügte sie hinzu, »bräuchte ich wirklich schnell ein Kleid.«

»Dann ist es abgemacht! Was soll mit dem schwarzen Kleid geschehen, mit dem Ihr gekommen seid?«

Fleur rümpfte die Nase. »Spenden Sie es einer Wohlfahrtsgesellschaft.«

Fleur wollte das Kleid nie mehr wiedersehen. Irgendwie würde sie Reed die Kosten für ihre Garderobe schon zurückzahlen. Sie hoffte, wenigstens fünftausend Pfund durch den Verkauf ihres Schmucks zu gewinnen. Die Smaragde und Saphire waren besonders schön. Dann könnten sie sich mit Lisette auf dem Land niederlassen und ein einfaches Leben führen, gemeinsam mit ihrer Tante Charlotte.

Reed verschlug es beinahe den Atem, als Fleur hinter dem Vorhang hervortrat. Sie sah zwar auch in Schwarz sehr hübsch aus, doch dieses blaugoldene Kleid verwandelte sie augenblicklich in einen anderen Menschen. Ihr cremefarbener Teint erstrahlte, und die warmen braunen Augen funkelten, als sie sich einmal im Kreis drehte, damit er sie begutachten und seine Zustimmung geben konnte.

»Dieses Kleid ist wie für Euch gemacht«, erklärte Reed. »Keine andere Frau würde so umwerfend darin aussehen wie Ihr.«

»Charmeur«, neckte sie ihn. »Es fühlt sich in der Tat wunderbar an, endlich wieder etwas Attraktives zu tragen«, gab sie zu.

»Passt Euch das Musselinkleid? Und gefällt es Euch?«

»O ja, aber dieses gefällt mir besser.«

»Ihr sollt beide haben«, entschied Reed. »Packt das andere Kleid ein, Madame Henrietta. Wir nehmen es mit.«

»Nein, Reed. Lisette braucht ebenfalls neue Kleider. Beide kann ich mir nicht leisten, und noch dazu all die anderen, die ich in Auftrag gegeben habe.«

»Ich sagte doch, das besprechen wir später«, sagte Reed streng.

Ehe Fleur etwas erwidern konnte, ging die Tür auf und zwei Frauen kamen herein, die sich angeregt unterhielten. Beide waren recht hübsch. Als sie Reed erblickten, verstummten sie und starrten ihn an.

»Reed, wo bist du gewesen?«, wollte die Ältere der beiden wissen. »Du wolltest uns doch zu der Abendgesellschaft begleiten.«

Reed verbeugte sich vor den Frauen. »Verzeih mir, Helen. Ich musste unerwartet die Stadt verlassen.«

»Du hättest uns wenigstens eine Nachricht zukommen lassen können«, sagte die jüngere Frau und schenkte Reed ein kokettes Lächeln.

Beide Frauen sahen Fleur unverblümt an. Ihre Neugier war nicht zu übersehen. »Ich bitte nochmals um Vergebung, meine Damen. Darf ich euch Countess Fleur Fontaine vorstellen. Fleur, das ist meine Schwägerin, Lady Helen Harwood, und ihre Schwester, Lady Violet Dewberry.«

Alle drei machten einen Knicks. »Warum habe ich nie etwas von der Countess gehört?«, fragte Violet. In ihrer Stimme lag eine Schärfe, die Fleur nicht verstand. War sie eifersüchtig auf sie? Gab es eine Übereinkunft zwischen Violet und Reed?

Fleurs Gedanken zerstreuten sich, als Madame Henrietta Reed das verpackte Musselinkleid überreichte.

Violet starrte erst das Paket an, dann Fleur. »Mir habt Ihr noch nie Kleider gekauft, Reed. Was bedeutet Euch diese Frau?«

Reed seufzte gereizt. Er hatte keine Zeit für Violets törichtes Benehmen. »Ich bin Euch keine Erklärung schuldig, Violet. Wir müssen jetzt gehen.«

»Reed«, sagte Helen und legte ihm die Hand auf den Arm. »Wirst du bald bei uns vorbeikommen? Ich muss mit dir über meinen Anteil sprechen. Er deckt meine Bedürfnisse nicht. Wenn du Kleider für diese … diese Frau kaufst, kannst du es dir auch leisten, gegenüber der Frau deines Bruders etwas großzügiger zu sein.«

»Das reicht jetzt, Helen. Ich komme vorbei, sobald ich kann. In der Zwischenzeit könntet ihr eure Ausgaben ja ein wenig einschränken. Guten Tag, meine Damen.«

Er fasste Fleur am Arm und geleitete sie aus dem Laden.

»Seid Ihr und Lady Violet ein Paar?«, fragte Fleur.

»Lady Violet bedeutet mir nichts«, verneinte Reed. »Ich bin ungebunden, auch wenn Großmutter alles dafür tut, das zu ändern.« Reed half ihr in den Wagen, kletterte auf den Fahrersitz und nahm die Zügel. »Ich werde Euch meine Großmutter bald vorstellen. Ihr werdet sie mögen.«

»Wohin fahren wir jetzt?«

»Als Nächstes suchen wir den Schuhmacher auf, dann den Hutmacher. Ihr braucht Halbschuhe, Spazierstiefeletten und Hauben, die nicht schwarz sind.«

»Reed, ich kann mir das alles nicht leisten.«

»Ihr vielleicht nicht, aber ich. Ihr werdet die neueste Mode tragen, wenn wir Lord Porter morgen besuchen.«

Sie kniff den Mund zusammen. »Ich muss meinen

Schmuck veräußern, bevor wir weitere Einkäufe tätigen.«

Reed warf ihr einen sonderbaren Blick zu, und sie fragte sich, was er im Schilde führte. »Ich kümmere mich um Euren Schmuck, vertraut mir. Ihr könnt Euch auf mich verlassen. Wenn Ihr allein geht, wird man Euch nur übervorteilen. Updike kennt sich mit diesen Dingen aus. Ich werde ihn mit dem Verkauf beauftragen. Welchen Gewinn erhofft Ihr mit dem Schmuck zu erzielen? Habt Ihr einen konkreten Betrag im Kopf?«

»Die Smaragde und Saphire sind Erbstücke der Familie Fontaine. Ich kann keinen Preis für sie ansetzen. Pierre hat sie mir zur Hochzeit überreicht. Andere habe ich geschenkt bekommen. Dank Pierres perfekter Planung konnte ich sie bei der Flucht unversehrt mitnehmen. Ich erwarte nicht, dass ich so viel bekomme, wie sie wert sind. Ich hoffe auf fünftausend Pfund insgesamt.«

»Hm. Fünftausend Pfund scheint ein angemessener Preis zu sein. Ich bin mir sicher, Updike wird zu Euren Gunsten verhandeln. Sollen wir noch etwas zu uns nehmen, bevor wir die restlichen Einkäufe erledigen?«

Reed ging mit ihr in ein bekanntes Gasthaus, wo sie eine köstliche Taubenpastete und einen Beerenauflauf in Devonshire Cream verspeisten. Nach dem Mittagessen fuhr Reed mit ihr zu einem Schuhmacher in der Bond Street, wo er mehrere Paar Halbschuhe und elegante Stiefeletten in Auftrag gab. Dann war der Hutmacher an der Reihe, wo Reed ein paar modische Hauben für sie erwerben wollte. Als sie in Reeds Stadthaus zurückkehrten, schwirrte Fleur der Kopf. Der Einkaufsrummel hatte sie erschöpft. Nachdem sie sich durch einen Besuch in Lisettes Zimmer davon überzeugt hatte, dass sich ihre Gefährtin auf dem Weg der Genesung befand, zog sie sich in ihre Kammer zurück. Sie legte das Kleid ab, um es nicht zu zerknittern, und ließ sich aufs Bett fallen. Sie hatte in der letzten Nacht nicht viel Schlaf bekommen und schlief sofort ein. Sie hatte nicht einmal mehr Zeit, darüber nachzudenken, wie sie all die prächtigen Dinge bezahlen sollte, die sie erstanden hatte.

Reed zog sich in sein Arbeitszimmer zurück und ließ Updike kommen. »Lady Fleur hat einige Familienerbstücke, die sie verkaufen möchte. Smaragde und Saphire. Und noch etwas weniger wertvoller Tand, denke ich. Ich habe sie zur Verwahrung weggeschlossen.«

»Möchtet Ihr, dass ich den Schmuck für die Lady verkaufe?«, fragte Updike. »Ich kenne einige Geschäfte, die wertvolle Schmuggelware von Emigranten aus Frankreich kaufen.«

»Das glaube ich dir, aber ich werde Fleurs Schmuck nicht verkaufen. Ich möchte nur, dass sie denkt, er sei verkauft worden. Sollte sie dich also danach fragen, sag ihr einfach, Sie würden sich darum kümmern.«

Updike runzelte die Stirn. »Was habt Ihr vor, Mylord?«

»Ich werde Fleur das Geld selbst geben. Ich schulde ihr mehr, als ich jemals zurückzahlen könnte. Und da sie mein Geld nicht akzeptieren wird, verwahre ich ihren Schmuck in meinem Safe bis zu dem Tag, an dem sie gewillt ist, ihn zurückzunehmen.«

»In Ordnung, Mylord. Ich werde tun, was Ihr mir befohlen habt. Bleiben die Damen bei uns?«

»Ich glaube nicht, dass ich sie länger als ein, zwei Tage hier halten kann. Fleur will unbedingt weiterziehen.«

Updike räusperte sich. »Nun, Ihr scheint die Countess besonders gern zu haben. Warum heiratet Ihr sie nicht? Eure Großmutter wäre entzückt.«

Reed starrte auf seine Hände. Er würde Fleur sofort

heiraten, wenn sie ihm einen Erben schenken könnte. Er dachte über das Hindernis nach, das ihm im Weg stand, und fragte sich, ob es wirklich wichtig war. Er konnte so viele Waisen adoptieren, wie er wollte, und einen davon zu seinem Erben ernennen. Oder er konnte seinen Cousin Gallard als Erben einsetzen.

»Mylord?«, erinnerte ihn Updike daran, dass er seine Frage noch nicht beantwortet hatte.

»So einfach ist es nicht, Updike. Es reicht wohl zu sagen, dass einer Hochzeit einiges im Wege steht.« Reed stand auf. »Das ist vorerst alles, Updike. Ich muss zu meiner Bank, bevor sie schließt.«

Fleur öffnete die Augen, als jemand ihr Schlafzimmer betrat. »Bist du wach, *ma petite*?«

»Lisette, wieso bist du denn aufgestanden?«

»Es hat keinen Sinn, im Bett zu liegen, wenn man sich gut fühlt. Ich bin wieder ganz gesund, Fleur. Tatsächlich habe ich die Absicht, Seiner Lordschaft und dir heute beim Abendessen Gesellschaft zu leisten. Ich bin gekommen, um nachzusehen, ob du fertig bist.«

Fleur rieb sich die Augen. »Sobald ich mir das Gesicht gewaschen und mein neues Kleid angezogen habe.«

Lisette berührte den feinen Stoff mit den Fingerspitzen. »Das ist aber ein schönes Kleid. Hast du deinen Schmuck verkauft?«

»Noch nicht. Reed hat Updike damit beauftragt. Sieht so aus, als wüsste er, wie diese Dinge geschickt zu bewerkstelligen sind.«

»Werden wir bald in ein Hotel oder einen Gasthof umziehen?«, fragte Lisette.

»Ich werde morgen einen Brief an meine Tante verfassen. Wir bleiben in einem Hotel, bis ich Nachricht von Tante Charlotte erhalte. Sie wird uns sicher einladen, bei ihr auf dem Land zu wohnen. Sie ist eine wunderbare Frau. Ich habe ihr nach Pierres Tod geschrieben, aber keine Antwort erhalten. Ich ließ ihr noch mehr Briefe durch André zukommen, weiß aber nicht, ob sie sie erreicht haben. Ich hoffe, es geht ihr gut.«

»Das hoffe ich auch. Du weißt, dass ich mit dir überallhin gehen werde«, versicherte Lisette.

Fleur wusch sich geschwind. Lisette war gerade dabei, ihr das neue gestreifte Seidenkleid zuzuschnüren, als Peg hereinkam, um sie zum Abendessen abzuholen. Sie folgten ihr ins Speisezimmer. Reed war bereits dort und erhob sich, als sie eintraten.

»Lisette, wie schön, Sie in so guter Verfassung zu sehen! Mrs. Peabody hat mir mitgeteilt, dass Sie sich besser fühlen.«

»Ich bin wieder gesund, Mylord. Ihr wart sehr freundlich zu uns.«

»Ich bin es, der in Ihrer Schuld steht.« Er bedeutete ihnen, sich zu setzen, und nahm selbst am Ende des Tisches Platz.

Der erste Gang wurde aufgetragen, eine köstliche Pilzsuppe. Das Essen verlief bis zum Nachtisch recht schweigsam. Reed entließ den Diener und verkündete dann beiläufig: »Updike hat einen guten Preis für Euren Schmuck ausgehandelt. Er wusste, wo er ihn hinbringen musste.«

Fleur horchte auf. »So schnell? Hat er so viel erhalten, wie ich gehofft habe?«

»Mehr. Er hat alles für siebentausend Pfund verkauft.«

»Siebentausend!« Fleur schnappte nach Luft. »Das ist mehr, als ich erwartet habe. Ich bin ihm zu großem Dank verpflichtet. Lisette und ich werden uns gleich morgen nach einer anderen Bleibe umsehen.«

»Kein Grund zur Eile«, versicherte Reed.

»Ich möchte mich nicht in Euer Leben drängen. Sobald ich von meiner Tante gehört habe, werden wir in ihr Haus auf dem Land übersiedeln. Etwas Ruhe und Frieden ist genau das, was Lisette und ich jetzt brauchen. Es sein denn«, fügte sie hoffnungsvoll hinzu, »Lord Porter hat wieder einen Auftrag für mich.«

»Ein weiterer Auftrag kommt nicht infrage«, entgegnete Reed hastig. »Ich lasse nicht zu, dass Ihr Euch noch einmal in Gefahr begebt.«

Lisette schaute von Fleur zu Reed und wieder zurück zu Fleur. »Die Herrschaften entschuldigen mich«, sagte sie. »Ich denke, es ist Zeit, mich in meine Kammer zurückzuziehen.«

»Ich werde dich begleiten«, bot Fleur an.

»*Non*, ich kenne den Weg. Bleib nur und unterhalte dich mit Seiner Lordschaft, *ma petite*.«

Reed stand auf, zog Lisettes Stuhl zurück und übergab sie in die Obhut des Dieners, der vor der Tür wartete. »Bitte geleiten Sie Madame Lisette zu ihrem Zimmer.« Sie waren kaum verschwunden, da streckte Reed den Arm nach Fleur aus. »Wollen auch wir uns zurückziehen, meine Liebe?«

Fleur wusste nur zu gut, was Reed im Schilde führte. Die Sehnsucht in seinem Gesichtsausdruck sprach Bände. Ihr Mund fühlte sich trocken an, und ihre Haut war mit einem Mal so empfindlich, dass sie fürchtete, zu zerspringen, wenn Reed sie berührte. Außerstande, der sinnlichen Verheißung in seiner Stimme zu widerstehen, legte sie ihm die Hand auf die Armbeuge. Als sie es schließlich wagte, ihn anzusehen, glaubte sie, ihre Knie müssten jeden Augenblick nachgeben. Seine Augen waren plötzlich schmal, sein Lächeln wölfisch.

Sie spürte einen Rausch, einen Schauer, eine schwebende Leichtigkeit in ihrer Brust. Ihr Körper schien unter seinem heißen Blick zum Leben zu erwachen. Glücklicherweise blieb ihr noch ein Minimum an Willensstärke.

»Wir können nicht … wir sollten nicht …«

Mit einem Mal war sein Mund so nahe an ihrem, dass sie kaum noch atmen konnte.

Sie *wollte*.

Wollte ihn.

Wollte alles. Alles, was sie in der kurzen Zeit bekommen konnte, die ihnen zusammen blieb. Er schlang die Arme um sie. Seufzend sank sie hinein, als ihr Körper ein Eigenleben entwickelte. Dann küsste er sie, und jegliche Gedanken an richtig oder falsch, an Sollen oder Nichtsollen, waren dahin.

Reed ließ von ihrem Mund ab. In seiner Stimme schwang ein Lächeln mit, als er sagte: »Was wolltet Ihr sagen, was wir tun oder nicht tun sollten?«

»Ich … weiß es nicht mehr.«

Seine silbernen Augen funkelten schelmisch, als er sie aus dem Speisezimmer und hinauf in sein Schlafgemach führte. Er öffnete die Tür, hob sie hoch und trug sie hinein.

»Ich habe auch Füße, Reed.«

»Ich mag das Gefühl, Euch in meinen Armen zu halten.« Neben dem Bett setzte er sie ab und begann, sie auszuziehen. »Dieses Kleid steht Euch gut, aber ich bevorzuge Euch nackt.«

»Dank Updike und Euch sollte ich nun wieder in der Lage sein, für meine und Lisettes neue Garderobe zu bezahlen.«

Fleur bekam keine Antwort, zumal sich Reed darauf konzentrierte, sie und zugleich sich selbst auszuziehen. Er entledigte sie ihrer Kleidung mit ungebührlicher Hast und trat einen Schritt zurück, um sie zu bewundern. Sie war schlank, aber nicht zu sehr, ihre Brüste waren fest und rund, die Brustwarzen üppige, dunkelrote Knospen. Sie hatte lange, wohlgeformte Beine, und dazwischen ein dunkles dichtes Vlies.

Auch Fleur betrachtete den Mann, der nackt vor ihr stand, und stellte plötzlich fest, dass dies nicht derselbe war, den sie aus der Teufelsburg gerettet hatte. Muskeln durchzogen seinen Bauch, seine Schultern wirkten breiter, die Arme stärker, die Beine kräftiger. Und aus dem schwarzen Haarbusch zwischen seinen Lenden ragte das unglaublichste Exemplar an männlicher Kraft, das sie je zu Gesicht bekommen hatte.

Sie streckte die Hand aus, um es zu streicheln, und erkundete behutsam die harte Oberfläche aus Adern und seidigweicher Haut. Unter ihrer Berührung schwoll sein Geschlecht weiter an und bog und erhob sich hart und schwer gegen ihre Handfläche.

»Du bist überwältigend«, murmelte sie.

Er beugte sich vor, um ihre Brustspitzen zu liebkosen. »Du bist nicht minder großartig.«

Er ließ sich rücklings aufs Bett fallen und zog sie stürmisch auf sich. Sie rang nach Luft, als ihre empfindlichen Brustspitzen sein Brusthaar berührten. Ihre Hüften trafen sich. Die Hitze seiner Männlichkeit, die zwischen ihre Schenkel drang, und das Pochen seines Herzens gegen ihr eigenes ließen sie vor Lust seufzen. Wie nur sollte sie es ertragen, sich von diesem lebendigen Mann zu trennen, den sie bis zum Wahnsinn liebte.

»Reite mich, Fleur«, raunte Reed ihr ins Ohr.

Fleur erhob sich etwas, griff seine Rute mit beiden Händen, platzierte sie zwischen ihren Schenkeln, ließ sich darauf nieder und stieß ihn tief in sich hinein, so tief, dass sie glaubte, er habe soeben ihre Seele berührt.

Ein Stöhnen entrang sich seiner Kehle. »Ich könnte auf der Stelle als glücklicher Mann sterben.«

Dann umfasste er ihre Hüften und bewegte sie unter wilden Stößen auf seiner Erektion auf und ab. Ihr Atem ging in kleinen Stößen. Fleur wusste, dass der Augenblick der Erfüllung für sie beide nahte. Sie versuchte, es zurückzuhalten, denn sie wollte ihn so lange in sich behalten, wie es ihr Körper erlaubte, auskosten, dass sie ihn besaß, ihn in ihrer Macht hatte. Sie wollte, dass ihre Lust niemals mehr aufhörte.

Aber es gab kein Zurück. Als er den Kopf hob, um an ihren Brustwarzen zu saugen, wurde sie von Zuckungen übermannt, die lustvolle Blitze durch ihren Körper jagten. Sie war nicht länger Fleur Fontaine. Sie gehörte mit Leib und Seele Reed Harwood, Earl of Hunthurst, einem Mann, den sie nie würde haben können.

Reed spürte, wie sein Glied pulsierend umschlossen wurde, und wusste, dass sie gekommen war. Eine unbändige Wildheit erfasste ihn, während er aufs Vergessen zuraste. Als sie sich heftig krümmte und seinen Namen rief, konnte er sich nicht mehr beherrschen. Er packte ihre Hüften und drang in ihre Hitze vor, wieder und wieder, bis ein Sturm in ihm losbrach und er sich in sie ergoss.

»Heirate mich, Fleur.« Reed war von sich selbst überrascht, dass er das sagte. Sobald er die Worte ausgesprochen hatte, wollte er sie am liebsten zurücknehmen. Er war weit davon entfernt, zu heiraten. Er war nicht bereit, sich von einem Pfarrer Fußketten anlegen zu lassen. Oder doch?

Fleurs Augen füllten sich mit Tränen. Kein Mann von Rang und Reichtum oder mit jedweden Hoffnungen für die Zukunft wollte eine Frau, die ihm keine Kinder schenken konnte. »Dich heiraten? Ich kann nicht, und du weißt, warum. Du schuldest deiner Familie und der

Grafschaft einen Erben. Und du liebst mich nicht. Was du fühlst, ist Lust und Dankbarkeit.«

»Ich weiß nichts über Liebe, weil ich sie nie erfahren habe, aber es nicht nur Dankbarkeit, was ich für dich empfinde. Was den Erben anbelangt, so habe ich einen Cousin, einen Franzosen, der kürzlich nach England gekommen ist.«

»Das kann nicht dein Ernst sein. Kein Engländer, der etwas auf sich hält, würde seinen Grafentitel auf einen Franzosen übertragen. Bitte, Reed, frag mich nicht noch einmal, denn wir beide wissen, dass es nicht möglich ist.«

Reed begriff, dass Fleur wahrscheinlich Recht hatte. Ganz bestimmt wollte er sein Erbe nicht an Duvall abtreten. Sein Cousin vereinte zu viele Unstimmigkeiten auf sich. Und wenn er Fleur auch in seinem Leben haben wollte, so hatte er gesprochen, ohne nachzudenken. Die Ehe war ein großer Schritt, ein Schritt, den er noch nicht bereit war zu gehen.

Reed ließ das Thema fallen. »Schlaf jetzt«, bat er mit rauer Stimme. »Wir hatten beide einen anstrengenden Tag.«

Als Reed aufwachte, lag Fleur ausgestreckt auf ihm. Die Sonne schickte ihre leuchtenden Strahlen durch die Fenster. Verdammt, er hatte verschlafen! Vorsichtig hob er die schlafende Fleur hoch und legte sie neben sich aufs Bett. Dann stand er auf, erledigte seine Morgentoilette, ohne sie zu wecken, zog sich an und ging nach unten, um zu frühstücken. Updike erwartete ihn bereits am Fuße der Treppe.

»Ich wollte Euch gerade wecken, Mylord. Eure Großmutter ist hier. Mich hat es viel Überzeugungskraft gekostet, dass sie im Salon auf Euch wartet.« Er hob vielsagend die Augenbrauen. »Sie wollte Euch selbst aus dem Bett holen, und wir wissen ja beide, dass das keine gute Idee gewesen wäre.«

Updike wusste mehr, als gut für ihn war. »Wie spät ist es?«

»Gleich elf Uhr.«

»Großer Gott, ich hätte nicht gedacht, dass es schon so spät ist! Hat Großmutter gesagt, was sie will?«

»Sie hat nichts gesagt, und ich habe nicht gefragt. Da ist noch etwas, das Ihr wissen solltet. Madame Lisette ist bei ihr. Man hat ihnen Tee serviert, und sie scheinen sich ganz prächtig zu unterhalten.«

Reed fluchte. »Dann sollte ich mich besser beeilen. Wer weiß, was Lisette Großmutter alles erzählt. Ich brauche dringend einen Kaffee, Updike. Heiß und schwarz – passend zu meiner Stimmung.«

Reed nahm allen Mut zusammen, setzte ein Lächeln auf und betrat den Salon, um seine Großmutter zu begrüßen.

»Da bist du ja«, rief sie.

Er ging zu der alten Dame und drückte ihr einen Kuss auf die pergamentene Wange. »Ich wusste gar nicht, dass du eine Frühaufsteherin bist, Großmutter. Du hättest nicht herkommen müssen. Ich wäre zu dir gekommen, wenn du mich gerufen hättest.«

Die alte Dame schielte zu Lisette hinüber. »Du hast seit ein paar Tagen nichts von dir hören lassen, und da habe ich angefangen, mir Sorgen zu machen. Also beschloss ich, vorbeizukommen und mich selbst davon zu überzeugen, dass du nicht rückfällig geworden bist nach deinen scheußlichen Erfahrungen in Frankreich.«

»Wie du siehst, geht es mir gut.«

»Lisette hat mir erzählt, dass du sie und Countess Fontaine in einer schwierigen Zeit aus Frankreich herausgeschmuggelt hast. Ich dachte, du hättest das Spionagegeschäft hinter dir gelassen. Du solltest deine Zeit lieber darauf verwenden, eine Frau zu finden. Damit will ich natürlich nicht sagen, dass es falsch war, zwei junge Frauen in Not zu retten«, fügte sie hinzu und bedachte Lisette mit einem gnädigen Lächeln.

»Diesen Auftrag konnte ich nicht ablehnen, Großmutter. Fleur und Lisette haben mir das Leben gerettet. Nun war es an mir, das ihre zu retten.«

Die Witwe wandte sich an Lisette. »Haben die Countess und Ihr schon Pläne für die Zukunft? In London gibt es eine ganze Emigrantenkolonie. Ich habe vielen von ihnen geholfen und in meinem Haus Salons für sie veranstaltet. Ich werde Euch und der Countess beim nächsten Mal auch eine Einladung schicken.«

Lisette begann in fließendem Französisch mit seiner Großmutter zu plaudern. Reed hörte bald nicht mehr zu, wie so oft, wenn Frauen sich unterhielten.

Die Großmutter beendete das Gespräch, indem sie ihre Aufmerksamkeit wieder Reed zuwandte und sagte: »Nun, da dein Leben wieder in geregelten Bahnen verläuft, wie gedenkst du nun eine Frau zu finden?«

»Ich habe keine Pläne«, erwiderte Reed freiheraus und musste an seinen zeitlich unpassenden Antrag und Fleurs Zurückweisung denken.

»So wird das nie etwas«, schnaubte die Großmutter. »Ich werde einen Ball geben und alle meine Freunde mitsamt Töchtern und Enkeltöchtern im heiratsfähigen Alter einladen. Ja, das werde ich tun.«

Bevor Reed etwas erwidern konnte, kam ein Diener mit einer Kanne Kaffee herein. Reed schenkte sich eine Tasse ein und trank sie in einem Zug aus, wobei er sich die Zunge verbrannte. Er genehmigte sich eine zweite Tasse, blies und führte sie vorsichtig zum Mund. Doch noch ehe er einen Schluck nehmen konnte, kam Fleur ins Zimmer geschwebt.

»Updike sagte, ich würde dich hier finden.« Sie wirbelte herum, wobei ihr die Röcke um die zierlichen Knöchel flatterten. »Wie findest du meinen neuen Baumwollmusselin? Oh«, keuchte sie und hielt inne. »Ich wusste nicht, dass du Besuch hast. Störe ich?«

»Nicht im Geringsten«, sagte Reed und stellte seine Tasse ab. »Ich möchte dir meine Großmutter vorstellen, die Witwe von Hunthurst.«

»Großmutter, das ist Fleur Fontaine, die Frau, die mir das Leben gerettet hat.«

# Elftes Kapitel

Fleur machte vor der alten Dame einen Knicks. »Es freut mich, Euch kennenzulernen, Mylady.«

»Nein«, beharrte die alte Frau. »Es freut mich, *Euch* kennenzulernen. Euch ist es zu verdanken, dass mein Enkelsohn noch am Leben ist. Ich habe gehört, dass Ihr verwitwet seid. Mein aufrichtiges Beileid. Waren Sie lange verheiratet?«

»Fünf Jahre, Mylady.«

»Fünf Jahre! Ihr müsst sehr jung gewesen sein, als Ihr geheiratet habt.«

»Ich war siebzehn. Während der fünf Jahre, die ich mit Pierre verheiratet war, habe ich in Frankreich gelebt.«

»Habt Ihr Kinder, Lady Fleur?«

»Pierre und ich waren nicht mit Kindern gesegnet.«

Der Glanz, der in Großmutters Augen getreten war, als sie Fleur gesehen hatte, erstarb. Reed wusste genau, was seine Großmutter dachte: Hatte Fleur erst einmal gestanden, dass sie in all den Ehejahren kein Kind zur Welt gebracht hatte, war sie keine passende Partnerin mehr für ihren Enkelsohn.

»Was werdet Ihr jetzt tun? Ihr könnt schließlich nicht bei Reed bleiben, wenn Ihr Euren guten Ruf behalten wollt.«

»Lisette und ich wollen aufs Land ziehen, sobald wir etwas von meiner Tante Charlotte hören. Bis dahin begnügen wir uns mit einem Gasthof.«

Reed seufzte erleichtert auf, als die Großmutter das

Thema zu Fleurs Wohnsituation fallen ließ. Die alte Dame wandte sich zu ihm und sagte: »Ich habe beschlossen, Samstag in einer Woche dir zu Ehren einen Ball zu veranstalten. Ich werde all meine Freunde mit heiratsfähigen Töchtern einladen.«

Bevor Reed etwas erwidern konnte, nahm die alte Dame Fleurs Hände. »Da ich Lisette und Euch sehr gern habe, seid Ihr herzlich willkommen. Ich werde ein paar geeignete Witwer mit Kindern einladen, die Ihr in Augenschein nehmen könnt. Ihr seid noch jung. Manche Männer wären sicher froh, Euch zur Frau zu haben.«

»Großmutter, bitte«, schalt Reed, der sich für die Kuppelei seiner Großmutter schämte. »Erstens fühle ich mich nicht danach, sesshaft zu werden. Zweitens bin ich soeben knapp der Hölle entronnen und brauche noch Zeit, um alles zu verarbeiten. Glaub mir, ich bin noch nicht bereit für die Ehe. Lass uns den Ball auf später verschieben.«

Die alte Dame runzelte die Stirn, und Sorgenfalten erschienen auf ihrem Gesicht. »Gibt es noch etwas, das ich über deine Einkerkerung wissen sollte, Reed? Hast du mir etwas verschwiegen?«

»Nein, Großmutter«, wehrte Reed ab. »Wie du siehst, bin ich kerngesund. Sagen wir, ich bin augenblicklich nicht in der richtigen Gemütsverfassung für eine Heirat. Können wir jetzt das Thema wechseln?«

»Das verstehe ich, und ich werde den Ball verschieben, wenn du darauf bestehst, aber vertröste mich nicht zu lange.« Sie stützte sich auf ihren Stock und erhob sich.

»Übrigens hatte ich vor kurzem Besuch von einem entfernten Verwandten aus dem französischen Zweig der Familie. Gallard Duvall hat mir mitgeteilt, dass er jetzt in London lebt. Ich war nicht sonderlich begeistert von dem Jungen«, schnaubte sie. »Genaugenommen habe ich ihn überprüfen lassen«, fügte sie in vertraulichem Ton hinzu. »Und ich habe herausgefunden, dass sein Anspruch berechtigt ist. Wenn du keinen Erben hervorbringst, wäre Duvall als Nächstes an der Reihe. Gott steh uns bei, wenn er am Ende den Titel bekommt. Dieser Zweig unserer Familie war nie besonders beliebt bei der feinen Gesellschaft. Dein Vater würde sich im Grabe umdrehen, wenn ein entfernter Cousin von ihm, und noch dazu ein Franzose, den Titel und das Vermögen erbte.«

»Ich habe Duvall kennengelernt«, bemerkte Reed. »Er hat Helen während Jasons Krankheit beigestanden. Sie sagt, er sei ihr eine große Hilfe gewesen.«

»Wie auch immer, du weißt, was du zu tun hast.«

Reed nahm ihre Hand und legte sie auf seine Armbeuge. »Ich begleite dich zur Kutsche, Großmutter.«

Die alte Dame schenkte Fleur ein Lächeln. »Ich danke Euch noch einmal für das Leben meines Enkels. Falls ich Euch in irgendeiner Weise behilflich sein kann, dann gebt mir Bescheid.«

Fleur sah der alten Dame schweren Herzens nach. Wenn sie davon geträumt hatte, Reed zu heiraten, dann hatte seine Großmutter diesen Traum gerade zerstört. Fleur hatte Reeds kurz entschlossenen Antrag aus gutem Grund abgelehnt. Sie konnte ihm nicht geben, was er brauchte, egal, wie gut sie sich miteinander fühlten. Wollte sie heiraten, was nicht der Fall war, dann musste sie sich einen Witwer suchen, der bereits Kinder hatte, so wie es die alte Dame vorgeschlagen hatte. Ihre Anspielung hätte kaum deutlicher sein können.

»Du siehst reizend aus in deinem neuen Kleid, *ma petite*«, meinte Lisette anerkennend. »Und Seine Lordschaft macht den Eindruck, als wäre er ganz meiner Meinung.«

*Was nützt mir das jetzt noch,* klagte Fleur lautlos. Sie

musste Reed vergessen, so wie er sie vergessen würde, wenn er nach einer jungen fruchtbaren Braut suchte.

»Ich muss sogleich einen Brief an Tante Charlotte schreiben«, erklärte Fleur. »Wir können uns Reed nicht länger aufdrängen als nötig.«

»Ihr drängt euch nicht auf«, erwiderte Reed, als er das Zimmer betrat. »Ich hoffe, meine Großmutter hat dich nicht verärgert.«

»Deine Großmutter hat Recht mit dem, was sie gesagt hat«, entgegnete Fleur. »Wir wissen beide, dass unsere Wohnsituation nur eine vorübergehende Lösung sein kann.«

Eine kleine Falte erschien auf Reeds Stirn. »Ich bin sehr hungrig, und du musst es ebenso sein.« Er bot ihr seinen Arm an. »Sollen wir frühstücken, bevor wir Lord Porter einen Besuch abstatten?«

Die anstrengende Betätigung der vergangenen Nacht hatte ihr einen riesigen Appetit beschert. »Leistest du uns Gesellschaft, Lisette?«

»Ich habe bereits mit Updike und den anderen im Speisesaal der Bediensteten gegessen. Außerdem habe ich der Köchin versprochen, sie in die Kunst der französischen Küche einzuweihen.«

»Dann sehen wir uns später«, sagte Fleur. »Es ist höchste Zeit, dass wir Zukunftspläne schmieden.«

Reed geleitete Fleur ins Speisezimmer. Sie füllten ihre Teller und setzten sich.

»Deine Großmutter liebt dich sehr«, sagte Fleur kauend.

»Das beruht auf Gegenseitigkeit«, erwiderte Reed. »Ich bin froh, dass sie dich nicht verletzt hat. Sie war ganz schön hartnäckig, als es um meine Heirat ging und darum, Kinder in die Welt zu setzen. Aber wir wissen beide, dass ich erst noch ein paar Dämonen töten muss, bevor ich jemanden heiraten kann. Ich habe noch immer Alpträume. Manchmal träume ich, dass ich in einer dunklen Höhle gefangen bin, aus der es kein Entkommen gibt.«

Fleur sah ihm in die Augen. »Diese Träume werden irgendwann aufhören.«

»Du hast einen beruhigenden Einfluss auf mich, Fleur. Ich habe keine Alpträume, wenn du in meinen Armen liegst. Du tust mir gut.«

Fleur starrte auf ihren Teller. »Ich bin mir sicher, du wirst jemanden finden, der besser zu dir passt als ich, jemand, der dir Kinder schenken und es deiner Großmutter recht machen kann.« Sie stand auf. »Sobald ich den Brief an meine Tante geschrieben habe, können wir zu Lord Porter aufbrechen.«

Eine halbe Stunde später erwartete sie Reeds neuer Kutscher bereits neben dem Wagen, ließ sie einsteigen und schloss die Tür hinter ihnen. Die Fahrt nach Whitehall war kurz. Fleur und Reed wurden unverzüglich in Porters Dienstzimmer geführt. Lord Porter erhob sich, um sie zu begrüßen. Er küsste Fleur die Hand und schüttelte anschließend Reeds.

»Ihr glaubt nicht, wie erleichtert ich war, als ich hörte, dass Ihr sicher nach England zurückgekehrt seid, Lady Fontaine«, verkündete Porter. »Ist alles wie geplant verlaufen?«

»Eigentlich nicht«, erklärte Reed. »Unsere Flucht war eine ziemlich knappe Sache, aber wie Ihr seht, stehen wir unversehrt vor Euch.«

»Danke, dass Ihr für meine schnelle Flucht gesorgt habt«, sagte Fleur. »Ich bin glücklich, wieder in der Heimat zu sein.«

»Das mit Eurem Mann tut mir leid, Mylady. Euer Dienst für die Krone wird indes hochgeschätzt. Drei unserer Männer wären elendig umgekommen, darunter Hunthurst, wäret Ihr nicht gewesen und hättet sie rechtzeitig gerettet. Wir danken Euch von ganzem Herzen.«

Er drückte ihr einen Umschlag in die Hand. »Wir sind uns darüber im Klaren, dass Ihr Euch nicht länger auf Euren Mann und sein Vermögen stützen könnt, daher bitten wir Euch, diesen Scheck der Bank of England über fünftausend Pfund, als eine kleine Geste unserer Wertschätzung anzunehmen.«

Fleur versuchte, Porter den Umschlag zurückzugeben. »Ich habe nie eine Belohnung dafür verlangt, dass ich meinem Land gedient habe.«

»Ihr sollt trotzdem eine haben. Wie sehen Eure Pläne aus, meine Liebe?«

»Ich habe meiner Tante Charlotte geschrieben und werde den Brief gleich abschicken, sobald wir uns von Euch verabschiedet haben. Lisette und ich hoffen, bald zu ihr aufs Land ziehen zu können.«

Porter wirkte erschrocken. »Meint Ihr etwa Lady Charlotte Greenwood?«

Fleur musste lächeln. »Aber ja. Kennt Ihr sie denn?«

Der mitleidvolle Blick, den Porter ihr zuwarf, ließ Fleurs Herz schneller schlagen. War Tante Charlotte etwas passiert?

»Ich kenne Eure Tante schon seit vielen Jahren. Durch sie habe ich von Euch erfahren. Eure Briefe an sie wurden an mich ausgeliefert und durch einen Sonderkurier weitergeleitet. Bitte setzt Euch, meine Liebe. Ich überbringe nur sehr ungern schlechte Nachrichten.«

Eine dunkle Angst breitete sich in Fleurs Brust aus. Sie ließ sich auf einen Stuhl sinken. »Was ist denn? Ist Tante Charlotte etwas passiert?«

»Der letzte Brief, den ich an Eure Tante weitergeleitet habe, kam zurück. Eure Tante ist vor ein paar Wochen überraschend im Schlaf verstorben. Mein Bote hat mit ihrem Arzt gesprochen und bestätigt, dass Charlotte an Herzversagen gestorben ist.

Ihr Testament wurde nach ihrem Tod verlesen. Sie hat Haus und Vermögen Euch hinterlassen. Leider besaß sie nur wenig Geld. Ich nehme an, dass sie von einem kleinen Erbe lebte, das ihr Vater ihr vermacht hat.«

Reed ergriff Fleurs Hand und drückte sie leicht. Fleurs Stimme ging in ein Schluchzen über. »Tante Charlotte war meine einzige lebende Verwandte. Bei ihr bin ich aufgewachsen. Ich kann einfach nicht glauben, dass sie nicht mehr da ist.«

»Es tut mir leid, dass ich Euch diese traurige Nachricht übermitteln muss«, sagte Porter. »Möchtet Ihr immer noch aufs Land ziehen?«

Fleur riss sich zusammen. Jetzt war sie wirklich ganz allein. Gott sei Dank gab es Lisette. »Ich bin mir nicht sicher, was ich jetzt tun werde, es sei denn … Ich hätte gerne eine Beschäftigung. Hättet Ihr vielleicht noch einen Auftrag für mich?«

»In der Tat …«

»Nein!«, protestierte Reed. »Fleur hat genug getan. Es kommt nicht infrage, dass sie ihr Leben erneut in Gefahr bringt.«

Fleur ignorierte seinen Ausbruch. »Was wolltet Ihr sagen, Lord Porter? Wie kann ich Euch nützlich sein?«

»Fleur«, warnte Reed.

»Lasst mich ausreden, Hunthurst. Ich habe versucht, die Emigrantenkolonie zu infiltrieren, mit mäßigem Erfolg. Meine Leute haben intensiv nach dem Mann gesucht, der Euch verraten hat. Die Informationen, die wir bislang gesammelt haben, weisen darauf hin, dass ein Emigrant in die Sache verwickelt sein könnte.«

Er blickte zu Fleur. »Als ehemalige Frau eines französischen Count würde Lady Fontaine von den Emigranten akzeptiert werden.«

»Worauf wollt Ihr hinaus, Porter?«, knurrte Reed.

»Ich brauche jemanden, der Salons und Versammlungen der Auswanderer besucht, und es muss jemand sein, dem sie vertrauen und dem sie sich öffnen. Alles, was ich verlange, ist, dass Lady Fontaine sich bei den Franzosen, die derzeit in London leben, beliebt macht und sie belauscht. Einer von ihnen könnte ein französischer Spion sein.«

»Kommt nicht infrage«, wiederholte Reed, ehe Fleur etwas erwidern konnte.

»Das ist nicht deine Entscheidung, Reed«, ermahnte sie ihn.

»Das heißt, Ihr nehmt den Auftrag an?«, fragte Porter aufgeregt. »Auf eine solche Gelegenheit haben wir gewartet.«

»Es tut mir leid, Porter, aber Fleur steht für keine Spionageaufträge mehr zur Verfügung. Da ich es bin, der verraten wurde, ist es an mir, den Verräter für Euch zu finden.«

Porter funkelte Reed an. »Das wird nicht so einfach sein.«

»Ich habe das deutliche Gefühl, dass der Mann, der mich verraten hat, kein Emigrant ist«, versicherte Reed. »Ich bin überzeugt, Ihr werdet den Mann in unseren eigenen Reihen finden.«

»Ich nehme den Auftrag an«, sagte Fleur. »Was habe ich zu verlieren?«

»Euer Leben, zum Beispiel«, erwiderte Reed bissig.

»Ich habe keinen Mann und keine Kinder. Abgesehen von Lisette, ist niemand von dem, was ich mache, betroffen.«

Reed hatte das Gefühl, eine Hand habe sein Herz zusammengedrückt. War Fleur das Leben so wenig wert? Bedeutete er ihr gar nichts? Sie irrte sich. Sehr sogar. Er hatte sie sehr gern. Er könnte es nicht ertragen, wenn ihr etwas passierte.

»Kann ich dich irgendwie umstimmen?«, fragte Reed. »Du bist jung. Dein Leben hat noch nicht einmal begonnen. Warum willst du dich erneut in Gefahr begeben?«

»Dieser Auftrag ist nichts im Vergleich zu dem, was ich in Frankreich gemacht habe«, entgegnete Fleur. »Ich werde nicht in Gefahr sein.« Sie wandte sich an Porter. »Ich bin einverstanden, Mylord.«

»Ihr seid eine wahre Patriotin, Mylady. Ich werde dafür sorgen, dass Ihr Einladungen zu Geselligkeiten erhaltet, an denen voraussichtlich auch Emigranten teilnehmen. Wo kann ich Euch erreichen?«

»Lady Fontaine wird sich in der Hunthurst-Villa in der Park Avenue aufhalten«, sagte Reed. »Meine Schwägerin und deren Schwester wohnen vorübergehend dort. Ich wollte ohnehin bald mit meinem ganzen Hausstand dort hinziehen. Es ist widersinnig, die Junggesellenwohnung zu behalten, wo das Herrenhaus doch so viel größer und bequemer ist. Dort sind genügend Anstandsdamen, um Fleurs Ruf zu schützen.«

»Reed, ich kann nicht!«, beteuerte Fleur.

»Aber sicher kannst du. Wir sagen allen, dass du und Helen alte Freunde seid, und sie dich eingeladen hat, bei ihr zu wohnen, bis ihr euch entschieden habt, wo ihr hinziehen möchtet. Ich versuche nur, dich zu beschützen, Fleur, und dich in meiner Nähe zu haben, ist die einzige Möglichkeit.«

»Was wird deine Schwägerin davon halten? Ich glaube kaum, dass sie Fremde in ihrem Haus aufnehmen möchte.«

»Helen und Violet wohnen in der Residenz, weil ich es

gestatte. Ich kann dir versichern, dass sie nichts einzuwenden haben.«

Porter nickte zur Bestätigung. »Also abgemacht. Ich lasse Eure Einladungen in die Park Avenue schicken. Wir bleiben in Verbindung, Lady Fontaine. Ich hege große Hoffnungen, dass Ihr etwas herausfinden könnt, das unsere Untersuchungen vorantreibt.«

Sie verabschiedeten sich. Reed half Fleur in die Kutsche, sprach kurz mit dem Kutscher und kletterte neben sie auf die Bank.

»Du weißt, dass ich nicht in deinem Haus wohnen kann, Reed. Wie kommst du darauf, so etwas vorzuschlagen?«

»Es ist das Vernünftigste, was wir tun können. Die Geschichte, dass du und Helen alte Freundinnen seid, wird sich schnell herumsprechen. Und mein Umzug in die Residenz ist absolut nachvollziehbar. Alle werden gut über mich denken, weil ich zwei Emigranten in meinem Haus Zuflucht gewähre.«

Fleur stieß einen Seufzer der Verzweiflung aus. »Setzt du immer deinen Kopf durch?«

»Immer, wenn ich etwas wirklich will.«

»Und wohin fahren wir jetzt?«

»Zu meinem Anwesen in der Park Avenue. Je eher wir Helen und Violet von der Ankunft meiner besonderen Gäste unterrichten, desto besser.«

Die Kutsche hielt vor einem großen Herrenhaus, das von hohen Mauern umgeben war. Fleur wurde nervös, als Reed ihr aus der Kutsche half. Bevor die Unruhen in Frankreich ausgebrochen waren, hatte sie in feudalem Luxus im Ahnenschloss der Fontaines gelebt, aber das schien eine Ewigkeit her zu sein. Dieses prunkvolle Haus war etwas ganz anderes als Lisettes bescheidenes Landhaus. Reed musste unermesslich reich sein.

Reed öffnete das Tor und ließ Fleur eintreten. Das dreistöckige Gebäude ragte eindrucksvoll vor ihr auf. Sie erklommen die Stufen, passierten zwei gewaltige Säulen und gelangten an eine geschnitzte Doppeltür, die zu beiden Seiten mit Glaspaneelen versehen war. Die Tür wurde geöffnet, noch ehe Reed den Türklopfer aus Messing betätigen konnte.

Ein grauhaariger Diener in schwarzer Livree verneigte sich, als Reed Fleur ins Haus führte. Ehrfürchtig ließ Fleur ihren Blick durch die elegante Eingangshalle schweifen, die sich über drei Stockwerke erstreckte. In der Mitte der Halle befand sich eine breite Wendeltreppe, die bis ins oberste Stockwerk führte.

»Ist meine Schwägerin im Haus, Hughes?«, fragte Reed.

»Die Damen sind im Salon, Mylord. Soll ich Euch ankündigen?"

»Keine Umstände, Hughes. Ich kündige mich selbst an.« Er ergriff Fleurs Ellbogen, nahm drei Stufen auf einmal und drehte sich dann noch einmal zu seinem Diener um. »Übrigens, Hughes, ich ziehe hier ein und bringe nahezu mein gesamtes Personal mit. Bitte richte der Haushälterin aus, sie soll die Master-Suite und zwei Schlafzimmer für meine beiden weiblichen Gäste vorbereiten.«

Hughes verzog zwar keine Miene, doch seine lebhaften blauen Augen konnten seine Neugier nicht verbergen. »Es ist mir eine Ehre, Euch als Erster zu Hause willkommen zu heißen.«

»Danke, Hughes.«

Reeds Hand ruhte auf Fleurs Rücken, als er sie in den Salon geleitete, in dem Lady Helen und ihre Schwester, denen sie in Madame Henriettas Laden begegnet war, Tee tranken.

»Guten Tag, meine Damen«, grüßte Reed.

»Reed!«, rief Violet und erhob sich. »Wie wunderbar, Euch wiederzusehen.«

»Ich bin froh, dass du da bist, Reed«, sagte Helen, die um einiges weniger aufgeregt war als ihre Schwester. »Ich muss dringend mit dir über meine finanzielle Lage sprechen.«

»Ich nehme an, ihr erinnert euch an Lady Fontaine«, fuhr Reed fort, nachdem er die beiden Frauen begrüßt hatte.

»Wir hatten die Ehre«, meinte Helen kühl. »Warum hast du sie mitgebracht? Unser Gespräch sollte vertraulich geführt werden.«

»Wirklich, Reed«, tadelte Violet. »Was habt Ihr Euch dabei gedacht? Dies ist eine Familienangelegenheit. Lady Fleur hat sich da nicht einzumischen.«

»Vielleicht sollte ich besser gehen«, schlug Fleur beschämt vor.

»Du bleibst«, entgegnete Reed und warf Violet einen tadelnden Blick zu. »Würdest du uns bitte Tee einschenken, Helen?« Er bot Fleur einen Platz auf dem Sofa an und ließ sich neben ihr in die Polster sinken.

Helen zögerte, tat dann aber, worum Reed gebeten hatte. Mit einem kühlen Blick nahm Fleur die Tasse entgegen und nippte dankbar daran. Sie hatte das deutliche Gefühl, dass dieses Treffen nicht gut verlaufen würde.

»Ich habe euch beiden etwas mitzuteilen«, begann Reed und stellte seine leere Tasse auf den Servierwagen. »Fleur und ihre Gefährtin werden morgen hier einziehen.«

Helen stellte scheppernd ihre Tasse ab. »Wie bitte? Bist du verrückt geworden?«

»Nicht im Geringsten«, erwiderte Reed gelassen. »Des Weiteren gedenke ich, von meiner Junggesellenwohnung hierherzuziehen und mein Personal mitzubringen.«

»Ich werde ihr nicht gestatten, hier einzuziehen!«, protestierte Helen.

»Du gestattest es nicht?«, wiederholte Reed in gefasstem Ton. »Darf ich dich daran erinnern, dass dies mein Haus ist, und du und deine Schwester hier auf meine Kosten lebt, weil ich es euch gestatte?«

»Ich kann verstehen, dass Ihr hier einziehen wollt«, sagte Violet. »Aber Eure Geliebte hier einzuquartieren kommt nicht infrage. Denkt an unseren Ruf.«

»Bitte, Reed, ich habe dir doch gesagt, dass es nicht geht«, ließ Fleur sich händeringend vernehmen.

Doch Reeds Miene duldete keinen Widerspruch. »Wenn ich es sage, dann geht es auch.« Er warf Helen und ihrer Schwester einen vernichtenden Blick zu. »Fleur ist nicht meine Geliebte, damit das ein für alle Mal klar ist. Sie hat nichts, wo sie hin kann, und sie ist vielleicht in Gefahr. Und es gibt einen Grund, warum ich sie in meiner Nähe haben will.«

»In der Tat«, schnaubte Violet. »Den Grund kann ich mir schon vorstellen.«

»Es reicht, Violet! Ich werde nicht dulden, dass Ihr Fleur beleidigt.«

»Worauf hast du dich jetzt wieder eingelassen, Reed?«, fragte Helen. »Ich dachte, du hättest mit diesen heimlichen Geschäften endlich Schluss gemacht. Ich weiß nicht, was dir widerfahren ist, als du weg warst, aber du hast dich verändert.«

»Was mir widerfahren ist, geht dich nichts an. Ich weiß, dass ihr mehr Geld braucht, um euren Anteil aufzustocken. Ich werde euch gern entgegenkommen, wenn ihr Fleur und ihre Gefährtin klaglos aufnehmt. Und das bedeutet, dass ihr nett zu ihnen seid.«

Helen kniff nachdenklich die Augen zusammen. »Und wie willst du ihre Anwesenheit in unserem Haus erklären? Ich kann meinen Freunden doch nicht einfach erzählen, dass sie hier ist, weil du willst, dass sie bei uns wohnt. Unser Ruf steht auf dem Spiel.« Sie warf Fleur einen verächtlichen Blick zu. »Woher sollen wir wissen, dass sie diejenige ist, für die sie sich ausgibt. Nach allem, was wir wissen, könnte sie genauso gut eine Straßenhure aus Paris sein.«

Fleur wich zurück, als hätte sie einen Schlag ins Gesicht bekommen. »Wie könnt Ihr es wagen! Mein verstorbener Ehemann war Count Pierre Fontaine. Seine Familie gehört zu den ältesten und angesehensten in Frankreich. Ich stamme aus einer guten englischen Familie. Mein Vater war Baron.«

»Das sagt Ihr!«, schnaubte Violet.

»Noch ein Wort von einer von euch, und ich bestehe darauf, dass ihr dieses Haus für immer verlasst. Das Haus der Witwe wird in diesem Augenblick für Helens Rückkehr vorbereitet, und Violet kann in die Obhut ihres Vaters zurückkehren.«

»Das würdet Ihr nicht tun.« Helen schnappte nach Luft.

»Und ob ich das würde. Wenn wir uns jetzt also einig sind, kann ich euch endlich die Geschichte erzählen, die ihr unter euren Freunden verbreiten werdet. Fleur und Helen sind alte Freundinnen. Sie haben vor Fleurs Hochzeit mit einem französischen Grafen zusammen das Mädchenpensionat besucht. Sie ist kürzlich vor den Unruhen in Frankreich geflohen und steht nun ohne Hab und Gut da. Da ihr Mann und ihre Familie tot sind, habt ihr sie eingeladen, bei euch zu wohnen, bis sie eine andere Bleibe gefunden hat. Ganz einfach, seht ihr, und nicht allzu weit hergeholt.«

Violet nahm seine Worte mit spöttischer Miene auf. »Werdet Ihr und Lady Fleur ein Schlafgemach teilen?«

»Auf gar keinen Fall!«, widersprach Fleur entrüstet. »Das Ganze war auch nicht meine Idee. Ich war von Anfang an dagegen, hier einzuziehen. Reed hält es für notwendig, auch wenn ich nicht seiner Meinung bin.«

»Es ist notwendig«, knurrte Reed. »Fleur hat mir das Leben gerettet. Sie ist der Grund, warum ich überhaupt vor euch stehe. Ich schulde ihr allen Schutz, den ich ihr bieten kann. Habt ihr das begriffen? Ich möchte keine böswilligen Bemerkungen über Fleur und ihre Gefährtin mehr hören. Und was dich betrifft, Helen, so werde ich dich mit zusätzlichen zweihundert Pfund im Monat unterstützen, solange Fleur bei uns wohnt. Obwohl sich mein Bruder in seinem Testament ohnehin sehr großzügig gezeigt hat. Ich schlage vor, du gibst weniger Geld für Kleider und Firlefanz aus und schränkst deine Verluste an den Spieltischen ein.«

»Und nun zu Euch, Violet. Ich habe Eure Umstände überprüft und herausgefunden, dass Ihr keine weiteren Geldmittel benötigt. Euer Vater ist, was Eure Unterstützung angeht, überaus großzügig.«

»In der Tat«, schnurrte Violet und klimperte mit den Wimpern. »Ich bringe eine großzügige Aussteuer in die Ehe mit, so wie Helen, als sie Euren Bruder heiratete.«

Fleur fiel auf Violets versteckte Anspielung nicht herein. Violet wollte Reed und war bereit, alles zu tun, um ihn zu ködern. Sie schreckte nicht einmal davor zurück, mit ihrem Vermögen zu prahlen.

Reed stand auf. »Da Fleurs Wohnsituation ja nun geklärt ist, werden wir uns für heute verabschieden. Fleur, Lisette und ich werden morgen nach dem Frühstück hier eintreffen. Mein Hausstand wird dann ein paar Tage später hergebracht.«

»Wir haben bereits ausreichend Personal«, protestierte Helen.

»Dann werden wir eben Platz schaffen«, versicherte Reed. »Mein Hausstand ist auch nicht sonderlich groß. Und in so einem großen Haus können wir gut zwei Köche gebrauchen. Was die Haushälterin anbelangt, so denke ich, dass wir auf Mrs. Court problemlos verzichten können. Ich werde ihr eine großzügige Pension anbieten und dafür sorgen, dass sie sich niederlassen kann, wo sie wünscht.«

Helen wollte schon zu einer Protestrede ansetzen, woraufhin Reed die Hand hob. »Schluss jetzt! Wir haben alles zu meiner Zufriedenheit geregelt. Komm, Fleur, es ist Zeit zu gehen.«

Sobald die Eingangstür hinter ihnen ins Schloss gefallen war, stellte Fleur Reed zur Rede. »Wie kannst du es wagen, diese Frauen dazu zu zwingen, Lisette und mich aufzunehmen? Wir können ohne Probleme in einem Gasthof wohnen.«

»Das ist allein meine Entscheidung«, sagte Reed, als sie die Kutsche erreichten.

Dann blieb er wie angewurzelt stehen. Ein vertrautes Geräusch ließ ihn aufhorchen, ein Geräusch, das er in der Vergangenheit oft genug gehört und von dem er gehofft hatte, es nie wieder zu hören. Er riss Fleur zu Boden und stürzte sich auf sie, als eine Explosion die Luft zerriss. Eine Kugel zischte an ihm vorbei und landete in der Kutschentür. Er fühlte einen kurzen Schmerz im rechten Arm, dann Taubheit.

Die Pferde bäumten sich erschrocken auf und galoppierten die Straße hinunter, der Kutscher hinterdrein.

Keuchend lag Reed auf Fleur, bis er sichergehen konnte, dass die Gefahr vorüber war. »Geht es dir gut?«, fragte er. Er setzte sich auf und zog Fleur auf seinen Schoß.

Fleur hob den Blick. Ihre blutende Wange und ihr benommener Gesichtsausdruck verrieten ihm, dass es ihr überhaupt nicht gut ging. Und die Art, wie sie die Arme eng am Körper hielt, war kein gutes Zeichen. Obwohl kein Blut darauf hinwies, dass sie von einer Kugel getroffen oder auch nur gestreift worden war, hatte sie sich offenbar verletzt, als er sie auf den Boden gestoßen hatte und über sie gefallen war.

»Was ist geschehen?«, wollte Fleur wissen.

»Jemand hat auf uns geschossen.«

»Wer würde so etwas tun? Warum sollte uns jemand etwas antun wollen?«

Reed kniff die Lippen zusammen. »Das würde ich auch gerne wissen.« Er half ihr auf die Beine. »Siehst du jetzt endlich ein, dass du Schutz brauchst.«

Fleur klopfte sich den Schmutz vom Rock. »Woher weißt du, dass die Kugel mir galt?«

Der Gedanke ließ Reed innehalten. Sollte ihm jemand nach dem Leben trachten? War ihm sein Verräter nach England gefolgt? Das ergab überhaupt keinen Sinn. Ihm fiel absolut kein Grund ein, weshalb irgendjemand ihn hätte töten wollen. Er war in keine Geheimdiensttätigkeiten mehr verwickelt. Seine Tage als Spion waren vorbei.

»Ich weiß es nicht.«

»Welche Überraschung! Ist bei Euch alles in Ordnung?«

Reed blickte die Straße hinunter und sah Gallard Duvall auf sie zueilen.

»Was ist denn hier passiert?«, fragte Duvall, als er Fleurs staubige Kleidung und ihre blutende Wange bemerkte.

»Fleur ist gestolpert und hingefallen«, log Reed und warf Fleur einen warnenden Blick zu, als sie Anstalten machte, eine Erklärung geben zu wollen.

»Gallard, darf ich Euch Countess Fleur Fontaine vorstellen. Sie ist eine alte Freundin von Helen und wird vorübergehend in der Villa wohnen. Fleur, das ist Gallard Duvall, Emigrant und ein entfernter Verwandter von mir.«

Duvall verbeugte sich. »Kann ich Euch in irgendeiner Weise behilflich sein, Mylady?«

»Ich komme schon zurecht, vielen Dank.«

»Was macht Ihr denn hier, Duvall?«, fragte Reed.

»Ich wollte gerade Lady Helen und ihre Schwester besuchen. Sie waren so freundlich, mich zu empfangen. Für gewöhnlich komme ich ein-, zweimal die Woche auf einen Tee bei ihnen vorbei.«

»Dann wollen wir Euch nicht aufhalten«, meinte Reed, als er eine Droschke die Straße heranrumpeln sah. Er stellte sich an den Bordstein und winkte. »Bitte entschuldigt uns«, sagte er und nannte dem Fahrer ihr Ziel. Er half Fleur in den Wagen und sprang neben sie.

Als sie in der Droschke saßen, holte Reed ein sauberes blütenweißes Taschentuch hervor und tupfte das Blut ab, das aus den Kratzern auf Fleurs Wange sickerte. »Tut es weh?«

»Mir geht es gut, Reed. Keine Sorge.«

»Was ist mit deinem Arm? Mir ist aufgefallen, dass du ihn schonst.«

»Ich glaube, ich habe mir beim Hinfallen eine leichte Prellung zugezogen.«

»Mrs. Peabody wird sich darum kümmern, sobald wir zu Hause sind.«

»Warum hast du Mr. Duvall angelogen?«

»Im Augenblick vertraue ich niemandem.«

»Aber er ist ein Verwandter von dir.«

»Ein entfernter. Ich weiß nicht genug über ihn und seinen Hintergrund, als dass ich ihm vertrauen könnte.«

»Hast du jemals einen der Duvalls kennengelernt?«

Er zuckte mit den Schultern. »Nein, sie sind nie nach England gekommen. Ich hoffe, unser Kutscher John konnte die Pferde einfangen, bevor sie über alle Berge waren.«

Die Droschke kam zum Stehen. Der Fahrer öffnete die Tür und klappte das Trittbrett herunter. Reed bezahlte ihn und geleitete Fleur zum Haus. Ein Diener öffnete die Tür, noch bevor sie den Eingang erreicht hatten.

»Gordon, bitte ruf sofort Mrs. Peabody. Sie soll warmes Wasser und saubere Tücher bringen«, befahl Reed dem verblüfften Diener. »Und schick Updike zu mir. Wir sind in meinem Arbeitszimmer.«

»Wirklich, Reed, ich habe doch gesagt, mir geht es gut.«

Im Arbeitszimmer führte Reed Fleur zu einem Stuhl. »Du musst doch wegen ein paar Kratzern nicht so ein Theater machen«, beharrte Fleur. »Lisette kann ...«

»*Ma petite,* was ist geschehen?«, rief Lisette, als sie ins Zimmer stürzte. »Ich war bei Mrs. Peabody, als Gordon kam, um sie zu holen. Sie wird gleich hier sein. Wie hast du dich verletzt?«

»Sie ist über den Rocksaum gestolpert und hingefallen«, sagte Reed. »Kleine Verletzungen am Arm und an der Wange, weiter fehlt ihr nichts.«

Lisette warf Reed einen skeptischen Blick zu. »Ich kenne Fleur gar nicht so ungeschickt. Oh, seht Euch das neue Kleid an! Der Saum ist aufgerissen und der Ärmel auch.«

»Mach dir keine Sorgen um das Kleid, Lisette. Ich bin sicher, es lässt sich wieder reparieren.«

»Gordon hat mich gerufen. Er sagt, Lady Fontaine habe sich verletzt«, sagte Mrs. Peabody, die auf der Schwelle stehen geblieben war.

»Tretet ein, Mrs. Peabody. Lady Fontaine hat sich nur ein wenig aufgeschürft.«

Mrs. Peabody schnalzte mitfühlend mit der Zunge, als sie die Abschürfungen auf Fleurs Wange säuberte.

»Das müsste reichen«, meinte die Haushälterin und trat zurück. »Kann ich noch etwas für Euch …« Die Worte erstarben ihr auf den Lippen, als sie den gezackten Riss in Reeds Mantel bemerkte, durch den Blut sickerte. »Mylord, Ihr seid verletzt! Zieht den Mantel aus, damit ich mir die Wunde ansehen kann.«

Reed starrte auf seinen Ärmel, selbst verwundert über die Blutflecken. Er war so besorgt um Fleur gewesen, dass er seinen eigenen Schmerz vergessen hatte. Jetzt spürte er ihn plötzlich wieder. Obwohl er wusste, dass die Kugel nicht in seinem Fleisch stecken geblieben war, so hatte sie offenbar doch eine oberflächliche Kerbe in seinen Arm gerissen. Ein höllischer brennender Schmerz ging von der Wunde aus.

»Das ist nichts, Mrs. Peabody.«

»Es ist etwas, wenn es blutet«, widersprach Fleur. »Lasst Mrs. Peabody wenigstens einen Blick darauf werfen.«

»Fleur, ich …« In diesem Augenblick kam Updike zur Tür hereingestürzt.

»Gordon sagte, Ihr wünscht mich zu sehen, Mylord.«

Reed seufzte erleichtert auf. »Updike, du kommst genau im richtigen Moment. Mrs. Peabody, was halten Sie davon, wenn Sie und Lisette Lady Fleur jetzt auf ihr Zimmer bringen und alle Wunden und Prellungen behandeln, die sie haben könnte. Mir ist aufgefallen, dass sie sich den rechten Arm hält.«

»Reed, nein!«, protestierte Fleur. »Ich will sehen, ob du …«

»Tu jetzt, was ich sage, Fleur«, befahl Reed in einem Ton, der keinen Widerspruch duldete.

»Was ist geschehen?«, wollte Updike wissen, nachdem sich die Tür hinter den Frauen geschlossen hatte.

»Hilf mir geschwind aus dem Mantel«, bat Reed. »Jemand hat auf Fleur und mich geschossen. Die Kugel muss mich gestreift haben. Fleur hat sich an der Wange verletzt, als ich sie zu Boden gestoßen habe. Gott sei Dank sind meine Reflexe noch intakt.«

Updike nahm Reed den Mantel ab. »Habt Ihr gesehen, wer es war?«

»Nein, obgleich der Schuss aus nächster Nähe gekommen sein muss. Ich war zu sehr darum besorgt, Fleur in Sicherheit zu bringen, um an etwas anderes zu denken. Der Knall hat die Pferde verschreckt, was für zusätzliche Aufregung gesorgt hat. Von der Kutsche weiß ich nur, dass sie die Straße hinuntergerumpelt und der Kutscher hinterhergerannt ist.«

»Gibt es denn jemanden, der Euch übel will?«

»Wenn ich die Zielscheibe bin, komme ich schon zurecht. Hat der Möchtegernmörder allerdings Fleur im Visier, sollte er sich in Acht nehmen.«

# Zwölftes Kapitel

Fleur hatte Prellungen am Arm, war also nicht so schlimm verletzt. Lisette, Mrs. Peabody und Peg wollten sie ins Bett bringen, doch sie wehrte sich und gewann. Ihre Wange brannte zwar heftig, aber der Schmerz war nichts, womit sie nicht hätte umgehen können. Außerdem wollte sie unbedingt nach Reed sehen. Wenngleich er darauf bestand, dass ihn die Kugel nur gestreift hatte, so wollte sie sich doch selbst davon überzeugen. Zu diesem Zweck bat sie Peg, ihr in ein Kleid zu helfen, so dass sie sich auf die Suche nach Reed machen konnte.

»Sie sollten lieber tun, wie sie sagt«, riet Lisette Peg in holprigem Englisch. »Wenn Madame Fleur sich etwas in den Kopf gesetzt hat, ist sie durch nichts davon abzubringen.«

Fleur wartete mit wachsender Ungeduld, bis Peg das blaugolden gestreifte Ausgehkleid geholt hatte und ihr hineinhalf. Kaum war der letzte Haken in der Öse, eilte Fleur auch schon zur Tür hinaus und die Treppe hinunter, Lisette hinterdrein. Sie betrat das Arbeitszimmer ohne anzuklopfen, doch es war leer.

»Kann ich Euch behilflich sein, Mylady?«, fragte Updike, der hinter ihr in der Tür auftauchte.

Fleur drehte sich auf dem Absatz um. »Sie können mir verraten, wo ich Seine Lordschaft finde.«

»Er hat das Haus verlassen, Mylady.«

»Er ist weg? Was ist mit seiner Schussverletzung? Musste er einen Wundarzt aufsuchen?«

»Nein, das sicher nicht«, entgegnete Updike. »Nichts weiter als ein kleiner Kratzer. Er hat das Hemd gewechselt und sofort wieder das Haus verlassen.«

»Wo ist er hingegangen?«

»Das kann ich Euch nicht sagen, Mylady. Seine Lordschaft hat sich mir nicht anvertraut.«

Fleur zweifelte an seinen Worten. Updike schien mehr zu sein als ein einfacher Kammerdiener. Er war der erste Diener, ein Vertrauter und für Reed ganz offenbar unabkömmlich.

»Hat er gesagt, wann er zurückkehrt?«

»Nein, Mylady. Er erwähnte lediglich, man solle mit dem Abendessen nicht auf ihn warten. Und«, fuhr Updike fort, »dass Ihr das Haus nicht verlassen sollt. Bis das Rätsel um Euren jüngsten … nun ja … Unfall gelöst ist, sollt Ihr ohne angemessenen Schutz nirgendwo hingehen.«

Fleur schnaubte undamenhaft. Wie konnte Reed an ihre Sicherheit denken, während er seine eigene außer Acht ließ. Wie konnte er es wagen, einfach wegzugehen, ohne ihr zu sagen, wohin und warum! Diese Angelegenheit betraf sie ebenso wie ihn.

»Würden Sie ihm bitte ausrichten, dass ich ihn sprechen möchte, sobald er zurückkommt. Ganz gleich, wie spät es ist.«

Fleur entging das nachdenkliche Funkeln in Updikes Augen. »Ich werde ihm Eure Nachricht überbringen, Mylady. Darf ich Euch und Madame Lisette vorschlagen, im Salon einen Tee einzunehmen? Ich werde der Köchin auftragen, eine Auswahl an Schnittchen und Kuchen anzurichten, um die Zeit bis zum Abendessen zu überbrücken.«

Widerwillig nahm Fleur das Angebot an. Sie hatte das Mittagessen ausfallen lassen und war hungrig.

»Was, denkt Ihr, geht hier vor?«, fragte Lisette, als sie sich im Salon niedergelassen hatten, Schnittchen und Kuchenstücke vor sich auf dem Teller. »Ich hatte angenommen, die Gefahr sei vorüber, sobald wir uns auf englischem Boden befinden. Wer könnte Euch etwas anhaben wollen?«

Fleur schob sich eine winzige Schnitte in den Mund und kaute nachdenklich. Sie schluckte, dann sagte sie: »Ich kann nicht glauben, dass ich es bin, die in Gefahr ist.«

»Und wie könnt Ihr Euch dann erklären, dass auf Euch geschossen wurde?«

»Die einzige Erklärung, dir mir einfällt, ist, dass die Kugel Reed galt. Ehrlich gesagt, bin ich mir so gut wie sicher. Ich muss nur noch Reed überzeugen.«

Fleur zog sich für den Rest des Tages mit einem Buch zurück. Das Abendessen nahm sie gemeinsam mit Lisette in ihrem Schlafgemach ein, anstatt nach unten zu gehen. Nachdem sie gespeist hatten, wünschte Lisette eine gute Nacht und zog sich in ihre Kammer zurück. Fleur ließ Peg zu sich kommen und bat sie, ihr ein Bad zu bereiten. Nachdem sie gebadet und ihr Haar gewaschen hatte, machte sie sich bettfertig.

Da Fleur noch kein Nachthemd besaß, legte sie ein Unterkleid an und wickelte sich in eine Decke. Dann setzte sie sich in einen Sessel vor dem frisch geschürten Feuer und wartete auf Reeds Rückkehr. Sie musste nicht lange warten. Die Uhr auf dem Kamin hatte gerade zehn geschlagen, als sie hörte, wie die Tür zu ihrer Kammer geöffnet wurde. Reed kam herein und schloss die Tür hinter sich.

»Updike richtete mir aus, du möchtest mich sprechen.«

»Wo warst du? Hattest du einen Diener bei dir? Und

was, wenn dich wieder jemand als Zielscheibe benutzt hätte? Hast du denn all deinen Verstand verloren?«

Reed rückte einen Stuhl an den Kamin und setzte sich. »Eine Frage nach der anderen, bitte. Ich weiß überhaupt nicht, warum du dich so aufregst. Ich hatte eine Pistole in der Manteltasche und ein Messer im Stiefel.«

»Du willst es wohl nicht verstehen. Jemand hat heute versucht, dich zu töten. Ist dir dein Leben denn so wenig wert?«

»Woher weißt du, dass der Angriff mir galt? Es ist ebenso gut möglich, dass die Kugel für dich bestimmt war.« Er beugte sich vor und berührte die Schramme an ihrer Wange. »An deiner Verletzung bin allein ich schuld. Ich habe dich zu grob angefasst. Tut es denn weh?«

Fleur zuckte mit den Schultern. »Es brennt, aber ich bin nicht ernsthaft verletzt. Gib dir nicht die Schuld. Du hast nach deinem Instinkt gehandelt. Du hättest mir das Leben gerettet, wenn ich auch nicht glaube, dass man es auf mich abgesehen hat. Niemand hier hat einen Grund, mich töten zu wollen.«

»Und warum glaubst du, dass ich Feinde habe?«

»Zum Beispiel, weil man dich in Frankreich verraten hat.«

Reed seufzte schwer und starrte in die tanzenden Flammen.

»Lord Porter ist offenbar der gleichen Meinung. Er glaubt auch, dass ich das Ziel des Angriffs war. Keiner von uns weiß, warum. Ich bin mittlerweile überzeugt, dass wir einen Verräter in unseren Reihen haben.

Porter hat Spione beauftragt, Nachforschungen anzustellen«, fuhr Reed fort. »Wir haben das Problem heute Abend mehrere Stunden lang erörtert und die Möglichkeit einbezogen, dass sich französische Spione als Emigranten ausgeben. Nachdem ich mich mit Porter besprochen hatte, war ich bei meiner Großmutter. Sie hat zahlreiche Emigranten unter ihren Freunden. Ich bat sie, nächsten Sonnabend einen Salon zu veranstalten und dir eine Einladung zu schicken. Vielleicht kannst du etwas herausfinden, weil sie dich für eine von ihnen halten. Es ist sogar möglich, dass du mit jemandem bekannt bist. Ich werde dich natürlich begleiten.«

»Der Salon erscheint mir eine gute Idee, deine Anwesenheit hingegen ist nicht erforderlich. Sie könnte meine Bemühungen sogar erschweren.«

»Wie das?«

»Also wirklich, Reed! Du bist kein Emigrant, und deine Gegenwart könnte die Anwesenden davon abhalten, offen zu sprechen. Im Haus deiner Großmutter wird mir nichts passieren.«

Reeds Blick verriet, dass er anderer Meinung war. »Darauf kann ich es nicht ankommen lassen.«

»Im Ernst, Reed, seit Pierres Tod habe ich ganz ohne deine Hilfe allein für mich gesorgt. Ich schaffe das, du wirst sehen.« Sie erhob sich und machte somit deutlich, dass sie die Unterredung für beendet hielt. »Es ist spät. Ich werde zu Bett gehen.«

Ohne daran zu denken, dass sie nur ein dünnes Unterkleid trug, ließ sie die Decke fallen.

Reed bekam einen trockenen Mund. Verlangen nahm von seinen Lenden Besitz. Die tanzenden Flammen im Kamin boten den perfekten Hintergrund für Fleurs prächtigen Körper. Die langen, wohlgeformten Beine, die sich unter dem durchsichtigen Unterkleid abzeichneten, und der Spalt dazwischen zogen seine begierige Aufmerksamkeit auf sich. Als er sich sattgesehen hatte, wanderte sein Blick nach oben zu ihren Brüsten. Reed stockte der Atem, als er sah, wie süß sich der hauchdünne Stoff ihres Unterkleides an die Brustspitzen schmiegte.

Als merkte Fleur plötzlich, dass er sie anstarrte, griff sie nach der Decke.

»Nicht«, sagte Reed und streckte den Arm nach ihr aus. »Ich mag dich genauso, wie du jetzt bist.«

Sie stieß erschrocken einen kleinen Schrei aus, als er sie zu sich auf den Schoß zog. »Wie müde bist du?«, flüsterte er ihr ins Ohr.

Fleur stieß einen Seufzer aus. »Du musst jetzt gehen.«

»Ich weiß, aber ich kann nicht anders.«

Seine Lippen legten sich auf die ihren, vergessen waren alle Zärtlichkeit und Scheu. Reed wollte Fleur und schämte sich nicht, es zu zeigen. Er stieß seine Zunge zwischen ihre Lippen und konnte sie stöhnen hören, als er das zarte Innere ihres Mundes liebkoste. Er lächelte in sich hinein, als sie den Kopf in den Nacken legte, damit er ihren Hals küssen konnte. Sie wurde nicht enttäuscht. Er bedeckte ihren schlanken Hals mit Küssen und kleinen Bissen. Dann schob er ihr die Träger des Unterkleides über die Schultern und öffnete seinem Mund so den Weg zu ihren Brüsten. Er saugte fest daran und spielte mit der Zunge an den hart gewordenen Knospen.

Fleurs Hände wanderten zu seinem Kopf, und ihre Finger fuhren durch das seidenweiche Haar. Reeds Männlichkeit wurde noch härter. Sie musste ihn einfach berühren, und Reed verlor schier den Verstand. Seine Hand fand den Saum ihres Unterkleides und schob es an ihren Schenkeln nach oben, um sie ganz zu spüren. Als er mit der Hand zwischen ihre Schenkel glitt und ihre Spalte liebkoste, bemerkte er, dass sie feucht und bereit für ihn war.

Er hob sie in seinen Schoß, so dass sie rittlings auf ihm zu sitzen kam und sich für ihn öffnete. Sie tastete nach dem Verschluss an seiner Hose.

»Bitte«, keuchte sie.

»Ich weiß, was du willst, Liebling«, raunte Reed. Er half ihr, die Hose aufzuknöpfen und sein steifes Glied zu befreien. Ihre Hand umfasste es und begann, es rhythmisch zu massieren, von der Spitze bis zur Wurzel und zurück. Reed glaubte, er müsse vor Lust vergehen. Er würde wohl nie genug von dieser Frau bekommen.

Reed konnte ihre zärtliche Folter nicht länger ertragen. Er streichelte ihren Po, hob sie leicht an und drang behutsam in sie ein. Er stöhnte auf, als ihr Schoß ihn fest umschloss. Sie hatte den Kopf in den Nacken geworfen und ritt ihn energisch, ohne ihm noch sich selbst Gnade zu gewähren. Er gab ihr alles, was er zu geben hatte, und noch mehr. Letztendlich bestimmte er den Rhythmus, hielt ihre Hüften fest, während er in sie stieß und er sich nach der Erlösung sehnte.

Fleur war als Erste auf dem Gipfel der Lust. Er spürte, wie sich ihr Körper zusammenzog. Arme, Knie, Schenkel, ihre pulsierende Weiblichkeit umschlossen ihn, und sie stieß einen Schrei aus. Keuchend stieß Reed noch fester, noch tiefer, wollte selbst auf den Gipfel der Lust, den er schließlich erreichte, als er sich in sie ergoss.

Fleur sank über ihm zusammen, kraftlos, erschöpft. Reed erging es nicht besser. Als Fleur sich schließlich regte, nahm er sie auf seine Arme und trug sie zu ihrem Bett. Dann zog er sich aus und legte sich neben sie.

Nach einer kurzen Pause liebte er sie noch einmal.

Als Fleur am nächsten Morgen erwachte, war sie allein. Sie streckte sich und musste lächeln, als sie sich an jeden einzelnen herrlichen Augenblick der vergangenen Nacht erinnerte. Auch wenn sie Pierre in zärtlicher Erinnerung hatte und sie glücklich miteinander gewesen waren, war seine Art zu lieben nicht annähernd vergleichbar mit dem, was sie und Reed letzte Nacht getan hatten.

Nachdem er sie zum Bett getragen hatte, hatte sie die Initiative ergriffen. Sie errötete leicht, als sie daran dachte, wie sie seinen Körper mit Küssen bedeckt, seine Männlichkeit mit der Zunge liebkost und in den Mund genommen hatte, wie sie ihm Lust geschenkt und er ihr eben diese zurückgegeben hatte. Alles, was sie getan hatten, war so wundervoll erregend gewesen und nicht im Geringsten beschämend. Reed hatte die Wollust in ihr geweckt, von deren Existenz weder sie noch Pierre gewusst hatten.

Aber sie durfte mit Reed nicht mehr so zusammen sein, sobald sie in seine Londoner Villa zog. Lady Helen mochte sie nicht, und Lady Violet war eifersüchtig auf sie. Außerdem hatte sie einen neuen Auftrag angenommen, und sie wollte ihm all ihre Zeit und Kraft widmen.

Fleur lag noch immer im Bett, als Lisette in die Kammer schaute. »Bist du bereit aufzustehen, *ma petite?* Lord Reeds Gepäck wird gerade in die Kutsche geladen.«

Fleur schreckte hoch. »Wie spät ist es? Warum hast du mich so lange schlafen lassen?«

»Erst zehn, aber da wir nur wenig zu packen haben, sagte Seine Lordschaft, man solle Euch schlafen lassen. Soll ich dir Peg schicken?«

»Bleibt mir noch Zeit für ein Bad?«

»Wir nehmen uns die Zeit. Ich werde mich selbst darum kümmern und Peg bitten, das Frühstück hochzubringen, damit du schon essen kannst, während das Bad bereitet wird.«

Lisette verschwand aus der Kammer. Fleur ließ sich wieder in die Kissen zurücksinken. Sie fühlte sich ein wenig schuldig, weil sie für zusätzliche Arbeit sorgte. Doch die vergangene Nacht haftete noch an ihr, und sie spürte Reeds Geruch an sich. Man musste nicht besonders geistreich sein, um zu ergründen, was sie getrieben hatte, wenn sie das Bad heute Morgen ausfallen ließ.

Fleurs Frühstück wurde gebracht. Hungrig nahm sie es direkt vom Tablett ein, das man ihr auf den Schoß stellte, während das heiße Wasser in die Wanne gefüllt wurde. Als Peg das Tablett mitgenommen hatte und alle anderen bis auf Lisette gegangen waren, stieg Fleur aus dem Bett und ließ sich in die Badewanne gleiten.

Lisette betrachtete sie mit wissenden Augen. »Er war letzte Nacht in deinem Bett, nicht wahr?«

Lisette etwas zu verheimlichen war unmöglich. »Denkst du jetzt schlecht von mir, weil ich es zugelassen habe?«

»Ich könnte nie schlecht von dir denken, egal, was du tust. Ich kann es dir nicht verdenken, dass du dich nach Vergnügung sehnst. Außerdem ist Seine Lordschaft ein ehrenwerter Mann. Er wird gut auf dich aufpassen.«

Fleur sträubte sich. »Ich kann sehr gut auf mich selbst aufpassen. Es widerstrebt mir, mich aushalten zu lassen.«

»Wie du meinst, *ma petite*. Aber ich fürchte, du wirst dich noch in den Gauner verlieben, obwohl du weißt, dass er dich nicht heiraten wird«, wandte Lisette ein.

»Mach dir keine Sorgen um mich, Lisette. Ich weiß genau, wo ich bei Lord Hunthurst stehe.«

Reed wartete bereits, als sie in ihrem blaugolden gestreiften Kleid herunterkam. »Ich habe Madame Henrietta und dem Schuhmacher gestern eine Nachricht zukommen lassen, dass sie deine neue Garderobe und die Schuhe in die Park Avenue liefern sollen. Und es würde mich nicht wundern, wenn das erste Kleid und ein großer Teil des Schuhwerks bereits angekommen wären. Bist du abfahrbereit?«

Fleur nickte.

Updike reichte ihr die neue Haube, die zu ihrem Kleid

gehörte. »Wir sehen uns in ein paar Tagen, Mylady. Der gesamte Hausstand zieht in die Park Avenue. Diesen Umzug hätte Seine Lordschaft sofort machen sollen, nachdem er aus Frankreich zurückgekehrt war.«

Fleur band die Haube unter dem Kinn zusammen und lächelte Updike an. »Danke, Updike. Ich werde mich auf ein paar vertraute Gesichter freuen.«

Reed fasste Fleur am Ellbogen und führte sie zur Tür hinaus.

»Wo ist Lisette?«, fragte Fleur.

»Sie wartet mit Peg in der Kutsche. Ich werde euch zu Pferde folgen.«

»Fahr doch mit uns, Reed. Warum willst du dich unnötig zur Zielscheibe machen?«

»Nun hör schon auf, meine Liebe«, erwiderte er. »Steig jetzt ein und lass mein Wohlbefinden meine Sorge sein.«

Als Fleur in die Kutsche stieg, murmelte sie etwas von dickköpfigen Männern, die nicht in der Lage seien, einen Ratschlag anzunehmen.

»Hast du etwas gesagt?«, fragte Lisette, als Fleur ihre Röcke in Ordnung brachte.

»Selbstgespräche, Lisette.«

Die Kutsche rumpelte los. Die Fahrt dauerte nicht lange, genaugenommen war Reeds Villa gleich um die Ecke. Fleur hätte laufen können, wenn Reed es zugelassen hätte. Reed erwartete sie bereits an der Tür, als die Kutsche ankam.

»*Mon Dieu!*«, rief Lisette. »Warum hast du mir nicht gesagt, dass wir in einem Palast wohnen werden, *ma petite*?«

»Es ist tatsächlich eindrucksvoll, aber wenn es nach mir ginge, würden wir nicht lange hierbleiben. Die Damen des Hauses ertragen unsere Anwesenheit lediglich, weil Reed es verlangt. Kinn hoch, Lisette, wir dürfen uns von ihnen nicht einschüchtern lassen.«

Die Tür sprang auf und mehrere Diener kamen heraus und halfen mit, Reeds Gepäck abzuladen und ins Haus zu tragen. Reed führte die Damen durch das Tor und die Stufen hinauf. Hughes verneigte sich und hielt ihnen die Tür auf.

»Willkommen zu Hause, Mylord. Wir haben Euch und Eure Gäste bereits erwartet.«

»Danke, Hughes. Sind die Damen im Salon?«

»Ja. Sie haben Besuch. Soll ich Euch ankündigen?«

»Besuch? Wer ist es denn?«

»Ein gewisser Mr. Duvall. Ich glaube, Ihr kennt ihn.«

»In der Tat. Du brauchst uns nicht anzukündigen, Hughes. Das erledigen wir schon selbst. Sind die Gästezimmer gerichtet, wie ich es angeordnet habe?«

»Gewiss, Mylord.«

»Welche Zimmer werden meine Gäste bewohnen?«

»Lady Helen hat das grüne Zimmer im Ostflügel für Lady Fontaine ausgesucht. Außerdem hat Mylady vorgeschlagen, Lady Fontaines Begleiterin gemeinsam mit ihrer Zofe in den Dienstmädchenzimmern im dritten Stock unterzubringen.«

Reed machte ein finsteres Gesicht. Er war keinesfalls zufrieden mit dieser Einteilung. »Hat sie das, ja? Das werden wir erst noch sehen. Madame Lisette ist kein Dienstmädchen. Sie soll das grüne Zimmer im Ostflügel bekommen. Was Lady Fontaine angeht, so bin ich davon überzeugt, dass sie sich im rosa Zimmer im Westflügel wohler fühlen wird. Würdest du dich darum kümmern, dass diese Kammer für sie hergerichtet wird? Und zeig Peg, wo sie untergebracht ist.«

»Alle Zimmer sind sauber gemacht und gelüftet worden, Mylord, für den Fall, dass Ihr die Einteilung, die

Lady Helen vorgenommen hat, ändern wollt. Lady Fontaines neue Garderobe ist bereits angeliefert worden. Sie wurde in das grüne Zimmer gebracht, aber ich werde dafür sorgen, dass alles unverzüglich in das rosa Zimmer kommt und dem Dienstmädchen ihr Zimmer zeigen.«

»Danke, Hughes.« Er bot den beiden Damen jeweils einen Arm an. »Wollen wir uns in den Salon begeben?«

»Ihr seid schon da«, sagte Helen, als sie den Salon betraten.

»So ist es. Guten Tag, Duvall. Mich überrascht es, Euch hier heute Morgen zu sehen. Wart Ihr nicht gestern schon zu Besuch?«

Duvall räusperte sich. »Lady Helen bat mich, sie und ihre Schwester beim Einkaufsbummel heute Morgen zu begleiten.«

»In der Tat, das habe ich«, bestätigte Helen. »Als ich all die Schachteln sah, die heute früh für Lady Fontaine angekommen sind, habe ich beschlossen, dass Violet und ich eine neue Garderobe benötigen. Und da du ja keine Zeit für uns hast, ließ ich Gallard kommen, damit er uns begleitet. Er war umgehend hier.«

»Ich würde die Damen doch nicht enttäuschen«, pflichtete Duvall bei.

»Schön, Euch wiederzusehen, Duvall«, meinte Reed mit gedehnter Stimme. »Duvall, meine Damen, darf ich Euch Madame Lisette vorstellen, Fleurs Gefährtin.«

Lisette machte einen Knicks und wurde von den Anwesenden begrüßt.

»Hat Hughes euch darüber informiert, welche Zimmer wir für deine Gäste haben richten lassen?«, erkundigte sich Helen. »Ich hoffe, die Verteilung ist in deinem Sinne.«

»Das ist sie keinesfalls, Helen. Da Lisette kein Dienstmädchen ist, soll sie das grüne Zimmer beziehen.«

»Und was ist mit Lady Fontaine?«, wollte Violet wissen und warf Fleur einen vernichtenden Blick zu. »Sie sollte doch das grüne Zimmer bekommen.«

»Fleur wird das rosa Zimmer beziehen«, teilte Reed den beiden mit. »Der Blick aus den Fenstern ist atemberaubend.«

Violet erhob lautstark Einspruch. »Aber das rosa Zimmer ist …«

»In der Tat, das ist es«, schnitt Reed ihr das Wort ab.

Fleur fragte sich, was hier vor sich ging, hielt jedoch ihre Zunge im Zaum. Sie würde es noch früh genug herausfinden.

»Da wir Eure Gäste sein werden, wäre es mir lieb, wenn wir die Formalitäten beiseitelassen könnten«, wagte Fleur vorzuschlagen. »Mich würde es freuen, wenn Ihr mich Fleur nennt, und ich weiß, dass Lisette ebenfalls gerne beim Vornamen genannt wird.«

»Selbstverständlich«, willigte Helen ein. »Und Ihr könnt uns Helen und Violet nennen.«

»Duvall, wenn Ihr und die Damen uns entschuldigen würdet, ich werde meinen Gästen nun gerne das Haus zeigen. Ich möchte eurem Einkaufsbummel nicht länger im Wege stehen.«

Reed führte Fleur und Lisette aus dem Zimmer.

»Das lief recht gut«, sagte Reed, als sie den Salon verlassen hatten.

Fleur nickte. »Aber findest du es nicht merkwürdig, dass Duvall sich bei Helen und Violet unabkömmlich macht?«

»Besser er als ich«, entgegnete Reed.

Fleur behielt ihre Gedanken für sich, als Reed sie durch das Herrenhaus führte und ihnen die einzelnen Räume erklärte, durch die sie gingen. Im ersten Stock befanden sich der Salon, das Speisezimmer, ein großer Ballsaal, der Frühstücksraum, eine gut ausgestattete Bibliothek sowie das Arbeitszimmer. Die moderne, gepflegte Küche und der Speisesaal für die Bediensteten waren hinter dem Haus gelegen und mit den oberen Stockwerken durch Personalaufgänge verbunden. Der zweite Stock hatte einen Ost- und einen Westflügel. In jedem Flügel waren fünf Schlafzimmer. Der dritte Stock war ausschließlich den Schlafgemächern der Bediensteten vorbehalten.

»Wie soll ich mich hier jemals zurechtfinden?«, sagte Fleur laut zu sich selbst.

»Auf jeder Etage gibt es Diener, die dich führen«, versicherte Reed. »Mein Großvater hat dieses Haus gebaut, und mein Vater und mein Bruder haben noch einiges verbessert. Es gibt sogar ein Klosett in jedem Flügel und moderne Rohrleitungen.«

»Unglaublich«, sagte Fleur und spähte in eines der Klosetts. »Unser Château hatte keine dieser Annehmlichkeiten, wenn es auch groß genug war.«

Vor einer Kammer im Ostflügel blieb Reed stehen und riss die Tür auf. »Das ist dein Schlafzimmer, Lisette. Du kannst hierbleiben und dich ausruhen, oder du machst dich schon einmal mit den Bediensteten unten bekannt. Ich bin sicher, du wirst dich wohl bei ihnen fühlen.«

Lisette lächelte verschmitzt. »Ihr kennt mich gut, Mylord. Ich mag zwar Euer Gast sein, aber solch vornehme Gesellschaft verunsichert mich.«

»Ich werde dir zuerst noch Fleurs Zimmer zeigen, dann kannst du tun, wonach dir der Sinn steht. Findest du den Weg in die Küche und in den Speisesaal der Bediensteten?«

Lisette nickte, und sie gingen weiter in den Westflügel, in dem Fleurs Schlafgemach gelegen war. Reed hielt ihnen die Tür auf, so dass sie ihm voran eintreten konnten.

Peg war bereits dort und holte gerade einen Hut aus einer großen Hutschachtel.

»Das Zimmer ist wunderschön«, sagte Fleur und bewunderte die rosafarbenen Vorhänge, die Velourstapete und die eleganten Möbel. Ihr Blick blieb an den Schachteln hängen, die Peg eifrig auspackte. »Sind die alle für mich?«

»Es scheint, Madame Henrietta hat ihr Versprechen gehalten, noch in dieser Woche mehrere Kleider fertigzustellen. Der Rest kommt in einigen Tagen nach.«

Fleurs Miene verdunkelte sich. »Ich kann mich nicht entsinnen, so viele Kleider in Auftrag gegeben zu haben.«

»Ihr nicht, aber ich.«

Fleur runzelte missmutig die Stirn. »Ich werde dir jeden einzelnen Penny zurückzahlen. Ich möchte noch heute ein Konto eröffnen, wenn es sich einrichten lässt. Es ist an der Zeit, auch Lisette ein paar Kleider und Accessoires zu besorgen.«

»Ich denke, das lässt sich einrichten. Sollen wir uns diesen Programmpunkt für heute nach dem Mittagessen vornehmen? Ich muss das Haus gleich für kurze Zeit verlassen, dürfte aber rechtzeitig zurück sein, um mit euch gemeinsam zu speisen. Solltet ihr irgendetwas brauchen, klingelt einfach.«

Lisette hatte beschlossen zu bleiben, um Fleur und Peg beim Auspacken der Schachteln mit den neuen Kleidern zu helfen. Lisette schrie vor Entzücken auf, als sie die feinen Seidenstrümpfe, die hauchdünnen Unterkleider, die Nachthemden aus Seide, die warmen Morgenröcke und all die anderen Kleider sah, die Fleur bestellt zu haben sich nicht erinnern konnte. Die Ausstattung beinhaltete sogar Reitkleidung und Stiefel, obwohl Fleur gar kein Pferd besaß, sowie passende Hauben und Schuhe zu fast jedem Kleid.

Nachdem Lisette und Peg gegangen waren, um mit den Bediensteten zu Mittag zu essen, machte sich Fleur ein wenig frisch und begab sich ins Speisezimmer.

Reed war auf dem Heimweg. Es war schon fast Mittagszeit, und er hatte Fleur versprochen, gemeinsam mit ihr zu speisen. Er ritt gerade auf Ebony die Straße hinunter, als er hinter sich eine Kutsche hörte, ungewöhnlich schnell für eine so geschäftige Straße. Im ersten Moment dachte er sich nichts dabei. Dann hörte er Menschen rufen und fluchen, wandte sich um und sah, wie die Kutsche auf ihn zugerast kam. Menschen, Reiter und Fahrzeuge stoben auseinander. Eine Milchmagd wurde samt ihrer Kuh in den Straßengraben gedrängt. Die überfüllte Fahrbahn ließ kaum Platz zum Ausweichen.

»Aus dem Weg!«, brüllte Reed, als er Ebony in den Galopp trieb. Er blickte sich noch einmal um und sah, wie die Kutsche einen Rollwagen rammte, worauf dieser krachend auf die Seite fiel. Und die Kutsche raste noch immer auf ihn zu. Es gab nun keinen Zweifel mehr, dass er das Ziel eines weiteren grundlosen Angriffs war.

Die Kutsche hatte ihn fast eingeholt. Er wusste, dass es Verletzte oder gar Tote geben würde, wenn er einfach weitergaloppierte, ohne an Leib und Leben zu denken. Verzweifelt suchte er nach einem Fluchtweg. Vor ihm deutete sich eine Straßenkreuzung an. Ohne lange nachzudenken, bog Reed nach rechts in die weniger befahrene Straße ein. Die Kutsche folgte ihm. Dann sah er, was er gesucht hatte: eine schmale Gasse, breit genug für ein Pferd, nicht aber für eine Kutsche war.

Reed zögerte nicht, als er Ebony in die Gasse lenkte. Wissend, dass die Kutsche ihm nicht folgen konnte, ließ er sein Pferd in den Schritt fallen und bahnte sich einen Weg durch den Müll, der überall herumlag. Die Gasse mündete in eine andere Straße. Er warf einen Blick zurück und stellte erleichtert fest, dass er seinen Verfolger abgehängt hatte. Im Nu hatte er die Orientierung wieder gefunden, dann setzte er seinen Weg zur Park Avenue fort.

Als Reed das Speisezimmer betrat, begrüßte Fleur ihn mit einem Lächeln. »Wartest du schon lange?«, erkundigte er sich und lächelte zurück.

»Nicht allzu lange.« Sie runzelte die Stirn. »Du bist ja ganz außer Atem. Was ist passiert?«

»Nichts. Überhaupt nichts.« Er setzte sich und schüttelte seine Serviette auf.

»Ich glaube dir nicht. Du kannst es mir auch einfach sofort erzählen. Du kennst mich, ich werde dich nicht eher in Ruhe lassen, bist du mir gesagt hast, was los ist.«

»Es ist wirklich nichts«, beharrte Reed und wischte mit einer Geste die Frage weg. »Nur ein kleines Missgeschick auf dem Weg.«

Ein Diener kam an ihren Tisch und setzte ihnen ein kaltes Mittagessen vor.

»Ist dein Leben wieder bedroht worden?«, wollte Fleur wissen.

»Das könnte man so sagen, denke ich. Nichts, womit ich nicht fertig werden konnte. Vergiss es einfach, Fleur. Wo ist Lisette?«

»Sie ist aufbruchbereit, wenn wir es sind.« Fleur nahm ein Stück geräucherten Lachs in den Mund und kaute nachdenklich. Sie beschloss, das Thema zu wechseln. »Ich brauche das Geld, das du für meinen Schmuck bekommen hast. Ich möchte es auf die Bank bringen, zusammen mit dem Bankwechsel, den Lord Porter mir gegeben hat.«

»Das war eine der Besorgungen, die ich heute Morgen

gemacht habe. Ich hatte dein Geld im Tresor in meinem Stadthaus aufbewahrt und bin noch einmal zurückgeritten, um es zu holen.«

Trotz der Fragen, die Fleur noch auf der Zunge brannten, aßen sie schweigend zu Ende. Reed wirkte zerstreut, und sie wollte ihn nicht unnötig mit Fragen quälen. Als sie in die Empfangshalle kamen, wartete Lisette bereits.

»Ich habe deine Haube mitgebracht, *ma petite*«, sagte sie. »Ich bin aufbruchbereit, wenn ihr es seid.«

»Die Kutsche wartet«, teilte Hughes ihnen mit.

Fleur war erleichtert, als Reed hinter ihr und Lisette in die Kutsche stieg. Er schien sich nicht im Klaren darüber zu sein, dass sein Leben in Gefahr war. Jedenfalls tat er nichts, um sich zu schützen.

Der Einkaufsbummel war ein voller Erfolg. Fleur eröffnete ein Konto, zahlte ihr Geld ein und gab bei Madame Henrietta eine neue Garderobe für Lisette in Auftrag.

Am nächsten Tag wusste Fleur nicht viel mit sich anzufangen. Da Helen und Violet sie spüren ließen, dass sie nicht willkommen war, verbrachte sie so wenig Zeit wie möglich mit ihnen. Gallard Duvall gehörte mittlerweile zum festen Inventar der Villa. Er war am Abend zuvor zum Essen geblieben und erst gegangen, als Reed deutliche Anspielungen hinsichtlich der späten Stunde gemacht hatte. Fleur wurde das Gefühl nicht los, dass sich dieser Franzose viel zu sehr dafür interessierte, wann Reed kam und ging. Fleur mochte ihn nicht.

Nur durch Zufall fand sie heraus, dass ihr Schlafgemach mit Reeds Kammer verbunden war. Kein Wunder, dass Helen ihr das grüne Zimmer geben wollte und nicht das bezaubernde rosa Zimmer, in dem sie jetzt wohnte. Fleur hatte die angrenzende Tür erst bemerkt, als sie sich am Abend bettfertig machte. Schließlich siegte die Neugier, und sie öffnete die Tür, um nachzusehen, wohin sie führte. Sie brauchte nicht lange, um zu begreifen, dass sie sich in der Master-Suite befand. Der Raum war doppelt so groß wie der ihre und in dunklen Farben gehalten. An einer Wand stand ein großes Bett, umgeben von wuchtigen Möbeln.

»Ich habe mich schon gefragt, wann du die Tür bemerken würdest«, sagte Reed vom anderen Ende des Raumes. Er war plötzlich aus einer Nische in der Wand getreten, die Fleur für ein Ankleidezimmer hielt. Er trug einen Morgenmantel, der locker um die Hüften zusammengebunden war. Er war barfuß und sein Haar vom Baden zerzaust.

»Kein Wunder, dass Violet gegen die Zimmerverteilung etwas einzuwenden hatte. Warum hast du mir das Zimmer gegeben, das mit deinem verbunden ist?«

Mit drei großen Schritten war Reed bei ihr und zog sie in seine Arme. »Du weißt, warum. Außerdem geht es Violet überhaupt nichts an, was ich tue und nicht tue.«

»Jeder Dummkopf kann sehen, dass sie eifersüchtig auf mich ist.«

»Dazu hat sie keinen Grund. Ich bin nicht an Violet interessiert.«

»Sie kann dir das Kind schenken, das du unbedingt brauchst.«

»Ich habe es nicht eilig zu heiraten.« Seine Arme schlossen sich fester um sie.

Fleur stieß ihn fort. »Eine Sache möchte ich mit dir besprechen, wo ich schon einmal hier bin.« Sie atmete tief durch, um sich zu beruhigen. »Ich glaube, Gallard Duvall könnte für die Angriffe auf dich verantwortlich sein.«

Als Reed etwas erwidern wollte, legte ihm Fleur einen

Finger auf die Lippen. »Bestreite nicht, dass es gestern wieder eine knappe Sache war.«

»Ich war nicht in Gefahr. Vergiss Duvall. Ich wette, dass mein Verräter einer von Porters Männern ist.« Er wollte sie wieder an sich ziehen, doch Fleur wich ihm aus.

»Ich vertraue Duvall nicht. Er hat sich nicht ohne Grund bei Helen eingeschmeichelt.«

»Natürlich nicht. Immerhin ist er mit ihr verwandt. Helen sagt, dass er ihr während Jasons Krankheit eine große Hilfe gewesen ist, und auch nach seinem Tod, als sie Halt brauchte.«

»Findest du es nicht merkwürdig, dass er unmittelbar nach deinem Verschwinden auf deinem Landsitz auftauchte?«

»Er ist ein Emigrant. Die tauchen ständig in England auf. Ich habe selbst einigen zur Flucht verholfen.«

»Aber … trotzdem denke ich …«

»Du denkst zu viel«, sagte Reed und zog sie an sich. Sein Kuss vertrieb die Gedanken aus ihrem Kopf, und sie nahm nichts anderes mehr wahr als seinen Geschmack, seinen Geruch und seine Berührung.

Fleur blieb so lange bei Reed, bis er sie kurz vor Sonnenaufgang in ihr Bett trug.

Fleurs verträumtes Gesicht, als sie am nächsten Morgen zum Frühstück erschien, ihr leidenschaftlich verschwommener Blick und die geschwollenen Lippen waren ein hinreichender Beweis dafür, was in Reeds Bett geschehen war. Unglücklicherweise blieb es auch Violet nicht verborgen, und sie nahm es ihr übel.

»Reed gehört mir, verstanden?«, zischte sie Fleur ins Ohr. »Ihr könnt ihn nicht haben.«

# Dreizehntes Kapitel

Fleur glaubte, sich verhört zu haben, doch als sie Violet ansah, wusste sie, dass sie sich nicht geirrt hatte. Ihr Blick war zu wild, zu böse.

Fleur überging die Bemerkung. Sie füllte ihren Teller, ging an den Tisch zurück und setzte sich neben Lisette. Helen und Violet warfen ihnen verächtliche Blicke zu und fingen an, sich den neuesten Klatsch zu erzählen.

»Vor der solltest du dich in Acht nehmen«, flüsterte Lisette und nickte in Violets Richtung. »Ich habe gehört, was sie gesagt hat.«

Als Reed wenige Minuten später den Frühstücksraum betrat, widmete ihm Violet ihre volle Aufmerksamkeit. Sie klimperte kokett mit den Wimpern und berührte ihn am Arm. Fleur wandte sich ab, angewidert von der offensichtlichen Schwärmerei.

Etwas später kam Gallard Duvall in den Frühstücksraum.

»Es ist zwar noch etwas früh für Besuch, aber kommt nur herein«, sagte Reed gedehnt.

»Vergib mir, *mon ami*«, erwiderte Duvall. »Ich habe Euch ein paar interessante Neuigkeiten mitzuteilen.«

»Bitte setzt Euch zu uns, Gallard«, lud Helen ihn ein. »Immerhin gehört Ihr auch zur Familie.«

»In der Tat«, pflichtete Reed ihr bei. »Nehmt einen Teller und bedient Euch. Auf einen mehr oder weniger kommt es nicht an.«

Einer zweiten Einladung bedurfte es nicht. Duvall lud

sich einen Teller voll und setzte sich auf den freien Platz neben Fleur.

»Welche Neuigkeiten bringt Ihr, Monsieur Duvall?«, wollte Fleur wissen. »Frohe Kunde, wie ich hoffe.«

»Ich habe soeben erfahren, dass die Gräfinwitwe von Hunthurst eine Nachmittagsgesellschaft für meine Landsleute gibt, Franzosen, die der Schreckensherrschaft entfliehen konnten und jetzt in London leben. Sie hat großes Verständnis für unsere missliche Lage.«

Reed legte seine Gabel nieder und schob den leeren Teller von sich. »Großmutter ist den Emigranten aufgrund unserer französischen Verwandtschaft in der väterlichen Linie wohlgesinnt.«

»Wie dem auch sei, ich wollte Euch nur wissen lassen, dass ich teilnehmen werde und mich sehr freuen würde, Euch zu sehen.«

»Wisst Ihr«, sagte Helen und neigte nachdenklich den Kopf, »ich sehe überhaupt keinen Grund, warum Ihr nicht hier bei uns wohnen solltet. Ihr seid Reeds Cousin, wie entfernt auch immer, und Ihr mietet ein Zimmer in einem der weniger erfreulichen Viertel Londons.«

»Oh, *non*, ich könnte nicht …«

»Natürlich könnt Ihr. Nicht wahr, Reed?«

Lisette und Fleur tauschten vielsagende Blicke und teilten sich so ihre Meinung über Helens jüngsten Vorschlag mit. Fleur traute Duvall nicht, und Lisette ging es offenbar ähnlich. Fleur konnte sich ihr Misstrauen gegenüber dem Franzosen nicht erklären, sie hatte schlicht und einfach das Gefühl, dass etwas an ihm nicht aufrichtig war.

Reed warf Helen einen durchdringenden Blick zu, der weniger Zustimmung als Tadel ausdrückte.

Duvall löste das Problem selbst. »*Non, non*, ich möchte mich unter keinen Umständen aufdrängen. Meine Unterkunft reicht für meine Bedürfnisse völlig aus, und so bin ich unter meinesgleichen. Aber danke für die freundliche Einladung. Ich bin gekommen, um den Damen meine Begleitung anzubieten.«

»Da ich selbst an Großmutters Soiree teilnehmen werde, haben sie bereits mich als Begleiter«, entgegnete Reed.

»*C'est si bon*. Aber wie gesagt, solltet Ihr mich brauchen, stehe ich zu Eurer vollen Verfügung.« Duvall säuberte sich den Mund mit seiner Serviette und stand auf. »Und nun wünsche ich einen schönen Tag.« Reed machte Anstalten sich zu erheben. »*Non, non,* bleibt sitzen, werter Cousin. Ich finde den Weg zur Tür schon allein.«

Reed wartete, bis Duvall den Raum verlassen hatte, und wandte sich dann an Helen. »Du hast kein Recht, mein Haus anzubieten, ohne mich vorher zu fragen.«

Helen zuckte mit den Schultern. »Es war mein Haus, bevor es deins wurde. Außerdem schätze ich Duvalls Gesellschaft.«

»Das kannst du gerne tun, aber nicht hier. Wenn er finanzielle Hilfe benötigt, werde ich ihn unterstützen, weil er zur Familie gehört. Aber damit hört meine Gastfreundschaft dann auch schon auf.« Er stieß den Stuhl zurück und erhob sich. »Entschuldigt mich, ich habe eine Verabredung.«

*Gott sei Dank,* dachte Fleur bei sich. Reed traute Duvall kein bisschen mehr als sie. »Sei vorsichtig«, rief sie Reed nach, der in der Tür stehen geblieben war und sich noch einmal nach ihr umwandte. Dann war er verschwunden.

»Was soll das heißen?«, wollte Violet wissen.

Fleur zuckte die Achseln. »Ich möchte einfach, dass er auf sich aufpasst. Zwei Anschläge wurden bereits auf ihn verübt, und der dritte könnte gelingen.«

»Reed kann auf sich selbst aufpassen«, widersprach Helen mit einer verächtlichen Handbewegung.

»Ich aber werde noch besser auf ihn aufpassen, wenn ich erst einmal seine Countess bin«, schnurrte Violet.

»Ich weiß um deine Hoffnungen, meine Liebe«, erwiderte Helen, »und ich bin sicher, dein Wunsch wird eines Tages in Erfüllung gehen.«

»Erlaubt mir eine Frage, Violet«, mischte sich Fleur ein. »Weiß Reed von den Plänen, ihn zu heiraten? Wäre es nicht eigentlich an ihm, diese Entscheidung zu treffen?«

Violet warf Fleur einen feindseligen Blick zu und überließ es Helen zu antworten: »Männer wissen äußerst selten, was sie wollen. Reeds Großmutter kann es kaum erwarten, dass sich ihr Enkelsohn eine Frau sucht und Erben in die Welt setzt, und wir alle wissen, dass sie eine Vorliebe für Violet hat. Meine Schwester verfügt über das richtige Blut und über eine großzügige Aussteuer. Sie ist also wie gemacht für Reed.«

Fleur hielt es nicht für nötig, etwas zu antworten. Sie hatte in dieser Unterhaltung absolut nichts verloren. Sie entschuldigte sich, stand auf und verließ den Raum, Lisette auf den Fersen.

»Welches Kleid wirst du tragen?«, erkundigte sich Lisette, als sie die Treppe zu Fleurs Zimmer hinaufstiegen.

»Ich dachte an das bronzefarbene Seidenkleid. Das dürfte für eine Soiree ausreichen. Was wirst du tragen?«

»Das roséfarbene, denke ich. Es wurde gestern geliefert.«

Die Stunden vergingen ungewohnt schnell. Während Lisette weiterplapperte, wanderten Fleurs Gedanken zu Reed. Sie betete, er möge auf sich Acht geben, wo auch immer er war. Fleur wusste, dass es töricht war, sich um ihn Sorgen zu machen, doch sie konnte nicht anders.

Als sich Lisette verabschiedet hatte, ging Fleur hinaus in den Garten. Das Wetter war besonders schön, und die Sonne, die ihr ins Gesicht schien, fühlte sich wunderbar warm an. Das englische Wetter war bei Weitem nicht immer so angenehm.

Als Reed nach Hause kam, fand er Fleur auf einer Bank im Garten sitzend. »Ich habe nach dir gesucht«, sagte er.

»Bist du schon lange zurück?«

»Nein, ich bin gerade erst gekommen. Weder Helen noch Violet schienen zu wissen, wo du steckst.«

»Das interessiert sie auch nicht«, erwiderte Fleur. »Für sie bin ich nichts als ein Eindringling.«

Er schenkte ihr ein Lächeln, das ihr Herz erwärmte. »Für mich aber nicht, und ich bin der Einzige, der zählt. Es ist bald Zeit zum Mittagessen. Wir haben heute einen Gast.«

»Es wäre nicht ungewöhnlich, dass Duvall sowohl zum Mittag- als auch zum Abendessen anwesend ist. Helen hat offensichtlich einen Narren an ihm gefressen.«

»Nicht Duvall, meine Großmutter ist hier.«

Fleurs Mut sank. Wie Helen klargestellt hatte, wünschte sich die alte Dame eine Verbindung zwischen Violet und Reed.

»Sollen wir reingehen?«, fragte Reed und bot ihr seinen Arm.

Doch noch bevor sie ihre Hand in seine Armbeuge legen konnte, zog er sie in die Arme und küsste sie.

Fleur erkannte ein verschmitztes Funkeln in seinen silberfarbenen Augen, doch ihr blieb keine Zeit, seine Bedeutung zu erfassen. Reed nahm begierig ihren Mund, erkundete ihn mit seiner Zunge und steckte ihren Körper in Brand. Einige Augenblicke lang gab sie sich seinem Kuss hin, ehe sie sich losriss.

»Reed! Jeder, der in diesem Moment aus dem Fenster schaut, kann uns sehen.«

Ein Grübchen erschien auf seiner Wange. »Da hast du Recht. Wie es scheint, habe ich mich nicht unter Kontrolle, wenn ich in deiner Nähe bin.« Er hielt ihr den Arm hin. »Sollen wir?«

Die Witwe saß im Gesellschaftszimmer und hielt Hof. Sie begrüßte Fleur herzlich. »Ich bin gekommen, um eine persönliche Einladung zu meiner Soiree für französische Emigranten am kommenden Samstag auszusprechen. Reed wird Euch begleiten.«

»Ich gehöre ja nicht im eigentlichen Sinne zur Familie«, äußerte sich Violet vorsichtig. »Bin ich dennoch eingeladen?«

Die alte Dame warf Violet einen liebevollen Blick zu. »Ihr, meine Liebe, führt, wie Ihr wohl wisst, die Liste der Damen an, die ich als Reeds Countess begrüßen würde. Ihr seid in jeder Hinsicht wie für ihn gemacht.«

Fleur saß wie versteinert. Sie wagte einen Blick auf Reed und fragte sich, warum er der Brautwahl seiner Großmutter nicht widersprach. War er bereit, Violet zu heiraten? Hatte er eine Abmachung mit ihr getroffen? Hatte er ihr bereits einen Antrag gemacht? Was in Gottes Namen machte sie nur in Reeds Haus, in seinem Bett, wenn er sich doch bereits eine Braut ausgesucht hatte?

Fleur sprang auf. »Entschuldigt, ich fühle mich nicht wohl.«

Als sie auf die Tür zusteuerte, um sich in die Sicherheit ihres Zimmers zu flüchten, hörte sie Violet sagen: »Vielleicht ist ihr etwas nicht gut bekommen.«

Fleur musste nicht daran erinnert werden, dass sie ein Eindringling war und bei einer Familie lebte, die sich um sie oder ihre Gefühle nichts scherte. Nie zuvor hatte man ihr so deutlich zu verstehen gegeben, dass sie nicht hierher gehörte. Sie war Reeds Mätresse geworden, so gerne sie es auch verleugnet hätte. Es war an der Zeit, dass sie dieses Haus verließ. Sie musste sich auf ihren Auftrag konzentrieren und konnte es nicht gebrauchen, ständig von Reed abgelenkt zu werden.

Sie war so sehr in Gedanken versunken, dass sie Reed, der ihr in die Kammer gefolgt war, erst bemerkte, als er ihren Namen flüsterte. Sie fuhr herum, von seiner Anwesenheit sichtlich überrascht. »Reed, bitte, geh jetzt!«

»Ich habe Violet keinen Antrag gemacht«, erklärte er.

»Vielleicht noch nicht. Aber du wirst es tun. Und wenn nicht Violet, dann eben einer anderen. Höchste Zeit, dass ich hier verschwinde, Reed. Lisette und ich werden gleich morgen in ein Hotel ziehen.«

Er wollte die Hand nach ihr ausstrecken, doch sie wich ihm aus. »Sei vernünftig, Liebes. Ich will dich hier haben, bei mir. Ich bin noch nicht bereit zu heiraten, ganz gleich, was Großmutter sagt.«

»Aber eine Mätresse willst du, und ich komme dir gerade recht.«

»So ist es nicht.«

»Was bin ich denn für dich, wenn nicht deine Mätresse? Ich kann das nicht mehr länger ertragen, Reed. Ich ziehe aus. Du brauchst nicht zu versuchen, es mir auszureden. Ich wünsche dir und Violet alles Gute.«

Reed streckte noch einmal die Hand nach ihr aus, und sie entkam ihm wieder. »Nein, rühr mich nicht an! Diesmal wirst du mich nicht verführen, damit ich meine Meinung ändere. Ich ziehe hier aus, und dabei bleibt es.«

Reed wusste, dass Fleur es ernst meinte. Er würde sie

nicht umstimmen können, ganz gleich, was er sagte oder tat. Zumindest aber konnte er ihr einen sicheren Ort anbieten.

»Wenn ich dich schon nicht überzeugen kann, hierzubleiben, wo du sicher bist, lass mich dir eine Alternative vorschlagen.«

»Eine Alternative?«, wiederholte Fleur misstrauisch.

»Ganz genau. Mein Stadthaus ist zurzeit unbewohnt. Es wäre genau das Richtige für dich und Lisette. Ich würde dir sogar meine Dienerschaft überlassen – Updike, Mrs. Peabody, den Koch, sowie Diener und Hausmädchen. Hier sind sie ohnehin überflüssig.«

»Falls, und ich betone *falls* ich dein Angebot annehmen sollte, werde ich dir die volle Miete bezahlen, nicht nur einen symbolischen Betrag.«

»Einverstanden«, sagte Reed. Er nannte einen Preis, der vernünftig klang, ihre finanziellen Möglichkeiten aber nicht zu sehr strapazierte. Er hielt den Atem an, während sie über das Angebot nachdachte. »Die Miete deckt das Gehalt der Dienerschaft«, fügte er hinzu. »So werden die Mietpreise für gewöhnlich bemessen.«

Fleur blickte skeptisch drein. »Bist du sicher? Ich bin nicht auf Almosen angewiesen. Ich habe genug Geld, um ein angenehmes Leben zu führen. Sobald meine Mission in London beendet ist, werden Lisette und ich ins Haus meiner Tante aufs Land ziehen.«

»Ich biete dir keine Almosen. Ich muss ohnehin einen Mieter oder Käufer für mein Stadthaus finden. So einfach ist das.«

»Also gut. Wir werden morgen umziehen.«

»Bleib doch bis nach Großmutters Soiree«, bat Reed. »Dann haben die Diener Zeit, alles für deine Ankunft vorzubereiten.«

»Na schön, ich bin einverstanden.«

»Dann haben wir das ja geklärt. Wollen wir uns nun zum Mittagstisch begeben?«

Fleur schüttelte den Kopf. »Ich kann die beiden Damen gerade nicht sehen.«

Reed drängte sie nicht. »Ich werde dir die Mahlzeit auf dein Zimmer bringen lassen.«

»Danke.«

Reed zögerte. »Fleur, ich …«

»Geh jetzt, Reed. Es gibt nichts mehr zu sagen. Wir müssen die intime Seite unserer Freundschaft vergessen und uns auf die Suche nach deinem Verräter konzentrieren.«

*Auf gar keinen Fall,* schwor sich Reed insgeheim. Er war noch nicht bereit, Fleur gehen zu lassen.

Am Tag der Soiree half Peg Fleur in ein elegantes bronzefarbenes, mit Silber durchwobenes Seidenkleid. Die hohe Taille, der U-Ausschnitt und die kurzen Ärmel betonten den schmal geschnittenen Rock und Fleurs schlanke Figur. Peg steckte ihr das lockige Haar geschickt zu einem üppigen Knoten zusammen und fixierte ihn mit einem silbernen Haarband. Auf Fleurs Wunsch hin verzichtete Peg darauf, ihr das Haar zu pudern, anders als Helen und Violet, deren Haartracht gepudert und mit Straußenfedern kunstvoll geschmückt war. Fleur musste sich beherrschen, um bei dem Anblick nicht laut loszulachen.

Reed hingegen sah in seinem edlen Mantel und den Kniehosen, die seine muskulösen Beine und andere Qualitäten wunderbar zur Geltung brachten, ganz und gar fabelhaft aus. Mit dem makellosen Leinenhemd und der sorgfältig gebundenen Krawatte war er die Perfektion in Person. Sie warteten gemeinsam in der Eingangshalle auf die Stadtkutsche, die sie zum Haus der Großmutter bringen sollte.

Als die Kutsche schließlich eintraf, drängten sich die Damen in den Wagen. Reed zog es vor, auf Ebony zu reiten, anstatt sich mit den anderen in das überfüllte Gefährt zu zwängen. Die Fahrt dauerte nur wenige Minuten. Als sie das Haus der Großmutter erreichten, wurden sie vom Butler angekündigt. Im Gesellschaftszimmer herrschte bereits geschäftiges Treiben. Aus dem Stimmengewirr schloss Fleur, dass die meisten Gäste Französisch als bevorzugte Sprache gewählt hatten.

Sie bahnten sich ihren Weg zu der altem Dame, die von ihrem thronähnlichen Stuhl den Vorsitz über den Salon führte. Duvall, der wie aus dem Nichts aufgetaucht war, nahm Helen und Violet beiseite, um sie seinen Emigrantenkollegen vorzustellen. Fleur entdeckte auf der anderen Seite des Raumes einen Bekannten von Pierre und entfernte sich von der Gruppe, um ihn zu begrüßen, während sich Lisette von einer Schar ihrer Landsmänninnen angezogen fühlte.

»Monsieur Barbeau, wie schön, Euch wiederzusehen«, begrüßte Fleur ihn. »Wie lange seid Ihr schon in England?«

»Countess Fontaine«, erwiderte Barbeau und küsste ihr die Hand. »Wie wunderbar, Euch am Leben zu wissen. Ihr seht umwerfend aus. Ich habe gehört, dass Euer Mann …« Er zuckte auf typisch französische Art mit den Schultern. »Es sind so viele schreckliche Dinge geschehen. Ich möchte Euch mein aufrichtiges Beileid für Euren Verlust ausdrücken. Ich bin erst kürzlich nach England gekommen.« Er schüttelte den Kopf. »Die Unruhen in Frankreich sind entsetzlich, einfach entsetzlich. Count Dubois und ich sind in einer Nacht-und-Nebel-Aktion über den Kanal geflohen. Ich glaube, Ihr kennt René noch nicht. Count Dubois, erlaubt mir, Euch mit Countess Fleur Fontaine bekanntzumachen.«

Dubois, ein hochmütiger junger Mann von aristokratischem Aussehen, begrüßte Fleur mit einer ausladenden Geste. »Countess, welch ein Glück für mich, dass ich nicht dasselbe Schicksal erleiden musste wie Euer Ehemann.«

»Habt Ihr Pierre gekannt, Mylord?«

»*Non*, das Vergnügen hatte ich leider nicht. Seid Ihr Französin? Ihr seht nicht besonders französisch aus.«

»Ich bin Engländerin, Mylord. Nach unserer Hochzeit habe ich mit Pierre in Frankreich gelebt.«

Weitere Gäste gesellten sich zu ihnen. Fleur versuchte anhand der Art, wie sie miteinander sprachen, Aussagen über ihren Charakter zu treffen. Waren sie England dankbar, dass man ihnen Zuflucht gewährte? Während Fleur von Gruppe zu Gruppe wanderte, wo man sich angeregt unterhielt und miteinander lachte, begriff sie, wie schwer ihre Mission werden würde.

Viele der Emigranten trugen eine Maske, keine reale, sondern eine innere Maske, die ihre privaten Gedanken von der Außenwelt fernhielt. War es möglich, dass einer von ihnen ein Spion war? Ihr Blick suchte Reed und fand ihn. Er starrte wie gebannt in ihre Richtung, die Augen zusammengekniffen, sein Ausdruck unergründbar. Sie begriff erst, was seine kritische Aufmerksamkeit auf sie zog, als ihr bewusst wurde, dass Count Dubois sich an sie gehängt hatte und mit ihr von Grüppchen zu Grüppchen zog.

Als Gallard Duvall auf sie zutrat und sie herzlich begrüßte, wirkte Dubois verärgert, wenn nicht gar eifersüchtig.

»Ich wusste gar nicht, dass Ihr die Countess kennt, Duvall«, meinte Dubois.

»Sie ist im Haus meines Cousins zu Gast«, erwiderte Duvall. »Ich sehe sie bei meinen häufigen Besuchen, die ich Lady Helen Harwood und Lady Violet Dewbury abstatte.«

»Ah, *oui,* jetzt erinnere ich mich. Euer Cousin ist der Earl of Hunthurst. Ihr seid eine … Freundin von ihm, Countess? Seine *chère amie* vielleicht?«

»Ihr kränkt mich, Count Dubois«, war Fleur entrüstet.

»Verzeiht, es war nicht richtig von mir, das anzunehmen.«

»Zu Eurer Information, ich bin ein Hausgast der Schwägerin des Grafen.«

Dubois neigte sich zu ihr und sagte in vertraulichem Ton: »Ich habe gehört, dass Hunthurst erst vor kurzem aus dem Ausland nach London zurückgekehrt ist und die Grafschaft von seinem verstorbenen Bruder geerbt hat.«

»Es ist nicht an mir, über die Familie zu tratschen«, gab Fleur bissig zurück. Und mit diesen Worten ging sie davon. Sie konnte Dubois nicht leiden und blickte nicht einmal zurück, um sich zu vergewissern, dass die Abfuhr, die sie ihm erteilt hatte, angekommen war.

»Was ist los?«, fragte Reed, als er Fleur eingeholt hatte. »Hast du etwas Unerfreuliches über einen Emigranten herausgefunden?«

»Count Dubois war mehr als neugierig, was dich betrifft. Ich … mag seine Art nicht.«

»Hat er dich beleidigt?«

Fleur bemerkte Reeds geballte Fäuste und das zornige Funkeln in seinen silberfarbenen Augen und biss sich auf die Zunge. Ihre Mission bestand nicht darin, Reed eifersüchtig zu machen und ihn dazu zu bringen, etwas Unvernünftiges zu tun.

»Nein, ich mag ihn nur einfach nicht. Von Monsieur Duvall bin ich auch nicht gerade angetan, aber das heißt nicht, dass einer von ihnen verdächtig ist. Ich brauche mehr Informationen, bevor ich es wagen kann, jemanden anzuklagen.«

»Ich möchte auf keinen Fall, dass du dich in Gefahr bringst«, knurrte Reed.

»Willst du nun deinen Verräter ausfindig machen oder nicht?«

»Natürlich will ich das, das weißt du doch.«

»Dann misch dich nicht ein.«

»Ah, da seid Ihr ja, Countess. Ich habe Euch gesucht.«

Fleur lächelte Monsieur Barbeau zu. »Habt Ihr Seine Lordschaft schon kennengelernt?«

»*Non*, die Ehre hatte ich noch nicht.«

Fleur stellte die beiden einander vor.

»Ich würde mich freuen, wenn Ihr mich morgen auf eine Kutschfahrt durch den Park begleiten würdet, Countess«, lud Monsieur Barbeau sie ein.

Fleur dachte einen Augenblick nach, dann sagte sie: »Warum nicht?« Sie gab ihm die Adresse in der Park Avenue. Der Umzug würde noch einen Tag warten können. »Wann genau werdet Ihr mich abholen?«

»Ist Euch zwei Uhr recht?«

»Ausgezeichnet«, erwiderte Fleur.

Barbeau strahlte. »Bis morgen also, Countess. Es war mir eine Ehre, Hunthurst.«

»Hältst du das für klug?«, fragte Reed zwischen zusammengebissenen Zähnen.

»Wie sonst könnte ich in den engeren Kreis eindringen? Ich habe den Auftrag angenommen und gedenke ihn gewissenhaft auszuführen.«

»Porter erwartet nicht von dir, dass du dich in Gefahr begibst!«

»Hör auf, Reed. Ich kann selbst auf mich aufpassen.

Kümmere dich um deine eigene Sicherheit. Wenn du mich jetzt entschuldigen würdest, Lisette steht dort drüben recht verloren, und ich werde mich ein wenig um sie kümmern.«

Reed blieb nichts anderes übrig, als Fleur aus der Entfernung zu beobachten, während sie ihre Runden durch die versammelte Gesellschaft drehte, sich unterhielt und mit den Männern schäkerte, oder zumindest kam es ihm so vor.

Als ihm seine Großmutter ein Zeichen gab, riss er den Blick nur widerwillig von Fleur los und ging zu der alten Dame hinüber.

»Du wirkst verärgert, mein Junge. Was bedrückt dich?«

»Du weißt, dass ich diese Veranstaltungen nicht leiden kann, Großmutter. Ich bin nur hier, weil die Damen meine Begleitung gefordert haben.«

»Du schenkst Lady Fontaine mehr Aufmerksamkeit als Lady Violet. Sag nur nicht, du hast dich in die Witwe verliebt. Sie wäre nicht meine Wahl für dich, Reed, das weißt du. Eine Frau, die nach fünf Jahren Ehe keine Kinder zur Welt gebracht hat, ist nichts für dich.«

Reeds Gesichtsausdruck verdunkelte sich. »Ich bin noch nicht bereit zu heiraten, Großmutter. Und selbst wenn, dann wäre Violet nicht meine Wahl.«

Die Gräfinwitwe tätschelte seinen Arm. »Sei nicht gekränkt, mein lieber Junge. Ich weiß, du hast dich von deinem Unglück in Frankreich immer noch nicht ganz erholt.«

»So ist es«, murmelte Reed. Großmutter wusste nicht einmal die Hälfte von dem, was ihm widerfahren war.

Reed verbrachte den restlichen Nachmittag damit, Fleur zu beobachten. Kurz bevor sich die Gäste anschickten zu gehen, schlich sich Violet an ihn heran und hakte sich bei ihm ein.

»Meint Ihr nicht auch, dass es an der Zeit ist, Eure Aufmerksamkeit in eine andere Richtung zu lenken?«, schnurrte sie.

Reed starrte sie irritiert an. War er so auffällig? Hatte jeder gemerkt, dass er in seinen Gedanken vor allem mit Fleur beschäftigt war? »Ich war mir nicht bewusst, dass meine Aufmerksamkeit in eine bestimmte Richtung ging.«

»Ich weiß, dass Fleur Eure Mätresse ist, und ich trage es Euch nicht nach, aber die Sache muss aufhören, wenn wir heiraten sollen.«

Reed löste ihren Arm aus seiner Armbeuge. »Ich kann mich nicht erinnern, Euch einen Antrag gemacht zu haben. Ich habe nichts gegen Euch, Violet«, sagte er, um die Bemerkung etwas abzumildern, »aber ich rate Euch, richtet Euer Augenmerk auf einen anderen.«

Violet warf ihm einen gespielt unschuldigen Blick zu. »Ich werde nicht so schnell aufgeben, Reed. Ich bin dazu bestimmt, Euch zu heiraten. Fleur mag Euch vielleicht das Leben gerettet haben, aber sie ist Eurer nicht würdig. Man fragt sich, mit wie vielen Männern sie im Rahmen ihrer Arbeit verkehrt hat.«

Reed erstarrte. Wut stieg in ihm hoch. Wie konnte Violet es wagen, eine so mutige Frau wie Fleur herabzusetzen! Hier hatte niemand eine Ahnung, dass sie für ihr Land beinahe ihr Leben verloren hätte.

»Fleurs Aufgabe bestand darin, Engländern das Leben zu retten. Ich frage mich, wie weit Ihr gehen würdet, um das Leben eines Mannes zu retten.«

»Ich habe auch meine Ehre«, schnaubte Violet.

Reed war zu wütend, um zu antworten. »Würdet Ihr Euch bitte nach Helen und Lisette umsehen, während ich mich von Großmutter verabschiede? Es ist höchste Zeit zu gehen.«

»Wartet, Reed. Verzeiht, wenn ich mich freimütig über Fleur geäußert habe. Ich gebe zu, dass ich eifersüchtig auf die ungeteilte Aufmerksamkeit bin, die Ihr dieser Frau schenkt, aber ich wollte kein schlechtes Licht auf sie werfen oder ihren Mut anzweifeln.«

Reed nickte kurz und ging davon. Er verabschiedete sich von seiner Großmutter und suchte in der Menge nach Fleur. Er fand sie in einer Ecke, wo sie sich mit Gallard Duvall und, zu seinem großen Erstauen, mit Henry Dempsey, einem von Porters Geheimagenten, unterhielt. Was machte der denn hier?

Er ging zurück zu seiner Großmutter und erkundigte sich bei ihr, wie Dempsey auf der Gästeliste landen konnte, nur um die Antwort zu erhalten, dass sie nicht wisse, von wem er spreche. Reed drängte die alte Dame nicht, wenngleich ihn Dempseys Auftauchen stutzig gemacht hatte. Entschlossen machte er sich auf den Weg, um die traute Dreisamkeit aufzulösen.

»Ich störe nur ungern, Dempsey, Duvall, aber die Damen sind aufbruchbereit«, erklärte Reed. »Ich komme, um Fleur abzuholen.«

»Wie schade«, sagte Duvall und drückte zum Abschied Fleurs Hand.

»In der Tat, sehr schade«, pflichtete Dempsey ihm bei. »Die Countess und ich haben uns gerade erst kennengelernt.«

»Ein andermal vielleicht«, meinte Fleur und schaffte es mit einiger Anstrengung, Duvall ihre Hand zu entziehen. Sie verabschiedete sich und eilte davon.

»Ich bin in einer Minute bei dir, Fleur«, sagte Reed. »Ich will nur kurz unter vier Augen mit Dempsey sprechen.«

»Erlaubt mir, Euch zur Tür zu geleiten«, vernahm sie Duvall, der sie wieder eingeholt hatte.

»Was machst du denn hier?«, wollte Reed wissen, als er mit Dempsey allein war.

»Das Gleiche wie du«, antwortete Dempsey abweisend. »Wie ich gehört habe, glaubt Porter, dass es unter den Emigranten einen Spion gibt, was eine Bedrohung für unser Land wäre.«

»Porter irrt sich«, ereiferte sich Reed. »Ich glaube ...« Er hielt inne. »Was ich glaube oder nicht glaube, tut nichts zur Sache, solange wir beide am gleichen Strang ziehen. Woher kennst du Gallard Duvall?«, wechselte er schlagartig das Thema.

»Ich habe ihn gerade erst kennengelernt, als ich seine Unterhaltung mit der Countess Fontaine gestört und mich ihm vorgestellt habe. Ich habe heute versucht, so viele Emigranten wie möglich kennenzulernen. Die Countess ist eine reizende Frau. Ich habe gehört, dass ihr ein Paar seid.«

»Da hast du falsch gehört, Dempsey. Wir sprechen uns später, die Damen warten auf mich.«

Reed schritt davon, und seine Laune war noch um einiges schlechter als noch vor wenigen Minuten. Dempseys Interesse an Fleur gefiel ihm überhaupt nicht. Obwohl Reed wusste, dass Porter eine Fahndung nach dem Verräter oder Doppelspion durchführen ließ, war er nicht darüber informiert, dass Dempsey an dem Einsatz beteiligt war. Er wusste nur wenig über Dempsey und war geneigt, jeden zu verdächtigen, der von der Operation wusste.

Reed traf die Damen in der Eingangshalle und geleitete sie bis zur Kutsche, die draußen auf sie wartete. Als er sie sicher im Wagen wusste, saß er auf Ebony auf.

Violet steckte den Kopf aus dem Fenster. »Kommt Ihr nicht mit uns nach Hause?«

»Ich habe noch etwas zu erledigen«, erwiderte Reed und ritt davon.

»Na, so was!«, rief Violet entrüstet und lehnte sich zurück. »Das war aber unhöflich von ihm. Manchmal verstehe ich Reed einfach nicht.«

Fleur verdrehte die Augen und tauschte belustigte Blicke mit Lisette.

»Habt Ihr Euch gut amüsiert, Fleur?«, erkundigte sich Helen. »Ihr müsst Euch wie zu Hause gefühlt haben unter all den armen Vertriebenen.«

»Diese armen Vertriebenen haben die Schreckensherrschaft überlebt, etwas, das Ihr nie begreifen werdet.«

»Ich will es auch gar nicht begreifen«, schnaubte Helen. »Natürlich habe ich Mitleid mit diesen Leuten, aber ihre Probleme sind nicht meine. Ich verstehe Eure Anteilnahme, Fleur, aber Euer Volk sind sie streng genommen auch nicht. Bei Gallard Duvall ist das etwas anderes. Er gehört immerhin zur Familie.«

»Ich frage mich«, sagte Violet in nachdenklichem Ton, »wie lange Ihr gedenkt, bei uns zu bleiben? Ich nehme doch an, dass Ihr Euch danach sehnt, Euer Haus auf dem Land aufzusuchen.«

»Lisette und ich werden die Hunthurst-Villa bald verlassen«, teilte Fleur ihnen mit. »Peg packt in diesen Minuten bereits unsere Koffer.«

»Oh, Ihr werdet uns verlassen?«, fragte Violet freudestrahlend. »Ich kann nicht behaupten, dass ich Euch vermissen werde. Weiß Reed davon?«

»Ja, ich habe ihn in meine Pläne eingeweiht. Wir werden in ein bis zwei Tagen in ein nahe gelegenes Stadthaus umziehen. London werde ich noch nicht verlassen.«

»Darf ich fragen, wo in London Ihr wohnen werdet?«

Als Fleur Reeds Adresse nannte, dauerte es einen Augenblick, bis die beiden Frauen die Bedeutung begriffen hatten.

»Ihr zieht in Reeds Stadthaus?«, kreischte Violet. »Hure! Hexe! Ihr könnt Reed nicht haben. Ich warte schon lange auf ihn.«

Ehe Fleur etwas zu ihrer Verteidigung vorbringen konnte, schlug Violet sie ins Gesicht und grub mit ihren langen Fingernägeln eine winzige Kerbe in Fleurs Wange. Fleur war keine Frau, die eine Beleidigung sang- und klanglos über sich ergehen ließ. Sie holte aus und verpasste Violet eine heftige Ohrfeige. Mit offen stehendem Mund wich Violet zurück und fasste sich an die gerötete Wange. Doch bevor der Kampf außer Kontrolle geraten konnte, hielt die Kutsche, und der Kutscher öffnete die Tür. Fleur sprang als Erste heraus, dicht gefolgt von Lisette. Klagend wie eine verwundete Katze taumelte Violet von Helen gestützt aus der Kutsche.

»Reed wird davon erfahren«, rief Helen, als Fleur leichtfüßig die Stufen hinauflief und im Haus verschwand.

Zur gleichen Zeit, am anderen Ende der Stadt, führte man Reed in Porters Büro. Er war im Anschluss an die Soiree auf direktem Weg nach Whitehall geritten.

»Was ist los, Hunthurst? Du wirkst aufgebracht«, sagte Porter.

»Hast du Henry Dempsey der *Operation Verräter* zugewiesen?«, kam Reed sofort zur Sache.

Porter runzelte die Stirn. »Soweit ich weiß, hat Dempsey keinen neuen Auftrag bekommen. Warum fragst du?«

»Er war auf der Soiree meiner Großmutter. Er hat angedeutet, dass du ihn aufgefordert hast, sich an unseren Ermittlungen zu beteiligen.«

Porter trommelte mit den Fingern auf den Tisch. »Kann sein, dass ich die Ermittlungen ihm gegenüber erwähnt habe. Vielleicht ist er genauso ehrgeizig wie du, den Verräter zu finden.«

»Vielleicht«, räumte Reed ein. »Hast du mal darüber nachgedacht, dass Dempsey selbst der Verräter sein könnte?«

Porter lachte. »Du suchst den Übeltäter an der falschen Stelle, Hunthurst. Ich bürge persönlich für jeden einzelnen meiner Leute. Ich habe alle sorgfältig überprüfen lassen, bevor ich sie an Bord geholt habe, so wie ich es auch mit dir getan habe.«

Reed brummte verdrossen. Er war nicht überzeugt. Das Treffen mit Porter endete so abrupt, wie es begonnen hatte. In Gedanken versunken, ritt Reed nach Hause. Wie zum Teufel sollte er den Verräter finden, wenn es so viele Verdächtige gab?

Als er hinter dem Haus vorbei zu den Stallungen trabte, hörte er eine Detonation. Sekunden später stürzte er von seinem Pferd und verlor das Bewusstsein.

# Vierzehntes Kapitel

Reed erwachte an einem kalten dunklen Ort, einem Ort, an dem der Schmerz und das Schreckgespenst des Todes um seine Aufmerksamkeit buhlten. Bewegen konnte er sich nicht, denn man hatte ihm Arme und Beine gefesselt. Er biss die Zähne zusammen und wartete auf das Brennen der Peitsche.

»Ihr könnt ihn jetzt losmachen.« Die Stimme strotzte vor Autorität.

Plötzlich waren seine Glieder wieder frei. Obgleich er sich in der Hölle wähnte, zwang er sich, die Augen zu öffnen. Doch noch ehe sich die Schleier vor seinen Pupillen weit genug lichteten, nahm er ihren unverkennbaren Duft wahr.

*Fleur.*

»Was ist geschehen?«, stöhnte Reed.

Die Hand auf seiner Wange war kühl und besänftigend. »John Coachman hat dich bei den Stallungen gefunden«, erklärte Fleur. »Er hörte einen Schuss und ging nachsehen, was passiert sei. Du lagst auf dem Boden, und von deiner Schläfe rann Blut.«

»Nichts Ernstes, Mylord«, schaltete sich eine männliche Stimme ein. Reed wandte sich zu dem Mann um und erkannte Doktor Freeman, den Hausarzt der Familie. »Wer auch immer Euch erschießen wollte, er hat sein Ziel verfehlt«, fuhr der Arzt fort. »Die Kugel hat Eure Schläfe lediglich gestreift. Das ist mit Schmerzen und einigem Blutverlust verbunden, aber nicht tödlich. Lassen erst die Kopfschmerzen nach, dann seid Ihr wieder so gut wie neu, abgesehen von der leichten Blessur an der rechten Kopfhälfte.«

»Ich danke Euch, Doktor«, sagte Reed und bewegte vorsichtig Arme und Beine, um ihre Beweglichkeit zu prüfen.

»Du hast um dich geschlagen, als Freeman dich verarzten wollte«, erklärte Fleur. »Sie mussten dich mit zwei Männern festhalten.«

Prüfend schaute sie ihm ins Gesicht. »Wo warst du nur in deinen Träumen? Du hast so erbittert gekämpft.«

Reed betrachtete die kleine Gruppe, die ihn umringte. Keiner der Anwesenden stand nahe genug, um sein Erschaudern zu bemerken oder zu hören, wie er flüsterte: »Ich war in der Hölle. Werde ich diesem Grauen niemals entkommen?«

»Was hast du gesagt, Reed?«, fragte Violet und schob sich an Fleur vorbei, um an seine Seite zu eilen.

Er winkte ab. »Nichts von Bedeutung, ehrlich.«

»Ich habe mir solche Sorgen um dich gemacht«, stieß sie hervor und fasste sich ans Herz. »Warum würde dir jemand etwas antun wollen?«

Das hätte auch Reed nur zu gerne gewusst.

Der Arzt räusperte sich. »Wir sollten Lord Hunthurst jetzt ein wenig Ruhe gönnen.« Er gab den Bediensteten ein Zeichen. »Bringt Seine Lordschaft zu Bett. Ich werde gleich da sein und ihm ein Schmerzmittel verabreichen.«

Reed wollte gerade widersprechen, doch der stechende Schmerz an seiner Schläfe, als er sich aufsetzte, machte ihn gefügig, und er war bereit, den Anweisungen des Arztes Folge zu leisten.

»Du solltest wirklich auf den Doktor hören«, mahnte Helen. »Ich werde Gallard eine Nachricht zukommen lassen. Er wird sich uns so lange annehmen, bis du dich auskurierst hast.«

»Nicht nötig«, fauchte Reed. Er würde nicht lange das Bett hüten, schon gar nicht, wenn sich ein Möchtegern-Mörder in der Gegend herumtrieb. Er stützte sich auf die beiden Diener, die ihn in sein Schlafgemach hinaufbegleiteten. Obwohl er Fleur gerne an seiner Seite gehabt hätte, unterdrückte er das Verlangen, sie um ihre Gesellschaft zu bitten. Das hätte sich nicht geziemt. Im Gehen wandte er sich jedoch noch einmal um und warf ihr einen Blick zu, der keinen Zweifel über seine Gefühle zuließ.

Fleur kaute auf ihrer Unterlippe, während sie zusah, wie Reed davongetragen wurde. Im Stillen schwor sie sich, alles nur Erdenkliche zu unternehmen, um den Schuldigen zu finden. Das war das Mindeste, was sie für Reed tun konnte, bevor sie aus seinem Leben verschwand.

Fleur grübelte die ganze Nacht, ob sie Reed wirklich verlassen und in das Stadthaus übersiedeln sollte, wie vorgesehen. Als sie ihn jedoch am nächsten Morgen beim Frühstück antraf, wo er in aller Seelenruhe speiste, wurde ihr klar, dass er nicht ernsthaft verletzt war, und das erleichterte ihr die Entscheidung.

»Geht es dir schon wieder so gut, dass du aufstehen kannst?«, fragte Fleur, als sie ihren Teller füllte und sich auf dem Stuhl neben Reed niederließ. Da nur sie beide zum Frühstück erschienen waren, konnten sie frei sprechen.

»Mir geht es gut«, erklärte Reed. »Doktor Freeman hat mich angewiesen, den Verband noch ein paar Tage zu tragen, und das werde ich auch tun.«

»Und, was meinst du, wer hat auf dich geschossen?«

»Wenn ich das nur wüsste! Ich werde Porter heute Vormittag aufsuchen und ihm den Vorfall melden. Allmählich glaube ich, dass mir tatsächlich jemand nach dem Leben trachtet. Der Grund für die Anschläge ist mir aber nach wie vor ein Rätsel.«

»Vielleicht kann ich etwas in Erfahrung bringen, wenn ich mich heute Nachmittag mit Monsieur Barbeau treffe. Er wird mich um zwei Uhr abholen. Und morgen ziehen Lisette und ich in das Stadthaus um.«

»Ich will nicht, dass du gehst«, widersprach Reed. »Ich habe dich gerne hier.«

Fleur erstarrte. Natürlich hatte er sie gerne hier. So war sie in Reichweite, um seine Lust zu befriedigen, wann immer er wollte. Was könnte praktischer sein! »Ich kann nicht hierbleiben. Die Leute macht es nur misstrauisch, wenn ich mit dir unter einem Dach lebe, außerdem ist es meinen Ermittlungen hinderlich.«

Reed schlug mit der Faust auf den Tisch. »Porter hat nicht das Recht, von dir zu verlangen, dass du dein Leben in Gefahr bringst.« Der Ausbruch schien ihn angestrengt zu haben, denn er rieb sich die rechte Schläfe.

»Hast du Kopfschmerzen? Du hättest noch ein, zwei Tage im Bett bleiben sollen, wie der Doktor gesagt hat.«

»Meinem Kopf geht es gut«, zischte Reed zwischen zusammengebissenen Zähnen.

Fleur beendete ihr Frühstück und erhob sich. »Macht es dir etwas aus, wenn ich deine Kutsche nehme? Lisette und ich würden gerne einige Dinge ins Stadthaus bringen.«

»Das wollte ich dir gerade anbieten. Genauer gesagt, werde ich mit euch kommen. Ich muss mit Updike und dem Rest der Dienerschaft sprechen. Wann willst du aufbrechen?«

»Um zehn, wenn es dir recht ist.«

»Zehn Uhr passt mir gut. Wir treffen uns in der Eingangshalle.«

Fleur ging in ihre Kammer zurück, um zu überprüfen, ob alle ihre Sachen fertig gepackt waren. Peg kümmerte sich bereits um alles, also machte sich Fleur auf die Suche nach Lisette. In der Eingangshalle traf sie auf Helen und Violet.

»Reed hat gesagt, dass Ihr morgen auszieht«, verkündete Helen. »Ihr wisst, dass es nur zu Eurem Besten ist.«

»Das ist es wirklich«, stimmte Violet zu, »man redet schon über Euch. Alle glauben, Ihr seid Reeds *chère amie*.« Sie lächelte süffisant. »Und da liegen sie gar nicht so falsch, hab ich Recht? Es ist ja nun wirklich kein Geheimnis, dass Ihr mit ihm das Bett geteilt habt.«

»Ich habe jetzt keine Zeit zu plaudern«, erwiderte Fleur und wandte sich auf dem Absatz um.

»Wartet!«, rief Violet ihr hinterher.

Fleur hielt inne, blickte aber nicht zurück.

»Wollt Ihr vielleicht abstreiten, dass Reed Euch in seinem Stadthaus einquartiert hat, um auf diese Weise ungestört Euer Bett aufsuchen zu können?«

Fleur ließ sich zu keiner Antwort hinreißen. Dabei waren Violets Vermutungen zum Teil sogar wahr. Reed und sie hatten tatsächlich intime Beziehungen gepflegt, aber das war vorbei. Eines Tages, schon bald, würde sie aufs Land ziehen und Reed vergessen.

Nein, vergessen nicht. Das würde ihr niemals gelingen. Aber sie würde ihn nicht mehr wiedersehen. Reed brauchte dringend einen Erben, und den konnte sie ihm nicht schenken.

Schließlich hatte sie Lisette gefunden, und um Punkt zehn Uhr trafen sie Reed in der Eingangshalle. Die Koffer wurden aufgeladen, während Reed den beiden Damen in die Kutsche half, bevor er selbst aufsprang.

»Du musst wirklich nicht mitkommen, Reed«, betonte Fleur. »Die Dienerschaft weiß, dass wir kommen, und sie werden sich gut um uns kümmern. Hattest du nicht noch etwas mit Lord Porter zu bereden?«

»So ist es. Ich werde euch absetzen, kurz mit Updike sprechen und dann nach Whitehall weiterfahren. Mir ist heute nicht nach Reiten zumute.« Und als wollte er seine Worte bekräftigen, zuckte er leicht zusammen und griff sich an die Schläfe, während sich die Kutsche in Bewegung setzte und die Straße hinunterrumpelte.

Fleur schnalzte missbilligend mit der Zunge. »Du gehörst eigentlich ins Bett. Dein Besuch bei Lord Porter kann warten.«

Da erschienen wie aus dem Nichts wieder die verfluchten Grübchen auf Reeds Wangen. »Nicht nötig, so einen Wirbel um mich zu machen, Liebes. Mir geht es gut.«

Fleur wusste, dass es um Reeds Gesundheit keineswegs so gut bestellt war, wie er vorgab, doch sie beschloss, ihn fortan in Frieden zu lassen. Reed würde ohnehin tun, was ihm beliebte. Er hatte weit Schlimmeres mitgemacht und überlebt.

»Da sind wir«, verkündete Reed, als die Kutsche zum Stehen kam. Er sprang herunter und half den beiden Frauen beim Aussteigen. Zwei Bedienstete eilten aus dem Haus herbei und machten sich daran, das Gepäck abzuladen. Updike hielt ihnen die Tür auf.

»Willkommen, Mylady, Mylord«, begrüßte er sie.

»Danke, Updike«, gab Fleur zurück.

»Warum überwachst du nicht mit Lisette das Auspacken?«, schlug Reed vor.

Fleur war klar, dass er mit Updike allein sprechen wollte, also willigte sie ein und stieg hinter Lisette und Peg, die schon früher eingetroffen war, die Treppe hinauf.

Reed wartete, bis die Damen außer Hörweite waren, dann sagte er: »Updike, ich würde mich gern unter vier Augen mit dir unterhalten. Gehen wir ins Arbeitszimmer?«

Als sie den vertrauten Raum betraten, fand Reed den Brandy an seinem gewohnten Platz, füllte zwei Gläser und reichte eins davon seinem Gegenüber. »Nimm Platz, mein Freund.«

Der Kammerdiener ließ sich auf einem Stuhl nieder und nippte an seinem Brandy. »Was versetzt Euch in Sorge, Mylord? Für die Countess und ihre Gefährtin steht alles bereit, so wie Ihr es angeordnet habt.«

Reed saß hinter seinem Schreibtisch und wärmte das Brandyglas in den Händen. »Ich möchte, dass du und Peg und das gesamte Personal auf Fleur aufpasst. Sie arbeitet an einem gefährlichen Auftrag und könnte dabei auf Menschen treffen, die nichts Gutes im Schilde führen. Daher möchte ich der Dienerschaft einige Anweisungen erteilen.«

»Ich verstehe«, sagte Updike. »Was sollen wir tun?«

»Achte darauf, dass Fleur das Haus niemals allein verlässt, egal, wohin sie geht. Ich will wissen, mit wem sie ausgeht und wie lange sie fort ist. Heute wird sie mit einem Emigranten eine Kutschfahrt im Park unternehmen. Schick einen Mann deines Vertrauens hinterher, er soll ihnen folgen und Fleur zu Hilfe kommen, wenn es nötig ist.«

Updike runzelte die Stirn. »Glaubt Ihr, Lady Fontaine schwebt in Gefahr? Könnt Ihr denn nichts tun, um sie davon abzuhalten, sich selbst einem solchen Risiko auszusetzen?«

»Diese Frau ist zu stur, um sich von mir etwas sagen zu lassen.«

»Darf ich fragen, warum Ihr diesen Verband tragt?«

»Man hat erneut einen Anschlag auf mich verübt«, erklärte Reed gedehnt. »Ist nicht so wichtig.«

»Der Meinung bin ich aber nicht«, widersprach Updike. »Vielleicht sollte ich lieber auf Euch aufpassen.«

»Nein, Updike, ich kann selbst auf mich aufpassen. Fleur kann das nicht.«

»Wie Ihr meint, Mylord«, erwiderte der andere mit einem Anflug von Sarkasmus.

»Höre ich da etwa Spott in deiner Stimme?«

»Beileibe nicht, Mylord. Wenn es jemanden gibt, der diesen Möchtegern-Mörder zur Strecke bringen kann, dann seid Ihr es.«

Ein amüsiertes Lächeln umspielte Reeds Lippen. »Dann haben wir uns ja verstanden.« Updike stand auf und wollte gehen. »Eins noch: Ich behalte einen Schlüssel für die Eingangstür.«

»Wenn Ihr das für notwendig haltet, Mylord. Es wird jedoch stets ein Bediensteter zur Stelle sein und Euch einlassen, wann immer Ihr uns zu besuchen wünscht.«

Wieder zuckte es um Reeds Mund. »Lass es mich einmal anders formulieren. Wenn ich zu Besuch komme, wird jeder, das Dienstpersonal eingeschlossen, bereits im Bett liegen.«

»Aber warum solltet Ihr dann …« Updikes Augenbrauen schossen in die Höhe, als es ihm endlich dämmerte. »Oh, ich verstehe. Daher weht der Wind.«

»So ist es. Ich muss mich auf den Weg machen, Updike. Folge meinen Anweisungen, und alles wird gutgehen.«

Fleur kehrte in die Villa zurück, um zu Mittag zu essen und sich für die Spazierfahrt mit Monsieur Barbeau umzuziehen. Peg half ihr in das blaue, mit aufgestickten Rosen und Spitzenborten verzierte Seidenkleid mit kurzen

Ärmeln, rechteckigem Ausschnitt und einer hohen Taille. Bevor sie das Schlafgemach verließ, reichte ihr Peg den dazu passenden Hut und legte ihr einen Seidenschal um die Schultern.

»Ich wünsche Euch viel Vergnügen, Mylady«, rief Peg ihr nach, als sie die Kammer verließ. »Das Wetter ist wie gemacht für einen Ausflug.«

Barbeau kam um Punkt zwei Uhr mit der Kutsche vorgefahren. Die Bewunderung stand ihm ins Gesicht geschrieben, als er Fleur die Stufen herunterkommen sah. »Ihr seht bezaubernd aus, Countess.« Er bot ihr den Arm. »Wollen wir?«

Fleur legte lächelnd die Hand in Barbeaus Armbeuge. Sie schritten an einem Diener vorbei, der ihnen die Tür aufhielt, und Barbeau half Fleur in die Kutsche, die am Bordsteinrand wartete.

Als sie auf dem Sitz gegenüber jedoch Count Dubois erblickte, schwand das Lächeln von ihren Lippen. Was wollte der denn hier?

»Count Dubois hat den Wunsch geäußert, uns zu begleiten«, sagte Barbeau. »Ich dachte, das macht Euch doch sicher nichts aus.«

»Natürlich nicht«, entgegnete Fleur und begrüßte Dubois mit einem gezwungenen Lächeln.

Sie plauderten über dies und das, bis die Kutsche in den Hyde Park einfuhr und den Serpentinenteich entlangzuckelte. Dann erkundigte sich Fleur: »Ist es Euch und Euren Familien denn gelungen, den Unruhen in Frankreich zu entkommen?«

Barbeau und Dubois sahen sich vielsagend an. »Ich bin nicht verheiratet und habe keine nahen Verwandten«, stellte Barbeau klar. »Und Count Dubois war in seiner Familie der Einzige, der dem Tod entgangen ist.«

»Das tut mir leid«, sagte Fleur und tätschelte Dubois'

Hand. »Sollen wir vielleicht von erfreulicheren Dingen sprechen?«

»In der Tat«, ergriff Dubois die Initiative. »Ich habe gehört, dass Ihr bald in Hunthursts Stadthaus ziehen werdet. Ist Lady Helen Eurer Gesellschaft überdrüssig geworden? Oder war es Hunthursts Entscheidung?«

»Genaugenommen war es meine Entscheidung, die Villa zu verlassen«, antwortete Fleur. »Ich bin meinen Gastgebern lange genug zur Last gefallen. Also dachte ich, es sei an der Zeit, mir etwas Eigenes zu suchen. Und Lord Hunthurst war so freundlich, mir sein Stadthaus zur Verfügung zu stellen.«

»Wie günstig für Euch«, meinte Dubois, und der Spott in seiner Stimme war nicht zu überhören.

»Erfreut sich Hunthurst guter Gesundheit?«, wollte Barbeau wissen.

Die Frage ließ Fleur zusammenfahren. Wusste er etwas über den jüngsten Anschlag auf Reeds Leben? »Ihm geht es gut. Warum fragt Ihr?«

Barbeau zuckte mit den Schultern. »Nur so. Ach übrigens, ich habe gehört, dass die Bonhams morgen eine Soiree geben. Man wird auch Musik spielen. Werdet Ihr auch da sein? Falls Ihr noch eine Begleitung braucht, hole ich Euch gerne mit meiner Kutsche ab.«

»Darauf werde ich Euch erst eine Antwort geben, wenn Ihr mir Eurerseits eine Frage beantwortet.«

»Was immer Ihr wissen wollt, Madame.«

»Warum interessiert Ihr Euch so für Lord Hunthurst?«

»Gallard Duvall ist ein Freund von uns«, antwortete Dubois an Barbeaus Stelle. »Er spricht oft von Hunthurst und hat uns erzählt, dass auf ihn ein Anschlag verübt wurde. Wir machen uns große Sorgen um ihn. Hat er denn Feinde, Countess?«

»Nicht dass ich wüsste, allerdings bin ich mit den Angelegenheiten des Count nicht vertraut. Ich bin nur eine Bekannte seiner Schwägerin.«

»Stimmt es, dass er erst vor kurzem vom Kontinent zurückgekehrt ist?«, erkundigte sich Dubois.

»Falls er in Frankreich war, sind wir uns dort jedenfalls nicht begegnet.«

Dann hörten die Fragen über Reed plötzlich auf, und das Gespräch entwickelte sich in eine andere Richtung. Die nächste Stunde verstrich recht angenehm, wenngleich Fleurs Misstrauen gegenüber ihren beiden Begleitern von Minute zu Minute wuchs. Und doch, warum sollte einer von ihnen an Reeds Tod interessiert sein? So sehr sie sich auch anstrengte, sie konnte sich keine Verbindung zwischen den beiden Männern und Reed denken.

Ihre Spazierfahrt war offenbar beendet, denn nun gab Dubois dem Kutscher ein Zeichen, und sie verließen den Park. Zurück zur Villa war es nicht weit.

»Ihr habt mir noch keine Antwort auf meine Frage gegeben. Darf ich Euch zur Soiree bei den Bonhams morgen Abend begleiten, Madame?«, wollte Barbeau wissen, als er Fleur aus der Kutsche half.

»Also gut, ich nehme das Angebot an. Ihr könnt mich im Stadthaus abholen.«

Barbeau strahlte. »Hervorragend! Ich werde morgen um neun Uhr bei Euch sein.« Er ergriff ihren Ellbogen. »Gestattet, dass ich Euch zur Tür begleite, Countess.«

Fleur ließ sich von ihm bis zur Eingangstür bringen, die im gleichen Moment von einem finster dreinblickenden Hughes aufgerissen wurde. Fleur verabschiedete sich von Barbeau und betrat die Eingangshalle. Der Diener schloss unmittelbar hinter ihr die Tür.

»Du siehst wütend aus, Hughes. Ist etwas geschehen?«

»Ihr wart zwei Stunden fort. Madame Lisette hat sich schon Sorgen um Euch gemacht.«

»Ich war nicht in Gefahr«, versicherte ihm Fleur, während sie die Handschuhe abstreifte. »Ich werde Lisette sofort aufsuchen und ihr Bescheid sagen, dass ich wieder zurück bin. Lasst bitte die Kutsche vorfahren. Ich denke, Lisette und ich werden jetzt gleich umziehen, anstatt bis morgen zu warten.«

Fleur fand Lisette in ihrem Schlafgemach, wo sie ihre letzten Habseligkeiten zusammenpackte.

»Hast du etwas herausfinden können, *ma petite*? Mir gefällt dieses Spiel nicht, das du da spielst. Warum musstest du einen neuen Auftrag annehmen, wenn du stattdessen ein ruhiges Leben bei deiner Tante auf dem Land führen könntest?«

»Ich war nicht in Gefahr, Lisette. Ich habe heute etwas mehr über Barbeau und Dubois erfahren, aber nichts, was sie mit Reed in Verbindung bringen würde.« Sie seufzte. »Ich bin inzwischen geneigt, Lord Hunthurst zuzustimmen. Der Verräter muss aus den Reihen der Organisation stammen.«

»Glaubst du, ein englischer Spion ist in die Sache verwickelt?«

»Zu diesem Zeitpunkt weiß ich nur eines – dass jemand Reed nach dem Leben trachtet. Sobald du mit allem fertig bist, würde ich gerne heute schon ins Stadthaus übersiedeln, nicht erst morgen.«

»Das passt mir gut«, willigte Lisette ein. »Ich mag die Stimmung hier eh nicht.«

Nach einer recht hitzigen Diskussion mit Porter war Reed immer noch keinen Schritt weiter, was die Suche nach dem Verräter betraf. Gleichwohl war Porter um Reeds Sicherheit besorgt und schlug vor, er solle sich erst einmal nicht mehr blicken lassen, bis der Treulose gefasst war. Reed lehnte sofort ab.

Er verließ Porters Büro also ohne neue Erkenntnisse. Im Anschluss ging er zur Bank und zu seinem Schneider, machte noch einige Besorgungen, und fand sich schließlich zu einem einsamen Mittagessen im Club ein. Wenn sich jemand nach seinem Verband erkundigte, behauptete er, er sei die Treppe heruntergefallen. Niemand außer sein Freund Viscount Tolland wagte es, den Vorwand infrage zu stellen.

»Komm schon, Hunthurst, du glaubst doch nicht ernsthaft, dass ich dir das abkaufe«, spottete er, als Reed ihn nach dem Essen zu einem Brandy einlud. »Also, was ist passiert? Mir ist zu Ohren gekommen, dass man auf dich geschossen hat. Überall werden Wetten abgeschlossen, wer der Täter sein könnte. Sogar ich habe schon meinen Tipp abgegeben.«

Reed hob eine Augenbraue. »Und auf wen hast du gesetzt?«

Tolland lachte. »Na, auf Lady Violet natürlich. Du weißt doch, wie gereizt Frauen reagieren können, wenn der erwartete Antrag ausbleibt.«

Reed warf den Kopf in den Nacken und lachte. »Sind alle Einsätze so lächerlich wie deiner? Also im Ernst, Tolland, gewalttätig ist Violet nun wirklich nicht.«

Tolland zuckte mit den Schultern. »Hast du einen besseren Vorschlag?«

»Nein, leider nicht. Und ich weiß überhaupt nicht, wer so ein dummes Geschwätz in Umlauf bringt. Das ist alles nur Spekulation. Ich bin nicht in Gefahr.« Das entsprach zwar nicht ganz der Wahrheit, aber er konnte einfach niemanden aus seinem Bekanntenkreis mit den grundlosen bisherigen Mordversuchen in Verbindung bringen.

Tolland starrte demonstrativ den Verband an Reeds Schläfe an.

Reed fasste sich an die Wunde. »Wie ich dir gesagt habe, ich bin die Treppe heruntergefallen. Ziemlich ungeschickt, ich weiß, aber so war es nun mal.«

»Wie du meinst«, sagte Tolland gedehnt. »Ich bin dein Freund, Hunthurst. Ich bin für dich da, wenn du meine Hilfe brauchst.«

»Das weiß ich wirklich zu schätzen, Tolland.«

»Ich wollte heute Abend eigentlich im Crocket's vorbeischauen, mich vielleicht auch bei den Damen umsehen, wenn mir das Spiel zu langweilig wird oder mir die Karten nicht hold sind. Hast du nicht Lust, mich zu begleiten? In letzter Zeit hast du dich wirklich rar gemacht. Du solltest mal wieder ausgehen und unter Leute kommen. Du hast dich verändert, seit du zurück bist, wo auch immer du gesteckt hast.«

Reed wollte eigentlich ablehnen, doch dann fiel ihm wieder ein, dass er in Fleurs Bett nicht mehr willkommen war, wenn er in die Villa zurückkehrte. Sie hatte sich unmissverständlich ausgedrückt. Von nun an wollte sie ihr eigenes Leben führen, und für ihn war darin kein Platz.

»Warum nicht?«, sagte Reed schließlich. »Weißt du was, Tolland, ich gehe nach Hause, ziehe mich um, und wir treffen uns gegen neun im Crocket's. Wäre dir das recht?«

»Ausgezeichnet«, erwiderte Tolland. »Wir sehen uns also ...«

Er verstummte, und sein Blick fiel auf etwas, das sich hinter Reed abspielte. »Sag mal, kennst du den Gentleman da drüben? Er kommt direkt auf dich zu.«

Reed warf einen Blick über die Schulter. »Das ist Count Dubois, ein Emigrant.«

»Ich gehe schon mal los. Bis heute Abend, Hunthurst.«

Reed sah Tolland nach und bereute bereits, dass er sich zu einer Nacht wilder Ausschweifungen hatte hinreißen lassen.

»Lord Hunthurst, wie schön, Euch wiederzusehen. Darf ich mich zu Euch gesellen?«

Mit einer nachlässigen Geste wies Reed auf den Stuhl, von dem Tolland gerade erst aufgestanden war. »Nur zu.«

Mit einer schwungvollen Bewegung ließ sich Dubois nieder, winkte einen Kellner herbei und bestellte sich einen Brandy.

»Was habt Ihr auf dem Herzen, Dubois?«

»Nichts Besonderes, Mylord. Ich war erfreut, ein bekanntes Gesicht zu sehen, und dachte, ich könnte mich ein wenig zu Euch setzen.« Er sah Reed aufmerksam an. »Ich habe heute Countess Fontaine getroffen. Diese Frau ist einfach umwerfend. Kennt Ihr sie schon lange?«

Reed klammerte sich an die Tischkante, als ihn eine Welle der Eifersucht erfasste. Sollte der Scheißkerl es wagen, Fleur anzurühren, würde er ihn umbringen. »Nein, noch nicht sehr lange. Sie ist eine Freundin meiner Schwägerin. Ich habe sie kennengelernt, als ich in die Villa der Familie gezogen bin.«

Dubois nippte an seinem Brandy. »Wie man hört, vermietet Ihr der Dame jetzt Euer Stadthaus.«

»Das Haus stand leer, daher bin ich sehr froh, eine vertrauenswürdige Pächterin gefunden zu haben. Warum fragt Ihr?«, erkundigte sich Reed mit gedehnter Stimme.

Dubois zuckte mit den Schultern. »Ich wollte nur ein bisschen plaudern, *mon ami*. Die Countess wird meinen Freund Barbeau morgen Abend zur Soiree der Bonhams begleiten.«

»Ach, tatsächlich«, zischte Reed, der zwischen zusammengebissenen Zähnen kaum ein Wort hervorbrachte. »Ist das alles, was Ihr mir mitzuteilen habt?«

»Ich hatte gehofft, Ihr könntet mir etwas über die Countess erzählen. Sie ist von einem Geheimnis umgeben, das mich neugierig macht. Barbeau behauptet, ihren verstorbenen Ehemann gekannt zu haben, weiß aber wenig über die Dame selbst. Ich würde ihr gerne den Hof machen.«

»Ich weiß noch viel weniger über die Countess als Ihr«, knurrte Reed. »Wem Ihr den Hof macht oder nicht, geht mich nichts an.« Er schob seinen Stuhl zurück und stand auf. »Entschuldigt mich, ich habe eine Verabredung.«

Dubois erhob sich ebenfalls. »Selbstverständlich. *Adieu,* Mylord.«

Reed stürmte davon. Er konnte seinen Zorn kaum verbergen. Wenn Fleur auf die Avancen eines anderen einging, sollte das nicht seine Sorge sein. Doch genau das war es. Fleur spielte womöglich mit dem Feuer. Vielleicht war Dubois ein französischer Spion auf einer ganz bestimmten Mission. Ob sie sich darüber im Klaren war, in welche Gefahr sie sich begab? Er nahm es an, und das machte ihn nur noch wütender.

Dubois war kein Dummkopf. Seine Fragen über Fleur beunruhigten Reed. Was hatte sie bloß vor? War sie in ihren Nachforschungen über das Treiben der Franzosen zu weit gegangen?

Als Reed nach Hause kam, überreichte ihm Hughes eine Nachricht von seiner Großmutter. Es handelte sich um eine Einladung zu einem Familienessen am nächsten Abend. Als er am Salon vorbeikam, schaute Helen aus der Tür.

»Da bist du ja, Reed. Hast du Großmutters Einladung erhalten?«

»Hughes hat sie mir gerade gegeben, als ich zur Tür

hereinkam. Woher weißt du, dass sie von Großmutter ist?«

»Violet und ich sind auch eingeladen. Du wirst uns natürlich begleiten.«

Reed war am Ende seiner Geduld. »Ich fürchte, das ist nicht möglich, Helen. Ich habe bereits eine Verabredung. Ich werde umgehend eine Absage schreiben und einen Boten zu Großmutter schicken. Ihr werdet euch sicher auch ohne mich gut amüsieren.«

»Du musst kommen!«, fauchte Helen. »Violet rechnet fest mit dir.«

»Tut mir leid, Helen, aber mein Leben besteht nicht darin, Tag und Nacht nach eurer Pfeife zu tanzen.«

»Weißt du schon, dass Fleur heute Nachmittag ausgezogen ist?«, erkundigte sich Helen.

Reed verstummte. Ihm war, als hätte ihm jemand mit der Faust in den Magen geschlagen. »Ich dachte, sie wollte damit bis morgen warten.«

»Dann hat sie ihre Meinung wohl geändert.«

Er drehte sich auf dem Absatz um. »Einen schönen Abend, die Damen.«

»Wenn du uns nicht begleiten willst, werde ich eben Gallard bitten«, rief Helen ihm nach. »Immerhin gehört er auch zur Familie.«

»Richte ihm schöne Grüße von mir aus«, rief Reed zurück.

Reed enttäuschte seine Großmutter nur ungern, doch ihm war es nicht recht, wenn man ihn dazu nötigte, Violet überallhin zu begleiten. Er war sich ihrer Erwartungen ihm gegenüber bewusst und hatte nicht die geringste Absicht, sich an sie ketten zu lassen.

Reed verließ das Haus und traf um kurz nach neun im Crocket's ein. Tolland sah ihn hereinkommen und winkte.

Reed bahnte sich einen Weg durch die Menge. In dem überfüllten Raum stank es nach Zigarrenrauch, ungewaschenen Körpern und penetrantem Parfum. Die Mischung der Gerüche schlug ihm auf den Magen. Wieso hatten sie ihn früher eigentlich nie gestört? Noch schlimmer aber war das Gefühl, die Wände könnten jeden Augenblick auf ihn zukommen und ihn erdrücken. Er atmete schwer. Panik ergriff ihn und zwang ihn in jene dunkle Hölle, in der das Leid und der Tod regierten. Schweißperlen standen ihm auf der Stirn, und er begann nach Luft zu schnappen, als die Dämonen in ihm auszubrechen drohten.

»Meine Güte, Hunthurst, ist alles in Ordnung?«, erkundigte sich Tolland. »Du siehst nicht gut aus.«

Reed schloss die Augen und zwang sich, ruhig zu atmen. Doch als er sie wieder aufschlug, hatte sich nichts geändert. Er war in der Hölle.

»Verzeih mir, Tolland«, stieß er hervor. »Ich muss hier raus. Ich fühle mich nicht wohl.«

»Soll ich dich nach Hause begleiten?«

»Danke, nicht nötig. Ich will dir nicht den Abend verderben. Wir verschieben das auf ein andermal.« Mit diesen Worten wankte er aus der Spielhölle.

Draußen lehnte sich Reed gegen die Wand und sog die frische Luft tief in seine Lungen. Warum gerade jetzt? Warum hier? Seit er aus Frankreich zurück war, musste er den dunklen Abgründen in seinem Innern nur noch selten die Stirn bieten. Was hatte die Panikattacke bloß diesmal ausgelöst? Die Antwort kam ihm wie aus heiterem Himmel. Fleur hatte ihn verlassen. Sie stand ihm nicht länger zur Seite, um die Dämonen zu vertreiben.

Als Reed nach Hause kam, waren alle bereits zu Bett gegangen. Er beschloss, sich ebenfalls für die Nacht zurückzuziehen, und machte nur kurz in der Eingangshalle halt, um Hughes Bescheid zu sagen, dass er nicht gestört werden wollte. Die Dunkelheit umfing ihn noch, als er sich schlafen legte.

Dann kamen die Träume. Er träumte von Schlägen, die noch lange nicht aufhörten, nachdem er bereits das Bewusstsein verloren hatte. Er träumte von Hunger und Durst. Er sah, wie seine Mitgefangenen elendig starben und jenseits der Gefängnismauern in anonymen Gräbern beigesetzt wurden.

Eisige Kälte ließ seine Glieder erstarren. Er kämpfte gegen das immer wiederkehrende Grauen an. Die Bettlaken umfingen ihn wie unsichtbare Fesseln und hielten ihn fest. Er verbot es sich zu schreien, nahm alle Kraft zusammen und wartete auf das Brennen der imaginären Peitschenhiebe.

Reed fuhr aus dem Schlaf hoch und schlug die Laken zurück, die ihn ans Bett zu fesseln schienen. Der Traum war so real gewesen, dass er noch die Schmerzen der Schläge spüren konnte. Schwer atmend rollte er sich aus dem Bett. Einen derartigen Alptraum hatte er schon lange nicht mehr gehabt.

Er musste diesem Grauen entfliehen.

Mit zittrigen Händen kleidete er sich an. Als er die Kammer verließ, schlug die Uhr in der Eingangshalle gerade zwei. Er hielt inne. Wohin zum Teufel sollte er um diese Nachtzeit gehen? Irgendwohin, dachte er. Irgendwohin, wo er den Dämonen entkommen konnte, die ihn verfolgten.

Reep schlich die Treppe hinunter, verließ das Haus und zog die Tür hinter sich zu. Die kühle Nachtluft tat ihm gut, doch gegen die wirren Gedanken konnte auch sie nichts ausrichten. Entschlossenen Schrittes ging er davon, wenn er auch nicht wusste, wohin. Inzwischen hatte es angefangen zu regnen.

Durchnässt und am ganzen Leibe zitternd, lief Reed ziellos weiter. Als er schließlich aufsah, um sich zu orientieren, fand er sich vor seinem Stadthaus wieder, wo Fleur in ihrem warmen Bett lag und schlief.

Wie mechanisch zog er den Schlüssel aus der Tasche. Er zögerte, doch sein Verlangen war stärker. Er nahm die Stufen zur Eingangstür und schob das kühle Metall ins Schloss. Die Tür öffnete sich lautlos.

Nachdem er die Tür hinter sich geschlossen hatte, lehnte er sich von innen dagegen. Er musste wahnsinnig sein, eine Frau zu begehren, die er nicht haben konnte. Wahnsinnig hin oder her, stieß er sich von der Tür ab und ging langsam die Treppe nach oben.

# Fünfzehntes Kapitel

Fleur erwachte aus unruhigem Schlaf, ihr Herz klopfte. Sie starrte in die Dunkelheit und merkte sofort, dass sie nicht allein war. Eine sinnliche Ruhe erfüllte die Luft, sie sog sie mit jedem Atemzug ein.

Sie nahm seinen Geruch wahr und spürte, wie seine Seele nach der ihren suchte. »Reed, bist du das?«

Ein Licht flackerte auf. Er hatte die Kerze auf ihrem Nachttisch entzündet. In dem Augenblick, als sie sein Gesicht erblickte, erkannte sie sein Entsetzen. Irgendetwas stimmte nicht, etwas Furchtbares musste geschehen sein. Er war blass, seine Kleider nass und unordentlich.

»Bist du krank?«, fragte sie und streckte die Hand nach ihm aus.

Er griff danach und drückte sie. »Fleur.«

Seine Stimme zitterte. War er vor irgendetwas auf der Flucht? Hatte wieder jemand versucht, ihm etwas anzutun? Seine silberfarbenen Augen waren dunkel wie Wolken vor dem Sturm, die Pupillen groß. Eine enorme Anspannung ging von ihm aus.

»Was ist passiert?«, drängte Fleur. »Wer hat dich ins Haus gelassen? Weißt du eigentlich, wie spät es ist?«

Er atmete keuchend aus. »Vorhin war ich mit einem Freund in einer Spielhölle. In dem Augenblick, in dem ich den vollen Raum betreten habe, sind die Wände auf mich eingestürzt. Obwohl ich versucht habe, die Kontrolle zu behalten, hat der Wahnsinn mich angefallen und nicht wieder losgelassen. Mein Verstand, meine Seele und mein Körper sind in die Hölle hinabgestiegen. Es war eine einzige Qual. Erinnerungen an Schmerz und Dunkelheit haben mich überwältigt. Es war wie damals, als wir uns in Frankreich in diesem kleinen Raum neben der Hütte verstecken mussten.«

Seine Worte waren nur noch ein ersticktes Flüstern. »Wie lange bin ich noch gezwungen, in Angst zu leben? Ich bin ins Dunkel der Nacht geflohen, aber das Grauen ist mir gefolgt. Dann bin ich nach Hause zurückgekehrt, aber auch das hat nichts geholfen. Also habe ich die Villa verlassen und bin einfach ziellos im Regen herumgelaufen. Ich hatte gar nicht vor, herzukommen, aber plötzlich war ich da.« Er zeigte ihr den Schlüssel, mit dem er die Haustür geöffnet hatte. »Ich habe dir nicht alle Schlüssel übergeben.«

»Ich hatte angenommen, du hättest dich von der Folter in der Teufelsburg inzwischen erholt.«

»Das dachte ich auch. Ich habe sogar zugestimmt, meinen Freund, Viscount Tolland zu begleiten, um ein bisschen Karten zu spielen und … na ja, zu tun, worauf wir sonst noch so Lust haben.«

Fleur presste die Lippen aufeinander. Sie wusste ganz genau, was Reed damit meinte. »Sprich weiter.«

»Sobald ich dann im Crocket´s den stickigen Raum betreten hatte, geriet ich in Panik. Ich konnte gar nicht schnell genug wieder nach draußen kommen.«

»Also hast du dich hierher auf den Weg gemacht.«

»Ich brauche dich, Fleur. Schick mich nicht weg.«

Fleur sah ihm in die Augen. Der düstere graue Schleier war verschwunden, zwei silberne Monde blickten sie mit solcher Intensität an, dass die Luft zwischen ihnen zu knistern schien.

»Willst du, dass ich gehe?«

Fleur erkannte, dass er sich wieder gefangen hatte. Er

starrte nicht mehr aus ausdruckslosen Augen drein, seine Züge waren entspannt. Wenn sie ihn jetzt bat, zu gehen, würde er wieder an diesen dunklen Ort tief in seinem Inneren zurückkehren? Wer würde ihm helfen, wenn sie ihn abwies? Außerdem war seine Kleidung vom Regen durchweicht, das nasse Haar klebte ihm am Kopf.

Inzwischen prasselte der Regen gegen die Fensterscheiben, und Fleur war klar, dass sie Reed bei diesem Unwetter unmöglich hinausschicken konnte. Und wollte sie das überhaupt? Auf der einen Seite war sie tief berührt, dass Reed sie in der Stunde der Not aufgesucht hatte, auf der anderen Seite fragte sie sich allerdings, was er wohl tun würde, wenn er erst mit einer Frau verheiratet war, die nicht wusste, wie ihm zu helfen war.

»Du bist völlig durchnässt«, sagte Fleur. »Auf dem Waschtisch findest du ein Handtuch. Trockne dir die Haare und zieh die nassen Sachen aus.«

Reed kam sich wie ein Idiot vor. Es war erniedrigend, sich vor einer Frau derart schwach zu zeigen. Normalerweise hätte er beschämt Reißaus genommen, aber schließlich war es Fleur, vor der er seine Seele entblößte. Wenn er einst heiratete, würde seine Frau dann schreiend die Flucht ergreifen, wenn er zum ersten Mal in diese dunkle Hölle hinabstieg?

Reed fand das Handtuch und rieb sich die Haare trocken. Dann legte er die nassen Kleider ab und breitete sie zum Trocknen aus. Selbst seine Leibwäsche war feucht, also zog er auch diese aus. Jetzt, wo der Wahnsinn ihn wieder verlassen hatte, wusste er, was er wollte, aber er war nicht sicher, ob Fleur denselben Wunsch verspürte. Seine Sorge war unbegründet. Fleur warf die Decke zur Seite und lud ihn mit einer Geste ein.

»Komm ins Bett, sonst holst du dir noch den Tod.«

Plötzlich merkte Reed, dass er zitterte. Das Feuer war

bereits heruntergebrannt, und im Zimmer war es recht kühl geworden. Geistesgegenwärtig warf er noch etwas Kohle in die Glut, bevor er zu Fleur ins Warme kroch.

Sie schlang die Arme um ihn, und er zog sie an sich. Sie war nackt, ihr Nachthemd hatte sie abgestreift und zu Boden fallen lassen. Das Zittern hörte augenblicklich auf. Die Wärme ihres Körpers durchströmte ihn bis ins Mark. Er atmete tief ein. Ihr Geruch war für ihn vertraut und erregend zugleich.

»Das kann so nicht weitergehen, Reed. Ich habe Hunthurst verlassen, damit so etwas nicht mehr passiert. Es ist einfach nicht richtig.«

»Und auf diese Argumente wäre ich beinahe hereingefallen«, murmelte Reed. »Aber für mich fühlt es sich ganz richtig an.«

»Deine Großmutter …«

»Ich lebe so, wie es mir gefällt«, unterbrach sie Reed. »Küss mich, Liebes. Vertreib meine Ängste. Ich brauche dich.«

»Du brauchst mich nicht. Die Zeit heilt alle Wunden, auch die einer verletzten Seele.«

»Du hörst mir nicht zu. Ich brauche *dich*.«

Er hob ihr Kinn, küsste sie, presste seinen Mund auf ihre Lippen, ohne Scheu oder Zurückhaltung. Sie sollte die Leidenschaft spüren, die er in seinem Herzen trug. Plötzlich überkam ihn das Verlangen heiß und drängend und ergriff von seinen Lenden Besitz. Er presste seinen Körper gegen sie, während er mit der Zunge in ihren Mund vorstieß.

Sie antwortete mit gleicher Inbrunst, sog ihn tief in sich ein, lockte ihn in die feuchte Hitze ihres Mundes. Reed stöhnte, seiner Kehle entrang sich ein heiserer Laut.

Er umfasste ihre Taille. Geschmeidig fügte sie sich der Berührung und lud ihn ein, weiterzugehen. Obwohl ihr

Körper ihm vertraut war, gab es doch immer etwas Neues und Aufregendes zu entdecken: das winzige Muttermal auf ihrem Schenkel, das ihm vorher nie aufgefallen war, oder die perfekte Rundung ihrer Hüfte, die er stets als selbstverständlich hingenommen hatte.

Fleur hatte etwas ganz Besonderes an sich, das ihn magisch anzog, es war schwer zu beschreiben, aber es machte sie unwiderstehlich. Wenn er mit ihr zusammen war, wurden sie zu einer Einheit in Körper und Seele. Ihre Berührung heilte seinen verwirrten Geist und brannte in der Dunkelheit auf seiner Haut.

»Du gehörst mir, Fleur. Mir … mir … mir …«

Sie wollte ihm widersprechen, aber in ihrem Herzen wusste sie, dass kein Mann ihr je wieder so viel bedeuten würde wie Reed. Jede Faser ihres Körpers war bis zum Zerreißen gespannt, als er sich hinabbeugte und seine Lippen ihre rechte Brustspitze umschlossen.

Sie ließ ein tiefes Stöhnen vernehmen, als seine Finger ihre linke Brustwarze drückten und daran zogen, während er an der rechten leckte und saugte. Er knabberte und neckte, bis sie schließlich aufschrie.

Während seine Zunge noch immer ihre Brust umspielte, ließ er die Finger nach unten wandern und vergrub sie tief in den Löckchen ihres dunklen Dreiecks und liebkoste die kleine Knospe mit langsamen Bewegungen, die flüssiges Feuer durch ihre Adern zu schicken schienen.

Plötzlich spürte sie, wie ihr Nektar seine Hand benetzte.

Sie war feucht und bereit, wartete atemlos darauf, dass der Mann, den sie liebte, endlich nach ihr verlangte. Sie schlang die Arme um ihn, ihre Beine öffneten sich wie aus eigenem Antrieb.

Sie ließ die Finger seine Hüfte hinunterwandern. Seine harte Rute drängte sich an ihr Bein. Sie sah ihm tief in die Augen, als sie die Hand seinen Schenkel entlanggleiten ließ und sie dann nach oben zu seiner Erektion schob. Eine Wildheit überkam sie beide, und ihre Hände waren überall, berührten seinen Körper, neckten ihn, packten ihn. Sein Mund erkundete ihre Haut, nahm ihr Aroma in sich auf, leckte, saugte, biss.

Nach und nach warf Reed die Dämonen ab, die ihn in die unerreichbaren Tiefen der Verzweiflung gestürzt hatten. Fleurs Umarmung befreite ihn. Die Liebe war seine Rettung. Obgleich ihre Berührung ihm zur Qual wurde, brachte sie ihm auch Frieden inmitten der Unruhe schreienden Verlangens.

Er kniete über ihr und zeigte seine glühende Leidenschaft in einem fordernden Kuss. Doch es war nicht genug. Er wollte mehr. Seine Lippen verließen ihren Mund und begannen ihren Weg nach unten. Hier und da hielten sie inne, um sie mit spitzen kleinen Küssen zu quälen, die sie mit Stöhnen und Flehen zur Kenntnis nahm. Als er den Ort der Verheißung erreichte, hob er ihre Beine auf seine Schultern und verlor sich in der betörenden Süße ihrer weiblichen Wärme. Immer wieder fuhr seine Zunge um die zarte, geschwollene Knospe, dann glitt sie weiter, hinab in die samtige Tiefe ihrer Vulva.

Er hielt nicht eher inne, bis sie den Höhepunkt erreichte und sich voll und ganz der Lust hingeben konnte, die er in ihr entfacht hatte.

»Ich will dich in mir spüren«, keuchte Fleur.

Er richtete sich auf und sah auf sie herunter. Nie hatte sie bezaubernder ausgesehen. Ihr Gesicht glühte, die Lippen luden ihn voll und üppig ein, in ihren braunen Augen stand das Verlangen, ihr Körper schimmerte rosig unter seiner Berührung.

Er schob eine Hand unter ihren Körper, sein Daumen

spielte mit ihrer Lustknospe. Erneut erwachte in Fleur das Feuer der Begierde. Die Spitze seiner Männlichkeit wagte einen ersten Vorstoß und erfüllte sie mit einem ungestümen Verlangen, dann endlich war er in ihr.

Er drang tief in sie ein, feine Schweißperlen erschienen auf seiner Stirn. Mit heißen Küssen bedeckte er ihr Gesicht und ihre Brüste. Die Verzückung fand ihren Höhepunkt, und ein zweites Mal brachte er sie auf den Gipfel der Lust.

»Reed, komm mit mir!«

Er schrie seine Lust heraus, sein Körper wölbte sich kraftvoll, als er sich in sie ergoss. Ihr Schrei vereinte sich, dann ließ Fleur sich ermattet in die Kissen fallen und riss ihn mit sich. In einem kurzen Moment der Glückseligkeit schlang sie die Arme um ihn und ließ sie dann kraftlos sinken.

Um sie nicht mit seinem Gewicht zu erdrücken, rollte er sich zur Seite. Dann zog er sie zu sich heran, schloss sie in die Arme und schlief augenblicklich ein.

Seufzend genoss Fleur den Moment der Nähe, denn sie wusste, dass es nicht für immer sein würde.

Ihr war klar, wie sie am nächsten Morgen vorgehen musste, und sie betete um die Kraft, zu tun, was für sie und Reed das Beste war.

Fleur ließ Reed bis zum Morgengrauen schlafen. Dann rüttelte sie ihn sanft wach. Er öffnete die Augen, lächelte und wollte sie an sich ziehen.

Sie machte sich los. »Nein, Reed, du musst gehen. Bald stehen die Bediensteten auf.«

Reed sah aus dem Fenster. Der Morgen dämmerte bereits. »Uns bleibt noch Zeit.« Wieder zog er sie an sich.

»Peg wird jeden Augenblick hier sein, um die Vorhänge aufzuziehen und das Feuer anzuzünden.«

Reed ignorierte ihre Einwände, rollte sich auf den Rücken, fasste sie um die Hüfte und hob sie über sich. Sekunden später drang er in sie ein und entfachte erneut das Feuer ihrer Leidenschaft. Sie bebte am ganzen Körper, und ihr Protest verwandelte sich in Seufzer der Lust.

Diesmal war ihre Vereinigung schnell und wild; sie kam im Taumel einer nie gekannten Ekstase, die sie schier zu zerreißen schien. Reed fand die Erfüllung nur einen Herzschlag später.

»*Jetzt* ist es Zeit zu gehen«, sagte Reed. Sein Atem ging noch immer keuchend. Er schob sie von sich und stieg aus dem Bett.

Fleur sah zu, wie er Wasser in eine Schüssel goss und sich rasch wusch, bevor er seine verstreuten Kleidungsstücke einsammelte. Während er sich anzog und zum Gehen fertig machte, konnte sie keine Anzeichen seiner gestrigen Verzweiflung mehr erkennen. Ihr Herz machte einen Satz, als er kurz zu ihr sah und lächelte. Er kam zum Bett zurück, beugte sich über sie und küsste sie auf die Stirn. Als er sich wieder aufrichtete, hielt Fleur ihn am Ärmel fest und streckte die andere Hand aus.

Reed runzelte die Stirn. Fest entschlossen forderte Fleur: »Der Schlüssel, Reed, gib mir den Schlüssel.«

Reed hob erstaunt die Augenbrauen. »Wieso?«

»Weil das mein Haus ist, ich zahle die Miete. Ich sollte die Einzige sein, die hier entscheidet, wer mich besucht und wer nicht.«

»Was willst du damit andeuten? Verstehe ich dich richtig?«

»Du kannst nicht weiterhin mitten in der Nacht in mein Haus schleichen. Mit meinem Auszug aus Hunthurst habe ich auch unsere Beziehung beendet. Ich dachte, ich hätte mich da klar ausgedrückt.«

»Das war allein deine Entscheidung, nicht meine.«

»Gib mir den Schlüssel, Reed. Solange ich zu deiner

Verfügung stehe, wirst du nie eine Ehefrau finden. Deine Großmutter hat etwas Besseres verdient als das, was wir hier treiben. Sie will, dass du ihr Enkel schenkst, und zwar noch zu ihren Lebzeiten.«

»Verdammt noch mal«, knurrte Reed. »Dir macht das doch genauso viel Spaß wie mir. Warum sollten wir es uns versagen, nur weil irgendjemand andere Vorstellungen hat? Heirate mich, Fleur. Nur bei dir fühle ich mich wie ein ganzer Mensch. Ohne dich bin ich nur eine zerrissene Seele.«

Fleur hatte das Gefühl, innerlich zu zerbrechen. Warum musste das Leben so grausam sein? Wieso hatte das Schicksal sich gegen sie gewandt? Sie konnte keine Kinder bekommen, und dieses Kreuz musste sie allein tragen. Sie würde Reed nicht damit belasten, egal, wie sehr sie ihn liebte.

Sie schaute ihm in die Augen, und ihr Blick flehte um Verständnis. Mit noch immer ausgestreckter Hand wiederholte sie: »Gib mir den Schlüssel, Reed. Du glaubst nur, du liebst mich, weil ich dir das Leben gerettet und dich gesundgepflegt habe. Wenn du einst die wahre Liebe findest, wirst du es sofort merken.«

Er sog scharf die Luft ein, und es schien ihr das Herz zu brechen. »Mach es mir doch bitte nicht noch schwerer. Du weißt, dass es stimmt, Reed. Gestern Nacht habe ich dich nicht zurückgewiesen, weil du mich gebraucht hast. Du warst verwirrt und verzweifelt, aber du bist ein erwachsener Mann und in der Tat in der Lage, dich selbst von deinen Dämonen zu befreien.«

Sie wusste, dass ihre harten Worte ihn verletzen würden, aber sie sah nur eine Möglichkeit, ihre intime Beziehung zu beenden: indem sie ihn wütend machte.

Und genau das erreichte sie auch. Reed presste die Lippen aufeinander, seine Augen verdüsterten sich, und sein eben noch so glattes Gesicht war plötzlich voller Zorn, als der Schmerz ihn verzehrte. »Wie kannst du nur so kalt sein? Hast du denn kein Herz? Ich habe vor dir meine Seele entblößt, und du hast den verletztlichsten Moment abgewartet, um mir den Dolchstoß zu versetzen.« Er lachte rau. »Also ist wohl Zurückweisung der Preis der Lust.«

Er zerrte den Schlüssel aus der Tasche und drückte ihn Fleur derart grob in die Hand, dass sie zusammenzuckte. »Wir sind miteinander fertig, Countess. Es war der größte Fehler meines Lebens, dir einen Antrag zu machen. Und ich war dumm genug zu glauben, es würde dir etwas bedeuten.« Er warf ihr einen vernichtenden Blick zu. »Du wirst nicht lange nach einem neuen Liebhaber suchen müssen.«

Reed machte auf dem Absatz kehrt und stürmte zur Tür hinaus. Fleur brach in Tränen aus. Der Schmerz, den sie empfand, ging weitaus tiefer als Reeds. Die Lügen, die sie Reed aufgetischt hatte, schienen sie von innen aufzufressen. Er würde sie sein Leben lang hassen.

Reed stürmte die Treppe hinunter, der Schmerz war ihm beinahe unerträglich. Er hatte fälschlicherweise angenommen, Fleur würde seine Gefühle erwidern, obwohl sie es nie mit Worten ausgedrückt hatte. Was für ein Dummkopf er doch war. Seine Großmutter wollte, dass er heiratete, und das würde er auch tun. Jetzt war es ihm völlig egal, wer die Glückliche sein würde, sogar Violet war ihm recht. Ja, Violet war eigentlich genau die Richtige. Sie wollte ihn, er würde ihr nicht einmal den Hof machen müssen, und Großmutter würde entzückt sein.

Am Fuß der Treppe traf er auf Updike und stieß einen Fluch aus. »Wieso bist du schon so früh auf?«

»So früh ist es gar nicht.« Der Diener sah nach oben.

In seiner Stimme schwang Missbilligung mit. »Wann seid Ihr eingetroffen, Mylord? Weiß die Countess, dass Ihr hier seid?«

Reed hatte keine Lust, Erklärungen abzugeben. Verdammt, sollte Updike doch selbst seine Schlüsse ziehen. »Das geht dich nichts an, Updike. Darüber hinaus halte ich es nicht länger für notwendig, Lady Fontaines Kommen und Gehen zu überwachen. Soll sie doch tun, was sie will und mit wem sie will.« Mit diesen Worten warf er die Haustür hinter sich zu.

Fleur fühlte sich noch immer tief verletzt, als sie in ihrem Zimmer darauf wartete, dass Monsieur Barbeau sie zu der Soirée bei den Bonhams abholte. Zu dieser Gelegenheit hatte sie sich für ein violettes Kleid mit rundem Ausschnitt, Puffärmeln und enger Taille entschieden. Als Peg anklopfte, um ihr zu sagen, dass ihr Begleiter eingetroffen war, setzte Fleur den Hut auf, griff nach ihrem Schal und verließ das Zimmer.

Sie hob erstaunt die Brauen, als sie am Fuße der Treppe Count Dubois entdeckte. »Welch zauberhaftes Kleid«, begrüßte er sie.

»Ich dachte eigentlich, Monsieur Barbeau würde mich abholen.«

»Monsieur ist leider krank geworden und hat mich gebeten, ihn zu vertreten. Es macht Euch doch nichts aus?«

»Ich hoffe, es ist nichts Ernstes?«, fragte Fleur zurück und überspielte so ihre Bestürzung. Sie war nicht sicher, ob es weise war, alleine mit Dubois in einer Kutsche zu sitzen.

»Nur ein hartnäckiger Husten, der ihn von Zeit zu Zeit quält. Ich bin sicher, in ein bis zwei Tagen geht es ihm wieder besser. Brechen wir auf?«

»Ja, natürlich. Sehr freundlich von ihnen, an Monsieur Barbeaus statt herzukommen.«

»Ist mir ein Vergnügen.« Er half ihr in die Kutsche und folgte ihr dann.

»Wird Hunthurst auch an der Gesellschaft teilnehmen?«, fragte Dubois, sobald Fleur saß und ihr Kleid zurechtgezupft hatte.

»Das weiß ich nun wirklich nicht«, gab Fleur zurück. »Warum fragt Ihr?«

Dubois sah sie scharf an. »Ich dachte, Ihr wäret mit Hunthurst … befreundet.«

»Er ist nur ein Bekannter«, korrigierte Fleur.

»Ich habe Hunthurst gefragt, ob er etwas dagegen hat, wenn ich Euch den Hof mache. Er hat mir sein Einverständnis gegeben.«

»Wann war das?«

»Vor einigen Tagen. Ich hatte ihn im Club getroffen.«

»Ihr wollt mir den Hof machen? Warum?«

»Erscheint Euch das so merkwürdig? Ihr seid eine schöne Frau. Und ich bin nicht unvermögend. Ich habe den Kanal nicht mit leeren Taschen überquert.«

»Ich … ich habe nicht vor, wieder zu heiraten«, stammelte Fleur.

Dubois streckte die Hand aus und tätschelte ihr den Arm. »Ihr werdet Eure Meinung schon noch ändern.«

Während Fleur auf der Abendgesellschaft plauderte, tanzte und lächelte, musste sie immer wieder daran denken, dass Reed keine Einwände gegen Dubois´ Pläne vorgebracht hatte. Und zwar noch, bevor sie ihre Beziehung beendet hatte. Wie konnte er um ihre Hand anhalten, wenn er gleichzeitig den Plan eines anderen billigte, ihr den Hof zu machen?

Fleurs Laune verbesserte sich augenblicklich, als sie Henry Dempsey hereinkommen sah. Sie hatte ihn schon lange einmal befragen wollen, und jetzt hatte sie endlich Gelegenheit dazu. Sie musste herausfinden, was er über die Anschläge auf Reed wusste. Ihres Wissens nach war Dempsey zur gleichen Zeit wie Reed in Frankreich gewesen. Sie ging auf ihn zu, änderte aber plötzlich die Richtung, als sie sah, wie Gallard Duvall Dempsey begrüßte und in ein Gespräch verwickelte. Fleur wünschte, sie könnte hören, worüber die beiden sprachen, aber sie hatten sich am anderen Ende des Ballsaals in eine Nische zurückgezogen.

Am Eingang des Saales kam Bewegung in die Menge, und sie versuchte zu erkennen, was dort vor sich ging. Gerade war Reed hereingekommen, Großmutter zu seiner Rechten, Violet zu seiner Linken. Helen folgte ihnen auf dem Fuß. Fleur stockte der Atem, als sie sah, wie Reed Violet anlächelte.

Was hatte sie denn erwartet? Sie hatte ihn schließlich aus ihrem Leben verbannt und ihn Violet geradezu in die Arme getrieben. Während Fleur ihn beobachtete, schaute Reed plötzlich auf und bemerkte sie. Ihre Blicke trafen sich. Ein höhnisches Grinsen umspielte seinen Mund, dann beugte er sich zu Violet hinunter und flüsterte ihr etwas ins Ohr. Diese sah zu ihm hoch und lachte. Tief getroffen wandte Fleur sich ab. Hinter ihr stand Dubois.

»Stimmt irgendetwas nicht, Countess?«

»Ich … ja, ich habe furchtbare Kopfschmerzen. Ich würde gerne nach Hause fahren.«

Er kniff die Augen zusammen und sah sie prüfend an, dann lächelte und nickte er. »Sofort, meine Liebe.«

Dubois brachte sie in die Eingangshalle. »Wartet hier, ich hole Euren Schal und lasse die Kutsche rufen.«

Fleur konnte nicht fassen, dass sie floh, nur weil Reed einer anderen Frau Avancen machte. Denn das war es doch, was sie gewollt hatte, oder etwa nicht? Natürlich war es das. Warum sollte sie also zulassen, dass Reeds Bemühungen um Violet sie derart aus der Fassung brachten? Sie hatte immer noch nicht mit Dempsey gesprochen, dabei hatte sie große Lust dazu.

»Euer Schal, Countess«, sagte Dubois und legte ihn ihr um die Schultern.

Fleur drehte sich mit einem Lächeln zu ihm um. »Meine Kopfschmerzen sind plötzlich wie weggeblasen. Ich würde gerne doch noch bleiben, wenn es Euch recht ist.«

Dubois sah sie verwundert an, stellte ihre wundersame Genesung aber nicht infrage. Er bot ihr den Arm und begleitete sie zurück in den Ballsaal.

»Wie wäre es mit etwas Kaltem zu trinken?«

»Ja, danke, ich habe eine ganz trockene Kehle.«

Sobald Dubois verschwunden war, machte Fleur sich augenblicklich daran, Dempsey zu suchen. Sie entdeckte ihn nicht, stattdessen fand er sie.

»Countess Fontaine, so sieht man sich wieder.«

»Hallo, Mr. Dempsey. Ich bin froh, Euch hier zu treffen. Ich wollte immer schon ein paar Worte unter vier Augen mit Euch wechseln, aber irgendwie ergab sich nie der passende Moment.«

»Dann nutzen wir doch die Gelegenheit. Würdet Ihr gerne auf dem Balkon ein wenig frische Luft schnappen? Mit dem Schal sollte die kühle Abendluft kein Problem für Euch sein.«

»Ja, frische Luft ist genau das, was ich jetzt brauche. Wir müssen uns aber beeilen. Mein Begleiter holt mir gerade etwas zu trinken.«

Er bot ihr den Arm, und sie durchquerten den Ballsaal, um durch die Balkontüren ins Freie zu treten. Außer ihnen hatte sich nur ein weiteres Pärchen in die Abendfrische hinausgetraut, und Dempsey führte Fleur in eine abseits gelegene Ecke, wo sie nicht belauscht werden konnten.

»Was wolltet Ihr mir denn sagen?«, fragte er.

»Hat Lord Porter mit Euch über den Verräter in der Organisation gesprochen?«

»Porter denkt, unter uns ist ein Verräter?«, hakte Dempsey hastig nach.

»Nein, aber Reed glaubt es. Porter ist anderer Meinung. Er vermutet, einer der Emigranten könnte ein Spion sein.«

»Interessant«, sagte er ohne erkennbare Gefühlsregung. »Count Dubois könnte verdächtig sein. Ebenso sein Freund Barbeau.« Er betrachtete sie genau. »Ich weiß, dass es in der Organisation weibliche Agenten gibt. Welche Rolle spielt Ihr in dieser Angelegenheit?«

»Das ist nicht von Bedeutung«, entgegnete Fleur. »Was wisst Ihr über Duvall?«

Diese Frage schien Dempsey eher unangenehm zu sein. »Hunthurts Cousin? Ich kann mir kaum vorstellen …«

»Ich würde ihn nicht ausschließen, solange seine Unschuld nicht bewiesen ist. Habt Ihr darüber mit Hunthurst gesprochen?«

»Warum fragst du nicht *mich*?«

Fleur schloss die Augen und schluckte. Dann drehte sie sich langsam zu Reed um. »Hast du mit Mr. Dempsey darüber gesprochen?«

»Nein, habe ich nicht. Aber ich habe eine Nachricht für dich. Porter will, dass wir morgen um vier Uhr bei ihm erscheinen. Komm nicht zu spät.« Er blickte Dempsey an. »Eure Anwesenheit ist dabei nicht erwünscht, Dempsey.«

Er nickte knapp und verschwand.

Fleur starrte ihm mit nachdenklichem Gesichtsausdruck hinterher.

»Wie lange kennt Ihr Hunthurst schon?«, fragte sie schließlich, und riss ihren Blick von Reeds Rücken los.

»Ich wusste schon länger von seiner Tätigkeit für die Organisation, kenne ihn aber nicht sehr gut«, antwortete Dempsey. »Wir sind uns in Frankreich nie begegnet.«

»Kennt Ihr André?«

»Nein, dieser Name sagt mir nichts. Ist das ein Agent?«

»Schon gut, nicht so wichtig.«

»Warum all diese Fragen? Verdächtigt Ihr mich irgendeines Vergehens, Countess? Bitte, sprecht ganz offen, ich habe nichts zu verbergen.«

Fleur bemerkte, dass Count Dubois auf sie zukam. »Ich muss gehen«, erklärte sie und eilte auf ihren Begleiter zu.

Kurze Zeit später verließen Fleur und Dubois die Soirée. Obwohl sie nichts Wichtiges in Erfahrung gebracht hatte, gab es doch einige Dinge, die sie vor dem Treffen mit Reed und Lord Porter am nächsten Tag überdenken wollte.

Zu Fleurs Schrecken bestand Dubois darauf, noch bis zur Tür mitzukommen. »Darf ich Euch morgen meine Aufwartung machen, Countess?«

Obwohl Fleur es hasste, ihn zu ermutigen, konnte sie doch schlecht absagen. Vielleicht würde sein Besuch ihr wichtige Informationen liefern.

»Morgen Nachmittag bin ich zwischen zwei und drei Uhr zu Hause«, sagte sie schließlich und setzte ein falsches Lächeln auf.

»Dann bis morgen, Countess.« Er griff nach ihrer Hand und küsste ihr zart die Finger.

Fleur entzog ihm gerade die Hand, als ein mürrisch dreinblickender Updike die Tür öffnete. »Guten Abend, Mylady.«

Fleur ging ins Haus. Noch immer missmutig schlug Updike Dubois die Tür vor der Nase zu.

»Ist alles in Ordnung, Mylady?«, fragte der Bedienstete.

»Mir geht es gut, Updike. Danke, dass du aufgeblieben bist und auf mich gewartet hast. Ist Lisette schon zu Bett gegangen?«

Updike errötete sanft. »Das nehme ich an, ich habe sie vor einer Stunde zu ihrem Zimmer begleitet.«

»Hm, ich verstehe.« Fleur verstand sogar so einiges. Offensichtlich hatte Updike Lisette gern. Auf dem ganzen Weg bis zu ihrem Zimmer trug Fleur ein Lächeln auf den Lippen.

Dieses Lächeln erstarrte allerdings, als sie daran dachte, wie kühl Reeds Verhalten ihr gegenüber gewesen war, und welche Aufmerksamkeit er Violet geschenkt hatte, und ihr wurde klar, dass all dies allein ihre Schuld war. Traurig zog sie sich aus und ging zu Bett.

Am nächsten Morgen wachte Fleur erst auf, als Peg die Vorhänge öffnete und strahlenden Sonnenschein ins Zimmer ließ. Fleur hatte nicht gut geschlafen. Erotische Träume, in denen Reed die Hauptrolle spielte, hatten sie geplagt, und sie war erst im Morgengrauen wirklich zur Ruhe gekommen.

»Wie spät ist es?«, fragte sie schlaftrunken.

»Schon beinahe Mittag, Mylady. Lord Hunthurst wartet unten im Arbeitszimmer auf Euch.«

Mit einem Ruck setzte Fleur sich auf. »Reed? Er ist hier? Hilf mir, mich fertig zu machen.«

Zwanzig Minuten später hatte Fleur sich gewaschen,

angekleidet, ihr Haar zu einem Knoten zusammengebunden und war bereit, Reed gegenüberzutreten.

»Ihr habt noch nichts gegessen, Mylady«, erinnerte sie Peg.

»Stimmt. Bitte doch Updike, uns in zwanzig Minuten den Tee im Arbeitszimmer zu servieren.«

Fleurs Herz klopfte, als sie das Arbeitszimmer betrat. Warum war Reed gekommen? Nach der Nacht voller Leidenschaft, der alles andere als freundlichen Trennung am nächsten Morgen und seiner kühlen Zurückhaltung auf der Soirée hatte sie nicht erwartet, ihn so schnell wieder bei sich zu Hause zu empfangen.

Reed erhob sich von einem Stuhl beim Feuer, als sie hereinkam. »Countess«, grüßte er kühl.

»Lord Hunthurst. Welchem Umstand verdanke ich diesen Besuch?«

Verdammt noch mal, wir hören uns an wie zwei völlig Fremde, dachte Reed. Nicht wie die Liebenden, die sie in den letzten Wochen gewesen waren.

»Wir müssen uns unterhalten. Setz dich doch bitte.«

Fleur ließ sich steif auf der Kante eines Stuhles nieder. »Worum geht es, Reed … Mylord?«

Ein grimmiges Lächeln huschte über Reeds Gesicht. Wenn Fleur auf Förmlichkeit bestand, sollte es an ihm nicht liegen. »Porter ist davon überzeugt, dass der Mann, der mich in Frankreich verraten hat, ein Emigrant ist. Ich hingegen glaube, dass der Spion aus unseren eigenen Reihen stammt. Um meine Theorie zu untermauern, muss ich beweisen, dass Dubois und die anderen genau das sind, was sie zu sein scheinen, und keine Spione.«

»Wie willst du das machen?«

»An dieser Stelle kommst du ins Spiel. Es ist offensichtlich, dass Dubois von dir völlig hingerissen ist. Nächste Woche geben die Gibboneys, ein Ehepaar aus Frankreich, ein Fest. Ich hoffe, Dubois wird dich bitten, ihn dorthin zu begleiten. Und ich möchte, dass du seine Einladung annimmst. Während du ihn beschäftigst, breche ich in sein Haus ein und suche nach Beweisen, die ihn irgendwie mit Napoleon in Verbindung bringen.«

»Glaubst du, Dubois ist ein Spion?«

»Nein, das denke ich nicht. Ich will einfach nur versuchen, die Verdächtigen einen nach dem anderen auszuschließen, so dass am Ende nur der Schuldige übrig bleibt. Ich fange mit Dubois an und arbeite dann nach und nach die Liste der möglichen Täter ab.«

»Wer gehört noch dazu?«

»Barbeau, Duvall und einige der Emigranten, mit denen sie befreundet sind. Vielleicht auch Peter Weldon, der Mann, der sich André nennt.«

»André kannst du ausschließen. Er hat bei deiner Rettung aus der Teufelsburg eine entscheidende Rolle gespielt. Er war es auch, der mich für Lord Porters Organisation angeworben hat.«

»Ich kann niemanden ausschließen. Wirst du tun, worum ich dich bitte?«

Noch bevor Fleur antworten konnte, kam Updike mit dem Teetablett herein.

»Leistest du mir beim Frühstück Gesellschaft? Ich bin spät aufgestanden und hatte noch keine Gelegenheit, etwas zu essen.«

Fleur füllte zwei Tassen mit Tee und beäugte dabei hungrig den Rosinenkuchen und den gebutterten Toast.

»Ich habe bereits gefrühstückt, aber ich trinke gerne eine Tasse Tee mit dir«, erklärte Reed.

Er sah zu, wie Fleur anmutig ein Stück von ihrem Rosinenkuchen abbiss. Dabei ließ er ihre Lippen keine Sekunde aus den Augen. Er nippte an seinem Tee und wartete, bis sie aufgegessen hatte und sich mit der Zungenspitze den Zucker von den Fingern leckte. Er verspürte ein Ziehen in den Lenden, unterdrückte aber erbarmungslos das Verlangen tief in seinem Inneren.

»Wirst du tun, worum ich dich bitte?«, drängte er.

»Und was, wenn der Count mich nicht einlädt?«

»Das wird er«, sagte Reed grimmig. »Ich habe ihn gestern Abend beobachtet. Er ist fasziniert von dir.«

Fleur konnte Reeds Einschätzung nicht widersprechen. »Er will mir den Hof machen. Heute Nachmittag um zwei wird er mir einen Besuch abstatten.«

Reed konnte den Blick nicht von ihr wenden. »Und was denkst du über seine Avancen?«

Wütend funkelte sie ihn an. »Ich habe ihm erklärt, dass ich nicht vorhabe, wieder zu heiraten, obgleich du ihm ja bereits die Erlaubnis gegeben hast, um mich zu werben.«

Reed war nicht klar gewesen, dass er die Luft anhielt, bis er sie plötzlich mit einem Mal erleichtert wieder ausstieß. »Was hätte ich denn sagen sollen? Den Verräter zu finden ist unsere absolute Priorität. Die Pflicht hat vor persönlichen Gefühlen Vorrang.«

»Wenn er mich zu der Feier einlädt, werde ich versuchen, ihn dort so lange wie möglich festzuhalten.«

Reed erhob sich. »Ausgezeichnet. Wir werden Lord Porter nichts davon erzählen, bis ich die Beweise gefunden habe, die ich brauche.«

»Was ist mit Mr. Dempsey? Gehört er auch zu unseren Verdächtigen?«

»Zum jetzigen Zeitpunkt kann ich niemanden ausschließen.« Reed zwang sich zu einer höflichen Verbeugung. »Ich sehe dich später in Whitehall.«

»Und meine Glückwünsche zu der bevorstehenden Verlobung mit Violet«, sagte Fleur.

Reed gab keine Antwort, als er zur Tür hinausging.

# Sechzehntes Kapitel

Am Nachmittag erschien Dubois um Punkt zwei Uhr, um Fleur zum Fest bei den Gibboneys einzuladen. Sie nahm seine Einladung an, und man plauderte etwa eine Stunde lang über dies und das, bevor Dubois sich wieder verabschiedete.

Zum Treffen mit Porter wollte Fleur auf keinen Fall zu spät kommen und machte sich rechtzeitig fertig. So traf sie schon einige Minuten vor vier in Whitehall ein. Als man sie in Porters Büro führte, war Reed bereits da.

Porter begrüßte sie herzlich. Reed beschränkte sich auf ein Kopfnicken.

»Worum geht es, Porter?«, wollte Reed schließlich wissen. »Hast du den Verräter gefunden?«

»Ich wünschte, ich hätte gute Neuigkeiten, aber so ist es nicht. Wir haben Peter Weldon, den Agenten, der unter dem Namen André bekannt ist, aus den Augen verloren, kurz nachdem Lady Fontaine aus Frankreich geflohen ist. Ich hatte gehofft, dass trotzdem alles in Ordnung sei, aber heute Morgen habe ich von Captain Skilling die Nachricht erhalten, dass Weldon gefangen und hingerichtet wurde.«

»O nein!«, rief Fleur. »Der arme Mann. Was ist denn bloß geschehen?«

»Ich warte noch auf einen Bericht mit weiteren Details, aber ich fürchte, es ist das Werk unseres Verräters. Ich weiß nicht, wie und wann seine Tarnung aufgeflogen ist. Vielleicht schon vor Wochen oder Monaten.

Das Ganze macht mir wirklich Sorgen, ich habe meine Agenten in Frankreich aufgefordert, zurück nach Hause zu kommen, bis die Angelegenheit geklärt ist. Ich kann nicht riskieren, noch mehr gute Männer zu verlieren, zuerst muss der Verräter zur Strecke gebracht werden.«

Fleur warf einen Blick zu Reed hinüber. Auf seinem Gesicht lag ein Ausdruck grimmiger Entschlossenheit, um seine Lippen war eine weiße Linie zu erkennen. Sie wusste, dass er an seine eigenen Qualen in der Teufelsburg dachte.

»Ich habe absolut nichts herausfinden können, was uns weiterhelfen würde«, knurrte er.

»Ich genauso wenig«, gab Fleur zu, »obwohl ich den einen oder anderen Verdacht habe.«

»Darf ich fragen, um wen es sich handelt?«, ließ Porter sich vernehmen.

»Henry Dempsey und Count Dubois«, antwortete Fleur, »obgleich ich keine Beweise dafür habe, dass sie nicht einfach nur das sind, was sie zu sein vorgeben.«

»Ich verstehe zwar nicht, warum Ihr Dempsey in Verdacht habt, Countess«, erwiderte Porter, »aber ich fürchte, Ihr seid da auf einer falschen Fährte. Dubois hingegen kommt auch mir verdächtig vor. Wir behalten ihn bereits im Auge, seit er hier in London angekommen ist.«

»Ich brauche eine Liste aller Agenten, die in Frankreich waren oder immer noch sind«, erklärte Reed. »So wie Fleur glaube auch ich, dass Dempsey ein möglicher Verdächtiger ist.«

»Obwohl ich Eure Meinung respektiere, werde ich doch den Ausgang der ganzen Sache abwarten, bevor ich mich diesen Vermutungen anschließe«, entgegnete Porter.

»Hat man Dempsey eigentlich über die schwarze Witwe in Kenntnis gesetzt?«, erkundigte sich Fleur.

»Zu dem Zeitpunkt, als Ihr für uns als verdeckte Ermittlerin gearbeitet habt, war er zwar auch in Frankreich, ich denke aber nicht, dass er über Euren Einsatz dort informiert war. Weldon hatte den Auftrag, Eure Identität zu schützen.«

»Warum fragst du?«, wollte Reed wissen.

Fleur war noch nicht bereit, über ihr kürzliches Gespräch mit Dempsey zu berichten. Dieser Mann schien viel zu viel über sie zu wissen. Das kam ihr merkwürdig vor.

»Weldon war ein guter Mann«, fuhr Porter fort. »Ich kann es mir nicht leisten, noch einen Agenten zu verlieren. Ihr beide müsst sehr vorsichtig sein.«

»Ich sehe nicht, warum ich in Gefahr sein sollte«, widersprach Fleur. »Jetzt bin ich doch für niemanden mehr eine Bedrohung.«

»Und ich genauso wenig«, fügte Reed hinzu. »Das ergibt doch alles keinen Sinn.«

Fleur wollte schon Duvall erwähnen, tat es dann aber doch nicht. Duvall hatte gute Gründe, Reed den Tod zu wünschen. Aber da sie bis jetzt noch nie eine längere Unterhaltung mit ihm geführt hatte, konnte sie sich auch noch kein Urteil über ihn erlauben.

Kurz darauf endete das Treffen. Reed bot Fleur an, sie nach Hause zu bringen, und sie willigte ein. Sobald er ihr in der Kutsche gegenübersaß, fragte er: »Du verdächtigst noch jemand Weiteren, nicht wahr?«

»Vielleicht«, antwortete Fleur ausweichend.

»Willst du mir seinen Namen nicht nennen?«

»Gallard Duvall«, platzte es aus Fleur heraus.

»Ich habe auch schon an ihn gedacht, aber er kommt mir doch recht harmlos vor.«

»Wie genau seid ihr eigentlich miteinander verwandt?«

»Er gehört nur zur weitläufigen Familie. Der jüngere Bruder meines Großvaters, Raymond, heiratete eine Französin und zog mit ihr nach Frankreich, noch bevor ich geboren wurde. Ihre Nachfahren bildeten einen ganz neuen Zweig der Familie. Duvall ist Raymonds Enkel. Großmutter hat Erkundigungen über ihn einziehen lassen, und seine Identität scheint gesichert. Ich hatte immer gewusst, dass es auch noch einen französischen Erben meines Titels gab, aber das war nicht von Bedeutung, bis Jason gestorben ist.«

»Fandest du es denn nicht merkwürdig, dass Duvall hier in England aufgetaucht ist?«

»Nein, eigentlich nicht. England ist ein sicherer Ort für Emigranten. Mich wundert es nicht, dass Duvall hier Zuflucht gefunden und uns dann einen Besuch abgestattet hat. Wir *sind* schließlich miteinander verwandt, wenn auch nur über drei Ecken.«

Die Kutsche hielt an. »Du musst mich nicht zur Tür bringen«, sagte Fleur. John Coachman reichte ihr die Hand und half ihr die Stufen hinunter.

»Wir sprechen uns nach dem Fest, um unsere neuesten Erkenntnisse auszutauschen.«

»Sei vorsichtig, Reed. In ein Haus einzubrechen und es zu durchsuchen, ist gegen das Gesetz.«

Reeds Lächeln zauberte die gewinnenden Grübchen auf seine Wangen. »Das mache ich nicht zum ersten Mal, Fleur.«

Reed ging um das bescheidene Stadthaus herum, das Count Dubois in der Court Street gemietet hatte. Alle Fenster waren dunkel, und dies bestätigte Reeds Annahme, dass der Franzose keine Bediensteten hatte, die mit ihm im Haus lebten.

Zuvor hatte sich Reed im Gebüsch versteckt und gewartet, bis Dubois endlich aufbrach, und er sich Zugang zum Haus verschaffen konnte. Zu seiner Enttäuschung stand keines der Fenster offen. Der Emigrant war offenbar ein äußerst vorsichtiger Mensch. Reed hingegen war ein äußerst geschickter Mensch, und das war sein Glück.

Nachdem er den Dienstboteneingang verschlossen vorgefunden hatte, zog er ein flaches Metallplättchen aus der Tasche und schob es ins Schlüsselloch. Nach nur wenigen Minuten sprang das Schloss auf.

Hinter der Tür lag die Küche. Das Feuer im Kamin war fast heruntergebrannt. Reed zog einen Kerzenstummel aus der Tasche und hielt den Docht gegen die heiße Kohle. Er fing Feuer und flackerte auf, so dass Reed eine Tür erkennen konnte, die von der Küche aus ins Haus führte.

Er atmete tief durch. Sein Herz klopfte. Obgleich er wusste, dass er nicht wieder in der Teufelsburg war, überkam ihn ob der undurchdringlichen Dunkelheit jenseits des Kerzenscheins einen Moment lang panische Angst. Nur der Gedanke an Fleur ließ ihn nicht den Verstand verlieren.

Reed folgte dem dunklen Gang bis in die große Eingangshalle. Die erste Tür, die er öffnete, führte ins Arbeitszimmer. Er trat ein und zog die Vorhänge zu. Dann zündete er mehrere Kerzen an und machte sich an die Arbeit. Die Schreibtischschubladen waren nicht verschlossen, aber sie enthielten auch nichts Interessantes. Er fand allerdings eine Nachricht von Gallard Duvall. Reed las die wenigen Worte und legte das Papier dann zurück an exakt die Stelle, wo er es gefunden hatte.

Duvall hatte um ein privates Treffen mit Dubois gebeten. Weil die Nachricht kein Datum enthielt, wusste

Reed auch nicht, ob die Zusammenkunft bereits stattgefunden hatte oder für einen späteren Zeitpunkt geplant war. Da das Schreiben aber auch nichts beinhaltete, was einen der beiden belastet hätte, tat Reed es als unwichtig ab.

Er arbeitete sich rasch voran, war schon bald mit dem Schreibtisch fertig und beendete den schnellen Rundgang durch den Raum. Nichts wies darauf hin, dass Dubois nicht war, was er zu sein vorgab. Reed blies alle Kerzen bis auf seine eigene aus und stieg dann lautlos die Treppe hinauf, wo er den Schlafraum des Hausherrn fand. Mit raschen, erfahrenen Handgriffen durchsuchte er alle Schubladen und legte jeden Gegenstand wieder an die Stelle zurück, wo er ihn gefunden hatte.

Bis jetzt war er auf nichts Verdächtiges gestoßen. Schließlich suchte er hinter den Bildern nach einem Tresor. Im Schlafgemach konnte er kein Geheimfach entdecken. Er ging die Treppe wieder hinunter, durchschritt die Eingangshalle und betrat den Salon, in dem mehrere Bilder an der Wand hingen. Der Tresor befand sich hinter einem Bild des London Tower. Im Licht der Kerze begann Reed, sich am Schloss zu schaffen zu machen. Kaum hatte er damit begonnen, da hörte er auch schon ein Schlurfen auf der Treppe.

»Seid Ihr das, Mylord?«, vernahm er eine schläfrige Stimme.

Reed blies die Kerze aus und verharrte still. Wie es schien, hatte Dubois einen Bediensteten, der mit im Haus lebte. Glücklicherweise beschloss dieser, der Sache nicht weiter nachzugehen, zumindest entfernten sich seine Schritte wieder und verstummten schließlich ganz.

Reed kehrte zum Tresor zurück. Diesmal arbeitete

er im Dunkeln. Er brauchte länger als erwartet, aber schließlich gab das Schloss mit einem Klick nach. Im Inneren des Geheimfachs befand sich nichts außer einigen Schmuckstücken und einem Kästchen mit Goldmünzen. Reed schloss das Fach und hängte das Gemälde wieder an seinen Platz. Geräuschlos verließ er den Salon und schlich den Gang entlang zurück zur Küche, wo er das Haus ebenso wieder verließ, wie er hineingekommen war. Ihm gelang es sogar, die Tür mit dem Metallstück von außen wieder zu verschließen.

Da nichts im Gebäude darauf hingewiesen hatte, dass Dubois ein Spion war, ging Reed von seiner Unschuld aus und war noch mehr als zuvor davon überzeugt, dass sich der Verräter in den eigenen Reihen befinden musste.

Während Reed Dubois´ Stadthaus durchsuchte, drehte Fleur auf dem Fest der Gibboneys ihre Runden und nutzte die Gelegenheit, unter den anwesenden Emigranten unauffällig Erkundigungen einzuholen. Monsieur Barbeau war da, ebenso Gallard Duvall. Fleur und Dubois holten sich gerade etwas zu trinken, da gesellte sich Duvall zu ihnen.

»Besucht Ihr Hunthurst immer noch regelmäßig?«, erkundigte sich Fleur.

»*Oui.* Ich finde die beiden Damen äußerst reizend. Und soweit ich verstanden habe, wird es bald Anlass zu Gratulationen geben.«

»Gratulationen?« Fleur hielt den Atem an, als sie auf Duvalls Erklärung wartete.

»Habt Ihr es denn noch nicht gehört?«, fragte Duvall gespannt. »Lady Violet rechnet jeden Moment damit, dass mein Cousin ihr einen Antrag macht. Die alte Dame ist über die Aussicht sehr erfreut.«

Fleur fühlte sich, als hätte ein Pfeil sie mitten ins Herz getroffen, obwohl sie ja genau wusste, dass sie Reed direkt in Violets Arme getrieben hatte.

»Wie … wundervoll«, stammelte sie und setzte ein falsches Lächeln auf. Sie ignorierte ihre Kopfschmerzen und beschloss, es sei an der Zeit, Duvall ein wenig auszuhorchen. »Man erzählt, Ihr seid nach England gekommen, um Helen nach dem Tod ihres Mannes zur Seite zu stehen.«

Duvall schnalzte mit der Zunge. »Das waren in der Tat schwere Zeiten. Wisst Ihr, ich war dabei, als der Earl verstarb.«

Plötzlich war Fleur ganz Ohr. »Nein, das wusste ich nicht. Warum seid Ihr zu diesem Zeitpunkt nach England gekommen? Die meisten Eurer Landsleute waren doch bereits während des Terrorregimes aus Frankreich geflohen.«

Duvall zuckte mit den Schultern. »In Frankreich hatte ich niemanden mehr. Die meisten meiner Angehörigen waren tot, und ich dachte, es sei an der Zeit, einmal meine englische Verwandtschaft zu treffen. Ich bin der Letzte meines Geschlechts in Frankreich und wollte gern die Familie meines Großvaters kennenlernen.«

»Nun ist es aber gut mit der Fragerei, ich finde das ziemlich ermüdend. Duvalls Geschichte ist auch nicht anders als meine oder die irgendeines anderen Franzosen«, warf Dubois verächtlich ein.

»Ich wollte nicht neugierig sein, es hat mich lediglich interessiert«, erwiderte Fleur.

»Ich finde die Countess ganz reizend«, erklärte Duvall mit Bestimmtheit. »Vielleicht wird es ihr auch nichts ausmachen, einige meiner Fragen zu beantworten.«

Fleur war augenblicklich auf der Hut. »Und was würdet Ihr denn gerne wissen?«

»Was hat Euch nach dem Tod Eures Mannes in Frankreich gehalten? Und warum seid Ihr nach seinem Ableben nicht nach England geflohen?«

Diese Frage schien Dubois ebenfalls zu interessieren, denn er legte den Kopf schief und meinte: »Das habe ich mich auch schon gefragt, Countess.«

Fleur suchte nach einer Antwort, die die beiden zufriedenstellen würde. »Nachdem man Pierre in der Bastille eingekerkert hatte, bin ich aus unserem Château geflohen und untergetaucht. Und bis vor kurzem hatte ich keine Gelegenheit, Frankreich zu verlassen. Ich befand mich ja als Engländerin in einem Land, dessen Regierung England nicht wohlgesinnt war. Es gab so viele Unruhen, dass ich mich versteckt hielt, bis es mir sicher genug erschien, den Kanal zu überqueren.«

»Bevor ich Frankreich verließ, hörte man Gerüchte über eine Frau, die englischen Gefangenen half, aus dem Gefängnis zu fliehen«, erzählte Duvall. »Man nannte sie die schwarze Witwe. Warum habt Ihr sie nicht um Hilfe gebeten?«

Völlig verwirrt starrte Fleur Duvall an. Wollte er ihr damit irgendetwas sagen?

»Ah, *oui*«, mischte sich Dubois ein, »die Geschichte ist mir auch zu Ohren gekommen. Ich habe mich oft gefragt, wer diese Frau wohl sein mag.«

Fleur tat überrascht. »Also, ich höre zum ersten Mal davon. Wie kann denn eine Frau so waghalsig sein?« Sie wedelte heftig mit dem Fächer vor ihrem Gesicht herum. »Ich würde niemals so viel Mut aufbringen.«

Wie konnten diese beiden Männer etwas über die schwarze Witwe wissen, fragte sich Fleur. Außer natürlich … außer sie waren französische Spione und wollten mit ihren Anspielungen etwas aus ihr herausbekommen. Sie suchte nach einem Weg, das Thema zu wechseln, als

Barbeau zu ihnen stieß. Fleur entschuldigte sich und eilte auf den Garderobenraum zu. Ihr Herz klopfte heftig, und sie ließ sich dort auf einen Stuhl sinken.

Als sie sich wieder einigermaßen beruhigt hatte, kehrte sie zur Feier zurück. Kurze Zeit später brachen die ersten Gäste auf. Auch Fleur und Dubois verabschiedeten sich.

»Ich habe den Abend sehr genossen, Count Dubois«, erklärte Fleur, als sie in der Kutsche des Franzosen saßen.

»Ich denke, wir kennen uns nun schon zu lange, um uns mit solchen Förmlichkeiten aufzuhalten«, verkündete Dubois. »Sag doch bitte René zu mir, und ich werde dich Fleur nennen. Wie kommt es, dass du einen französischen Vornamen hast?«

»Das war der Name meiner Urgroßmutter. Sie ist als kleines Kind aus Frankreich herübergekommen, als ihre Eltern sich hier niederließen.«

»Also fließt französisches Blut in deinen Adern.«

»Nur sehr wenig.«

»Und wieso hast du einen Franzosen geheiratet?«

»Ich habe Pierre als Debütantin kennengelernt und mich sofort in ihn verliebt. Er war damals geschäftlich in London.«

»Wie romantisch«, bemerkte Dubois.

Er griff nach ihrer Hand und führte sie an seine Lippen.

Fleur zuckte zusammen und versuchte, sich aus seinem Griff zu befreien, aber er ließ sie nicht los.

»Hast du deine Meinung über eine erneute Heirat geändert?«

»Nein, Count, ich …«

»René, bitte.«

»Ich habe nicht vor, wieder zu heiraten … René.«

»Du bist noch jung, zu jung, um ein Leben ganz ohne Leidenschaft zu fristen. Da du nicht heiraten willst, würdest du mich denn als deinen Liebhaber in Betracht ziehen, Fleur?«

Fleur stockte der Atem. Was hatte sie bloß getan, um Dubois den Eindruck zu vermitteln, dass sie an einem Liebhaber interessiert war? Wenn sie Reed nicht haben konnte, so wollte sie auch keinen anderen.

»Ich bin noch nicht so weit, als dass ich über solche Dinge nachdenken könnte, René. Ich trauere noch immer um Pierre.«

Dubois lachte. »Das wage ich zu bezweifeln, aber ich will dich nicht drängen.«

Fleur stieß einen Seufzer der Erleichterung aus, als die Kutsche endlich hielt. Der Kutscher öffnete die Tür und klappte die Stufen herunter.

»Du musst mich nicht bis zum Haus begleiten, René.«

»Aber es ist mir doch ein Vergnügen«, erwiderte Dubois sanft. Er stieg aus und half ihr die Stufen hinunter.

Als sie die Haustür erreichten, wühlte Fleur in ihrem Täschchen nach dem Schlüssel. Deshalb traf es sie völlig unerwartet, als Dubois sie packte und in seine Arme schloss, so dass die Tasche herunterfiel und ihr Inhalt sich auf dem Boden verstreute.

»Was … was tust du da?«

»Ich denke nicht, dass ein Kuss unangebracht wäre, meine Liebe. Immerhin habe ich klar zum Ausdruck gebracht, dass ich bereit bin, dich zu heiraten oder dein Liebhaber zu werden, was auch immer du bevorzugst.«

Fleur wollte sich wehren, Dubois aber kam ihr zuvor und küsste sie mit einer groben Heftigkeit. Sein unwillkommener Kuss und seine fordernde Zunge erstickten sie fast.

Abrupt ließ er sie los. Sein arrogantes Lächeln war Fleur beinahe ebenso widerlich wie zuvor die Berührung seiner Lippen. »Das war nur ein kleiner Vorgeschmack auf das, was wir als Liebhaber genießen werden. Gute Nacht, *ma petite*.«

Fleur reagierte nicht, sie war wie gelähmt. Sie sah zu, wie Dubois in die Kutsche stieg, diese die Straße entlangfuhr und verschwand. Dann atmete sie tief durch und kniete sich hin, um in Dunkeln den Schlüssel zu finden.

»Suchst du den hier?«, fragte eine tiefe Stimme hinter ihr.

Vor Schreck fiel Fleur geräuschvoll auf ihren Allerwertesten. Reed stand da, der Schlüssel baumelte an seinem Finger. »Reed, du hast mir Angst gemacht. Wo bist du so plötzlich hergekommen? Hast du mir nachspioniert?«

Hunthurst lachte auf. »Warum sollte ich dir und deinem Möchtegernliebhaber hinterherspionieren, wenn du doch so offensichtlich nichts mit mir zu tun haben willst?«

Er streckte die Hand aus, Fleur griff danach, und er zog sie wieder auf die Beine.

Prüfend sah er sie an. »Hast du dich verletzt?«

Sie wischte sich den Staub vom Rock. »Mit mir ist alles in Ordnung. Was willst du?«

Reed schob den Schlüssel ins Schloss und öffnete die Tür. »Wollen wir nicht hineingehen? Wir müssen das hier nicht in aller Öffentlichkeit besprechen.«

Fleur ging ins Haus. Reed folgte augenblicklich und zog die Tür hinter sich zu. »Ich dachte, es interessiert dich vielleicht, was ich in Dubois´ Stadthaus gefunden habe.«

»Hattest du Zeit, alles zu durchsuchen?«

»Ja.« Er nahm den Kerzenleuchter, den Updike für

Fleur bereitgestellt hatte, und begleitete sie ins Arbeitszimmer.

»Und, war die Suche erfolgreich?«, wollte Fleur wissen, sobald sich die Tür hinter ihnen geschlossen hatte. »Hast du irgendeinen Hinweis darauf gefunden, dass Dubois unser Verräter ist?«

»Ich habe sein Haus gründlich unter die Lupe genommen und hinter einem Bild im Salon einen Tresor gefunden.«

Fleur klang jetzt ganz aufgeregt. »Bewahrt er dort etwas auf, das ihn belastet?«

Ihr Enthusiasmus brachte Reed zum Lächeln, und er betrachtete ihr Profil im flackernden Kerzenschein, ihre sanft geschwungene Nase, die anmutige Linie ihres Nackens und die vollen Lippen. Ihr schwarzes Haar war zu einer kunstvollen Frisur hochgesteckt, nur ein paar einzelne Locken fielen ihr lose auf die Schultern. Ihre Haut sah so zart aus, schimmernd und köstlich, so dass er sie auf der Stelle mit Küssen bedecken wollte. Das Verlangen, sie überall zu berühren, war unbändig.

Als ihre Blicke sich trafen, brachte ihn dies völlig aus der Fassung, und er musste sich zusammenreißen, um seine Gefühle zu unterdrücken. Er war gekommen, um den Fortgang der Ermittlung zu besprechen, und sonst nichts.

»Reed, hörst du mir überhaupt zu? Was war in dem Tresor?«

Reed riss sich aus seinen abschweifenden Gedanken. »Absolut nichts, was uns bei unseren Nachforschungen weiterhelfen würde. Ich habe dort Gold und Schmuck gefunden und mehr nicht. Dein zukünftiger Liebhaber ist ein reicher Mann. Er kann dir ein angenehmes Leben bieten. Und wie ich aus Erfahrung weiß, wird er im Gegenzug mit deinen Leistungen im Bett sehr zufrieden sein.«

Er war zu weit gegangen, das wurde Reed augenblicklich klar. Und es wunderte ihn daher nicht, dass Fleur die Hand hob und ihm eine Ohrfeige verpasste. Er wollte Fleur, und er konnte den Gedanken nicht ertragen, dass ein anderer Mann sie haben sollte.

»Vergib mir, Fleur. Ich hatte nicht das Recht, so zu sprechen.«

Ihm brach es fast das Herz, als er sah, wie ihre Augen sich mit Tränen füllten. In diesem Moment hätte er alles gegeben, um das Gesagte zurückzunehmen.

Offensichtlich zog Fleur es vor, seine Worte zu ignorieren und das Thema zu wechseln. »Ich nehme an, da es keine Hinweise gibt, ist Dubois nicht der Mann, den wir suchen.«

»Zumindest ist es unwahrscheinlich, dass er in die Angelegenheit verwickelt ist.«

»Ich habe vorhin etwas in Erfahrung bringen können, falls es dich interessiert.«

Erwartungsvoll sah Reed sie an. »Natürlich. Etwas, das uns weiterbringt, hoffe ich.«

Fleur zuckte mit den Schultern. »Das kann man so oder so sehen. Dubois, Barbeau und Duvall haben heute Abend mit mir über die schwarze Witwe gesprochen. Außer ihrer wahren Identität schienen sie alles über sie zu wissen. Sie haben mich auch gefragt, was ich in den Jahren nach Pierres Tod gemacht habe.«

Reed brach der kalte Schweiß aus. »Du musst dich sofort von der Ermittlung zurückziehen! Du bist nicht länger sicher. Ich werde Porter umgehend Bescheid geben, dass du nicht mehr an dem Fall arbeitest.«

»O nein! Ich bleibe dabei. Selbst wenn meine Tarnung aufgeflogen sein sollte – was ändert das? Meine Arbeit in Frankreich ist beendet. Ich bin für niemanden mehr eine Bedrohung.«

Reed ging zum Fenster und schaute hinaus in die Dunkelheit. »Jetzt sind wir wieder genauso weit wie zuvor. Wenn diese Männer von der schwarzen Witwe wissen, dann könnte jeder von ihnen ein französischer Spion sein.«

Er fuhr herum. »Warum hast du zugelassen, dass Dubois dich küsst? Empfindest du etwas für ihn?«

Fleur schnaubte wütend. »Er hat mich überrascht, ich konnte nichts dagegen tun.«

»Und, hast du den Kuss genossen?«

Fleur rümpfte die Nase. Reed musste beinahe lachen. Ihr Blick sprach Bände, man musste nicht besonders einfallsreich sein, um zu erkennen, wie sehr Dubois´ Annäherung sie angewidert hatte.

»Das geht dich nichts an«, fauchte Fleur.

Reed ließ seine Grübchen aufblitzen. »Dein Gesichtausdruck sagt alles, Liebes. Meine Küsse sind dir sicher lieber.«

»Arroganter Schuft«, zischte Fleur.

Mit zwei langen Schritten war er bei ihr. Er streckte die Hand aus und streichelte mit einem Finger ihre Wange. Die Berührung ihrer seidigen Haut entfachte sein Verlangen. »Vermisst du mich, Fleur?«

»Ich …«

»Es hat keinen Zweck, Liebes, deine Augen verraten dich. Du fehlst mir auch.«

»Du hast doch Violet.«

»Ach ja?«

»Es ist sowieso egal, Reed. Wir können einfach nicht zusammen sein.«

Reeds dunkle Brauen schossen in die Höhe. »Denkst du das tatsächlich?« Er wurde ernst. »Ich will wirklich nicht, dass du noch länger an den Ermittlungen teilnimmst. Und ich bin sicher, dass Porter darin mit mir einer Meinung ist. Verbring mit Lisette eine Zeit auf dem Land, bis das alles vorbei ist.«

Fleur reckte trotzig das Kinn. »Inzwischen bin ich zu tief in die Sache verstrickt, um mich nun zurückzuziehen. Lass mich jetzt bitte allein, Reed. Ich bin müde.«

Reed wollte nicht gehen, aber das, wonach es ihm gelüstete, würde Fleur ihm nicht zugestehen, das wusste er. Ihm war klar, dass er sein Verlangen mit Violet stillen konnte, aber beim Gedanken daran, mit ihr oder einer anderen Frau das Bett zu teilen, wurde ihm beinahe übel. Was zum Teufel hatte Fleur bloß mit ihm angestellt?

Reed wegzuschicken, war das Schwerste, was Fleur je getan hatte. Bei Gott, sie begehrte ihn so sehr. Er sah an diesem Abend so unwiderstehlich aus mit seinem schwarzen Mantel, den dazu passenden Reithosen, schwarzen Stiefeln und einem weißen Hemd mit offenem Kragen. Und kein Wunder, dass sie ihn nicht gesehen hatte, als er im Gebüsch auf sie wartete.

Fleur wagte es nicht, ihm in die Augen zu schauen. Denn sie wusste, was sie dort sehen würde, und seinem verführerischen Blick würde sie nicht widerstehen können. Reed und sie zusammen – das war die reinste Magie.

»Nun gut, ich gehe, wenn es das ist, was du willst.« Seine Worte drangen wie durch einen Nebel des Verlangens zu ihr vor.

Sie wandte sich ab, um zu gehen, aber sie kam nicht sehr weit. Reed zog sie in seine Arme. Einen Herzschlag lang sah er ihr tief in die Augen, dann trafen sich ihre Lippen. Anders als bei Dubois' Kuss erregte Reeds Zunge, die die Tiefen ihres Mundes erkundete, sie augenblicklich. Fleur stöhnte auf. In ihrem Inneren schien etwas zu zerbrechen.

Ganz plötzlich machte er sich von ihr los und trat einen Schritt zurück. Sie starrte ihn an und berührte ihre Lippen.

»Vergleich das mit Dubois´ Kuss«, knurrte er. »Du musst mich nicht zur Tür bringen – ich finde den Weg allein.«

Fleur regte sich nicht, bis sie das leise Zuschlagen der Haustür hörte. Wie im Traum ging sie dann langsam in die Eingangshalle und schloss die Tür ab. Reeds Kuss hatte ihr klargemacht, dass es zwischen ihnen noch lange nicht vorbei war. Eigentlich hatte es gerade erst begonnen.

An der Hunthurst-Villa angekommen, öffnete Reed die Haustür und schloss dann hinter sich ab. Das Haus war dunkel, alle hatten sich bereits schlafen gelegt. Er trat ins Arbeitszimmer, warf den Mantel ab und goss sich ein Glas Brandy ein, das er in einem Zug leerte. Dann ließ er sich auf den Stuhl vor dem Kaminfeuer sinken. Die erlöschenden Flammen tauchten seine rauen Züge in ein sanftes Licht und ließen das Leid erkennen, das ihn tief in seinem Inneren aufwühlte.

Immer wieder sah er vor sich, wie Dubois Fleur küsste. Er wollte den Franzosen packen und ihn von ihr wegreißen. Er wollte noch ganz andere Dinge tun, den Bastard umbringen, zum Beispiel. Wie konnte Fleur sich nur von dem Kerl anfassen lassen?

»Reed, darf ich hereinkommen?«

Fleur? Eine Sekunde lang glaubte er, sein größter Traum sei wahr geworden. Sein Mut sank jedoch, als er im Türrahmen Violet erkannte, bekleidet nur mit jenem winzigen Hauch von Stoff, den sie als Nachthemd bezeichnete, und der mehr enthüllte als verbarg.

»Was tust du denn hier?«

»Ich kann nicht schlafen. Als ich hörte, wie du hereingekommen bist, dachte ich, ich leiste dir ein bisschen Gesellschaft.« Sie ging zur Anrichte und deutete auf die Karaffe mit Brandy. »Darf ich?«

»Aber bitte.«

Sie goss sich ein Glas ein und stolzierte auf Reed zu. Direkt vor ihm blieb sie stehen. Das Licht der erlöschenden Flammen hinter ihr ließ das Nachthemd durchsichtig erscheinen. Jede einzelne Rundung ihres üppigen Körpers gab sich ihm mehr als deutlich zu erkennen. Obgleich Reed sie anstarrte, löste der Anblick keine besondere Reaktion bei ihm aus. Verdammt, wie sollte er bloß eine Frau heiraten, die in ihm nicht das kleinste bisschen Interesse weckte? Wie sollte er mit einer Frau, für die er kein Verlangen empfand, einen Erben zeugen?

»Gefällt dir, was du siehst?«, säuselte Violet.

»Geh wieder ins Bett, Violet.«

Sie trank den Brandy aus und stellte das leere Glas auf den Kaminsims. »Ich weiß, dass du mich willst, Reed. Ich habe nichts dagegen, einen kleinen Vorgeschmack auf unsere Hochzeitsnacht zu bekommen.« Sie setzte ein kokettes Lächeln auf. »Schon lange träume ich davon, in deinen Armen zu liegen.«

»Eins vergisst du aber dabei, Violet. Noch habe ich dir keinen Antrag gemacht.«

»Deine Großmutter wäre sehr glücklich, wenn du mich heiraten würdest. Willst du ihr, die dir das Leben gerettet hat, diesen Wunsch versagen?«

Noch bevor Reed erkannte, was sie vorhatte, setzte Violet sich auf seinen Schoß und schlang ihm die Arme um den Hals.

»Ist dir klar, dass du mich noch nie geküsst hast?«

»Um ehrlich zu sein, ist es mir auch nie in den Sinn gekommen.«

»Dann solltest du einmal darüber nachdenken. Wer weiß, vielleicht findest du ja Gefallen daran.«

Warum nicht?, dachte Reed. Wenn Fleur ihn nicht wollte, warum sollte er dann nicht Violet küssen? Vielleicht könnte Violet ihm helfen, Fleurs verführerischen Mund und ihren betörenden Körper zu vergessen.

Er nahm ihr Gesicht in beide Hände und presste seine Lippen auf die ihren. Obgleich ihr Aroma ungewohnt und nicht wirklich nach seinem Geschmack war, versuchte er dennoch, sich in der Hitze des Augenblicks zu verlieren. Es gelang ihm nicht. Er versuchte, sich von Violet zu lösen, doch sie ließ ihn nicht los. Sie fasste nach seiner Hand und führte sie an ihre üppige Brust. Er spürte, wie ihre Brustspitze unter der Berührung hart wurde, und jetzt fühlte auch er ein wenig Erregung.

»Du *willst* mich, Reed«, gurrte Violet. »Nimm mich mit in dein Bett, und ich versichere dir, dass ich dich glücklich machen werde. Du kannst dir gar nicht vorstellen, wie lange ich auf diesen Moment gewartet habe.«

»Seid Ihr noch Jungfrau, Violet?«, wollte Reed wissen. Er kannte die Antwort bereits. Sie ging zu erfahren vor, um unschuldig zu sein.

»Ist das von Bedeutung?«

»Mir ist es völlig egal. Aber ich denke, für den Mann, der Euch einmal heiraten wird, spielt es gewiss eine Rolle.«

Er stand so unvermittelt auf, dass Violet zu Boden fiel. »Gute Nacht, Violet. Ich bin sicher, Ihr findet den Weg in Euer Bett auch allein.«

Er ließ eine wutentbrannte Violet zurück, die in einer äußerst uneleganten Pose auf dem Fußboden ausgestreckt dalag.

# Siebzehntes Kapitel

Reed blieb vor dem Fenster in seinem Arbeitszimmer stehen und blickte hinaus in den Regen. Er hatte sich den ganzen Nachmittag mit Angelegenheiten beschäftigt, die das Anwesen betrafen, und war jetzt verärgert und schlecht gelaunt. Mehrere Tage waren verstrichen, seit er Fleur befohlen hatte, sich aus der Ermittlung zurückzuziehen, und seitdem hatte er sie nicht mehr gesehen. Nachdenklich fragte sich Reed, ob er ihr wohl auch so sehr fehlte, wie sie ihm. Ohne das ständige Kräftemessen mit Fleur, die Neckereien, ihre Liebe, ohne die Möglichkeit, sich mit ihr über den Verräter auszutauschen, fehlte Reed einfach etwas. Dennoch hatte er sie schließlich nicht ohne guten Grund von den Ermittlungen abgezogen.

Es gab zu viele mögliche Täter, und nicht genügend Beweise, um einen von ihnen des Hochverrats gegen die Krone anzuklagen. Darüber hinaus wussten einige der Verdächtigen etwas über die Aktivitäten der schwarzen Witwe in Frankreich. Das verhieß nichts Gutes für Fleur, obwohl sie nicht länger eine Bedrohung für die französische Regierung darstellte. Reed hoffte wirklich, dass Fleur sich zurückhielt und keine weiteren Erkundigungen einzog, so wie er es ihr nahegelegt hatte.

Die Enttäuschung nagte an ihm. Er kam mit seinen Nachforschungen nicht weiter, und Porter genauso wenig. Nichts lief so, wie er es sich vorgestellt hatte, mit einer Ausnahme: Er hatte Helen und ihrer Schwester mitgeteilt, dass sie nicht länger auf Hunthurst willkommen waren. Er konnte Helens Intrigen und Violets aufdringliche Annäherungsversuche einfach nicht mehr ertragen. Sie wollten sich beide in sein Leben einmischen, und das gefiel ihm ganz und gar nicht.

Reed hatte den beiden zwei Wochen Zeit gegeben, um ihre Sachen zu packen und zu verschwinden. Sie konnten im Landhaus der Witwe unterkommen, in die Londoner Residenz ihrer Eltern ziehen oder selbst etwas mieten. Ihm war das völlig egal. Dank Jasons Testament war Helen eine wohlhabende Frau, sie konnte sich einen eigenen Haushalt durchaus leisten. Und wenn die beiden erst einmal fort waren, würde Gallard Duvall keinen Grund mehr haben, sich auf Hunthurst breitzumachen. Duvall scharwenzelte schließlich um Helen herum, obwohl Reed beim besten Willen nicht verstehen konnte, was er an ihr so anziehend fand.

Vielleicht war es das Geld, überlegte er. Jason hatte Helen als reiche Witwe zurückgelassen, Duvall hingegen schien über keine Einnahmequellen zu verfügen. Ach, was machte es schon, es war belanglos, wem Helen ihre Gunst schenkte, solange sie ihn nur aus der Sache heraushielt.

Reed wandte sich von dem trostlosen Schauspiel draußen vor den Fenstern ab und setzte sich wieder an den Schreibtisch. Er trommelte mit den Fingern auf der Mahagoniplatte herum und fragte sich, was Fleur wohl gerade tat. Vielleicht sollte er ihr einen Besuch abstatten und fragen, was sie so herausgefunden hatte. Er fürchtete, sie könnte ihre Nase in Dinge gesteckt haben, die sie nichts angingen, oder in eine Situation geraten sein, aus der sie selbst keinen Ausweg mehr wusste. Denn so wie er Fleur kannte, hatte sie seine Anweisung, sich zurückzuhalten, einfach ignoriert.

Was sollte er ihretwegen unternehmen? Reed grübelte und fuhr sich mit der Hand durchs Haar. Er wusste zumindest, was er gerne tun *wollte*. Er wollte sie an seiner Seite wissen und sie nie mehr gehen lassen. Er wollte abends zusammen mit ihr ins Bett gehen und morgens neben ihr aufwachen.

Er wollte …

Fleur.

Regen prasselte gegen die Fensterscheiben. In der Ferne war Donnergrollen zu vernehmen. Eine merkwürdige Unruhe ergriff von Reed Besitz. In ihm regte sich ganz leise ein Gefühl der Hilflosigkeit, ihm kam es vor, als säße er in der Falle. Wenn er jetzt nicht irgendetwas tat, würde er bald wieder in die dunklen und qualvollen Tiefen hinabsteigen, in denen der Wahnsinn lauerte. Er wollte nicht an diesen Ort zurückkehren. Ein leises Klopfen an der Tür riss ihn aus diesen qualvollen Gedanken.

»Mylord, eine Nachricht für Euch.«

»Komm herein!«, rief Reed, dankbar für die Ablenkung.

Hughes trat ein und brachte ihm auf einem Silbertablett ein gefaltetes Blatt Papier.

»Erwartet der Bote eine Antwort?«, wollte Reed wissen.

»Nein, Mylord. Ich habe ihn in die Küche geschickt, er soll sich erst mal ein bisschen aufwärmen, bevor er wieder aufbricht. Er kommt von Eurer Großmutter.«

»Es muss in der Tat wichtig sein, wenn Großmutter bei so einem Wetter einen ihrer Männer losschickt. Ich hoffe, sie ist nicht krank.«

Dann überflog Reed das Schreiben, während Hughes auf seine Anweisungen wartete. Gott sei Dank war Großmutter nicht krank. Dennoch wollte sie ihn sehen. Und zwar sofort. Reed blickte aus dem Fenster und seufzte. Noch immer schlug der Regen gegen die Scheiben.

»Lass die Kutsche vorfahren, Hughes.« Der Butler verneigte sich und verließ den Raum.

Bewaffnet mit einem Regenschirm, der kaum etwas gegen den heftigen Regenschauer ausrichtete, huschte Reed eine Viertelstunde später in den bereitstehenden Wagen. Warum hatte Großmutter ausgerechnet heute nach ihm schicken lassen? Er schüttelte den Kopf. Was tat es schon zur Sache, er wagte es eh nicht, sich ihren Anweisungen zu widersetzen. Wenn sie »sofort« sagte, dann meinte sie auch »sofort«.

Er brauchte länger als gewöhnlich, der Regen und die vielen Fahrzeuge ließen die Kutsche nur langsam vorankommen. Als sie endlich da waren, öffnete Reed den Schirm und rannte durch den Regen zur Haustür. Sie wurde augenblicklich geöffnet, er trat ein und händigte den tropfnassen Regenschirm einem Bediensteten aus.

»Ihre Ladyschaft erwartet Euch in ihren Privaträumen«, informierte ihn der Butler. »Sie hat mich gebeten, Euch direkt hinaufzuschicken.«

Reed nahm die Treppe nach oben und schüttelte sich das Wasser vom Mantel. Er klopfte an Großmutters Tür und trat ein.

Die alte Dame lag vor einem prasselnden Kaminfeuer auf einer Chaiselongue und nippte an ihrem Tee. Eine warme Felldecke bedeckte ihre Knie.

»Da bist du ja, mein Junge. Komm her und setz dich. Ich bekomme ja noch einen ganz steifen Nacken, wenn ich so zu dir hochschauen muss.«

Reed zog einen Stuhl heran und ließ sich darauf nieder.

»Du bist ja ganz nass«, bemerkte seine Großmutter.

»Es regnet, falls du es noch nicht bemerkt haben solltest. Und zwar kräftig. Geht es dir gut? Was kann ich für dich tun? Du weißt, dass ich bei so einem Wetter für niemanden sonst aus dem Haus gehen würde.«

Beim bloßen Gedanken an das Unwetter erschauderte die alte Dame. »Ja, es ist wirklich äußerst ungemütlich da draußen. An solchen Tagen sitzt mir die Kälte tief in den Knochen. Zieh deinen Mantel aus und häng ihn zum Trocknen über einen Stuhl. Ich will nicht, dass du dir noch den Tod holst.«

Das hätte sie sich überlegen sollen, bevor sie mich an so einem Tag zu sich bestellt, dachte Reed verdrießlich.

»Also«, sagte Reeds Großmutter, als sie Tee in eine Tasse goss und sie Reed reichte, »erzähl mir, was du in letzter Zeit so gemacht hast. Du hast mich schon seit Ewigkeiten nicht mehr besucht.«

Reed trank einen Schluck Tee, wünschte aber, die alte Dame hätte ihm etwas Stärkeres angeboten. »Ich bin sicher, du hast mich nicht bei so einem Wetter rufen lassen, nur um mich zu fragen, was ich denn so gemacht habe. Worum geht es hier wirklich, Großmutter?«

Die Witwe setzte ihre Tasse ab und räusperte sich. »Nun gut, nun gut, kommen wir zur Sache, aber es wird dir nicht gefallen. Ich bin enttäuscht von dir, mein Junge.«

Elegant hob Reed eine Augenbraue. »Wieso?«

»Du erfüllst die Pflichten nicht, die dein Titel mit sich bringt.«

Langsam dämmerte Reed, worüber Großmutter sprach. »Waren Helen und Violet hier? Die beiden haben offensichtlich keine Zeit verloren.«

»Aber, aber, mein Junge, doch nicht gleich so gereizt. Sie kamen ganz zufällig vorbei. Helen war völlig aufgelöst. Sie sagte, du wirfst sie aus ihrem eigenen Haus.«

»Jetzt ist es mein Haus, Großmutter«, erinnerte Reed. »Um Jasons willen habe ich Helen und ihrer Schwester erlaubt, weiterhin auf Hunthurst zu leben, aber sie haben den Bogen wirklich überspannt. Violet stellt mir auf immer aggressivere Weise nach, und Helen ermutigt sie auch noch dazu.«

»Es gibt wirklich Schlimmeres als Violet, Reed. Ich denke sogar, sie ist perfekt für dich. Warum kannst du das nicht einsehen?«

»Ich liebe Violet nicht, Großmutter.«

»Liebe? Willst du damit sagen, du würdest nur aus Liebe heiraten?«

»Großmutter, hast du Großvater geliebt? War eure Verbindung eine Liebeshochzeit?«

Ein verträumter Ausdruck huschte über das Gesicht der Witwe, und eine Träne lief ihr aus dem Augenwinkel. »Ob du es glaubst oder nicht, so etwas war damals nicht an der Tagesordnung, aber ja, es war tatsächlich eine Liebesheirat. Ich habe mich in deinen Großvater verliebt, als ich ihn zum ersten Mal sah. Er war so ein stattlicher, gut aussehender Mann.«

»Dann wirst du sicher verstehen, dass ich mir so etwas auch für mich wünsche. Ich könnte Violet niemals lieben. Sie sollte einen Mann finden, der sie zu schätzen weiß. Ich kann es nicht.«

Großmutter tippte sich mit dem Finger gegen die gespitzten Lippen. »Hast du denn eine Frau gefunden, die du lieben könntest?«

Reed starrte ins Leere. Er liebte Fleur – das tat er, und wenn er auch noch so sehr versuchte, seine Gefühle zu unterdrücken. Ihm war es egal, ob sie ihm einen Erben schenken würde oder nicht. Abgesehen davon, war Fleur vielleicht gar nicht an ihrer Kinderlosigkeit schuld. Vielleicht hatte es an ihrem Ehemann gelegen.

Reed war es leid, sich selbst und vor allem seine Großmutter zu belügen. Auf irgendeine Art und Weise musste er die beiden wichtigsten Frauen in seinem Leben davon überzeugen, dass Fleur diejenige war, die er heiraten würde, die Einzige, die er wollte.

»Reed, was ist? Du siehst aus, als wärest du in Gedanken weit weg. Du durchlebst doch nicht schon wieder diese schreckliche Zeit in Frankreich, oder?«

»Nein, diesmal nicht, Großmutter. Um auf deine Frage zu antworten, ja, ich habe eine Frau gefunden, die ich liebe.«

Augenblicklich kam Leben in die alte Dame. »Tatsächlich? Und warum hast du diese frohe Botschaft dann für dich behalten? Nenn mir den Namen der Glücklichen, so dass ich sie in der Familie willkommen heißen kann.«

»Sie hat noch nicht eingewilligt, meine Frau zu werden«, erklärte Reed.

»Ich kann mir nicht vorstellen, warum irgendeine Frau dich zurückweisen sollte«, rief die Großmutter empört aus. »Wer hat die Stirn, einen Earl des Commonwealth zu verschmähen? Kenne ich sie?«

»In der Tat, Großmutter, du kennst sie. Es ist Countess Fleur Fontaine.«

»Aber … aber«, stammelte die Großmutter. »Diese Frau kann dir keinen Erben schenken.«

»Das kannst du nicht wissen.«

»Sie hat selbst erzählt, dass sie fünf Jahre lang verheiratet war und ihrem Mann in dieser Zeit kein Kind geboren hat.«

Reed kniete vor seiner Großmutter nieder und umfasste ihre kalten Hände. »Sowohl du als auch Fleur selbst haben eines nicht bedacht, es könnte auch an ihrem Ehemann gelegen haben. Fleur denkt wie du und lehnt es deshalb ab, meine Frau zu werden. Aber ich werde sie irgendwie davon überzeugen, ihre Meinung zu ändern. Ich liebe sie, Großmutter. Sie ist die einzige Frau, die ich will, die Einzige, die ich heiraten werde.«

»Und was ist, wenn ihr heiratet, und sich ihre Unfruchtbarkeit bestätigt?«

Die Grübchen erschienen auf Reeds Wangen. »Dann werden wir eben ein Kind annehmen. In London gibt es so viele Waisenkinder, die ein Zuhause brauchen.«

Entsetzt warf die Witwe die Hände in die Luft. »Nein, ich kann keinen Erben akzeptieren, in dessen Adern nicht das Blut der Hunthursts fließt.«

»Hab keine Angst, Großmutter, ich habe die Hoffnung nicht aufgegeben, dass Fleur unserem Geschlecht einen Nachkommen schenken wird.«

Die Großmutter seufzte. »Du bist also fest entschlossen?«

»Ich fürchte, ja. Niemand kann Fleurs Platz in meinem Herzen einnehmen.«

Erneut stieß die Witwe ein resigniertes Seufzen aus. »Wie könnte ich dir deinen Herzenswunsch abschlagen, mein Junge?« Sie streichelte seine Wange. »Du bist alles, was mir auf dieser Welt geblieben ist. Ich will dich glücklich sehen, und wenn es Fleur ist, die dieses Glück für dich bedeutet, dann habt ihr meinen Segen. Dein Optimismus ist wirklich bewundernswert. Ich muss zugeben, dass du sogar mich überzeugt hast. Ich glaube daran, dass deine Countess unser Geschlecht mit vielen Erben segnen wird und sich der Traum einer alten Frau endlich erfüllt.«

Reed küsste seine Großmutter auf die Wange und erhob sich. »Du bist wirklich eine erstaunliche Frau. Ich bin sicher, du wirst noch miterleben, wie mehr als ein Urenkel das Licht dieser seltsamen Welt erblickt.«

»Musst du schon gehen? Es wird langsam spät, leiste mir doch bei einem sehr frühen Abendessen Gesellschaft.«

»Nicht heute, Großmutter. Aber ich werde dich bald wieder besuchen und Fleur mitbringen. Ich gehe jetzt zu ihr. Sie muss einfach zustimmen, meine Frau zu werden. Und jetzt, wo ich deinen Segen habe, will ich sie so bald wie möglich davon überzeugen.«

»Dann geh. Ich erinnere mich noch daran, wie es ist, jung und verliebt zu sein. Sag Fleur, dass ich euch nicht im Wege stehen werde. Ich werde ihr sogar dabei helfen, die Hochzeit auszurichten.«

Reed verließ das Haus. Nach dem Gespräch mit seiner Großmutter war ihm bereits viel leichter ums Herz. Als er in die Kutsche stieg, regnete es noch immer in Strömen. Während der kurzen Fahrt zu seinem Stadthaus ging er in Gedanken immer wieder durch, was er zu Fleur sagen würde, um sie dazu zu bringen, seine Frau zu werden. Er hoffte, die Tatsache, dass sie Großmutters Segen hatten, würde sie umstimmen.

Die Kutsche hielt. Reed wartete nicht erst, bis John die Treppe heruntergeklappt hatte, sondern sprang direkt auf die Straße. Er nahm nicht einmal den Regenschirm mit.

»Fahr ums Haus herum, trockne dich ab und lass dir etwas Warmes zu trinken geben«, wies Reed seinen Kutscher an. »Ich weiß noch nicht, wie lange ich bleiben werde. Ich lasse dich rufen, wenn ich wieder fahren will.«

Updike öffnete bereits die Tür, noch bevor Reed sie erreicht hatte. »Kommt schnell herein, Mylord. Bei so einem Wetter jagt man ja keinen Hund vor die Tür.«

Reed trat in die Eingangshalle und schüttelte das Wasser von seinem Mantel, als wäre er tatsächlich ein pelziger Vierbeiner. »Ist Lady Fontaine zu Hause?«

»Die Hausherrin und Lisette sind im Arbeitszimmer.

An Tagen wie diesen ziehen sie dieses Zimmer mit seiner gemütlichen Wärme den offiziellen Räumen vor. Soll ich Euren Besuch ankündigen?«

»Nein, das übernehme ich schon selbst.« Er eilte auf das Arbeitszimmer zu, blieb plötzlich stehen und drehte sich zu Updike um. »Bitte doch Mrs. Peabody, für das Abendessen ein weiteres Gedeck aufzulegen, und kümmere dich darum, dass John in der Küche gut versorgt wird.«

Updikes Mundwinkel zuckte. »Solltet Ihr nicht lieber abwarten, ob Lady Fontaine Euch einlädt?«

Reed grinste ihn verschwörerisch an. »Jetzt werd mal nicht unverschämt, Updike.« Mit diesen Worten öffnete er die Tür zum Arbeitszimmer und trat ein.

Fleur hatte es sich auf dem Sofa vor dem Kaminfeuer bequem gemacht und las ein Buch. Lisette saß über einen Stickrahmen gebeugt neben ihr und setzte sauber und akkurat Stich neben Stich in den Stoff. Fleur blickte auf, sah Reed im Türrahmen stehen und ließ ihr Buch fallen.

»Reed! Ich habe nicht gehört, wie Updike dich angekündigt hat.«

»Das hat er auch nicht«, erklärte Reed. »Hiermit kündige ich mich selbst an.«

»Was gibt es Wichtiges? Ich kann mir nicht vorstellen, warum du bei so einem Wetter aus dem Haus gehen solltest, sofern es nicht etwas Dringendes zu besprechen gibt.«

Für Lisette war dies wohl das Zeichen zu gehen, denn sie stand auf, suchte ihre Sticksachen zusammen und sagte: »Entschuldigt mich bitte. Ich muss noch mit Mortimer über … etwas sprechen.«

»Mortimer?«, fragte Reed, sobald sich die Tür hinter Lisette geschlossen hatte.

»Updike. Wusstest du nicht, dass er Mortimer heißt?«

»Er ist schon so viele Jahre in meinen Diensten, dass ich aufgehört habe zu zählen, aber seinen Vornamen hat er mir nie verraten.«

»Setz dich ans Feuer und werd erst mal trocken«, forderte Fleur ihn auf.

Reed ließ sich neben ihr auf dem Sofa nieder und streckte die Hände in Richtung Feuer.

Fleur war klar, dass Reed aus einem guten Grund gekommen sein musste, aber sie hatte es nicht eilig, etwas darüber zu erfahren. Denn sie war nicht sicher, ob ihr das, was er ihr zu sagen hatte, gefallen würde. Sie war schon wütend genug auf ihn, weil er sie auf so unschöne Weise aus den Ermittlungen ausschließen wollte.

Sie betrachtete Reed und bewunderte alles an ihm, abgesehen von seinem übertriebenen Beschützerinstinkt. Natürlich war sie seinem Rat nicht gefolgt. In der Zwischenzeit hatten ihr sowohl Dubois als auch Barbeau ihre Aufwartung gemacht, und sie hatte außerdem eine Einladung von Henry Dempsey angenommen, mit ihm im Park spazieren zu fahren, sobald es das Wetter erlauben würde.

Reed rutschte hin und her und streckte die Beine aus. Unglaublich schöne Beine, wie Fleur fand, lang und schlank, mit wohlgeformten, muskulösen Schenkeln. Ein Gefühl der Glückseligkeit durchfuhr sie, als Reed nach ihrer Hand griff und sie an seine Lippen führte. Er würde doch sicher nicht versuchen, sie zu verführen, nachdem sie seinen Heiratsantrag abgelehnt hatte, oder etwa doch? Sie dachte eigentlich, sie hätte ihren Standpunkt klar zum Ausdruck gebracht; sie würde ihn nicht zu einer kinderlosen Existenz verdammen, wenn er doch einen Erben brauchte.

Sie versuchte, ihm ihre Hand zu entziehen, aber er ließ sie nicht los. »Was willst du hier, Reed?«

»Ich muss etwas Wichtiges mit dir besprechen.«

»Geht es um unsere Ermittlung?«

»Das hat nichts damit zu tun. Es geht um uns.«

»Es gibt kein *uns*, Reed. Ich dachte, ich hätte mich da klar ausgedrückt.«

»Hast du, aber inzwischen hat sich einiges geändert.«

»Was hat sich geändert?«

»Großmutter hat unserer Verbindung ihren Segen erteilt.« Er war auf Fleurs Reaktion gespannt. Sie ließ nicht lange auf sich warten.

»Warum sollte deine Großmutter unserer Heirat zustimmen, wenn sie weiß, dass ich keinen Erben zur Welt bringen kann?«

»Das weiß sie nicht, und du weißt es auch nicht«, versetzte Reed heftig. »Und da ich dich niemals gehen lassen könnte, sehe ich keinen Grund, warum wir nicht heiraten sollten.«

Fleur atmete tief ein und versuchte ihm zum hundertsten Mal zu erklären, warum sie nicht seine Frau werden konnte. »Ich war fünf Jahre mit Pierre verheiratet. In dieser Zeit war ich nicht ein einziges Mal schwanger. Ich bin unfruchtbar, Reed. Warum machst du es uns so schwer? Warum kannst du die Dinge nicht so nehmen, wie sie nun mal sind, und mich vergessen?«

»Sag mir, Liebste, kannst du mich vergessen?«

Fleur schluckte heftig. Würde Reed ihr glauben, wenn sie log? Sie bezweifelte es. Also sagte sie die Wahrheit. »Ich werde dich niemals vergessen, Reed.«

»Gut, und es gibt auch keinen Grund, warum du das tun solltest. Hast du nie in Erwägung gezogen, dass das Problem vielleicht bei deinem Mann gelegen haben könnte? Manchmal ist der Mann schuld daran, dass ein

Ehepaar keine Kinder hat. Darauf zähle ich, Fleur. Und wenn ich mich täusche, dann werden wir eben ein Kind annehmen. Wir wären nicht die Ersten, weißt du.«

Fleur war noch immer nicht überzeugt. »Und deine Großmutter hat ihre Zustimmung gegeben?«

»Meine Großmutter liebt mich. Sie würde nie darauf bestehen, dass ich eine Frau heirate, die ich nicht liebe.«

Fleur wurde plötzlich sehr still, in ihren Augen schimmerten Tränen. Reed liebte sie. Und wie konnte sie den Mann abweisen, den auch sie mit jeder Faser ihres Körpers liebte? Den Mann, der ihre Liebe erwiderte? Aber noch zögerte sie. Sollte es tatsächlich möglich sein, dass Pierre an ihrer Kinderlosigkeit schuld war? Die Idee war so vollkommen neu für sie, dass es ihr fast den Atem verschlug. Wenn aus einer Ehe keine Kinder hervorgingen, nahm jeder an, dass es an der Frau lag. Kein Mann würde je zugeben, dafür verantwortlich zu sein.

Reeds Worte erfüllten sie mit Hoffnung, aber nur ein wenig. Sie hatte schon so oft mit Reed das Bett geteilt und war dennoch nicht schwanger geworden. Wie also kam er auf die Idee, dass sie gar nicht unfruchtbar sei?

»Reed, ich denke nicht …«

Er legte ihr den Finger auf die Lippen. »Pst! Genau da liegt das Problem. Du denkst zu viel. Liebst du mich, Fleur?«

Fleur schloss die Augen und dachte daran, wie einsam und verlassen sie sich in den letzten Tagen ohne Reed gefühlt hatte. Er war ein Teil ihres Lebens geworden, ein Teil von *ihr*. Ihre Liebe zu Pierre verblasste angesichts der Gefühle, die sie für Reed empfand.

Als sie die Augen wieder öffnete, starrte Reed sie gespannt an. »Ich liebe dich, Reed. Meine Gefühle zu dir abzustreiten würde bedeuten, das Wesen meines Seins zu verleugnen.«

Reed stieß einen Freudenschrei aus. »Wir werden heiraten, sobald der Verräter gefunden ist. Du bist Balsam für meine Seele und bringst mir Frieden.«

Nach Reeds bewegender Erklärung brachte Fleur vor lauter Rührung kein Wort heraus. Sie schaute ihn einfach nur an, Tränen in den Augen. Nicht einmal Pierre hatte sie so sehr geliebt wie Reed. Wenn sie ihm in die Augen sah, fand sie keine dunklen Schatten mehr. Sie sah einfach nur Glück und ... ja ... Liebe.

Sie schlang ihm die Arme um den Hals und küsste ihn.

Ohne nachzudenken ging Reed darauf ein, öffnete den Mund und zog sie in die Tiefe des Kusses hinab. Sie grub die Finger in seine Schultern, und ließ sich von ihren Gefühlen mitreißen, erfüllt von dem Wunsch, dem Begehren und der Lust nachzugeben.

»Ich weiß nicht, ob ich mich noch länger zurückhalten kann«, flüsterte Reed zwischen den Küssen.

»Dann tu es nicht«, seufzte Fleur.

»Nicht hier, du hast Besseres verdient. Ich will dich ganz langsam entkleiden, dich auf weiche Laken betten und dein Feuer entfachen, bis du verrückt nach mir bist.«

Ihre Stimme war ein heiseres Flüstern. »Das will ich auch.«

»Dann sind wir uns ja einig«, sagte Reed, als er sie auf seine Arme hob und auf die Tür zustürmte.

»Reed! Halt! Du kannst mich doch um diese Uhrzeit nicht auf mein Zimmer hinauftragen. Was werden denn die Bediensteten denken?«

»Oh, das ist mir vollkommen egal!«

Er öffnete die Tür und stieß beinahe mit Updike zusammen, der ganz offensichtlich Wache stand. Der Diener starrte seine Herrin finster an und fragte: »Braucht Ihr Hilfe, Mylady?«

Verschämt vergrub Fleur ihr Gesicht an Reeds Brust und murmelte: »Nein, danke.«

»Die Dame des Hauses möchte damit sagen, dass wir gegen acht ein Abendessen für zwei in Lady Fontaines Schlafgemach einnehmen werden. Bis dahin wünschen wir nicht gestört zu werden. Ach ja, und gib dem Kutscher Bescheid, dass ich schon allein nach Hause finden werde.«

Updike verharrte, unwillig, sich auch nur einen Zentimeter von der Stelle zu rühren. »Darf man gratulieren, Mylord?«

Reed lachte. »In der Tat, Lady Fontaine und ich haben uns gerade verlobt.«

Von einem zum anderen Ohr grinsend, sagte Updike: »Meine Glückwünsche, Mylady. Darf ich es Lisette erzählen?«

Wieder war es Reed, der antwortete. »Aber bitte, du kannst es erzählen, wem auch immer du willst. Dürfen wir jetzt vorbei?«

Wäre Updike nicht beiseitegetreten, dann hätte Reed ihn wohl über den Haufen gerannt.

»Das ganze Haus wird bald wissen, was wir da oben treiben«, grummelte Fleur. »Ging es nicht etwas diskreter?«

»Meinst du nicht, dass sie sowieso schon über uns Bescheid wissen? Mir ist inzwischen klar, dass die Dienerschaft üblicherweise über jeden Schritt ihrer Dienstherren informiert ist.« Sie erreichten Fleurs Zimmer und öffneten die Tür. »Vergiss sie einfach. Heute Abend geht es nur um dich und mich.«

Er ließ sie herunter und schloss die Tür. Dann fand er ein Stück Reisig und hielt es in die Glut. Als es Feuer fing, zündete er damit eine Kerze an. Seine Augen glänzten wie Silber, als er sich endlich wieder zu Fleur umdrehte, sich herunterbeugte und sanft an ihrem Ohrläppchen knabberte. Dann liebkoste er die zarte Haut hinter ihrem Ohr und sog ihren zarten Duft nach frischen Rosenblüten ein. Der Duft raubte ihm fast die Sinne und ließ ihn bald verrückt vor Verlangen werden. Er umfasste ihre Taille, und ihre beiden Körper verschmolzen zu einem. Reed befürchtete, sich zu verlieren, wenn er die Kleider nicht bald ablegte.

Vorsichtig öffnete er die winzigen Knöpfe, die ihr Mieder zusammenhielten. Als er gerade den letzten löste, begann das Kleidungsstück auch schon zu rutschen. Er zog an den Ärmeln. Seine Augen wurden dunkel vor Lust, als er erkannte, dass Fleurs Körper nicht von einem Korsett eingezwängt wurde.

»Kein Korsett?«, flüsterte er. »Welch glücklicher Zufall!«

»Ich wusste, dass an einem Tag wie heute keine unangemeldeten Besucher vorbeikommen würden, also habe ich mich für etwas Bequemes entschieden.«

»Dank sei Gott für kluge Frauen.« Er zog ihr das Kleid und auch das Unterkleid aus, bis sie sich seinem begierigen Blick endlich völlig entblößt zeigte. »Deine Schönheit verzaubert mich jedes Mal aufs Neue«, erklärte Reed andächtig.

»Ich bin keine große Schönheit, Reed. Für die feine Gesellschaft gehöre ich eher zum Durchschnitt. In den Augen der Londoner ist Lady Violet der Inbegriff der Wohlgestalt.«

Unverwandt sah er sie an. Volle, straffe Brüste lockten seine Hände und Lippen. Ihre Taille war schmal, die Hüften fraulich gerundet. Sein Blick streifte die Löckchen zwischen ihren Schenkeln, bevor er die wohlgeformten Beine bis zu den reizenden Knöcheln hinabwanderte.

»Du bist nicht einfach nur schön, du bist hinreißend.

Du weißt gar nicht, welche Macht du über uns Männer hast.«

»Du redest zu viel«, erklärte Fleur, als sie sich daranmachte, den komplizierten Knoten seiner feuchten Krawatte zu lösen. Dann waren sein durchnässter Mantel und das Hemd an der Reihe und flogen ebenfalls auf den Fußboden.

Reed streichelte Fleur den Rücken, während sie die Knöpfe seiner Hose öffnete und sie ihm über die Hüften zog. Lächelnd ließ er seine Grübchen aufblitzen, als er die Stiefel von sich schleuderte und die Hose abstreifte. Endlich war seine pralle Männlichkeit frei. Als Fleur mit den Fingern darüberstrich, sog er scharf die Luft ein, und seine Begierde wuchs ins Unendliche, bis es fast schon schmerzte. Als er aufstöhnte, hielt Fleur inne und sah zu ihm auf.

»Hör nicht auf, bitte, mach weiter.«

Sie streichelte ihn erneut. Hitze durchfuhr ihn. Jede Faser seines Körpers war jetzt angespannt und erbebte, als seine Hüften sich aufbäumten und zu ihr drängten. Sie umschloss ihn fester und übte sanften Druck aus. Der lustvolle Schmerz seiner Lenden wuchs. Er blickte an sich herunter und bemerkte eine glänzende Perle an der Spitze seiner prallen Rute.

»Genug«, stöhnte Reed in einem Ton, den er selbst kaum wiedererkannte.

Er schob ihr die Arme unter die Knie, hob sie hoch und brachte sie zum Bett, wo er sich mit ihr niederlegte. Seine Hand wanderte über die Rundung ihrer Pobacken, dann liebkoste er von hinten ihre Weiblichkeit, die sich ihm bereits heiß und feucht darbot. Er fuhr ganz langsam fort, sie zu erregen. Er drehte sie auf den Rücken, seine Lippen fanden ihre Brustspitze und saugten daran, erst an der einen, dann an der anderen. Plötzlich schob sie ihn von sich. Er erstarrte. Wenn sie ihn jetzt bitten würde, aufzuhören, dann wäre es um ihn geschehen.

Widerwillig richtete er sich auf und starrte auf sie hinunter. Ihm entfuhr ein Laut des Erstaunens, als sie ihn auf die Laken zog und sich auf ihn setzte.

»Fleur, was …?«

»Du hattest deinen Spaß, nun bin ich an der Reihe.«

Sie nahm seine Männlichkeit in beide Hände, senkte den Kopf und zog ihn in die warme Höhle ihres Mundes. Mit der Zunge umspielte sie ihn, schluckte die weiße Perle und erregte ihn mit Mund und Lippen bis aufs Unerträgliche. »Luder!«, knurrte Reed. »Wenn du nicht bald damit aufhörst, wird alles vorbei sein, noch bevor es angefangen hat.«

Er umfasste ihre Hüfte, hob sie hoch und bettete sie neben sich. Dann kniete er zwischen ihren gespreizten Schenkeln, stützte beide Ellbogen auf und sah ihr tief in die Augen.

Unter ihm wand Fleur sich vor Verlangen. »Bitte, Reed, lass mich nicht länger warten!«

Die glatte Spitze seiner harten Männlichkeit berührte sanft ihre feuchte weiche Mitte. Sie grub ihm die Fingernägel in den Rücken. Ihre Blicke waren vereint, als er tief in sie drang.

Und das Paradies fand.

Sie umfing ihn weich und pulsierend. Als er begann, rhythmisch zuzustoßen, bäumte sie sich auf, drängte sich ihm stoßweise keuchend entgegen. Auch sein eigener Atem folgte jetzt geräuschvoll dem Rhythmus ihrer Körper. Die Begierde brannte in ihm, und seine Bewegungen wurden heftiger. Er sah Fleur an und erkannte erleichtert, dass sie kurz vor dem Höhepunkt stand. Lange würde auch er nicht mehr an sich halten können.

»Komm mit mir, Fleur. Jetzt!«

Er stieß tief und hart zu, tauchte in ihre Hitze ein, so tief es nur ging. Dann hielt er inne und blickte sie an. Ihr Gesicht war gerötet, der Mund leicht geöffnet. Sie hatte die Augen geschlossen und grub die Finger tief in seinen Rücken. Jeder Muskel in ihrem Unterleib war angespannt und umklammerte ihn fest und entschieden. Als er spürte, wie ihr Körper sich entspannte, ließ auch er seiner Leidenschaft freien Lauf. Er vergrub das Gesicht in ihrem Nacken, rief ihren Namen und ergoss sich in ihr.

Als ihre bebenden Körper langsam zur Ruhe kamen, hob Reed den Kopf und schaute sie an. Fleur öffnete die Augen und lächelte ihn an.

»Das war …«

»Unglaublich, magisch«, beendete Reed den Satz. »Ich verspreche dir, dass es für uns immer so sein wird.«

Es klopfte an der Tür. »Das muss wohl unser Abendessen sein.«

Er stand auf und streifte sich die Hose über.

Fleur errötete bis an die Haarspitzen, als Reed die Tür öffnete und Updike hereinließ. Während er den Raum betrat und das Tablett auf dem Tisch absetzte, blickte der Diener in alle nur erdenklichen Richtungen, nur nicht zum Bett.

»Kann ich sonst noch etwas für Euch tun, Mylord?«

»Das wäre dann alles, *Mortimer*.«

Jetzt errötete auch Updike, der sich zu voller Größe aufrichtete, sich verbeugte und dann hastig das Zimmer verließ.

»Du hättest ihn nicht ärgern sollen«, schalt Fleur.

»Ich konnte einfach nicht anders.« Reed warf einen Blick auf das Tablett mit den Speisen, dann auf Fleur. »Hast du großen Hunger?«

Einen Moment lang wusste sie nicht, worauf er hinauswollte, bis er seine Hose wieder auszog. »Ja, aber nach Essen gelüstet es mich nicht.«

»Ich hatte gehofft, du würdest das sagen.«

Geistesgegenwärtig schloss Reed noch die Tür ab, bevor er sich wieder zu ihr legte.

# Achtzehntes Kapitel

Als Fleur erwachte, schien die Sonne ins Zimmer, und ein warmer Körper schmiegte sich an ihren Rücken. Sie war so von Glück erfüllt, dass sie den Augenblick so lange wie möglich genießen wollte. Ein Lächeln umspielte ihre Lippen, als sie sich noch tiefer in Reeds Wärme vergrub. Sie hatten die Nacht damit verbracht, sich auf jede nur erdenkliche Art und Weise zu lieben.

Aber was noch viel wichtiger war: Mit Reed erlebte sie nicht nur die körperliche Liebe, er liebte sie auch von ganzem Herzen, und seine Großmutter hatte ihrer Verbindung ihren Segen erteilt. Absolut nichts würde ihr diesen Tag verderben können. Es war der schönste Tag in ihrem Leben.

Reed schlief so fest, dass Fleur es nicht übers Herz brachte, ihn zu wecken. Ohne ihn im Schlaf zu stören, glitt sie vorsichtig aus dem Bett.

Ihr knurrte der Magen. Als ihr Blick auf das unberührte Tablett fiel, stellte sie fest, dass sie überhaupt nicht zum Essen gekommen waren. Die Uhr auf dem Kaminsims zeigte bereits die zehnte Stunde an. Fleur konnte sich nicht daran erinnern, wann sie das letzte Mal so spät aufgestanden war.

So leise wie möglich machte sie sich fertig, verließ das Schlafzimmer und zog die Tür hinter sich zu.

Sie betrat den Frühstücksraum und läutete; Updike erschien einen Augenblick später. Er schien überrascht, sie allein anzutreffen.

Er setzte eine dampfende Teekanne auf den Tisch. »Guten Morgen, Mylady. Was kann ich Euch zum Frühstück servieren?«

»Ich habe einen riesigen Hunger, Updike. Ich weiß, es ist schon spät, aber könntest du die Köchin bitten, mir pochierte Eier, gebratenen Speck mit Tomaten und Toastbrot zuzubereiten? Oh, und vielleicht findet sich in der Küche auch noch einer von diesen Rosinenkuchen, die ich so gerne esse.«

Updike verneigte sich und verschwand, um der Köchin die Wünsche der Hausherrin zu übermitteln. Fleur nippte an ihrem Tee, ein zufriedenes Lächeln umspielte ihre Lippen. Sie würde Reeds Braut werden. Es war, als wurde ein Traum Wirklichkeit.

Als ihr Frühstück serviert war, machte Fleur sich hungrig darüber her. Sie biss gerade in den Rosinenkuchen, als Updike Besuch ankündigte. Noch bevor Fleur fragen konnte, um wen es sich handelte, kamen Lady Helen und Lady Violet ins Zimmer marschiert, gefolgt von ihrem Schoßhündchen, Gallard Duvall.

»Helen, Violet, was macht ihr denn hier? Ist es nicht ein bisschen früh für einen Besuch?«

»Unser Anliegen duldet keinen Aufschub«, verkündete Violet.

»Habt ihr überhaupt schon etwas gegessen? Setzt euch doch, wollt ihr mit mir frühstücken?«

»Nein, so lange werden wir wohl nicht bleiben«, fauchte Violet. »Wir sind nur gekommen, um dir zu sagen, was für ein Miststück du bist. Du hast es endlich geschafft, Reed setzt uns auf die Straße.«

»Ich habe keine Ahnung, wovon du sprichst.«

Violet holte aus und schlug Fleur mitten ins Gesicht. Fleur machte einen Satz zurück. Ihre Überraschung war größer als der Schmerz. »Raus!«, brüllte sie, während sie versuchte, ihre Wut unter Kontrolle zu bringen. »Wie kannst du es wagen, in mein Haus einzudringen und mich anzugreifen? Updike, weise den Damen die Tür.«

»Bleib, wo du bist, Updike. Die Damen werden gehen, wenn ich mit ihnen fertig bin.«

Reed stand im Türrahmen. Er war lediglich mit einem offenen Hemd und Reithosen bekleidet, und – der schwerste Verstoß gegen die Etikette – er zeigte sich seinen Gästen barfuß. Er lächelte Fleur zu und kam gemächlich ins Zimmer geschlendert.

Violet starrte Reed an und erbleichte. Plötzlich fuhr sie herum und ging wieder auf Fleur los. »Biest! Hure! Kein Wunder, dass Reed letzte Nacht nicht nach Hause gekommen ist. Er war bei dir, in deinem Bett, und hat weiß Gott was mit dir getrieben!«

Sie hob die Hand und hätte Fleur erneut geschlagen, hätte Reed ihr Handgelenk nicht brutal festgehalten. »Ich werde nicht zulassen, dass du oder sonst irgendjemand meiner Verlobten etwas antut.«

»Deiner Verlobten?«, wiederholte Helen verblüfft.

»Ihr werdet heiraten?«, fragte auch Duvall, offensichtlich genauso entgeistert wie die beiden Frauen.

Reed ließ Violets Handgelenk los, ging zu Fleur und küsste sie auf die Wange. »Ja, meine Verlobte. Wollt ihr uns nicht gratulieren?«

»Warte nur, bis das deine Großmutter hört«, zischte Violet. »Fleur ist in der Familie nicht willkommen, das dürfte dir doch klar sein.«

»Du irrst dich, Violet. Großmutter hat unserer Verbindung ihren Segen gegeben.«

Reed ignorierte das bestürzte Schweigen, das auf seine Worte folgte, zog den Stuhl neben Fleur und setzte sich. »Ich habe Hunger. Updike, könntest du bei der Köchin bitte dasselbe für mich bestellen, was du Lady Fleur serviert hast?«

»Sofort, Mylord. Soll ich Eure Gäste zur Tür begleiten?«

»Das ist eine ganz wunderbare Idee, Updike, obwohl ich ziemlich sicher bin, dass sie den Weg auch allein finden.« Er wandte sich an Helen und Violet. »Ihr habt nur noch wenige Tage Zeit, um euch nach einer neuen Unterkunft umzusehen. Ich schlage vor, dass ihr euch beeilt. Aber ich bin sicher, Duvall wird euch zur Hand gehen, wo immer es nötig ist.«

»In der Tat«, erklärte Duvall und tätschelte Helen den Arm.

»Hier entlang«, verkündete Updike in seinem hochmütigsten Ton und schob die ungebetenen Gäste zur Tür hinaus.

Fleur wandte sich zu Reed und lächelte. »Das war ziemlich unangenehm.«

Er erwiderte ihr Lächeln. Doch schon wenige Sekunden später verfinsterte sich seine Miene, als er ihr über die gerötete Wange strich. »Sie hat dich geschlagen! Dieses Biest besitzt die Frechheit, die Hand gegen dich zu erheben. Und ich dachte, ich wäre rechtzeitig gekommen, um dich vor ihr zu beschützen.«

»Du bist rechtzeitig gekommen. Sie wäre ein weiteres Mal auf mich losgegangen, wenn du sie nicht zurückgehalten hättest.«

Reeds Frühstück wurde serviert. »Ich werde tun, was in meiner Macht steht, damit sie dir nie wieder zu nahe kommt.«

»Sie hat mich nicht wirklich verletzt. Iss dein Frühstück, bevor es kalt wird.« Sie goss Tee ein. »Violet ist unsere geringste Sorge. Die Ermittlungen beunruhigen mich weitaus mehr.«

»Das ist jetzt nicht mehr deine Angelegenheit, hast du das schon vergessen? Ich habe dich von dem Fall abgezogen.«

»Und ich habe beschlossen, deine Anweisungen ganz einfach zu missachten. Was steht als Nächstes an? In welche Richtung ermitteln wir weiter?«

»Für dich stehen als Nächstes die Hochzeitsvorbereitungen mit Großmutter an. Und ich muss den Verräter finden.«

»Nicht ohne mich«, widersprach ihm Fleur. »Du bist auf meine Hilfe angewiesen.«

Reed legte das Besteck auf seinem Teller ab. »Ich will dich nicht verlieren, Fleur. Wir haben es hier mit gefährlichen Leuten zu tun. Wenn sie über die schwarze Witwe Bescheid wissen, dann können sie sich wahrscheinlich auch den Rest zusammenreimen. Der Täter könnte dir ebenso wie mir nach dem Leben trachten.«

Fleur schüttelte den Kopf. »Das ergibt doch keinen Sinn. Warum sollten wir für Napoleons Regierung noch eine Rolle spielen?«

Reed zuckte mit den Schultern. »Ich weiß es nicht, aber ich werde es herausfinden.«

»Ich frage mich, wie lange es wohl dauert, bis sich die Nachricht von unserer Verlobung herumgesprochen hat?«

Reed lachte, wischte sich mit der Serviette über den Mund und ließ sie auf den Tisch fallen. »Die Neuigkeit macht in ebendiesem Augenblick die Runde, darauf kannst du dich verlassen. Helen und Violet sind unverbesserliche Klatschtanten. Und wie schnell sich eine Nachricht unter dem Hauspersonal verbreitet, muss ich dir ja wohl nicht erklären.«

Reed stand auf, warf einen Blick auf seine nackten Füße und grinste. »Inzwischen sind meine Stiefel wohl wieder trocken. Ich habe Feuer im Kamin gemacht und meine Kleider davor aufgehängt. Zeit, dass ich aufbreche. Ich habe übrigens damit begonnen, Nachforschungen über Henry Dempsey anzustellen.«

»Sehr gut. Er kam mir von Anfang an verdächtig vor. Übrigens bin ich heute Abend zu Lady Ogletons Tanzabend eingeladen. Sollen wir zusammen hingehen? Vielleicht können wir etwas Neues in Erfahrung bringen. Es werden bestimmt viele Leute zu diesem Vergnügen kommen.«

»Eine gute Idee. Wir werden zum ersten Mal als Paar in der Öffentlichkeit auftreten und dabei Augen und Ohren offen halten. Ich hole dich gegen neun Uhr ab.«

Er zog sie vom Stuhl hoch und in seine Arme. Bevor er ging, küsste er sie noch einmal innig.

»Gut, du bist allein.« Lisette stand in der Tür. »Mortimer hat mir bereits gesagt, dass alle anderen weg sind.«

»Der Tee ist noch heiß. Leistest du mir Gesellschaft?«, fragte Fleur und lächelte Lisette an.

»*Oui*, vielen Dank«, sagte Lisette, als Fleur bereits eine Tasse für sie eingoss. »In der Halle bin ich Seiner Lordschaft begegnet. Kann ich davon ausgehen, dass man gratulieren darf?«

Fleur strahlte. »Ja, ich habe Reeds Heiratsantrag angenommen. Er liebt mich, Lisette, er liebt mich wirklich. Und es kommt noch besser, seine Großmutter hat unserer Ehe ihren Segen erteilt.«

»Ist sich Lord Hunthurst darüber im Klaren, dass du ihm keinen Erben schenken kannst?«

»Reed glaubt nicht, dass ich unfruchtbar bin. Er denkt, es lag an Pierre.«

Lisettes Blick wanderte zu Fleurs flachem Bauch. »Das kann man nur hoffen. Wann wird die Hochzeit denn stattfinden?«

»Nicht, bevor wir den Verräter zur Rechenschaft gezogen haben. Im Moment müssen wir uns beide auf unsere Ermittlungen konzentrieren. Übrigens will mir Reeds Großmutter bei den Hochzeitsvorbereitungen behilflich sein.«

Lisette umarmte Fleur. »Ich freue mich so für dich, *chèrie*. Ich weiß, was seine Lordschaft dir bedeutet. Ich war sehr traurig, als du ihm gesagt hast, dass du ihn nicht heiraten würdest. Er muss dich wirklich lieben.«

»Was ist mit dir und Updike? Ihr scheint mehr als nur Freunde zu sein.«

Lisette kicherte wie ein junges Mädchen. Fleur konnte sich nicht daran erinnern, ihre Begleiterin jemals so glücklich gesehen zu haben.

»Mortimer und ich haben eine Abmachung. Ich wollte keine Bindung mit ihm eingehen, bevor nicht deine Zukunft gesichert ist, und er hat dafür Verständnis.«

Fleur drückte Lisette die Hand. »Ich kann mich glücklich schätzen, eine Freundin wie dich zu haben. Bald kannst du mit deinem Mortimer Pläne für die Zukunft schmieden. Sollen wir eigentlich gleich im Park eine Runde drehen? Nach dem gestrigen Regen ist ein Spaziergang im Sonnenschein heute genau das Richtige.«

Fleur und Lisette verließen kurze Zeit später das Haus. Bis zum Park war es nicht weit. Als sie den von Bäumen gesäumten Weg entlangspazierten, kamen Count Dubois und Monsieur Barbeau ihnen entgegen.

»Countess, Madame Lisette«, grüßte Dubois mit einer höflichen Verbeugung. »Dürfen wir Euch Gesellschaft leisten?«

»Aber natürlich«, entgegnete Fleur. Vielleicht hatte sie Glück und würde so etwas Neues erfahren, von dem sie Reed später berichten konnte.

Der Weg war breit, so dass die vier nebeneinander gehen konnten. Doch dann verengte sich der Pfad, so dass Lisette ein wenig zurückfiel und Fleur mit den beiden Männern links und rechts voranschritt.

»Heute Morgen sind uns höchst verblüffende Neuigkeiten zu Ohren gekommen«, erklärte Dubois. »Sagt doch bitte, dass es nicht wahr ist.«

»Wovon sprecht Ihr?«, erwiderte Fleur, scheinbar ahnungslos.

»Monsieur Duvall versicherte uns, dass Ihr mit Lord Hunthurst verlobt seid«, brachte Dubois mit verwundertem Gesichtsausdruck hervor. »Welch plötzliche Wendung, nicht wahr? Ich wollte es gar nicht glauben, da mir Hunthurst doch selbst bestätigt hat, dass er kein Interesse an Euch habe.«

»Monsieur Duvall hat Recht«, sagte Fleur. »Ich werde den Earl von Hunthurst heiraten.«

»Ich bin am Boden zerstört«, rief Dubois und presste die Hand aufs Herz. »Warum habt Ihr mir gegenüber behauptet, Ihr seid nicht an einer neuen Ehe interessiert?« Er hielt kurz inne. »Duvall hat auch erzählt, dass er Hunthurst heute Morgen in Eurem Haus angetroffen hat, und zwar in einem Aufzug, den man nicht gerade als schicklich bezeichnen würde.«

Was das betraf, hatte Fleur nun wirklich keine Lust, sich zu rechtfertigen. Was sie tat oder nicht tat, ging niemand anderen etwas an. »Stellt Ihr etwa meinen Ruf infrage, Count?«

»Vergebt mir, Countess. Nur die Tatsache, dass ich tief verletzt bin, hat mich zu dieser unpassenden Bemerkung verleitet.«

»Ich verzeihe Euch.«

»Haben Lord Hunthurst und Ihr die Absicht, heute Abend auf den Ball der Ogletons zu gehen?«, wollte Barbeau wissen.

»Das haben wir allerdings vor«, antwortete Fleur.

Barbeau verneigte sich. »Dann wird man sich dort treffen. Ich gratuliere zu Eurer Verlobung, Hunthurst werde ich meine Glückwünsche heute Abend persönlich übermitteln. Komm, René, wir wollen die Damen bei ihrem Spaziergang nicht länger aufhalten.«

Bevor er sich verbeugte, sah Dubois Fleur lange an. Sie machte zum Abschied einen Knicks. Ihr lief es kalt den Rücken herunter, als sie den beiden Männern nachschaute. Alarmglocken schrillten in ihrem Kopf, aber sie hatte keine Ahnung, welchem der beiden Franzosen sie misstrauen sollte. Dem gesunden Menschenverstand zufolge musste sie besonders Dubois im Auge behalten, aber ihr Instinkt sagte ihr, dass sie vor beiden Männern auf der Hut sein musste.

»Was war denn das?«, fragte Lisette, als sie Fleur eingeholt hatte.

»Duvall hat ihnen von meiner Verlobung mit Reed erzählt. Dubois hat es nicht gut aufgenommen. Du musst wissen, er hat mir den Hof gemacht.«

»Ist er ein französischer Spion?«

»Die Zeit wird es zeigen, allerdings meint Reed, dass der Verräter einer von Lord Porters Männern ist. Ich habe Angst. Wenn wir dieses Rätsel nicht schnell lösen, ist Reed in großer Gefahr. Er ist dem Tod schon mehrmals nur knapp entronnen. Beim nächsten Mal hat er vielleicht nicht so viel Glück.«

»Denkst du, es wird ein nächstes Mal geben?«

»Ich hoffe nicht.«

An diesem Abend fand sich Reed um Punkt neun im Stadthaus ein. Am Fuße der Treppe wartete er auf seine Geliebte. Fleur ließ ihn nicht lange warten. Ihm stockte fast der Atem, als sie die Stufen herunterkam. In ihrem Kleid aus violetter Seide, abgesetzt mit purpurfarbener Borte, bot sie einen atemberaubenden Anblick. Das Modell im Empire-Stil umschmeichelte ihre Brüste, die durch die farblich abgesetzten Bänder noch betont wurden, und schmiegte sich an ihre wohlgeformten Hüften. Violette Handschuhe bedeckten ihre Arme bis zum Ellbogen.

»Du siehst wunderschön aus«, sagte Reed und küsste ihr die Hand. »Jeder Mann auf dem Ball wird mich um dich beneiden.«

»Nicht bei all den blutjungen Debütantinnen, die nur darauf warten, die Aufmerksamkeit auf sich zu lenken.«

Updike erschien mit einem purpurfarbenen Schal und drapierte ihn um Fleurs Schultern.

»Du musst nicht aufbleiben, Updike, wir haben den Schlüssel dabei. Und sag auch Fleurs Zofe, dass sie heute Abend nicht mehr gebraucht wird«, rief Reed über die Schulter hinweg, als er Fleur die Treppe hinunter und zur Kutsche begleitete.

»Hast du heute irgendetwas erreicht?«, erkundigte sie sich, als sie schließlich in der Kutsche saßen.

»Die Männer, die ich damit beauftragt hatte, etwas über Dempsey in Erfahrung zu bringen, haben sich noch nicht wieder bei mir gemeldet. Ich habe noch einmal mit Porter gesprochen, aber er will immer noch nicht glauben, dass unter seinen Vertrauten ein Verräter sein könnte.«

»Ich bin heute Dubois und Barbeau im Park begegnet«, berichtete Fleur. »Duvall hatte ihnen bereits von unserer Verlobung erzählt und … na ja, du kannst dir ja vorstellen, was er noch gesagt hat. Dubois wirkte äußerst verärgert, aber Barbeau schien von den Neuigkeiten nicht sonderlich betroffen. Ich muss zugeben, dass ich wirklich ein merkwürdiges Gefühl hatte, als wir auseinandergingen.«

»Halt dich von ihnen fern, Fleur. Zum jetzigen Zeitpunkt können wir niemandem trauen.«

Als sie das Anwesen der Ogletons erreichten, mussten sie zunächst in der Schlange der ankommenden Kutschen warten, bis der Kutscher schließlich die Stufen herunterklappte und die Tür öffnete. Reed stieg als Erster aus und half dann Fleur herunter.

»Es wird ein ziemliches Gedränge herrschen«, bemerkte sie.

»Leider ja. Ich frage mich, ob Großmutter auch kommt. Normalerweise geht sie abends nicht gern aus.«

»Wir können allerdings mit ziemlicher Sicherheit annehmen, dass Helen und Violet anwesend sein werden, begleitet vom unvermeidlichen Duvall.«

»Wer hätte gedacht, dass ein Cousin zweiten Grades, und dazu noch ein Franzose, derart an Helens Rockzipfel hängen würde?« Reeds Stimme klang amüsiert.

»Vielleicht empfindet er wirklich etwas für sie«, gab Fleur zu bedenken.

Das Stimmengewirr im überfüllten Saal verstummte, als sie angekündigt wurden. Aller Blicke waren auf sie gerichtet. Fleur wäre am liebsten im Boden versunken, aber irgendwie fand sie doch den Mut, stolz das Kinn zu recken und in die Menge zu lächeln. Schließlich verloren die Gäste das Interesse und überall wurden die Unterhaltungen wieder aufgenommen.

»Gut, das wäre also geschafft«, flüsterte Reed, als sie sich durch den Saal bewegten und Reed auf einige Bekannte zusteuerte. Man stellte sich vor. Fleur folgte dem Gespräch, hielt sich aber ruhig und wachsam im Hintergrund.

»Gleich wird wieder getanzt«, bemerkte Reed. »Hast du Lust?«

Da es noch keine öffentliche Bekanntmachung gegeben hatte, gratulierte ihnen auch niemand zur Verlobung, aber die verstohlenen Blicke und das Geflüster machten Fleur klar, dass alle über sie sprachen. Die Gerüchteküche brodelte, und die Neuigkeit hatte bereits in ganz London die Runde gemacht.

Noch während sie auf der Tanzfläche waren, entdeckte Fleur Dubois, Barbeau und Henry Dempsey. »Was macht Dempsey denn hier?«, raunte sie Reed zu, als er wieder auf sie zutanzte.

»Dempsey hat zwar keinen Titel, aber gute Verbindungen in der Gesellschaft. Bei mir war es genauso, bevor ich den Titel geerbt habe.«

»Ist dir aufgefallen, wie viele Emigranten gekommen sind?«

»Es ist jetzt in Mode, sie zu den wichtigen Veranstaltungen einzuladen. Einige von ihnen konnten auf der Flucht ihr gesamtes Vermögen mitbringen und werden von der feinen Gesellschaft richtiggehend umworben.«

»Helen und Violet sind gerade erschienen«, zischte Fleur. »Duvall ist auch dabei.«

In Duvalls Begleitung schoben sich die beiden Schwestern durch die Menge. Hinter vorgehaltenem Fächer sah man sie tratschen und plaudern, während sie sich von Gruppe zu Gruppe vorarbeiteten.

»Die reden über uns«, wisperte Fleur.

»Sollen sie doch. Tritt du ihnen nur immer hocherhobenen Hauptes gegenüber, es gibt nichts, wofür du dich schämen müsstest.« Die Musik verstummte, und sie verließen die Tanzfläche. »Ich habe Durst, möchtest du auch etwas trinken?«

»Eine Limonade wäre ganz wunderbar. Solange du die Getränke holst, werde ich mich ein wenig frisch machen.«

»Ich warte draußen bei der Caesar-Büste auf dich, ich will dich im Gedränge nicht verlieren.«

Fleur hielt nach dem Treffpunkt Ausschau und nickte dann. Reed verschwand bald darauf in der Menge. Fleur musste feststellen, dass sie gar nicht wusste, wo das Garderobenzimmer war, und fragte einen der Diener. Der führte sie in die Eingangshalle und von dort aus einen langen Flur entlang. Als Fleur plötzlich bemerkte, dass Violet hinter ihr herkam, dankte sie dem Bediensteten und eilte allein weiter. Sie sah über die Schulter und stellte fest, dass Violet ihr immer noch folgte. Auf gar keinen Fall wollte sie in dem Garderobenzimmer von ihrer Rivalin in die Enge getrieben werden, also verschwand sie hinter der erstbesten Tür. Offensichtlich handelte es sich bei dem Raum um die Bibliothek. Eine einzige Kerze warf nur spärliches Licht auf die Bücherregale an den Wänden.

Eine kühle Brise strich ihr über die Wange, und Fleur ging zum Fenster, um ein wenig frische Luft zu schnappen. Sie wollte Violet genügend Zeit geben, bevor sie die Bibliothek wieder verließ und sich zum Garderobenzimmer aufmachte. Sie hatte nicht das Bedürfnis, Violet über den Weg zu laufen. Durch das offene Fenster waren die Stimmen zweier Männer zu vernehmen, die sich draußen auf Französisch unterhielten.

Neugierig schob Fleur sich zwischen die Gardinen und begann zu lauschen.

Offensichtlich standen die Männer genau unter dem Fenster, denn sie konnte ihre Worte klar und deutlich verstehen, obwohl sie flüsterten.

»Wir können nicht länger warten, er muss endlich sterben.« Fleur musste sich zusammenreißen, um nicht geräuschvoll nach Luft zu schnappen. Sprachen sie etwa über Reed?

»Dieser Mann hat mehr Leben als eine Katze«, grummelte der andere. »Und was machen wir mit der Countess?«

»Wenn sie uns in die Quere kommt, muss auch sie das Zeitliche segnen.«

»Ganz genau. Ihre Einmischung rechtfertigt ihren Tod. Sie hätte schon in der Teufelsburg sterben sollen.«

»Wir müssen sein Ableben genau planen, aber nicht hier in aller Öffentlichkeit. Wir sehen uns morgen am gewohnten Ort. Nächste Woche um diese Zeit wird Hunthurst bereits Vergangenheit sein.«

Fleur begann zu zittern. Sie sprachen *tatsächlich* über Reed. Wer waren diese Männer? Konnte sie es wagen, aus dem Fenster zu sehen? Als die Stimmen sich langsam entfernten, wartete Fleur atemlos ein paar Minuten ab, bevor sie einen Blick ins Freie warf. Sie sah ... nichts.

Die Männer waren bereits in der Dunkelheit verschwunden.

Mit trockenem Mund und klopfendem Herzen blieb Fleur wie angewurzelt stehen. Sie konnte sich nicht rühren, konnte nicht einmal klar denken. Sie hatte gerade dabei zugehört, wie zwei Franzosen Reeds Tod planten, aber ihr Verstand und ihr Körper weigerten sich, ihren Befehlen zu gehorchen. Endlich wich ihre Erstarrung panischem Entsetzen. Sie musste Reed finden.

Mit steifen Schritten wankte sie zur Tür. Ihre Handflächen waren nass, so dass sie mehrmals vergeblich versuchte, den Knauf zu drehen, bevor die Tür sich endlich öffnete. Im Flur lief sie ausgerechnet Violet in die Arme.

»Ich hatte mich schon gefragt, wohin du verschwunden bist«, sagte sie verärgert. »War Reed mit dir da drin?«

»Nein, ich war allein. Nicht, dass dich das irgendetwas angehen würde«, fügte Fleur rasch hinzu. »Wolltest du etwas mit mir besprechen?«

»Und ob. Mir ist völlig klar, wie unverschämt du deine Netze nach Reed ausgeworfen hast. Du hast ihn mir weggenommen. Und jeder weiß, dass du in Frankreich als Spionin gearbeitet hast. Ich habe all meinen Freunden erzählt, was du für eine bist. Die feine Gesellschaft wird dich niemals akzeptieren. Für eine Frau wie dich ist kein Platz in unseren Kreisen.«

»Da bin ich aber anderer Meinung«, verkündete Reed hinter Fleurs Rücken.

Vor lauter Erleichterung drohten Fleurs Knie nachzugeben. Reed war in Sicherheit. Noch hatten sie ihm nichts angetan.

»Fleur wird bald meine Frau werden«, erklärte Reed. »Großmutter hat großen Einfluss und wird schon dafür sorgen, dass die Gesellschaft Fleur anerkennt.«

»Die feine Gesellschaft ist mir egal«, schnaubte Fleur. Sie hatte jetzt nur eines im Sinn: Reed in Sicherheit zu bringen. Sie zog ihn am Arm davon. »Ich habe Kopfschmerzen, bitte, lass uns gehen.«

Reed starrte sie an. »Dann verpassen wir das Abendessen. Bist du sicher, dass du schon aufbrechen willst?«

»Natürlich will sie hier weg«, bemerkte Violet. »Die Klatschweiber zerreißen sich bereits das Maul über sie. Es gibt nur eine Art von Frau, die dreist genug ist, als Agentin zu arbeiten.«

»Ja, eine mutige Frau nämlich«, erwiderte Reed.

Fleur zupfte ihn am Ärmel. »Komm, Reed, ich möchte wirklich gehen.«

Ihr Gesichtsausdruck sagte Reed, dass irgendetwas nicht stimmte. Sie sah bestürzt aus, mehr noch. Sie schien panische Angst zu haben. Wenn Violet der Grund war, dann würde er dafür sorgen, dass dieses verfluchte Weibsstück die Konsequenzen tragen würde.

»Gut, wir gehen ja schon.« Er legte Fleur die Hand auf den Rücken und begleitete sie den Flur entlang in die Eingangshalle. Dort schickte er einen Diener los, um ihr Tuch zu holen, und einen anderen, die Kutsche zu rufen.

Plötzlich erschien ausgerechnet Dempsey in der Halle. »Ihr wollt uns bereits verlassen?«

»Fleur hat Kopfschmerzen.«

»Ich hatte eigentlich gehofft, kurz unter vier Augen mit Euch sprechen zu können«, sagte Dempsey. »Ich bin da auf einen Mann gestoßen, der behauptet, den Namen unseres Verräters zu kennen. Können wir uns morgen treffen?«

»Um zehn in Porters Büro?«

Dempsey schüttelte den Kopf. »Nein, das wird nicht gehen. Noch soll unser geschätzter Anführer nichts davon erfahren. Er könnte alles ruinieren.«

»Nun gut, dann sagt mir, wann und wo.«

»Mein Informant will uns nur an einem Ort seiner Wahl treffen. Kennt Ihr das Krähennest am Hafen?«

»Ja, das kenne ich. Seid Ihr sicher, dass er sich dort mit uns verabreden will? Der Ort hat keinen besonders guten Ruf.«

»Seid Ihr nun an der Information interessiert oder nicht?«

»Geh nicht«, bat ihn Fleur. »Ich habe kein gutes Gefühl bei der Sache.«

»Frauen!«, lachte Dempsey. »Sie haben vor ihrem eigenen Schatten Angst.«

Reed sah Fleur prüfend an. Er erkannte die Furcht in ihren Augen, zwang sich aber, sie zu ignorieren. »Und wann soll das Treffen stattfinden?«

»Um zehn Uhr morgen Abend. Ich kümmere mich um alles. Mein Kontakt erwartet, für seine Information bezahlt zu werden, kommt also nicht mit leeren Händen.«

Reed nickte grimmig. »Ich werde da sein.«

Mit einem höflichen Nicken ging Dempsey zurück in

den Ballsaal. Reed nahm dem Diener Fleurs Schal ab und legte ihn ihr um die Schultern. Dann führte er sie zur Tür hinaus und half ihr in die Kutsche.

»Also, Fleur, was ist passiert?«, fragte er, sobald sie Platz genommen hatten. »Du hast doch nicht wirklich Kopfschmerzen, oder?«

»Jetzt habe ich welche«, gab Fleur zurück. »Du darfst dich morgen Abend nicht mit Dempsey treffen, Reed. Es könnte eine Falle sein.«

»Weißt du etwa mehr als ich?«

»Bevor ich es dir erzähle, musst du mir eine Frage beantworten. Beherrscht Dempsey die französische Sprache?«

»Natürlich. Nur wer fließend Französisch spricht, wird auf den Kontinent geschickt. Warum fragst du?«

Fleur fasste Reed am Ärmel. Er sah ihr in die Augen und runzelte die Stirn. »Du hast Angst! Erzähl mir, was dich so aufgeregt hat. Hat jemand versucht, dich einzuschüchtern? War das Violet?«

»Violet ist mir hinterhergekommen, als ich ins Garderobenzimmer wollte.«

»Verdammt«, knurrte Reed.

»Nein, es geht hier nicht um sie. Ich wollte ihr aus dem Weg gehen, deshalb bin ich in die Bibliothek geschlüpft. Dort stand das Fenster offen, und ich bin darauf zugegangen, um ein bisschen frische Luft zu schnappen. Draußen unter dem Fenster waren Stimmen zu hören, also trat ich näher, um zu lauschen. Sie sprachen Französisch.«

Ihre Hand krallte sich in seinen Ärmel. Reel öffnete sanft ihre Finger und hielt ihre Hand fest. »Was haben sie gesagt? Was hat dich so verängstigt?«

»Sie planen deinen Tod.«

Reed schwieg einen Augenblick. »Bist du sicher?«

»Ich weiß doch, was ich gehört habe, Reed. Ich spreche fließend Französisch und verstehe jedes Wort.«

»Konntest du sie sehen?«

»Nein, ich hatte Angst, man könnte mich entdecken. Ich habe erst zum Fenster hinausgesehen, als die Männer verstummt waren. Aber da waren sie auch schon in der Dunkelheit verschwunden.«

»Hast du die Stimmen wiedererkannt?«

»Nein, und das macht mir ja solche Sorgen.« Ein Schluchzen stieg in ihrer Kehle auf. »Begreifst du denn nicht? Diese Männer wollen dich ermorden!«

Trotz Fleurs Panik blieb Reed ruhig. »Haben sie auch erwähnt, warum ich sterben soll?«

»Ist das so wichtig? Die bloße Tatsache, dass du von ihrem Plan weißt, sollte dich davon abhalten, zu dem Treffen mit Dempsey zu gehen.«

»Wiederhol mir Wort für Wort, was sie gesagt haben.«

Die zitternde Fleur holte tief Luft und versuchte dann so gut sie konnte, das Gespräch aus dem Gedächtnis wiederzugeben. »Ich habe klar und deutlich vernommen, dass du der Mann bist, dessen Tod sie planen. Und deshalb darfst du dich auch nicht mit Dempsey treffen.«

»Aber das muss ich, Liebes. Es ist vielleicht meine einzige Chance, zu erfahren, wer dafür verantwortlich ist, dass man mich in die Teufelsburg gebracht hat. Ich muss herausfinden, was Dempseys Kontaktmann über den Verräter weiß. Dem Gespräch nach zu urteilen, das du belauscht hast, könnte es mehr als nur einen geben.«

Die Kutsche hielt, John öffnete die Tür und klappte die Stufen herunter. Reed half Fleur beim Aussteigen und begleitete sie zur Tür. Sie suchte in ihrem Täschchen nach dem Schlüssel. Reed nahm ihn ihr aus den zitternden Fingern und öffnete die Tür.

»Ich werde dich heute Nacht nicht allein lassen«, verkündete Reed.

Fleur war die Erleichterung anzusehen. Wenn Reed bei ihr war, drohte ihm keine Gefahr. Wenigstens eine weitere Nacht würde er sicher sein.

Reed zog die Tür hinter sich zu und schloss ab. Dann reichte er ihr die Kerze, die Updike für sie stehen lassen hatte, nahm Fleur in die Arme und trug sie die Treppe hinauf. »Keine Angst, Liebste«, flüsterte er ihr ins Ohr. »Ich habe nicht vor, so bald zu sterben.«

Mit tränenerstickter Stimme fragte sie: »Versprochen?«

»Versprochen«, antwortete er. Sie erreichten ihr Schlafgemach. »Mach die Tür auf, ich habe im Augenblick leider keine Hand frei.«

Fleur nahm die Kerze in die linke Hand, fasste mit der rechten nach dem Knauf und öffnete die Tür. Reed trug sie hinein und setzte sie auf dem Bett ab. Dann griff er nach der Kerze und stellte sie neben sie auf den Nachttisch.

»Du nimmst die Bedrohung überhaupt nicht ernst«, sagte Fleur vorwurfsvoll.

»Meine Liebe, wie ernst soll ich denn noch sein? Ich nehme meine Aufgabe, dich ins Bett zu bringen und dort zu lieben, so ernst wie nur irgend möglich.«

Er drehte sie herum und begann ihr Kleid aufzuknöpfen.

»Ich werde dich morgen begleiten«, verkündete Fleur trotzig.

Reed hielt inne. »Einen Teufel wirst du tun! Du wirst schön zu Hause bleiben, wo du sicher bist.«

»Lass mich dir helfen, Reed. Was, wenn Dempsey dir eine Falle stellt?«

»Wenn es eine Falle ist, will ich nicht, dass du hineintappst. Außerdem kann ich selbst auf mich aufpassen.«

»Du hattest Dempsey schon die ganze Zeit in Verdacht, nicht wahr?«

Sein »Hm« drückte weder Zustimmung noch Widerspruch aus.

Ihr Kleid fiel zu Boden, dann ihr Unterkleid. Reed hob sie hoch und setzte sie auf die Bettkante, um ihr dann Strumpfbänder, die Strümpfe und Schuhe abzustreifen. Er sah ihr tief in die Augen, während er seine eigenen Kleider ablegte. Als er nackt vor ihr stand, streckte Fleur die Hand aus. Er wich ihr aus und stieß sie aufs Bett, so dass sie hintüber fiel. Ihre Beine hingen über der Bettkante. Er kniete sich davor hin.

»Wir sind mit unserer Unterhaltung noch nicht fertig«, protestierte Fleur.

»Doch, das sind wir, soweit es mich betrifft. Jetzt öffne schon die Beine, Liebste, und lass mich dich verwöhnen.«

Als Fleur nicht schnell genug reagierte, griff er nach ihren Beinen und legte sie sich über die Schultern. Beim Anblick ihrer üppigen Weiblichkeit erfasste ihn erneut eine Woge wilder Begierde. Er beugte sich vor. Als Reeds Hände, sein Mund und seine Zunge begannen, ihre Zauberkraft heraufzubeschwören, war Fleurs letzter Gedanke, dass sie irgendeinen Weg finden würde, Reed das Leben zu retten, selbst wenn sie dafür ihr eigenes aufs Spiel setzen musste.

# Neunzehntes Kapitel

Fleur wachte mit einem Lächeln auf den Lippen auf. Sie erinnerte sich an jede Einzelheit der vergangenen Nacht. Ihr Lächeln erlosch, als sie bemerkte, dass sie allein im Bett lag. Reed war gegangen, ohne sie zu wecken. Man musste nicht besonders schlau sein, um zu begreifen, dass er sich davongeschlichen hatte, damit sie ihm nicht wegen seines Treffens mit Dempsey auf die Nerven gehen konnte. Er wusste, dass sie ihn begleiten wollte, und dass sie Dempsey nicht weniger misstraute als er, doch hatte er sich hartnäckig dagegen gesträubt, sie in die Sache mit einzubeziehen.

Falls Fleur ihn später noch zu Gesicht bekommen sollte, schwor sie sich, ihn davon zu überzeugen, dass er ihrer Hilfe bedurfte. Er war nicht unbesiegbar, auch er brauchte ab und an jemanden, der ihm half. Warum bestand er nur darauf, Dempsey an einem zwielichtigen Ort zu treffen, wenn er wusste, dass er womöglich in eine Falle lief?

Fleur wollte rasch aufstehen, doch als ihre Füße den Boden berührten, wurde sie von einer Welle der Übelkeit übermannt. Das geschah so plötzlich, dass sie kaum Zeit hatte, das Nachtgeschirr unter dem Bett hervorzuziehen. Als Peg die Kammer betrat, beugte Fleur sich noch immer über die Schüssel und würgte.

»Oh, Mylady, Ihr seid krank!« Sie beeilte sich, ein Glas Wasser aus dem Krug einzuschenken, und reichte es ihr. Fleur nahm das Glas dankbar entgegen und spülte sich den Mund aus.

»Soll ich Gordon nach einem Arzt schicken?«, fragte Peg besorgt.

Fleur setzte sich auf, erleichtert, dass die Übelkeit vorbei war. »Nein, das wird nicht nötig sein. Ich fühle mich schon viel besser. Das muss der Lachs gewesen sein, den ich gestern Abend gegessen habe. Ist außer mir noch jemand krank?«

»Nein, Mylady. Die Köchin hat den Lachs extra für Euch gemacht, weil sie weiß, wie gerne Ihr ihn esst. Madame Lisette mag keinen Fisch. Sie hat das gekochte Rindfleisch der Hausangestellten vorgezogen.«

»Na ja, was auch immer es war, es scheint überstanden zu sein.«

Peg betrachtete Fleur mit sorgenvollem Blick. »Wie Ihr meint, Mylady, aber an Eurer Stelle würde ich heute Morgen nur leichte Kost zu mir nehmen. Trockenes Röstbrot und Tee scheint mir hier das Richtige zu sein. Meiner Schwester hat das schon oft geholfen.«

Die Andeutung ging glatt an Fleur vorbei. »Ich werde es genau so machen, wie du sagst, Peg, danke.«

Während Fleur ihre Morgentoilette verrichtete, schmiedete sie einen Plan. Ob Reed nun ihre Hilfe wollte oder nicht, er würde sie bekommen.

Während Fleur ihre Pläne hinsichtlich Reeds Treffen mit Dempsey und dem Informanten schmiedete, hatte Reed diesbezüglich bereits erste Entscheidungen getroffen. Auf dem Heimweg von Fleur hatte er beschlossen, Porter zu diesem Zeitpunkt nicht einzuschalten, denn er war überzeugt, allein mit der Situation fertig zu werden.

Es wurde gerade hell, als Reed in seiner Villa ankam, und die Dienerschaft war gerade erst aufgestanden. Reed stieg die Treppe zu seiner Kammer hinauf und läutete die Glocke. Hughes, der kurz darauf eintrat, war erstaunt, so früh am Morgen gerufen zu werden. Reed bat ihn, ihm ein Bad zu bereiten.

Er lag in dem heißen Wasser und dachte an seine Nacht mit Fleur. Er lächelte in sich hinein, glücklich, dass Fleur schließlich eingewilligt hatte, ihn zu heiraten.

Als das Wasser abgekühlt war, stieg er aus der Wanne und trocknete sich ab. Dann schlüpfte er in die Kleider, die Hughes ihm bereitgelegt hatte. Reed musste lachen, als er seinen Magen grummeln hörte. Er hatte sich vergangene Nacht einen ordentlichen Appetit geholt und hoffte, dass das Frühstück bereits auf ihn wartete.

Reed hatte sich unnötig Gedanken gemacht. Sein Personal war tüchtig, soviel stand fest. Offenbar hatte sein Kammerdiener, nachdem er um das Bad gebeten hatte, den Koch verständigt. Ein Diener kam an seinen Tisch und schenkte ihm Tee ein. Reed häufte sich Eier, Schinken, Räucherhering, Tomaten und geröstetes Brot auf seinen Teller.

»Sind die Damen eigentlich noch hier?«, wandte sich Reed an den Diener. Er war in der letzten Zeit so beschäftigt gewesen, dass er ihrem Kommen und Gehen keine große Aufmerksamkeit geschenkt hatte.

»Lady Helen und Lady Violet haben ihr Gepäck heute Morgen heruntertragen lassen. Ich glaube, Mr. Duvall wird sie später abholen und in ihre neue Wohnung bringen.«

»Danke«, sagte Reed und wandte sich der Morgenzeitung zu, die neben seinem Teller lag. Er hatte heute Morgen wirklich keine Zeit für dümmliches Geschwätz und wollte sich in sein Arbeitszimmer zurückziehen, bevor die Damen herunterkamen. Er war nicht in der Stimmung für eine Auseinandersetzung.

Reed hatte Glück. Er beendete sein Frühstück und begab sich schnurstracks in sein Arbeitszimmer. Hughes teilte er mit, er wolle nicht gestört werden. Er vertiefte sich sogleich in seine Pläne für das abendliche Treffen mit Dempsey und dem Informanten. Er hatte nicht die Absicht, Fleur vor diesem Treffen zu sehen, da er wusste, dass sie versuchen würde, ihn zu überreden, sie mitzunehmen, was er unter keinen Umständen wollte. Also war es wohl am besten, er würde sich heute von ihr fernhalten.

Es war fast elf, als Reed Hughes bat, den Stallmeister und John Coachman in sein Arbeitszimmer zu rufen. Etwa zehn Minuten später standen die beiden Männer in seinem Zimmer.

Die beiden waren kräftig gebaut, stark und in der Lage, auf sich selbst aufzupassen. Außerdem waren sie gute, treue Männer, denen er voll vertraute.

»Wisst ihr beide, wie man mit einer Pistole umgeht?«, fragte Reed ohne große Vorrede.

John Coachman trat vor. »Sehr wohl, Mylord. Ich bin recht geschickt im Umgang mit einer Waffe.«

Bates, der Stallmeister, schüttelte den Kopf. »Im Schießen fehlt mir die Übung, und ich muss gestehen, dass meine Treffsicherheit nicht sehr gut ist. Im Umgang mit dem Knüppel bin ich dagegen recht geschickt.« Er hielt seine massigen Fäuste hoch. »Und meine eigenen zwei Fäuste sind so gut wie jede Waffe.«

»Seid ihr willens, mir in einer gefährlichen Situation zur Seite zu stehen? Bevor ihr antwortet, wisst, dass ich bewaffnet sein werde und jede Menge Übung im Umgang mit Pistole, Messer und Schwert habe.«

»Auf mich könnt Ihr zählen«, antwortete John Coachman.

»Auf mich auch«, schloss sich Bates an. »Sagt uns, was wir tun sollen, Mylord.«

»Ich bin heute Abend um zehn mit zwei Männern verabredet. Wir treffen uns im Krähennest, einer ziemlich verrufenen Kneipe im Hafenviertel. Das Treffen ist für mich von entscheidender Bedeutung. Es geht um eine Information, auf die ich seit einiger Zeit aus bin.«

»Wir sind Eure Männer, Mylord. Wie können wir Euch helfen?«, erkundigte sich Bates.

»Ich möchte, dass Ihr mich begleitet und mir zur Hand geht, sollte es erforderlich sein. Sobald wir da sind, versteckt ihr euch im Schatten des Kneipeneingangs und bleibt dort. Wenn ich rauskomme und so aussehe, als hätte ich Schwierigkeiten, wäre ich Euch für Eure Hilfe überaus dankbar.«

»Ihr könnt Euch auf uns verlassen«, versicherte John.

»Wir werden uns alle dunkel kleiden. Wenn ich aus der Kneipe komme, wartet auf mein Signal, bevor ihr eingreift. John, du fährst die Kutsche um neun Uhr dreißig vor.«

Reed zog eine Schublade auf und reichte John eine Pistole und mehrere Kugeln. »Lade die Waffe im Voraus, damit sie bereit ist, solltest du sie brauchen. Kannst du einen Knüppel besorgen, Bates?«

Bates grinste. »Jawohl, Mylord. Ich habe einen großen starken in meinem Quartier versteckt.«

»Noch Fragen?« Als keine kamen, sagte Reed: »Na schön, ich sehe euch beide also heute Abend.«

Kurz nachdem die Männer gegangen waren, kündigte Hughes Monsieur Duvall an. Seufzend bat er den Diener, ihn hereinzulassen.

»Ich hole die Damen ab, Hunthurst«, erklärte Duvall in bedeutungsvollem Ton. »Ich hoffe, Ihr habt nichts dagegen, wenn ich ihnen beim Umzug in ihr neues Stadthaus behilflich bin.«

»Nicht im Geringsten.«

Duvall schien noch nicht wieder gehen zu wollen. »Ich habe Lady Helen und ihre Schwester richtig lieb gewonnen, wisst Ihr.«

»Wie günstig für die beiden«, meinte Reed spöttisch.

Sein Sarkasmus prallte an Duvall ab. »Ich werde mich gut um sie kümmern. Jemand in der Familie sollte sich schließlich für die Witwe Ihres Bruders verantwortlich fühlen. Ich bin mehr als glücklich, die Pflicht zu übernehmen, die rechtmäßig die Eure wäre.«

Reed erstarrte. Hatte Duvall soeben versucht, ihn zu beleidigen? »Seid vorsichtig, Duvall. Meine Gutmütigkeit ist hiermit erschöpft.«

»Ich wollte Euch nicht beleidigen, Hunthurst. Wir sind Cousins. Solange Ihr keinen Erben in die Welt setzt, bin ich der nächste Anwärter auf den Grafentitel.«

Reed kniff die Augen zusammen. »Ich hatte mich schon gefragt, wann Ihr dieses Thema anschneidet. Nur damit Ihr es wisst, Duvall, ich habe nicht vor, meinem Leben jetzt schon eine Frist zu setzen.«

Duvall wich augenblicklich zurück. »*Non, non,* Ihr versteht mich falsch. Ich möchte, dass wir weiterhin gut miteinander auskommen.«

»Haltet die Damen von meinem Leben fern, und ich werde Euch auf ewig dankbar sein. Heiratet Helen, wenn Ihr wollt, hier habt Ihr meinen Segen. Oder falls Ihr Violet vorzieht, könnt Ihr sie haben.«

Duvall strahlte. »Danke, *mon ami.* Ich werde die Damen einsammeln und bin schon wieder weg. *Adieu.*«

Duvall verließ das Zimmer und ließ Reed nachdenklich zurück. Wie kam Duvall auf den Gedanken, dass er sich dafür interessieren könnte, was Helen und Violet taten oder nicht taten? Gut, Helen war Jasons Frau gewesen, aber sowohl sie als auch ihre Schwester hatten sich in sein Leben eingemischt. Wäre Helen von seiner

Großzügigkeit abhängig, dann wäre es etwas anderes, doch keiner der beiden Frauen mangelte es an Mitteln.

Reed arbeitete eine weitere Stunde an seinem Schreibtisch, dann bat er Hughes, ihm das Mittagessen im Arbeitszimmer zu servieren. Er wollte nicht gestört werden, während er seine Pläne für das Treffen am selben Abend überdachte. Er wollte auf eine mögliche Falle vorbereitet sein, sollte Dempsey etwas in der Richtung vorhaben.

Heute Abend würde es sich herausstellen, ob Dempsey ein Verräter des Königshauses war oder nicht. Zählte er zu den Schuldigen, so lag der Grund für die Angriffe auf Reeds Leben auf der Hand. Dempsey wusste, dass Reed einen Verräter verfolgte und die Spur letztlich zu ihm führen würde. Aber wer war sein Partner? Das war das große Rätsel. Dubois und Barbeau konnten durchaus französische Spione sein, doch das musste nicht gleich heißen, dass sie seinen Tod wünschten. Er stellte für Frankreich längst keine Bedrohung mehr dar. Das Puzzle würde sich nicht zusammenfügen lassen, solange er nicht im Besitz aller Teile war.

Fleur ging im Gesellschaftszimmer auf und ab, wütend, dass Reed ihr verboten hatte, mitzukommen. Sie straffte die Schultern. Er hatte ihr keine Wahl gelassen. Nur, weil er wollte, dass sie sich nicht einmischte, hieß das noch nicht, dass sie ihm gehorchen musste. Sie rief Updike und Gordon zu sich und weihte sie in Reeds Pläne ein, wohl wissend, dass Reed diesen beiden Angestellten am meisten vertraute.

»Gordon und ich werden für die Sicherheit Seiner Lordschaft sorgen«, erklärte Updike entschieden. »Ihr könnt uns vertrauen, Mylady. Sagt uns den Ort, wo Seine Lordschaft sich befindet.«

»Ich werde ihn euch mitteilen, bevor wir gehen. Reed hat darauf bestanden, die Sache alleine durchzuziehen. Darum bitte ich euch um Hilfe, ohne dass er davon etwas weiß. Ich traue den Männern nicht, mit denen er umgeht.«

»Dem Verräter, meint Ihr«, schnaubte Updike. »Ich weiß, dass Seine Lordschaft in Frankreich verraten worden ist. Gordon weiß, was zu tun ist. Macht Euch keine Sorgen, wir werden uns bewaffnen und zur Stelle sein, sollte Seine Lordschaft uns brauchen.«

»Danke, ich wusste, dass ich mich auf euch verlassen kann. Ich denke, wir sollten vor Seiner Lordschaft am Treffpunkt sein. Wir können die Kutsche in der Nähe parken und die Lage im Blick behalten.«

„Mit Verlaub, Mylady, Ihr werdet uns nicht begleiten«, beharrte Updike. »Ich glaube nicht, dass Seine Lordschaft unvorbereitet in eine Falle tappt. Er wird einen Plan ausgeheckt haben, darauf könnt Ihr Euch verlassen.«

»Einen Plan, in dem ich nicht vorkomme«, wandte Fleur ein. »Entweder wir gehen zu dritt, oder niemand geht. Nur ich weiß, wo Reed Mr. Dempsey trifft.«

Updike schaute sie prüfend an. »Seine Lordschaft hat Euch aus gutem Grund untersagt, ihn zu begleiten.«

Fleur überkam ein Gefühl der Enttäuschung. »Wollt Ihr mir nun helfen oder nicht? Ich bin bestens vorbereitet, die Sache allein anzugehen. Ich kann ebenso gut mit der Pistole umgehen wie ein Mann.«

Gordon und Updike tauschten vielsagende Blicke aus. »Also gut«, erklärte sich Updike einverstanden. »Um wie viel Uhr wünscht Ihr aufzubrechen?«

»Um neun Uhr. Das gibt uns einen Vorsprung vor Reed. Bringt eine Waffe mit, wenn ihr eine habt.«

Die Männer nickten und entfernten sich. Kurz darauf

kam Lisette herein, aus ihrem Gesicht sprach Entschlossenheit.

»Mortimer hat mir von deinen Plänen erzählt. Du gehst nicht mit. Lass die Männer das machen.«

»Ich muss es tun, Lisette. Versuch nicht, mich aufzuhalten. Reeds Leben könnte in Gefahr sein.«

»Na schön. Wenn du schon auf diesen Unsinn bestehst, dann werde ich mitkommen.«

»Nein, Lisette, du bleibst hier. Zu viele Leute sind keine gute Idee.«

»Tu das nicht, *ma petite*«, flehte Lisette sie an. »Ich bin sicher, Lord Reed wird alleine mit der Sache fertig. Er wird erbost sein, wenn du dich einmischst.«

»Ich muss diese Gelegenheit wahrnehmen, Lisette. Ich liebe Reed zu sehr, um ihn in der Gefahr allein zu lassen.« Sie hob die Hand, als Lisette etwas einwenden wollte. »Schluss jetzt, Lisette. Ich habe mich entschieden, und dabei bleibt es.«

Die Stunden vergingen zu langsam für Fleurs Seelenfrieden. Es schlug acht, dann acht Uhr dreißig. Updike und Gordon verließen das Haus, um ihre Waffen zu holen und die Kutsche startklar zu machen. Fleur steckte sich ihre eigene Pistole in die Tasche, legte sich den Umhang um, setzte die Haube auf und wartete in der Eingangshalle.

Kurz darauf vernahm Fleur ein Klopfen an der Tür. Da sowohl der Butler als auch der Diener im Wagenschuppen waren, öffnete sie selbst die Tür. Sie war mehr als überrascht, als sie Duvall vor der Tür stehen sah. Er wirkte in höchstem Maße bestürzt und sehr aufgebracht.

»Monsieur Duvall, was führt Sie um diese nächtliche Stunde hierher?«

»Lady Fontaine, verzeiht die Störung, aber etwas Schreckliches ist passiert.«

Fleur gefror das Blut in den Adern. Was mochte geschehen sein, um Duvall in einen solchen Zustand zu versetzen? »Worum geht es, Monsieur Duvall? Wie kann ich Ihnen behilflich sein?«

»Es geht um meinen Cousin, Lord Hunthurst.«

Fleur schlug erschrocken die Hand vor den Mund. »Lieber Gott, ist Reed etwas zugestoßen?«

»Ich war heute Abend in der Hunthurst-Villa, um ein paar Sachen zu holen, die Lady Helen bei ihrem Umzug vergessen hatte. Hughes ließ mich herein. Hunthurst erschien auf der Galerie und lehnte sich über das Geländer, um zu sehen, wer gekommen war. *Mon Dieu*, ich weiß nicht, wie es zu solch einem tragischen Vorfall kommen konnte.«

Wenn Duvall nicht bald auf den Punkt kam, fürchtete Fleur, ihn erwürgen zu müssen. »Reden Sie schon, Monsieur, und lassen Sie nichts aus.«

Duvall rang die Hände. »Als sich Hunthurst über das Geländer beugte, hörte ich ein Knacken, und plötzlich gab das Geländer nach. Hunthurst stürzte hinunter auf den Boden.«

»Nein!«, schrie Fleur.

»Der ganze Hausstand steht Kopf«, fuhr Duvall fort. »Ein Arzt wurde gerufen und Hunthurst in seine Kammer hochgetragen. Ich ging natürlich mit, bereit zu helfen, wo immer ich konnte. Er blutete stark am Kopf und wirkte wie weggetreten. Als ich ihn Euren Namen flüstern hörte, wusste ich, dass Ihr jetzt gerne bei ihm wäret.«

»Oh, ja«, rief Fleur. »Ich werde auf der Stelle zu ihm fahren, sobald die Kutsche vorgefahren ist.«

»Wir dürfen keine Zeit verlieren«, sagte Duvall. »Meine Kutsche wartet samt Fahrer drüben am Bordstein auf uns.«

»Danke, vielen Dank«, rief Fleur, als sie aus der Tür und an Duvall vorbeirannte. Duvall eilte ihr nach. Er half ihr in die Kutsche, kletterte dann selbst hinein und schloss die Tür.

Fleur machte sich solche Sorgen um Reed, dass sie gar nicht bemerkte, in welche Richtung sie eigentlich fuhren.

Fünf Minuten später, um punkt neun Uhr, parkten Updike und Gordon die Kutsche vor dem Stadthaus und warteten auf Fleur. Als sie nicht auftauchte, ging Updike hinein, um sie zu holen. Eine gründliche Durchsuchung des Hauses ergab, dass Fleur nirgends zu finden war.

Updike beschloss, Reed aufzusuchen und ihn über Fleurs plötzliches Verschwinden zu informieren. Als er an der Villa ankam, teilte man ihm mit, dass Reed das Haus bereits verlassen hatte und keiner der Hausangestellten wusste, wohin er gegangen war. Da Updike keine Ahnung hatte, wo er Reed suchen sollte, kehrte er in einem Zustand tiefster Besorgnis zum Stadthaus zurück. Lisette würde ihm den Hals umdrehen; und er wagte sich nicht einmal auszumalen, was Seine Lordschaft tun würde.

Um punkt zehn Uhr stieg Reed aus seiner Kutsche und blickte sich um, auf der Suche nach den Anzeichen einer Falle. Er sah nichts, was seinen Verdacht erregt hätte, außer ein Fahrzeug ohne Kennzeichen, das auf der anderen Straßenseite vor einer ähnlich anrüchigen Kneipe stand. Das Krähennest selbst war die zwielichtigste Kneipe, die Reed jemals gesehen hatte.

»Ihr wisst, was ihr zu tun habt«, flüsterte Reed John

und Bates von der Seite zu. Die Männer verschwanden in der Dunkelheit.

Reed überprüfte seine Pistole, stellte sicher, dass sein Schwert für einen schnellen Gebrauch griffbereit war und betrat das Lokal. Dempsey saß an einem Tisch im Gemeinschaftsraum, der mit grölenden, angeheiterten Gästen überfüllt war. Reed blieb in der Tür stehen, um sich gleichsam ein Bild von der Lage zu machen. Ihm kam es sonderbar vor, dass Dempsey alleine war, wo er doch versprochen hatte, einen Informanten mitzubringen.

Auf eine mögliche Gefahr gefasst, blickte Reed sich wachsam um. Niemand schien ihn zu beachten. Als Dempsey ihn zu sich herüberwinkte, ging er zu ihm an den Tisch.

»Setz dich, Hunthurst«, forderte Dempsey ihn auf.

»Du bist allein«, knurrte Reed, während er einen Stuhl herauszog und sich darauf niederließ.

»Unser Informant ist eine misstrauische Seele. Er erwartet uns in der Gasse hinter der Kneipe. Er hat Angst, der Verräter könnte von unserem Treffen erfahren und ihn umlegen lassen.«

»Du bist verrückt, wenn du glaubst, dass ich mit dir in diese Gasse gehe. Das ist die perfekte Inszenierung einer Falle. Wenn du den Mann nicht herbringst, verschwinde ich wieder.«

Dempsey starrte ihn entgeistert an. »Na schön, Hunthurst, du zwingst mich also.«

»Wozu zwinge ich dich, Dempsey? Offenzulegen, dass du ein Verräter des Königshauses bist? Du hast mich verraten, gib's zu. Hast du geglaubt, du seiest über jeden Verdacht erhaben?«

Dempsey war sichtlich schockiert. »Du verdächtigst mich? Was habe ich getan, um deinen Verdacht zu erregen?«

»Da kommt einiges zusammen. Lord Porter weigerte sich hartnäckig, zu glauben, einer seiner eigenen Männer könnte zum Verräter werden, aber so leichtgläubig bin ich nicht. Du bist ein Widerling, Dempsey. Warum hast du das getan?«

»Natürlich des Geldes wegen, gibt es einen anderen Grund? Die Franzosen haben mir die Information gut bezahlt, und ich hatte Zugang zu Geheimnissen, den andere nicht hatten. Ich kannte die Namen jedes einzelnen Spions in Paris und ganz Frankreich.«

»Scheißkerl«, zischte Reed. »Du wirst deine verdiente Strafe bekommen. Es gibt keinen Informanten, hab ich Recht? Du hast mir eine Falle gestellt, in der Hoffnung, ich würde hineintappen. Daraus wird nichts, Dempsey. Ich bin dir einen Schritt voraus.«

Dempsey grinste. »Ach ja? Bist du das? Das werden wir ja sehen.« Er erhob sich. Reed stieß den Stuhl zurück und stand ebenfalls auf.

»Wir haben da draußen etwas, das ich dir gerne zeigen würde.«

»Ist das ein neuer Trick, Dempsey? Du kannst es auch einfach sein lassen, denn ich werde auf deine Lügen nicht hereinfallen.«

Ein Grinsen umspielte Dempseys Lippen. »Bist du sicher? Wie viel ist dir das Leben deiner Verlobten wert?«

Reeds rechte Hand näherte sich der Tasche, in der seine Pistole steckte.

»Das würde ich bleiben lassen, wenn ich du wäre«, warnte ihn Dempsey. »Mein Partner hat den Auftrag, Lady Fontaine zu töten, sollte mir etwas zustoßen.«

»Ich glaube dir kein Wort. Fleur ist sicher in ihrem Bett, da, wo sie hingehört.«

»Da bin ich anderer Ansicht. Mein Partner hat sie

hübsch gefesselt und geknebelt in seinem Wagen. Du wirst doch sicher die Kutsche bemerkt haben, die auf der anderen Straßenseite steht, oder nicht?«

»Nicht einmal jemand wie du würde sich dazu herablassen, eine Frau in diese Sache mit hineinzuziehen.«

»Ach ja? Auf die schwarze Witwe ist in Frankreich ein Kopfgeld ausgesetzt. Eine gewaltige Belohnung wartet auf mich, sollte ich sie tot oder lebendig an Frankreich ausliefern.«

Reed gefror das Blut in den Adern. Sagte Dempsey die Wahrheit? Hatte er Fleur tatsächlich in seiner Gewalt? »Wenn du Fleur etwas antust, bist du ein toter Mann.« Seine Stimme war tief und todernst.

»Warum hast du mich verraten? Warum willst du mich umbringen, wo ich doch für Napoleon gar keine Gefahr mehr bin?«

»Für mich ist Euer Tod nicht so wichtig wie für meinen Partner.«

Reed verstummte, die Hand an seinem Schwert. »Dein Partner? Wer ist der Dreckskerl?«

»Komm mit und finde es selbst heraus.«

Reed war hin- und hergerissen. Wenn seine Feinde Fleur in ihrer Gewalt hatten, dann konnte er kein Risiko eingehen. Er würde mit Dempsey hinausgehen müssen. Gott sei Dank war er so vorausschauend gewesen, Männer mitzubringen, die genug Verstand besaßen, um seine Befehle zu befolgen.

»Also gut, ich werde das Spiel mitspielen.«

»Das ist kein Spiel, Hunthurst, das ist ziemlich real.«

Gefesselt und geknebelt wie eine Weihnachtsgans, verfluchte Fleur sich insgeheim für ihre Torheit. Wie hatte sie es sich nur erlauben können, auf Duvall hereinzufallen? Wie eine Idiotin hatte sie ihm geglaubt, als er ihr von Reeds Unfall erzählt hatte, und was die Sache noch schlimmer machte, sie hatte überhaupt nicht aufgepasst, wo man sie hingebracht hatte. Sie war erst misstrauisch geworden, als ihr die Fahrt zur Hunthurst-Villa zu lang vorkam. Erst da war ihr klar geworden, dass sie auf den ältesten Trick der Welt hereingefallen war.

Als sie Duvall schließlich zur Rede stellte, hatte er blitzschnell reagiert. Noch bevor sie auf den Gedanken kam, sich zu wehren, hatte er ein Seil unter dem Sitz hervorgeholt und ihr Arme und Beine gefesselt. Als sie den Mund aufgemacht hatte, um zu schreien, hatte er ihr einen Lumpen hineingestopft.

Fleur wusste, wohin Duvall sie gebracht hatte. Als ihr der Gestank der Themse in die Nase stieg, wurde ihr bewusst, dass sie irgendwo in der Umgebung des Hafens waren, vermutlich in der Nähe des Krähennests. Man musste nicht besonders intelligent sein, um zu begreifen, warum sie entführt worden war. Dempsey hatte Reed eine Falle gestellt, und sie war der Köder. Außerdem war nun klar, dass Dempsey und Duvall unter einer Decke steckten. Dempsey war ein Verräter und Duvall ein französischer Spion. Warum war sie nicht bereits früher darauf gekommen? Weil sie geneigt gewesen war, Dubois die Rolle des Spions zuzuschreiben und Duvall als ärgerlichen, aber harmlosen Mitläufer unbeachtet zu lassen.

»Es sollte nicht mehr lange dauern«, meinte Duvall. »Bald werden wir Hunthurst genau dort haben, wo wir ihn haben wollen.«

Fleur versuchte, etwas zu sagen, doch der Knebel verschluckte ihre Worte.

»Das war alles mein Plan, wisst Ihr?«, prahlte Duvall. »Endlich werde ich bekommen, was mir zusteht. Und Ihr, Madame schwarze Witwe, werdet eure gerechte Strafe erhalten. Hunthursts Rettung aus der Teufelsburg hat meine Pläne, sein armseliges Leben zu beenden, vereitelt. Ich habe sogar seinem Bruder zu einem schnellen Abgang verholfen, wusstet Ihr das?«

Von Grauen gepackt, starrte Fleur Duvall an. Duvall war ein Monster – nein, schlimmer noch. Wusste Reed, womit er es zu tun hatte? Sie betete, er würde nicht in die Falle laufen, die Duvall und Dempsey ihm gestellt hatten.

Reed behielt seine fünf Sinne beisammen, als er Dempsey zur Tür hinaus in die nasskalte, dunkle Nacht folgte. Aus dem Augenwinkel sah er John und Bates aus den Schatten auftauchen. Mit einem kurzen Kopfschütteln bedeutete er ihnen, sich versteckt zu halten. Vor allem anderen musste er sich um Fleur kümmern. Er musste herausfinden, ob sie in Gefahr war, bevor er Hilfe in Anspruch nahm.

Dempsey stieß Reed zu der Kutsche, die zuvor auf der anderen Straßenseite gestanden hatte und jetzt vor Reeds eigenem Transportmittel hielt.

»Gib uns dein Schwert und alle anderen Waffen, die du bei dir trägst«, befahl Dempsey. Er hielt ihm die offene Hand hin. »Wie ich dich kenne, hast du dich am ganzen Körper mit Waffen ausgepolstert.«

»Warum sollte ich? Beweis mir, dass Fleur in dieser Kutsche ist, wie du behauptest, und ich werde es mir überlegen.«

Sogleich wurden die Rollläden hochgezogen, und im Wageninneren flackerte eine Lampe auf. Reed blinzelte und trat nahe genug heran, um durch das nun offene Fenster zu spähen. Was er da sah, zwang ihn beinahe auf die Knie. Gefesselt und geknebelt, die Augen vor Angst weit aufgerissen, kauerte Fleur auf der Rückbank des Wagens.

Reed sprang vor und streckte die Hand aus, um die Kutschentür zu öffnen und seine Liebste zu retten. Dempsey packte ihn am Arm und zerrte ihn zurück. »Das würde ich an deiner Stelle nicht tun. Jede weitere Bewegung wird Konsequenzen haben.«

»Zum Teufel mit dir!«, knurrte Reed. »Lass sie auf der Stelle frei.«

Dempsey kicherte. »Ich glaube nicht, Hunthurst. Wie du siehst, haben wir dich und deine Geliebte dort, wo wir euch haben wollen. Sowohl du als auch die schwarze Witwe wart Napoleon ein Dorn im Auge, jeder auf seine Weise. Ich bin weder reich noch adlig. Mit der Belohnung, die für die schwarze Witwe ausgesetzt ist, habe ich für den Rest meines Lebens ausgesorgt. Und mein Partner wird von deinem Tod noch mehr profitieren als ich.«

»Wer ist dieser mysteriöse Partner, Dempsey? Wann werde ich ihn treffen?«

Ein Gesicht erschien im Fenster. Verblüfft taumelte Reed zurück. »Du? Wir sind Cousins, Duvall. Warum willst du mich umbringen?«

»Bist du wirklich so naiv? Begreifst du nicht, dass ich den Titel für mich beanspruche? Du hättest eigentlich in der Teufelsburg sterben sollen, als ich Frankreich verließ. Wusstest du, dass ich deinem Bruder zum Tod verholfen habe? Bis du allen Widrigkeiten zum Trotz aus der Teufelsburg frei kamst, stand mir niemand mehr im Wege.«

Duvall hatte seinen Bruder getötet! Blinde Wut stieg in Reed hoch. Er streckte den Arm nach Dempsey aus, besessen davon, dem Verräter eigenhändig den Hals umzudrehen und ihm ein für alle Mal den Garaus zu machen. Die Pistole, die sich in Reeds Seite grub, ließ seinen Zorn erkalten.

»Das würde ich an deiner Stelle nicht tun«, zischte Dempsey. »Gib deine Waffen her und steig in die Kutsche. Wenn du kooperierst, könnten wir darüber nachdenken, deine Geliebte laufen zu lassen.«

Reed erkannte eine Lüge, wenn er eine hörte. Sie würden beide sterben. Doch am Leben zu bleiben, war seine einzige Chance, Fleur zu helfen. Er nahm sein Schwert aus der Scheide und reichte es Dempsey.

»Die Pistole, wenn ich bitten darf«, blaffte Dempsey. »Ich kenne dich zu gut, Hunthurst. Mit einer Waffe allein würdest du dich nicht hinauswagen.«

Reed griff in seine Tasche, holte die Pistole hervor und reichte sie Dempsey.

»Sonst noch etwas?«, fragte Dempsey.

»Du hast alles«, knurrte Reed.

Dempsey war offenbar noch nicht zufrieden, denn er ließ es sich nicht nehmen, Reed von oben bis unten abzutasten. Reed hielt den Atem an, in der Hoffnung, Dempsey möge die sündhaft scharfe Klinge, die er in seinem Stiefel versteckt hatte, nicht finden. Und er hatte Glück.

»Jetzt steig in den Wagen«, forderte Dempsey ihn auf, öffnete die Tür und stieß Reed hinein. Reed wehrte sich nicht. Solange Fleur und er zusammen und am Leben waren, hatten sie immer noch eine Chance, es auch zu bleiben.

»Woher wisst ihr, dass wir nicht verfolgt werden?«, fragte Reed gedehnt, als er sich neben Fleur setzte.

»Die Straßen sind menschenleer. Ich habe keinen Kutscher und keine Diener in der Nähe deiner Kutsche gesehen. Offensichtlich bist du alleine gekommen«, erwiderte Duvall.

Reed sagte nichts. Er wusste, dass John Coachman intelligent genug war, ihm zu folgen.

Dempsey kletterte auf den Kutschbock und nahm die Zügel auf. Die Kutsche rumpelte die Straße hinunter.

Reed warf Fleur einen Blick zu und versuchte, eine Zuversicht auszustrahlen, die er jedoch nicht fühlte. »Bindet Lady Fontaine los. Sie gefesselt und geknebelt zu lassen, ist grausam und unnötig.«

»Sie wird vorerst so bleiben, wie sie ist.«

Reed unterdrückte ein Fluchen. »Wohin bringt ihr uns?«

»An einen Ort, wo man euch nicht finden wird. Sobald wir sicher sind, dass wir nicht unter Verdacht stehen, werden wir dich und deine Geliebte beseitigen.«

»Erzählt mir wenigstens, wie ihr beide Partner geworden seid?«, wollte Reed wissen. »Duvall und du seid ein sonderbares Paar. Wie kommt ein Spion des Königshauses zu einem Niemand wie Duvall?«

Duvall wurde wütend. »Ich bitte dich! Es war immer klar, dass ich nach deinem Bruder und dir der Dritte in der Erbfolge bin. Ich habe als kleiner Beamter in Paris gearbeitet, als ich auf Dempsey gestoßen bin. Ich erfuhr, dass er Informationen an uns verkaufte und machte ihn ausfindig. Als er erwähnte, dass Reed Harwood als Geheimagent in Paris tätig sei, habe ich die Gelegenheit beim Schopfe gepackt. Gemeinsam planten wir deine Festnahme und Inhaftierung in der Teufelsburg. Bald darauf machte ich mich auf den Weg nach England, um dem Leben deines Bruders eine Frist zu setzen.« Er hielt einen Moment inne. »Du kannst dir sicherlich meinen Schrecken vorstellen, als du plötzlich froh und munter in England auftauchtest«, fuhr er fort. »Ich dachte, du seiest in der Teufelsburg längst eines schmachvollen Todes gestorben. Nachdem du die Grafschaft übernommen hattest, wurde dein Tod zu meiner Lebensaufgabe. Als Dempsey nach London zurückkehrte, haben wir uns zusammengetan, um für die gleiche Sache zu kämpfen.«

»In London«, offenbarte Dempsey, »erfuhr ich, dass der

neue Earl of Hunthurst quicklebendig und die schwarze Witwe nach England geflohen war. Schließlich zählten wir eins und eins zusammen, und das Ergebnis lautete Countess Fontaine. Das war nicht sonderlich schwer.«

»Ihr seid beide mehr als widerlich«, knurrte Reed. »Du, Dempsey, hast schamlos dein Land verraten, und du, Duvall, bist so gierig nach einem Titel, dass du bereit bist, dafür zu töten. Was habt ihr als Nächstes vor?«

»Ich werde mich zur Ruhe setzen, sobald ich meine Belohnung für die Köpfe zweier Feinde Frankreichs kassiert habe«, verriet Dempsey.

»Und ich werde Earl of Hunthurst. Eine ziemliche Meisterleistung für einen Niemand aus Frankreich«, spottete Duvall. »Als du deine Verlobung mit Lady Fontaine bekanntgegeben hast, wurde es höchste Zeit, dich umzubringen, bevor du am Ende noch einen Erben in die Welt setzen würdest.«

Fleur wimmerte unter ihrem Knebel. Reed tätschelte ihre gefesselten Hände und versuchte, Zuversicht auszustrahlen. Ihm fiel es noch immer schwer, sich Duvall und Dempsey als Partner vorzustellen. Das einzige Einleuchtende dieses Fiaskos war die Gier zweier Männer.

»Da wären wir«, verkündete Dempsey, als die Kutsche zum Stehen kam. Dempsey öffnete die Tür und stieg aus. Duvall folgte ihm. »Los, raus mit dir«, befahl er und deutete auf Reed.

Reed zögerte. »Und was ist mit Fleur?«

»Sie kommt auch mit. Benehmt euch anständig – Dempsey hält eine Waffe auf euch gerichtet.«

Reed kletterte heraus und streckte die Arme nach Fleur aus. »Vertrau mir«, flüsterte er, als er sie aus dem Wagen hob. »Ich werde uns da herausholen.«

Reed brauchte einen Moment, um sich zu orientieren. Obwohl er nicht genau wusste, wo sie sich befanden, sprachen die heruntergekommenen Gebäude und engen, mit Müll übersäten Straßen Bände über ihren Aufenthaltsort: die Elendsviertel von London. Mit Fleur auf den Armen, wurde Reed durch eine schmale Gasse getrieben. Er bemühte sich, nicht den Müllhaufen auszuweichen. Vor der schmalen Tür eines leerstehenden Hauses wurde er aufgefordert, stehen zu bleiben.

Dempsey öffnete die Tür. »Rein da«, befahl er knurrend.

Reed, der noch immer Fleur in seinen Armen trug, trat in ein dunkles feuchtes Loch, in dem es entsetzlich roch. Er spürte, wie er sich innerlich verschloss, wie ihn seine alten Ängste übermannten.

Ein Röcheln entfuhr seiner Kehle, als er hinunterstürzte, tiefer … und tiefer … und tiefer in die Hölle.

# Zwanzigstes Kapitel

Die Tür fiel hinter ihnen ins Schloss, und von außen wurde ein Riegel vorgeschoben. Fleur schaffte es, sich mit den fest zusammengebundenen Händen den Knebel aus dem Mund zu reißen. Sie spürte, wie sich Reeds Körper verkrampfte, hörte, wie sich ein animalischer Laut seiner Kehle entrang und schrie: »Reed, lass mich herunter!«

Stille.

»Reed, lass mich herunter und binde mich los!«

Nichts.

»Reed, du machst mir Angst!«

Sein Körper war steif, er schnappte nach Luft. Sie spürte, wie er sich an einen verborgenen Winkel in seinem Inneren zurückzog, den sie nicht erreichen konnte. Was musste sie tun, um ihm die Dämonen vom Leibe zu halten?

»Verdammt, Reed, tu dir das nicht an. Du bist nicht in der Teufelsburg. Dieser Abschnitt deines Lebens ist vorbei. Geh nicht dorthin zurück.«

Obwohl Fleur ihn nicht sehen konnte, spürte sie, dass sein Blick auf ihr ruhte. Nach und nach entspannten sich seine Muskeln, als kämpfte er darum, die Kontrolle über seinen Körper wiederzuerlangen.

»Fleur? Gott sei Dank, dass du hier bist!«

Fleur stieß einen tiefen Seufzer aus. »Du hältst mich schon eine Minute lang hier oben fest. Woran hast du gedacht?«

Ihn schauderte. »Das willst du nicht wissen. Vergib mir, Liebes.« Vorsichtig stellte er sie auf der Erde ab.

Fleur schwankte auf ihren gefesselten Beinen und wäre gefallen, hätte Reed sie nicht blitzschnell festgehalten. »Binde mich los, Reed, bitte! Wir müssen versuchen, hier herauszukommen, bevor unsere Entführer zurückkehren.«

Reeds zitternde Hände glitten ihre Arme hinunter zu ihren Händen. Sie waren mit sicheren Knoten fest zusammengebunden.

»Komm, schnell, wir wissen nicht, wann sie wiederkommen.«

»Ich muss die Knoten nicht lösen, ich kann sie doch mit meinem Messer durchschneiden.«

Fleur fürchtete, Reed könnte allen Ernstes verrückt geworden sein. »Dempsey hat dir alle Waffen abgenommen, bevor du in die Kutsche gestiegen bist.«

»Nicht das Messer in meinem Stiefel. Dempsey wird nachlässig, wie es aussieht. Mir wäre so ein offensichtliches Versteck niemals entgangen. Gib mir eine Sekunde, bis ich das Messer habe, dann werde ich dich im Handumdrehen befreien.«

Reed bückte sich, fand sein Messer und nahm Fleurs Hände. Vorsichtig durchtrennte er das Seil.

»Danke«, sagte Fleur und rieb sich die Handgelenke.

»Jetzt die Beine.« Reed fuhr ihre Röcke entlang, bis er die Stelle fand, an der sich das Seil in ihre Waden schnitt. Mit äußerster Vorsicht setzte er die Klinge unter die Schicht von Röcken und schnitt die Seile durch, die zu Boden fielen.

Fleur war es, als hätte man sie von einer schweren Last befreit, die einen brennenden Schmerz hinterließ. Sie unterdrückte ein Schluchzen, während sie versuchte, ihre Waden zu massieren.

Reed kniete sich vor sie hin. »Halt dich an meinen Schultern fest und lass mich das für dich tun.« Er legte die Hände an ihre Waden und rieb kräftig. »Besser?«

»Viel besser. Wie geht es dir? Ich fürchtete …«

»Als ich merkte, dass ich nicht allein war, dass du bei mir warst, konnte ich meine Ängste überwinden.« Er schloss Fleur in die Arme. »Du hast eine beruhigende Wirkung auf mich, meine Liebe. Du gibst mir den Mut, den ich brauche, um meine Dämonen zu bezwingen.«

»Du bist stark, Reed. Du könntest deine Angst vor dunklen Orten aus eigener Kraft besiegen.«

Sie spürte, wie sich seine Schultern verkrampften. »Ich *könnte*, aber ich habe lieber dich bei mir, wenn mich der Schrecken überkommt.«

Dann ließ er sie abrupt los und trat zurück. »Wollen wir unser Gefängnis erkunden? Du musst ohnehin ein bisschen herumlaufen, damit dir das Blut wieder durch die Beine fließt. Gib mir deine Hand.«

Ihre Hände fanden und verschränkten sich. »Du führst, ich folge dir«, sagte Fleur.

»Erst einmal muss ich wissen, wie groß dieser Raum hier ist. Dem Klang unserer Stimmen nach zu schließen, ist er nicht besonders groß. Die Dunkelheit ist so absolut, dass ich vermute, es gibt keine Fenster. Lass uns an der Tür beginnen und den Raum an der Wand entlang ablaufen.«

Eine Hand nach vorne gestreckt, die andere fest mit Fleurs verbunden, bewegte er sich vorwärts, bis er mit der Hand die Tür berührte.

»Hier fangen wir an. Ich werde unsere Schritte zählen, um eine Ahnung zu bekommen, womit wir es zu tun haben. Sei vorsichtig, ich weiß nicht, auf welche Hindernisse wir treffen werden.«

Fleur streckte die freie Hand aus, um nirgendwo anzustoßen, wenn sie neben Reed ging.

»Hier ist die eine Wand zu Ende«, erklärte Reed. »Jetzt lass uns die andere Seitenwand entlanggehen.« Hand in Hand bewegten sie sich vorwärts.

Plötzlich durchbrach ein lautes Scheppern die Stille. Sie hörte Reed fluchen und spürte, wie er sich bückte. »Was ist?«

»Ich bin gegen eine Bank gestoßen. Ich werde einen blauen Fleck am Schienbein bekommen, aber das ist meine geringste Sorge.« Er zog sie zu der Bank und hieß sie sich setzen. »Warte hier, ich werde gleich wiederkommen, sobald ich den Raum erkundet habe.«

Fleur spürte, wie er sich von ihr entfernte. Sie lauschte seinen Schritten und atmete erleichtert auf, als sie laut und deutlich zu hören waren. Allmählich begann sie seine Angst vor diesem dunklen Raum zu teilen.

Fleur fing an, mit sich selbst zu sprechen, und sie vergaß sofort wieder, was sie vor sich hingesagt hatte. Dann war Reed wieder bei ihr und setzte sich neben sie auf die Bank. Ihre Angst wich, obwohl ihr das Herz noch immer bis zum Halse schlug.

»Der Raum ist ungefähr sechs mal zehn Fuß groß«, teilte Reed ihr mit. »Es gibt keine Fenster. Abgesehen von dieser Bank, ist er leer.«

»Hast du einen Plan?«

»Ich überlege noch.«

»Ich verstehe nicht, warum sie uns nicht gleich getötet haben, anstatt uns hierherzubringen. Nicht, dass ich mich beschweren will«, fügte sie hinzu.

»Der Zeitpunkt kam ihnen nicht gelegen. Sie wollten erst dafür sorgen, dass man sie in der Öffentlichkeit gesehen hat, damit niemand auf den Gedanken kommt, sie mit unserem Tod in Verbindung zu bringen. Ich nehme an, sie haben Auftragsmörder, die die Drecksarbeit für sie erledigen. Wahrscheinlich waren es ihre Scheißkerle, die die Anschläge auf mich verübt haben. Glücklicherweise waren die Typen nicht sonderlich geschickt. Es wimmelt nur so von Männern, die gegen entsprechende Bezahlung jede Art von Arbeit erledigen. Meine Vermutung ist, dass Dempsey und Duvall sich gerade irgendwo anders blicken ließen, während ihre Männer versucht haben, mich zu töten.«

»Wie viel Zeit, glaubst du, haben wir?«

»Sie werden es nicht riskieren, uns am helllichten Tage umzubringen, also erwarte ich, dass vor Morgengrauen noch etwas passieren wird. Ein paar Stunden werden wir allerdings haben. Glaubst du, du kannst dich auf die Bank legen und ein bisschen schlafen?«

Schlaf war das Letzte, wonach Fleur der Sinn stand. »Ich glaube kaum.«

»Lehn dich an mich und versuch dich zu entspannen. Ich brauche Zeit, um nachzudenken. Ich habe meine Klinge, die könnte uns nützlich sein.«

»Gegen mehr als einen Mann wird uns deine Klinge wenig weiterhelfen.«

»Darüber werden wir uns Gedanken machen, wenn es so weit kommen sollte.« Er legte ihr den Arm um die Schultern und drückte sie an sich. »Ruh dich aus, während ich unsere Möglichkeiten überdenke.«

Reed klang so zuversichtlich, dass Fleur es sich erlaubte, etwas zu entspannen. Als sie sich an ihn lehnte, spürte sie, wie etwas Hartes in ihre Seite drückte. Ein Blitz der Erkenntnis durchfuhr sie, als sie begriff, was es war. »Reed, ich habe eine Pistole in meiner Tasche. Sie ist geladen und gespannt. Gott sei Dank hat Duvall nicht daran gedacht, mich zu durchsuchen.«

»Das ist mein Mädchen«, murmelte Reed. »Ich hätte

wissen müssen, dass die schwarze Witwe nicht unbewaffnet das Haus verlässt. Die Pistole und das Messer verbessern unsere Chancen gewaltig. Unsere Entführer werden keinesfalls damit rechnen, dass wir bewaffnet sind.«

Reed verspürte jetzt wesentlich mehr Zuversicht als noch zum Zeitpunkt ihrer Gefangennahme und sagte: »Vielleicht sollten wir beide ein wenig schlafen. Wir müssen hellwach sein, wenn unsere Peiniger eintreffen.«

Obwohl Fleur überzeugt war, dass sie nicht würde schlafen können, schmiegte sie sich an Reeds warmen Körper, schloss die Augen und wurde vom Schlaf übermannt.

Lisette war außer sich vor Sorge, als Updike ihr mitteilte, Hunthurst sei bereits zu seiner Verabredung aufgebrochen. Tief in ihrem Inneren wusste sie, dass ihrer geliebten Fleur etwas Schreckliches widerfahren war.

»Du musst den vereinbarten Treffpunkt aufsuchen, Mortimer«, drängte Lisette.

Updike zuckte hilflos mit den Schultern. »Die Countess hat mir die Adresse nicht verraten. Sie wollte sichergehen, dass ich nicht ohne sie fahre, wie ich zunächst angekündigt hatte.«

Lisette rang die Hände. »Du musst *ma petite* finden.«

Updike lief zur Haustür. »Bleib du hier bei Madame Lisette«, wies er Gordon an. »Ich gehe Hilfe holen.«

Updike rannte zur Kutsche. Doch noch bevor er auf den Kutschbock klettern konnte, kam Reeds Kutsche um die Ecke geschlingert. Updike wartete ungeduldig, bis sie zum Stehen gekommen war.

»Ist Seine Lordschaft bei euch?«, rief Updike John Coachman zu.

John sprang aus der Kutsche. Bates folgte ihm. »Sie haben ihn!«, rief John. »Die Schweinehunde haben Seine Lordschaft entführt.«

»War die Countess bei ihm?«

»Ja«, erwiderte John. »Ich habe ihr Gesicht durch das Fenster gesehen, bevor die Widerlinge sie weggebracht haben. Seine Lordschaft hat anstandslos seine Waffen übergeben und ist in die Kutsche gestiegen.«

»Einen der Männer habe ich erkannt, nicht aber den anderen.«

»Erzähl mir in allen Einzelheiten, was passiert ist.«

John holte zu einer Erklärung aus. »Bei der Countess in der Kutsche befand sich dieser Franzose Duvall. Als ich sah, wie Seine Lordschaft seine Waffen aushändigte, zog ich meine Pistole und wollte schon mein Versteck hinter der Tür verlassen, wo ich auf Anweisung Seiner Lordschaft warten sollte. Als er den Kopf schüttelte, wusste ich, dass ich dort bleiben sollte, wo ich war. Ich glaube, er hat die Countess beschützt.«

»Bist du der Kutsche gefolgt?«

John war sichtlich gekränkt. »Natürlich, was denn sonst! Hältst du mich vielleicht für einen Idioten?«

Updike wurde immer aufgeregter. »Guter Mann! Kannst du mich zu ihm bringen?«

John nickte eifrig. »Das kann ich wohl. Wir mussten reichlich Abstand halten, um nicht entdeckt zu werden, doch gelang es uns, so nahe an ihnen dranzubleiben, dass wir sie eine Gasse hinunterlaufen sahen.«

»Und was habt ihr dann gemacht?«

John und Bates warfen sich einen Blick zu. »Wir warteten, bis Duvall und der andere Kerl ohne Seine Lordschaft und ohne die Countess in der Kutsche wieder davonfuhren. Dann haben wir uns sofort auf den Weg hierher gemacht, um dich zu fragen, was wir tun sollen. Da uns Seine Lordschaft nicht in die Einzelheiten eingeweiht hat, wussten wir nicht, was wir sonst tun sollten.«

»Wir dürfen keine Zeit verlieren. Bleibt hier, ich kümmere mich um die Angelegenheit. Ich kenne Seine Lordschaft besser als ihr beide zusammen.«

Updike kletterte auf den Kutschbock, ergriff die Zügel und fuhr los. Er wusste, wo Lord Porter wohnte. Sein Name war oft genug in Gesprächen mit Hunthurst gefallen. Lord Porter war der Einzige, der Hunthurst und seiner Verlobten jetzt helfen konnte.

Eine Viertelstunde später stand Updike vor Lord Porters Stadthaus und hämmerte gegen die Tür. Es kostete ihn einige Anstrengung, jemanden im Haus zu wecken, doch letztlich öffnete ihm ein zorniger Butler die Tür.

»Was willst du um diese unchristliche Zeit? Komm zu angemessener Stunde wieder.«

»Sag deinem Herrn, ich muss ihn in einer dringenden Angelegenheit sprechen. Es geht um Leben und Tod«, erklärte Updike. Bevor man ihm die Tür vor Nase zumachen konnte, stellte er einen Fuß in die Tür. Er ließ sich nicht abwimmeln. Hier standen Menschenleben auf dem Spiel.

»Was ist denn da los?«, schimpfte Porter vom oberen Treppenabsatz herunter. »Ist es nicht einmal mehr möglich, seinen wohlverdienten Schlaf zu bekommen?«

Updike schoss an dem entsetzten Butler vorbei. »Lord Porter, ich bin Updike, Lord Hunthursts treuer Mann. Seine Lordschaft ist in ernsthaften Schwierigkeiten. Ich bin gekommen, um Euch um Hilfe zu bitten.«

Porter kam die Treppe herunter, das Nachthemd flatterte um seine Knöchel. »Hunthurst, sagen Sie? In welche Misere hat er sich nun wieder gebracht?«

Updike erzählte Porter alles, was er wusste, was nicht allzu viel war. »Ihr seht also, Mylord«, schloss Updike, »die beiden sind in großer Gefahr.«

Porter fluchte. »Ich habe Hunthurst gewarnt. Er hätte nicht ohne mein Wissen gegen den Verräter vorgehen sollen. Haben die Männer, die Hunthurst zu dem Treffen begleitet haben, irgendjemanden erkannt?«

»Sie haben Mr. Duvall erkannt, den Cousin Seiner Lordschaft, den anderen nicht. Das ist alles, was ich Euch erzählen kann, Mylord, außer, dass Lord Hunthurst und Lady Fontaine dringend Eurer Unterstützung bedürfen.«

Porter nickte kurz. »Die sollen sie bekommen. Ich werde etwas Zeit brauchen, bis ich Hilfe herbeigeholt habe. Kommen Sie in einer Stunde mit den Männern wieder, die uns zu Hunthurst führen können, danach sehen wir weiter.«

Reed hielt Fleur eng an sich gedrückt, während sie an seiner Schulter schlief. Er hatte keine Vorstellung, wie lange sie schon in dieser dunklen Höhle waren, aber jede Minute kam ihm wie eine Ewigkeit vor. Fleur ahnte ja nicht, wie schwer es ihm fiel, die Panik, die ihm in den Knochen steckte, unter Kontrolle zu halten. Als er von draußen ein kratzendes Geräusch an der Tür vernahm, wich seine Angst der nackten Realität.

Ihre Entführer waren zurück.

»Wach auf, Liebling«, flüsterte Reed Fleur ins Ohr. »Wir bekommen Gesellschaft.«

Fleur war auf der Stelle hellwach. Es dauerte einen Augenblick, bis sie wusste, wo sie war, dann klammerte sie sich an Reeds Ärmel und zischte: »Was sollen wir tun?«

»Hör gut zu«, sagte Reed. »Ich weiß nicht, wie viele Männer Duvall und Dempsey mitgebracht haben, um ihre schmutzige Arbeit zu verrichten, aber sie werden Licht brauchen, um uns hier drinnen zu finden. Vermutlich haben sie eine Fackel oder Laterne dabei. Das heißt, dass wir sie auch sehen können.«

Der Riegel wurde zurückgeschoben.

»Nimm deine Waffe aus der Tasche und versteck sie in den Falten deines Kleides. Ich habe mein Messer im Ärmel versteckt. Sollten mehrere Männer hereinkommen, dann werden sie einen Moment brauchen, um die Lage zu klären. Warte auf mein Zeichen, bevor du auf sie schießt.«

Die Tür sprang auf. Das Einzige, was Reed erkennen konnte, war der Lichtkegel einer Laterne.

»Links neben der Tür ist ein Haken«, erklärte jemand mit starkem Akzent. »Häng die Laterne dort auf, damit du siehst, was du tust. Beeil dich, es wird bald hell.«

*Duvall.*

Reed blinzelte, um seine Augen an das Licht zu gewöhnen. Dann sah er zwei fremde Kerle in der Tür stehen, beide ausgestattet mit riesigen Messern. Hinter ihnen erkannte er Duvall.

»Ganz ruhig, Liebes«, raunte Reed.

»Da sind sie«, bellte Duvall und zeigte in ihre Richtung. »Tötet sie!«

»Wo ist dein Partner, Duvall?«, höhnte Reed. »Ist er zu feige, sein Gesicht zu zeigen, während eure Auftragsmörder kurzen Prozess mit uns machen?«

»Dempsey hält draußen Wache.«

»Ihr seid beide Feiglinge«, spottete Reed weiter.

Duvall gab den beiden Typen einen Schubs. »Ihr wisst, was ihr zu tun habt. Gut möglich, dass sie sich wehren, vor allem Hunthurst, aber gegen euch beide hat er keine Chance. Ich warte draußen, bis die Sache erledigt ist.«

Die Männer, schwerfällige Schlägertypen, kamen mit drohender Geste auf ihre Opfer zumarschiert. Reed wartete bis zur allerletzten Sekunde, bevor er zischte: »Jetzt, Fleur! Ziel auf den Linken.«

Von da an ging alles ganz schnell. Beide Männer sanken zu Boden. Fleurs Kugel bohrte sich in die Brust des einen, während Reeds Klinge die Kehle des anderen fand. Duvall erschien in der Tür und machte ein erstauntes Gesicht. Reed wollte auf ihn losgehen, da zog Duvall seine Pistole und zielte auf Fleur.

Reed drängte Fleur hinter sich. »Du hast nur eine Kugel, Duvall. Am besten zielst du auf mein Herz, denn solltest du mich nicht töten, töte ich dich.«

»Auf diese Entfernung kann ich den Schuss nicht verfehlen.«

Reed drückte Fleur zu Boden und ging in die Hocke, bereit, sich auf Duvall zu stürzen. Dann brach die Hölle los. Zwei Männer fielen von hinten über Duvall her. Der Schuss ging los, und die Kugel sauste an Reeds Ohr vorbei und schlug in die Wand hinter ihnen. Reed warf sich über Fleur, um sie zu beschützen.

Duvall ging zu Boden. Reed blickte auf und sah Lord Porter in der Tür stehen. »Schafft Duvall und den Verräter Dempsey fort.« Porter spuckte die Worte regelrecht aus, der Ekel in seiner Stimme war nicht zu überhören.

»Bist du und deine Lady wohlauf, Hunthurst? Wir sind so schnell hergekommen, wie wir konnten.«

Reed rappelte sich hoch und half Fleur auf die Beine. »Bist du verletzt, mein Liebling?«

»Mir geht es gut«, keuchte Fleur schwach. »Nur ein bisschen außer Atem.«

Reed scherte sich nicht darum, wer ihnen zusah, als er Fleur in die Arme nahm und sie lange und innig küsste. »Du bist auch noch ein großartiger Schütze und mutiger als die meisten Männer.« Er küsste sie noch einmal, bevor er Porters Frage beantwortete. »Uns beiden geht es gut, Porter. Aber wäret ihr auch nur eine Sekunde später gekommen, dann wäre es zu spät gewesen.«

Reed stieg über die zwei massigen Schläger hinweg,

die am Boden ausgestreckt lagen. »Die beiden sind tot. Auftragsmörder. Was ist mit Dempsey?«

»Wir haben ihn. Er wird den Verrat am Königshaus mit seinem Leben bezahlen.«

Reed führte Fleur zur Tür hinaus und in das schwache Licht der Morgendämmerung.

»Wie es dir gelungen ist, deine Waffen zu behalten, kannst du uns später erzählen. Ich nehme an, du wirst jetzt deine Lady nach Hause bringen wollen. Dein treuer Mann Updike und die zwei Diener, die dir gefolgt sind, warten in deiner Kutsche am Ende der Gasse. Ohne sie hätten wir nicht gewusst, wo wir hätten nach dir suchen sollen.«

Als sie die Gasse verließen, bekamen sie gerade noch mit, wie Porters Männer Dempsey und Duvall in einen wartenden Wagen stießen.

»Gott sei Dank seid Ihr gesund und wohlauf«, seufzte Updike erleichtert. »Wohin sollen wir Euch bringen, Mylord?«

»In unser Stadthaus, Updike«, antwortete Reed, als sie in die Kutsche stiegen. »Ihr werdet allesamt eine großzügige Belohnung für eure Dienste heute Nacht bekommen.«

Updike schloss die Tür und kletterte neben John Coachman auf den Kutschbock. Bates sprang auf den Lakaiensitz, ehe sich die Kutsche in Bewegung setzte und die Straße hinunterrumpelte.

Alles war so schnell gegangen, dass sich in Fleurs Kopf immer noch alles drehte. Ihr kam es so unglaublich vor, dass sie und Reed am Leben und Duvall und Dempsey verhaftet worden waren.

Plötzlich verschwammen die Umrisse der Kutsche vor ihren Augen, als zugleich Schwindel und Übelkeit sie überkamen. Fleurs Magen stülpte sich nach oben bis zu ihrer Kehle. »Haltet die Kutsche an!«

Reed musste Fleurs Blässe bemerkt haben, denn er klopfte gegen das Dach, und die Kutsche kam zum Stehen.

»Ich muss raus!«

Reed stieß die Tür auf und trat hinaus. Dann breitete er die Arme aus und Fleur sprang hinein.

»Ich muss mich übergeben«, keuchte Fleur. Sie beugte sich vor und entleerte ihren dürftigen Mageninhalt in die Gosse. Sie würgte so lange, bis nichts mehr kam. Dann sank sie in Reeds Arme.

Reed reichte ihr sein Taschentuch und hielt sie fest, während sie sich den Mund abwischte. »Werd mir jetzt nicht noch ohnmächtig, Liebling. Der Alptraum ist vorbei. Der Verräter ist so gut wie tot, und mein Cousin wird für seine Verbrechen hängen. Nach dem, was er meinem Bruder angetan hat, hat er den Tod verdient.«

Fleur lehnte sich an ihn, während Updike daneben stand und die Hände rang.

»Fühlst du dich besser, Liebes? Sollen wir jetzt nach Hause fahren?«, fragte Reed.

Fleur nickte schwach. Reed hob sie auf seine Arme, setzte sie in die Kutsche und kletterte neben sie. »Es kann weitergehen, Updike.« Updike schloss die Tür und kehrte auf den Kutschbock zurück.

»Es tut mir so leid, dass du diese Qual durchmachen musstest«, sagte Reed und strich ihr das Haar aus der feuchten Stirn. »Ist dir immer noch übel?«

»Das ist nicht das erste Mal, dass ich mich übergeben musste«, gestand Fleur. »Mein Magen ist in letzter Zeit häufig verstimmt, und in der Regel morgens. Ich weiß nicht, was mit mir los ist. Die meiste Zeit über fühle ich mich bestens.«

Reed machte ein besorgtes Gesicht. »Ich werde Updike nach einem Arzt schicken, sobald wir zu Hause sind.«

»Ich bin sicher, es ist nichts«, protestierte Fleur.

»Ich werde bei meiner zukünftigen Frau keine Risiken eingehen.«

Reed hielt Wort und schickte Updike gleich nach ihrer Ankunft im Stadthaus nach einem Arzt, während Fleur von einer besorgten Lisette auf der Stelle ins Bett geschickt wurde.

Lisette und Peg halfen Fleur, sich zu waschen und bettfertig zu machen.

»Warum hast du mir nicht gesagt, dass du krank bist, *ma petite*?«, fragte Lisette, die aufgeregt um Fleurs Bett herumtänzelte.

»Es ist nicht das erste Mal, dass Mylady sich übergeben hat«, wagte sich Peg vor.

Lisette warf Fleur einen sorgenvollen Blick zu. »Dir war schon einmal übel? Warum hast du mir nichts davon erzählt?«

»Das war gestern Morgen, aber danach ging es mir wieder gut.«

Lisette und Peg tauschten vielsagende Blicke aus.

*»Ma petite«,* begann Lisette. »Ist es möglich … Könnte es sein …«

Ein Klopfen an der Tür schnitt Lisette jetzt das Wort ab.

»Der Arzt ist hier«, rief Reed durch die geschlossene Tür. »Kann ich eintreten?«

»Komm herein, Reed, aber ernsthaft, es geht mir schon wieder gut.«

Reed öffnete die Tür und führte einen würdevollen Mann herein, der eine schwarze Tasche unter dem Arm trug. »Darf ich vorstellen, Doktor Fielding. Er wird einen kurzen Blick auf Fleur werfen, um sicherzustellen, dass ihr nichts Ernstes fehlt.«

Lisette unterdrückte ein Lächeln. »Ich bin sicher, es ist nichts Ernstes, Mylord.«

»Bitte lasst mich mit meiner Patientin einen Augenblick allein«, sagte Fielding, scheuchte alle anderen aus der Kammer und schloss die Tür.

Reed lief sichtlich beunruhigt vor Fleurs Kammer auf und ab.

»Macht Euch keine Sorgen, Mylord, ich bin überzeugt, dass Fleur nicht krank ist«, meinte Lisette. »Peg und ich glauben vielmehr, dass Fleur ...«

Die Tür ging auf. Doktor Fielding trat auf den Flur und schloss die Tür hinter sich. Reed schlug das Herz bis zum Halse. Was, wenn Fleur schwer krank war? Wie könnte er es ertragen?

»Was ist mit ihr, Doktor?«

»Kein Grund zur Sorge, Mylord. Eure Lady ist bei guter Gesundheit und wird die kleine Unpässlichkeit meisterhaft überstehen. Wie ich höre, war sie in der letzten Zeit großer Anspannung ausgesetzt.« Er schüttelte den Kopf. »Nicht gut. Gar nicht gut für eine Frau in ihrem empfindlichen Zustand.«

Panik ergriff Reed. »Wie ernst ist es?«

Der Doktor lächelte. »Für die meisten Leute ist es ein Segen. Achtet darauf, dass sie sich schont, gut isst, viel Schlaf bekommt und sich in Maßen bewegt.« Er bedachte Reed mit einem strengen Blick. »Ihr habt doch vor, die Lady zu heiraten, nicht wahr?«

»Natürlich, so bald es sich einrichten lässt.«

Der Doktor beugte sich zu ihm. »Meine Empfehlung lautet: je früher, desto besser. Nach meiner Schätzung ist Eure Verlobte bereits im zweiten Monat.«

Reed taumelte zurück. »Fleur ist schwanger? Sie trägt mein Kind unter ihrem Herzen?«

Er hörte Lisette und Peg hinter sich kichern und begriff, dass sie längst zu diesem Schluss gekommen waren.

Reed ergriff des Doktors Hand und schüttelte sie kräftig. »Danke, Doktor. Updike wird Euch hinausbegleiten und ein Extrahonorar dafür bezahlen, dass Ihr so schnell gekommen seid.«

Dann stürzte er in Fleurs Kammer und schloss die Tür hinter sich. Fleur saß aufrecht im Bett und ein verträumtes Lächeln lag auf ihrem Gesicht.

»Hat es dir der Doktor schon erzählt?«, platzte sie aufgeregt hervor.

Reed sah Fleur prüfend an. Sie strahlte mehr, als es der schreckliche Alptraum der vergangenen Nacht erlaubt hätte. Keine Spur von Übelkeit war mehr zu erkennen. In drei großen Schritten war er bei ihr und schloss sie in seine Arme.

»Das hat er. Habe ich dir nicht gesagt, dass deine Sorgen, du könntest unfruchtbar sein, übereilt waren, dass der Fehler ebenso bei Pierre liegen könnte?«

»Ich bin so glücklich, dass ich dir einen Erben schenken kann«, sagte Fleur.

»Dich zu heiraten, macht mich glücklich. Ich liebe dich, Fleur. Deine Unfruchtbarkeit wäre mir egal gewesen. So wichtig bist du mir.«

Und wie um seine Worte zu bekräftigen, senkte er seinen Mund auf ihren und küsste sie. Was er fühlte, war so frisch, so unmittelbar, dass er Mühe hatte, gegen die Tränen anzukämpfen, die ihm in den Augen traten. Fleur versuchte es erst gar nicht. Tränen liefen ihr über die Wangen.

Zärtlich wischte Reed sie mit seinen Daumen fort. »Wein nicht, Liebling.«

»Es sind doch Tränen des Glücks. Ich liebe dich so

sehr. Der Gedanke, dass ich dich beinahe aus meinem Leben gejagt hätte, erschreckt mich.«

Reed kicherte. »Ich wäre nicht gegangen. Du hättest mich gar nicht verjagen können, ganz gleich, was du gesagt oder getan hättest.« Er legte sie zurück in die Kissen. »Und jetzt, meine Liebe, musst du dich ausruhen. Peg wird dir etwas zu Essen heraufbringen, und dann will ich, dass du etwas Schlaf bekommst. Während du dich erholst, werde ich Porter Bericht erstatten. Dann habe ich vor, mir eine Sondergenehmigung zu holen und Großmutter einen Besuch abzustatten, um sie zu unserer Hochzeit einzuladen. Was hältst du von übermorgen?«

Fleur seufzte vor Glück. »Das klingt wunderbar. Aber wie wirst du das alles in so kurzer Zeit einrichten können?«

Reed lachte. »Mit Entschlossenheit und einer großen Portion Glück.«

Peg klopfte an und schaute in die Kammer. »Die Köchin hat Mylady etwas zubereitet, das ihren Appetit anregt.«

»Komm rein, Peg. Ich wollte sowieso gerade gehen. Sorge dafür, dass Lady Fleur den Teller leer isst. Wir wollen nicht, dass sie vom Fleisch fällt. Und dann braucht sie Ruhe.«

Reed drückte Fleur einen zärtlichen Kuss auf die Stirn und verließ den Raum.

Lord Porter hörte sich Reeds Erläuterung der vergangenen Ereignisse aufmerksam an und dankte ihm für seine Hilfe, den Verräter entlarvt zu haben. Er versicherte Reed, dass Dempsey und Duvall für ihre Verbrechen hängen müssten. Reed lud Porter zu seiner Hochzeit am übernächsten Tag ein und verabschiedete sich.

Die Sondergenehmigung war leicht zu besorgen, wenn

man nur bereit war, genug zu bezahlen. In erstaunlich kurzer Zeit hatte Reed die Genehmigung in der Tasche und einen Geistlichen organisiert, der die Zeremonie vollziehen würde, und machte sich auf den Weg zu seiner Großmutter.

Reed wurde unverzüglich in Großmutters Wohnzimmer geführt. Sie begrüßte ihn herzlich. »Mein lieber Junge, du hast mich arg vernachlässigt in der letzten Zeit. Hast du deine Verlobte mitgebracht? Wir wollten gemeinsam deine Hochzeit planen.«

Reed küsste seine Großmutter auf die runzlige Wange. Dann zog er sich einen Stuhl heran und setzte sich neben sie. »Ich habe überraschende Neuigkeiten, Großmutter, sowohl schlechte als auch und insbesondere gute.«

Die alte Dame sah ihn misstrauisch an. »Spann mich nicht auf die Folter. Worum geht es?«

»Gallard Duvall hat zwei Männer damit beauftragt, mich zu töten. Er wollte die Grafschaft für sich. Er ist gescheitert und mittlerweile verhaftet. Es ist vorbei, Großmutter. Ich kann die Frau heiraten, die ich liebe, und ein glückliches Leben führen. Meine Arbeit für das Königshaus ist beendet. Fortan kann ich mich ganz der Grafschaft und meiner Familie widmen.«

Großmutter schüttelte den Kopf. »Ich habe diesem Franzosen niemals vertraut. Bitte verschon mich mit Einzelheiten über Duvalls Machenschaften, denn ich fürchte, mein armes Herz könnte sie nicht ertragen.«

»Bist du bereit für die guten Nachrichten?«, fragte Reed mit einem breiten Grinsen auf dem Gesicht. Die Großmutter nickte. »Fleur und ich werden übermorgen in Hunthurst heiraten. Die Hochzeitsgesellschaft wird klein ausfallen – nur du, Lisette, Lord Porter und die Dienerschaft. Du wirst doch dabei sein?«

Großmutter schaute in prüfend an. »Warum die Eile? Ich hatte mich so darauf gefreut, ein rauschendes Fest zu feiern.«

Reed räusperte sich und hoffte, seine Großmutter möge Verständnis haben. »Es gibt einen Grund für die Eile, Großmutter.«

In die Augen der alten Dame kam ein Leuchten. »Ah, jetzt verstehe ich. Du und deine Braut habt die Hochzeitsnacht vorgezogen und die Konsequenzen schon zu tragen.« Sie tätschelte verspielt seinen Arm. »Du bist ein schlauer Fuchs. Und ich hatte mir bereits Sorgen gemacht, deine Lady könnte keine Kinder bekommen. Wie sich herausstellt, hatte sie einfach nicht den richtigen Partner. Nur der Tod könnte mich von deiner Hochzeit fernhalten, mein Junge.«

Reed verabschiedete sich, denn er wollte so schnell wie möglich zurück zu Fleur. Er fand sie in ihrer Kammer auf einem Sessel vor dem Feuer. Sie sah erholt aus und strahlte ihn freudig an.

»Ich habe Updike gebeten, uns das Abendessen heute auf dein Zimmer zu bringen. War das in deinem Sinne?«, erkundigte sich Reed.

»Ausgezeichnet.« Fleur seufzte. »Warst du bei deiner Großmutter?«

»Ja. Nachdem ich uns die Genehmigung und einen Geistlichen für die Zeremonie besorgt habe. Großmutter war ein bisschen enttäuscht, dass sie aus unserer Hochzeit keine große Sache machen kann, aber am Ende hat sie es ganz gut weggesteckt. Sie freut sich sehr für uns. Ich habe außerdem noch Lord Porter eingeladen. Gibt es denn jemanden, den du gerne einladen würdest?«

Fleurs Augen blitzten schelmisch, als sie erklärte: »Ich würde gerne Lady Helen und Lady Violet einladen.«

»Warum? Sie haben alles darangesetzt, unsere Beziehung zu zerstören.«

»Aber es ist ihnen nicht gelungen. Ein bisschen Schadenfreude kannst du mir doch sicher nicht verübeln.«

»Ich werde dafür sorgen, dass sie eine Einladung erhalten. Kann ich sonst noch etwas für dich tun?«

»Oh, ja«, sagte sie beinahe atemlos. »Liebe mich, Reed. Ich wünsche mir im Augenblick nichts mehr als das.«

Einer zweiten Einladung bedurfte es nicht. Reed liebte sie mit seiner ganzen Leidenschaft, von ganzem Herzen und aus tiefster Seele, mit jeder Faser seines Wesens.

Fleur erwiderte seine Liebe auf innigste Weise, und ihr Herz schäumte über vor Glück. Ihre Zukunft mit Reed und ihren gemeinsamen Kindern erstreckte sich vor ihr in vollkommener Harmonie und immer währender Liebe.

# Epilog

Der Tag von Fleurs Hochzeit hätte schöner nicht sein können. Wie durch ein Wunder blieb die Morgenübelkeit an diesem Tag aus, und die Sonne schien von einem wolkenlosen Himmel. Die Zeremonie war glücklicherweise kurz und das Hochzeitsfrühstück köstlich.

Reeds Großmutter hatte während der gesamten Zeremonie und des gesamten Frühstücks ein verzücktes Lächeln auf dem Gesicht. Vor der Zeremonie hatte sie Fleur zugeflüstert, dass sie hoffe, lange genug zu leben, um Reeds Erben auf die Welt kommen zu sehen. Das hatte einige Tränen über Jasons Tod ausgelöst, doch ihre Glückseligkeit hatte die Trauer bald besiegt.

Reed hatte nicht vor, Großmutter über Duvalls Mithilfe an Jasons Tod zu erzählen, zumal er fürchtete, die alte Frau würde diesen Schock nicht überleben. Aber Porter wusste es, und die Sache würde bei Duvalls Gerichtsverhandlung zur Sprache kommen.

Was Lady Helen betraf, so ließ sie sich während der Hochzeitsfeierlichkeiten nicht im Allergeringsten anmerken, dass sie und Fleur jemals etwas anderes als gute Freundinnen gewesen waren. Helen selbst befand sich in einer peinlichen Lage. Ihre Freundschaft mit Gallard Duvall war von jedem hinreichend wahrgenommen worden und bedeutete für alle Klatschmäuler ein gefundenes Fressen, so dass sie gut beraten war, sich von ihrer besten Seite zu zeigen.

Lady Violet hatte es vorgezogen, nicht an der Feier teilzunehmen.

Fleur und Reed beabsichtigten gleich am nächsten Tag auf ihren Landsitz zu ziehen, um dort auf die Geburt ihres Kindes zu warten. Als sie in jener Nacht Hand in Hand die Hochzeitssuite betraten, überreichte Reed seiner frisch Angetrauten ein Hochzeitsgeschenk. Er überraschte sie mit den Juwelen, die er vermeintlich verpfändet hatte. Die aufmerksame Geste trieb ihr Tränen in die Augen, die Reed sogleich fortküsste.

Sieben Monate später brachte Fleur mit wenig Wirbel und einem Minimum an Schmerzen ihren ersten Sohn zur Welt. Der neue Viscount wurde drei Wochen später auf den Namen Jason Edward getauft. Zu diesem Anlass wurde in Hunthurst Park ein großes Fest gegeben, auf dem Nachbarn, Freunde und Pächter bis in die frühen Morgenstunden zusammen feierten.

Die Großmutter freute sich von allen am meisten. Sie hatte ihr Ziel erreicht. Sie hatte ihren Urenkel und rechtmäßigen Erben der Grafschaft auf die Welt kommen sehen. Von den vielen glücklichen Tagen, die sie noch erleben würde, und davon, dass Reed und seiner Frau zwei weitere Söhne geboren werden sollten, die sie selbst in ihren Armen halten würde, ahnte sie zu diesem Zeitpunkt jedoch noch nichts.

Hand in Hand verabschiedeten die glücklichen Eltern ihre Gäste und stiegen die Treppe zu ihrem Schlafzimmer hinauf, wo sie ihr wunderbares Kind feierten, indem sie sich leidenschaftlich liebten.